Wilhelmine Heimburg

Lumpenmüllers Lieschen

Wilhelmine Heimburg

Lumpenmüllers Lieschen

ISBN/EAN: 9783955631499

Auflage: 1

Erscheinungsjahr: 2013

Erscheinungsort: Bremen, Deutschland

Leseklassiker

Lumpenmüllers Lieschen.

Roman

von

W. Heimburg.

Verfasserin von
„Aus dem Leben meiner alten Freundin.“

——— · ———

Leipzig.

Verlag von Ernst Keil

1879.

1.

Seitwärts von dem kleinen Dörfchen, dessen einzige Straße aus dem Thalgrunde emporsteigt, liegt das alte Schloß Terenberg. Der Park, der es umgiebt, ist verwildert; üppig und unbeschnitten hängen die Zweige der Bäume über die Wege, den Durchgang fast versperrend, und im Lustgarten wuchern Blumen im buntesten Gemisch mit allerlei Unkraut.

Die massiven Flügelthüren des hohen Portals sind fest verschlossen, und auf den breiten Stufen der Freitreppe wächst grünliches Moos, als sei seit Jahren kein Fuß über sie geschritten. Zu jeder Seite des Aufganges hält ein Bär, aus Sandstein gehauen, Wache mit trotzig erhobener Tatze, und schaut wie gelangweilt hinein in die prächtige Allee uralter Linden, die auf dem freien Platze vor dem Schlosse mündet. Fast unheimlich still ist es um das alte Schloß, nur der Wind

rauscht durch die Bäume des Parkes, und die Einsam=
keit hält ihre träumerischen Schwingen über dieses welt=
ferne Erdenfleckchen gebreitet, — schon lange Zeit.

Und doch gab es Leben hier, holdes blühendes
Leben; helle jubelnde Kinderstimmen hallten wieder in
den hohen Corridoren, und wehende Locken und glück=
liche Kinderaugen lugten durch das grüne Dickicht des
Gartens. Der schlanke Junge mit den schwarzen
trotzigen Augen, und das zierlich blondgelockte Mädchen,
das dem Bruder kaum zu folgen vermochte mit den
trippelnden Füßchen, wie schön war für sie die Jugend=
zeit. Und dann tauchte zuweilen noch ein drittes
Köpfchen neben ihnen auf mit ein Paar sonnigen blauen
Augen, die liebste Spielgefährtin der Geschwister, Lieschen
aus der Papiermühle dort unten im Grunde, Lumpen=
müllers Lieschen, wie sie im ganzen Dorfe hieß; ein
Name, den sie ganz wie selbstverständlich aufnahm und
lächelnd nickte, wenn sie so gerufen wurde.

Wenn die Kinder an den Fenstern des Schlosses
standen, dann konnten sie über die grünen Wipfel der Eichen
hinweg das stattliche schiefergedeckte Dach der Mühle
sehen, und gar oft liefen sie Hand in Hand zu der
kleinen Freundin. Dann ging es entlang an der
Parkmauer dem brausenden Mühlbach zu, hinüber über

den Steg, der diesen überbrückte, und nun lag das trauliche Wohnhaus vor ihnen; ein Schwarm bunter Tauben flatterte um seinen Giebel, die Fenster blickten so klar, und das Stampfen der Mühle, das Rauschen des Wassers tönte lebenverkündend herüber.

Und drinnen im traulichen Zimmer, in der sogenannten Kinderstube, da saß die Muhme am Ofen und spann; die freundlichen Augen nickten den Kindern zu, und an langen Winternachmittagen schleppten die kleinen Mädchen eilig ein Bänkchen zu den Füßen der Alten, während Army sich neben sie setzte, die großen Knabenaugen erwartungsvoll auf das runzlige Gesicht heftend. „Und nun erzähle uns etwas, Muhme," hieß es, und die Alte erzählte; das Schnurren ihres Spinnrades tönte leise hinein, und vor den Augen der Kinder tauchten sie auf, alle jene Märchengestalten vom bösen Wolf und Rothkäppchen, von Schneewittchen und den sieben Zwergen, und die Mädchen schmiegten sich eng aneinander, während der Knabe die kleinen Fäuste ballte, „wäre ich nur dabei gewesen, den Wolf — den Wolf hätte ich todtgestochen!"

Am allerschönsten aber war es droben im Schlosse; da konnten die kleinen Füße durch endlos lange Corridore laufen, nirgend ließ sich so prächtig Verstecken spielen, als in den vielen Winkeln, den tiefen Ecken und Nischen der großen gewölbten Halle; die jubelnden Stimmen klangen fremdartig zurück von den hohen Wänden, und der alte weißköpfige Diener trat oft mit den geflüsterten Worten unter die kleine Schaar: „Ruhig, ruhig, — daß die Frau Großmama Euch nicht hört!"

„Die Frau Großmama!" Das war ein Wort, welches die lauteste Lust verstummen machte; scheu trippelten sie an der Zimmerthür der Gefürchteten vorüber, um ein anderes Spielplätzchen zu suchen. Mitunter traf es sich, daß eine gebietende Frauengestalt in dunklen Kleidern den Corridor daherschritt, und den spielenden Kindern begegnete; sie blieb dann stehen und rief den Enkelsohn zu sich, und streichelte sein lockiges Haar; über ihr bleiches stolzes Gesicht flog ein Lächeln, und die dunklen Augen leuchteten auf; sie winkte Nelly freundlich zu, während sie das kleine Mädchen gar nicht zu bemerken schien, das schüchtern dastand und verwundert und scheu zu ihr aufblickte.

„Eine so schöne Großmutter hat gewiß Niemand mehr," meinte die Kleine, ihr nachblickend.

„Meine Mama ist doch viel schöner!" erklärte Nelly dann und lief in das Wohnzimmer, wo eine bleiche jugendliche Frau am Fenster saß, und mit thränenmüden Augen in die Einsamkeit hinausschaute. Aber wenn die Kinder sich ihr näherten, dann flog ein Lächeln über das vergrämte Gesicht, sie hatte für Jedes gleiche Liebkosungen, auch für Lieschen, und beantwortete unermüdlich die vielen Fragen, die ihr gestellt wurden. Zuweilen erschien Sanna, die hagere alte Dienerin, und holte den Knaben mitten aus den schönsten Spielen hinweg zur Großmutter, dann kehrte er stundenlang nicht zurück: die kleinen Mädchen mußten allein spielen und das war nicht halb so hübsch.

Army war ja Großmama's Liebling, ihre einzige Freude in dem stillen Leben, er mußte dem Befehl ge= horchen, und er that es auch so gern; mit blitzenden Augen kehrte er dann zurück und berichtete, was ihm Großmama erzählt vom fernen Süden, wo es so viel tausendmal schöner sei als hier, wo es einen feuerspeienden Berg gäbe am blauen Meer, und wo alle Menschen lustig und guter Dinge seien. „Da will ich hin sobald ich groß bin," setzte er gewöhnlich hinzu, und die Liese soll mitkommen, weil sie sich nicht fürchtet im Dunkeln und nicht weint wie Nelly."

Das größte Entzücken der Kinder aber war es, wenn der alte Heinrich auf vieles Bitten das gewichtige Schlüsselbund ergriff, um sie nach dem Ahnensaal zu führen. Da lagen sie vor ihnen, die Reihe verlassener Gemächer, im Dämmerlicht herabgelassener Vorhänge; ein eigenthümlicher Duft, wie er aus jenen Porzellangefäßen zu quellen pflegt, in denen man getrocknete Blumenblätter aufbewahrt, eine Luft die an längst vergangene Zeiten gemahnt, flog ihnen entgegen, und scheu trippelten die Kinderfüße durch die Zimmer, vorüber an hohen Kaminen mit vergoldeten Arabesken und Laubwerk, die gähnend ihren schwarzen Schlund zeigten, als langweilten sie sich in dem ewigen Einerlei, an mächtigen alten Himmelbetten, deren verblichene seidne Vorhänge leise rauschten, als stände Jemand dahinter.

Und dann kam das Schönste im ganzen Schloß, der liebste Aufenthalt der Kinder, der Ahnensaal. Dort schauten sie Alle aus den schwer vergoldeten Rahmen, die alten Derenberg's mit ihren Ehefrauen und Söhnen und Töchtern; welch' eine stattliche Reihe stolzer Männer und schöner Frauen. Da hatte nun jedes der Kinder sein Lieblingsbild, und Army stand gewöhnlich bald vor einem der Ersten in der langen Reihe, und seine großen Augen sahen leuchtend hinauf zu dem wunderschönen Frauenkopf, der sich von dem dunklen Grunde beinahe plastisch abhob. In fast verschwimmend zarten Farben war das Bild ausgeführt, üppiges goldenes,

beinahe röthliches Haar, von der weißen Stirn zurück=
gestrichen, barg sich unter einem Häubchen von Silber=
stoff, und unter dieser Stirn, unter den schwarzen fein
gezeichneten Brauen, die seltsam contrastirten mit dem
hellen Haar, blickten große dunkle Augen hervor; mit
dem Ausdruck einer tiefen unergründlichen Sehnsucht
sahen sie dem Beschauer entgegen, so träumend, so leid=
versunken, als suchten sie ein verlorenes Glück. Der
feine Mund war etwas nach abwärts gezogen, um den
schlanken Hals lag ein wundersam gefaßter Diamant=
schmuck, ein Kleid von Silberstuck, auf den schmalen
etwas abfallenden Schultern mit Diamant=Agraffen zu=
sammengehalten, schloß sich eng um die zarte Figur,
und aus dem offenen Aermel leuchtete ein schlanker
weißer Arm.

„Das ist Agnese Mechthilda, Freifrau auf und
zu Derenberg," sagte Army stolz, „eine geborene Krobitz
aus dem Hause Trauen; das ist die Schönste von Allen,"
fügte er hinzu, „aber sie ist schon lange todt, schon beinah
zweihundert Jahr."

Lieschen schüttelte den Kopf, daß die braunen Zöpfe
flogen. „O nein, Deine Großmutter, die dort unten
hängt, ist viel schöner!" Und sie lief den langen Saal
hinunter, und stellte sich vor das lebensgroße Bild der

schönen Leonore von Derenberg. Sie war in der Tracht einer mittelalterlichen Edeldame gemalt, in der sie einst den regierenden Herrn in der Halle empfing, als er Schloß Derenberg mit seiner Gegenwart beehrte, um in dessen weiten Wäldern zu jagen. Und dieser stolze Moment war hier im Bilde festgehalten worden. Die üppig schöne Figur im blauen Sammtkleide beugte sich in reizender Haltung etwas vor, die schlanken Hände hoben dem Beschauer den silbernen Pokal mit dem Will-kommens-Trunk entgegen, der feine Kopf war etwas zur Seite geneigt, die schwarzen Augen strahlten in verführerischem Glanz, und die vollen lächelnden Lippen schienen noch feucht zu sein von dem eben genippten Weine. Es lag ein sinnbethörender Hauch üppiger Lebenslust über der Gestalt dieser wunderschönen Frau.

„Gelt, die ist schön, die ist prächtig!" rief Lieschen, und klatschte in die Hände vor Entzücken, „die Schönste von Allen, und Du Army siehst grad' so aus!"

„Meine Mama ist doch noch schöner," beharrte Nelly wieder, — „nicht wahr, Heinrich?" fragte sie den Alten, der melancholisch lächelnd dastehend die schöne Frau im Bilde betrachtete.

„Jawohl," erwiderte er, aus tiefen Gedanken auf-fahrend, und schritt zu dem letzten Bilde der langen

Reihe, und ordnete die verwelkten Kränze mit den schwarzen Trauerschleifen, die gar nicht zu passen schienen für das lebenslustige kecke Männergesicht, das unter ihnen hervorschaute.

„Das ist mein Vater," sagte die kleine Nelly flüsternd, dem alten Manne folgend und sich an ihn schmiegend, „den hast Du auch gekannt, Heinrich, — nicht? Er war so schön, sagt die Mama, und sie hat ihn so lieb gehabt, und er hat so jung sterben müssen; Mama weint so viel um ihn, noch alle Tage."

„Ja, ja, sie weint alle Tage," erwiderte der alte Mann, und in seinem Auge blitzte es wie Wehmuth und Zorn zugleich, „alle Tage, — und, Gott weiß, sie hat Grund dazu," tönte es leise nach.

Und eines Tages war das Spielen zu Dreien zu Ende, der hübsche Junge ging fort aus dem einsamen alten Schlosse. Er sollte in's Cadettencorps, um dereinst Officier zu werden; „die einzige anständige Carriere für einen armen Edelmann," hatte die Großmama gesagt mit bitterem Lächeln.

Er lief noch einmal zu allen Lieblingsplätzchen des Parkes, er nahm Abschied von dem Ahnensaal und der schönen Agnese Mechthilde, und dann ging er auch in die Mühle. „Behüte Dich Gott," sagte die Muhme gerührt, und strich über seinen lockigen Scheitel, und Lieschen ging ein Stückchen mit ihm bis vor das Haus; am Mühlensteg blieb sie stehen:

„Adieu, Lieschen," sagte er, und als die Kleine plötzlich die Hände vor das Gesicht schlug und bitterlich anfing zu weinen, sah er fast bestürzt aus. „Weine doch nicht, Lieschen," tröstete er verlegen, „ich komme ja in den Ferien wieder, und bringe Dir auch etwas mit, und Nelly bleibt ja hier, die mußt Du alle Tage besuchen."

Lieschen schüttelte den Kopf. „Ich fürchte mich vor Deiner Großmutter, wenn Du nicht da bist, — sie sieht mich immer so böse an!"

Er lachte. „Du bist närrisch, Lieschen, Adieu, gieb mir die Hand und weine nicht mehr."

„Sie streckte die Hand hin, aber mit dem andern Arm lehnte sie sich gegen das Geländer der kleinen Brücke, legte den Kopf darauf und weinte nur noch mehr; ganz herzbrechend klang es, und Army hatte nur den Anblick des braunen Haares und der zwei langen prächtigen Zöpfe, die er so gern als Zügel gebrauchte beim Pferdchen-Spielen.

„Adieu, Lieschen!" sagte er noch einmal weich; es dünkte ihn plötzlich ganz furchtbar schwer hier fort-

zugehen, obwohl er sich so gefreut hatte auf das Zu=
sammensein mit Knaben seines Alters, — „Adieu!"
schluchzte auch Lieschen, und als sie nach einer langen
Weile aufblickte, da war der Spielgefährte verschwunden,
und sie lief zur Muhme hinein, und weinte sich aus;
die ersten heißen Abschiedsthränen in ihrem kleinen
Leben.

—————

2.

In dem Zimmer der jüngeren Baronin prasselt
ein Holzfeuer im hohen Kamine und verleiht dem Ge=
mach mit den alten geschweiften Meubeln etwas Trau=
liches, Anheimelndes. In einer der tiefen Fenster=
nischen sitzt ein junges Mädchen von kaum vierzehn
Jahren und schaut in das verglimmende Abendroth des
kurzen Wintertages; ihr feines Profil zeichnet sich
scharf ab gegen den hellen Hintergrund des Fensters.
Sie hat die schmalen Hände in einander gefaltet, und
ihre Gedanken wandern offenbar in die Ferne.

„Mama," sagt sie dann plötzlich und wendet den
Kopf mit der blonden Lockenfülle der zarten, blassen

Frau zu, die in einem Sessel am Kamine strickt, „Mama, Army bleibt unverantwortlich lange in Groß=mamas Zimmer; wir werden heute wieder nicht dazu kommen, in die Mühle zu gehen, und es ist doch schon die höchste Zeit; Army hat nur acht Tage Urlaub, und vier sind schon verstrichen. Heute hatte er mir's ganz bestimmt versprochen, mitzukommen, — was soll nur Lieschen denken, daß er noch nicht einmal drunten war?"

Das junge Mädchen war bei diesen Worten auf=gestanden und hatte sich der Mutter genähert; ein Zug von Unmuth und Ungeduld lag auf dem kindlichen Gesichte.

„Hab' nur Geduld, Nelly!" erwiderte die Mutter, und streichelte die blühende Wange der Tochter. „Du weißt, wenn Großmama es wünscht, muß Army bleiben, so lange sie will; Großmama wird ihm Mancher=lei zu sagen haben. Uebe Dich in Geduld, mein Lieb=ling! Sie ist so nöthig für das Leben. — Zünde die Lampe an und schließe die Vorhänge. Du weißt, es ist noch Verschiedenes an Army's Wäsche fertig zu machen. Sei fleißig, Töchterchen, da vergeht die Zeit am schnellsten."

Die schlanke Mädchengestalt, mit den noch kindlichen Formen, glitt beinahe geräuschlos über den getäfelten

Fußboden, und bald beleuchtete die Lampe das Zimmer, das nun doppelt traulich erschien in seiner altmodischen und doch so behaglichen Einrichtung. Auch die Baronin erhob sich und nahm Platz an dem großen runden Tisch, und jetzt fiel der Schein der Lampe auf ein blasses Gesicht mit unendlich anziehenden sanften Zügen; aber der Kummer hatte viele schmerzliche Linien darein gegraben, und den sinnigen blauen Augen sah man es an, daß sie viel, viel geweint hatten.

Das Töchterchen ihr gegenüber trug ihre Züge; in diesem Augenblicke leuchteten die blauen Augensterne unter den langen Wimpern hell auf, denn draußen im Corridor ertönte ein fester elastischer Schritt. Gleich darauf öffnete sich die Thür des Zimmers und ein schmucker junger Officier trat ein. Auf seinem neunzehnjährigen Gesicht lag der sonnigste Lebensmuth der Jugend und die dunklen Augen hatten einen lachenden frohmüthigen Ausdruck. Nelly eilte ihm entgegen.

„Army, wie schön, daß Du kommst! Nun können wir doch noch zur Mühle gehen," bat sie und schlang, sich auf den Zehen erhebend, schmeichelnd die Arme um seinen Hals; „ich hole mir schnell Kapuze und Mantel, denn lange dürfen wir nicht mehr säumen, Du weißt, in der Mühle wird pünktlich zu Abend gegessen."

Sie wollte fröhlich davon eilen.

„Halt Nelly!" rief der junge Mann und hielt sie am Arme, „laß das jetzt, Kleine! Es — paßt nicht mehr," setzte er zögernd hinzu.

„Es paßt nicht mehr?" Das junge Mädchen sah fragend zu dem Bruder auf.

„Nein, Nelly, Du mußt vernünftig sein; als Kind darf man umgehen, mit wem man will, weil man eben Kind ist, als Officier aber geht das nun einmal nicht —"

„Aber zu Lieschen! Lieschen darfst Du doch besuchen? Du bist doch sonst immer so gern mitgekommen."

„Ei, Army!" sagte die Baronin, „das ist nicht Dein Ernst; es sind ehrenwerthe Leute, die auf der Mühle, und haben es stets gut mit Dir gemeint; es würde undankbar sein —„

„Aber Mama, ich bitte Dich," erwiderte er, und seine dunklen Augen leuchteten unwillig auf. „Es ist wirklich nicht möglich, daß ich hingehe, die Leute sind gewiß ehrenwerth, aber doch immerhin schon unter der Mittelclasse. Denke Dir, wenn der Müller einmal nach B. reiste und hätte den unglücklichen Gedanken, mich aufzusuchen! Ich käme in die tollste Verlegenheit."

„Es sind gar keine ungebildeten Leute, und das hat Dir nur Großmama gesagt, die Lumpenmüllers nun einmal nicht leiden kann," rief Nelly, und das Gesichtchen flammte im tiefsten Roth auf.

„Lumpenmüllers! Da haben wir's!" lachte der junge Officier. „Nein, meine Kleine," fügte er hinzu, und nahm an dem Tische Platz, „Du verstehst das nicht; ich gebe zu, daß sie achtbare nette Leute sind, aber um ihnen einen Besuch zu machen, da müßte ich eine weite Kluft überschreiten, und es ist nicht gut darüber Brücken zu bauen. Bleibe jeder in seinem Stande! Auch Du, Nelly, wirst nicht immer dort verkehren können. Wenn das erste lange Kleid hinter Dir drein rauscht — dann Adieu Lumpenlieschen!"

„Nimmermehr!" rief außer sich das junge Mädchen, „ich würde Nachts zur Mühle laufen, wenn man es mir am Tage verböte; Lieschen ist meine einzige Freundin. Was soll ich nur sagen, weshalb Du nicht kommst?" Sie brach in Thränen aus.

„Es wird sich ja ein Grund finden lassen, Nelly — weine doch nicht!" tröstete der Bruder. Seine Stimme klang weich, genau so wie früher, wenn er die Puppe der Schwester zerschlagen hatte und nicht wußte, womit er sie trösten sollte.

Sie kannte diesen Ton; das Köpfchen richtete sich empor und die blauen in Thränen blitzenden Augen sahen hoffnungsvoll zu ihm auf! „O, nicht wahr, Army," bat sie, „Du hast mich necken wollen — wir gehen zur Mühle, gelt?"

Er stand einen Augenblick regungslos da; vor seine Seele trat die wohlbekannte Gestalt eines kleinen Mädchens, wie er sie hundertmal früher gesehen, Lieschen, Lumpenmüllers Lieschen aus der Papiermühle dort unten im Grunde; sie schaute ihn an mit den sonnigen blauen Kinderaugen, die rothen Lippen öffneten sich: „Army, kommst Du mit? Wir wollen zur Muhme gehen, sie soll uns Aepfel geben, und ein Vogelnest habe ich gesehen im Park; komm, Army, komm!" Mechanisch machte er eine Bewegung, als wolle er die Mütze ergreifen, die auf dem Tische lag. Der Schein der Lampe traf einen funkelnden Ring an seiner Hand, in dessen goldgrünem Steine das Bärenwappen der Derenbergs blinkte; flüchtig streifte sein Blick dasselbe, und hastig ergriff er die Mütze und warf sie auf einen Nebentisch.

„Quäle mich nicht!" sagte er kurz und wandte sich ab.

Eine lange Pause entstand; das junge Mädchen erhob sich und setzte sich auf ihren früheren Platz, das Köpfchen tief über die Arbeit beugend; aber die kleinen

Finger, welche die Nadel führten, zitterten heftig, und aus den Augen fielen große Tropfen auf das weiße Zeug. Die Baronin seufzte und heftete ihre Blicke mit schmerzlichem Ausbruck auf den Sohn, der unaufhörlich im Zimmer hin und herging. Die alte Rococo=Uhr schlug die sechste Stunde und begann ein längst vergessenes Liebeslied zu spielen, die feine zierliche Melodie klang verhallend durch das Gemach, und noch immer lag das Schweigen des Unmuths auf den drei Menschen, die doch zärtlichste Liebe verband.

„Army," nahm endlich die blasse Frau das Wort, „wann gab Dir Großmama den Ring, den Du jetzt am Finger trägst?"

Er blieb vor dem Kamine stehen, und indem er das Schüreisen in die Gluth stieß, daß die Funken hoch aufsprühten, sagte er:

„Heute Nachmittag, vorhin, als ich in ihrem Zimmer war."

„Weißt Du auch, daß es Deines Vaters Ring ist, Army?"

Der junge Mann wandte sich plötzlich um. „Nein, Mama, das hat mir Großmama nicht gesagt; sie sprach nur im Allgemeinen von der Bedeutung des Wappens und — "

„Nun, mein Kind, so sage ich es Dir," kam es von den Lippen der Baronin, und es schien, als zitterte ihre Stimme vor innerer Erregung. „Es ist der Ring, den Großmama einst von der kalten erstarrten Hand Deines Vaters zog, als er — gestorben war." Die letzten Worte klangen wie ein halb erstickter Schrei, und die zarte Gestalt sank wie gebrochen in den Sessel zurück.

„Meine liebe, gute Mama! „rief Army und war schnell neben ihr niedergekniet, während Nelly, sich über sie beugend, die Wange an ihr thränenüber= strömtes Gesicht schmiegte.

„Weine nicht, liebe Mama!" bat er, „ich will den Ring so hoch in Ehren halten, wie es nur ein Sohn vermag, der stolz ist auf das Andenken seines Vaters; ich will mich bemühen, ebenso gut, so edel zu werden, wie er es war."

Es lag in diesen Worten, in den Blicken, mit welchen er zu der weinenden Mutter aufschaute, noch die ganze Ueberzeugung eines unverdorbenen kindlichen Herzens, die ganze volle Pietät, die in dem verstorbenen Vater den besten Menschen sieht. Aber die Wirkung seiner Worte war eine beinahe vernichtende. Die schmächtige Gestalt der Baronin richtete sich aus dem

Seſſel empor, ſie blickte wie geiſtesabweſend auf den Sohn, und: „Army, allmächtiger Gott!“ ſchrie ſie auf in dem Tone der Verzweiflung, „O, nur das nicht; nur das nicht!“

„Mama iſt krank,“ ſagte der Sohn, und eilte zum Klingelzuge. Aber ein ſchwaches „Komm zurück, Army! Es geht ſchon vorüber,“ rief ihn an ihre Seite; ſie nahm dankbar ein Glas Waſſer und ſagte, indem ſie zu lächeln verſuchte:

„Ich habe Euch erſchreckt, Ihr armen Kinder, verzeiht mir. — Die Erinnerung an den Tod Eures Vaters iſt mir noch heute eine tieftraurige, aber jetzt, wo Army im Begriff ſteht, in das Leben zu treten, muß ich mit Euch von der Vergangenheit ſprechen, was ich bis jetzt immer zu vermeiden ſuchte. Ihr habt Euch wohl ſchon im Stillen gewundert,“ fuhr ſie nach kurzer Pauſe fort, „daß wir ein ſo einfaches, zurückgezogenes Leben führen, ein Leben, das eigentlich jedes Aufwandes entbehrt. Ach, Army, nicht meinetwegen ſchmerzt es mich — nur Euretwegen. Ihr tretet ein in die drückendſten Verhältniſſe, die man ſich denken kann, heraufbeſchworen durch den grenzenloſen Leichtſinn —“

Sie hielt erſchrocken inne und brach in bitterliches Weinen aus.

Army stand mit finster gefalteter Stirn am Kamin und sah herüber zu der weinenden Frau; der sonnige Ausdruck seines Gesichtes war wie hinweggeweht, und um seinen Mund lag ein Zug bitterer Enttäuschung.

„Als ich hier einzog an der Seite Eures Vaters, ein Kind von eben sechzehn Jahren,“ nahm die Baronin wieder das Wort, „da fand ich hier Glanz und heiteres Leben. Schloß Derenberg war wegen seiner Gastfreiheit berühmt seit langen Jahren, und Eure Großmama verstand es, ein Haus zu machen. Sie war damals noch wunderschön, fast ebenso berückend wie auf ihrem großen Bilde oben im Ahnen= saal, und sie liebte Glanz und Pracht. Mir erwies sie sich so gut und lieb, daß ich wirklich meinte, eine zweite Mutter gefunden zu haben. Ach, jene kurze glänzende Zeit war die schönste meines Lebens, und als ich Dich an’s Herz drücken durfte, mein Army, und Dich, meine Nelly, da fehlte nichts zu meinem Glücke. — Dann aber kam das Schreckliche: der Tod Eures Vaters; plötzlich und jäh brach das Unglück über uns herein.“

Sie schauderte und preßte die zitternden Hände an die Schläfen, als müsse sie sich besinnen, ob das, was sie da erzählte, auch wirklich schon einer fernen Ver=

gangenheit angehöre, während das junge Mädchen leise schluchzend vor der Mutter knieete.

„Nach seinem Tode wurde mir in der Person des alten Justizrathes Hellwig ein Curator beigegeben. Es fand sich, daß unsere Verhältnisse mehr als ungeordnet waren; wohin auch das Auge sich wendete, — Hypotheken, Pfandscheine, unbezahlte Rechnungen; es war ein Wirrwarr sonder Gleichen, in den Großmama und ich uns plötzlich versetzt sahen. Wie viel schlaflose Nächte, wie viel kummervolle Stunden sind seitdem vergangen, und doch ist bis heute trotz der Bemühungen des alten Hellwig noch nicht Licht in dem Chaos geworden, es ist eben Alles zu verfahren, zu derangirt!“

„Rege Dich nicht auf, liebe Mama!“ bat der junge Officier, „ich wußte ja längst, daß wir in beschränkten Verhältnissen leben, wenn ich auch nicht ahnen konnte, daß wir so arm sind; aber fasse Muth! Es kommen gewiß auch wieder andere, bessere Zeiten; Großmama hat mir erst vorhin gesagt, daß die Sachen durchaus nicht so verzweifelt liegen, da wir jedenfalls noch eine reiche Erbschaft von Tante Stontheim zu erwarten haben.“

„Großmama glaubt allerdings an diese Erbschaft, aber —“

„Sie meint,“ unterbrach eifrig der junge Mann die

Mutter, „daß ich mich, ehe ich zu meinem Regiment gehe, Tante Stontheim vorstellen soll.“

„Ich habe nichts dawider, mein Kind, und wünsche lebhaft, Großmama irre sich nicht, in Bezug auf diese Erbschaftsangelegenheit; ich —“ sie seufzte und schwieg, aber auf ihrem Gesichte lag ein Ausdruck als wollte sie sagen: „ich habe für nichts mehr ein Hoffen!“

„Großmama erzählte, sie sei eine eigenthümliche Frau, die Tante Stontheim, voller Vorurtheile und Launen,“ fuhr Army fragend fort.

„Gewiß, und außerdem, Army, begreife ich nicht wie Großmama sich so fest einbilden kann, daß die Tante Euch zu Erben einsetzen wird, da die Deren= bergs in Königsburg ebenso gut erbberechtigt sind wie wir. Du weißt, Army, der Oberst von Derenberg, der das sechszehnte Regiment hat, — seiner Tochter gebührt dasselbe Recht wie Dir und Nelly.“

In diesem Augenblicke öffnete Sanna die hohen Flügel der Thür, und die alte Baronin Derenberg trat in's Zimmer; eine noch immer stattliche, gebietende Erscheinung, hielt sie sich tadellos gerade, trotz ihrer begonnenen sechszig Jahre; sie trug ihre einfache graue Wollrobe mit derselben Würde und Anmuth, mit der sie einst in schwerster Seidenschleppe durch das Zimmer geschritten war. Ihr volles, noch immer dunkles Haar, an den Schläfen leicht zurückgenommen, bedeckte ein Häubchen, unter dessen gelblich angehauchter Spitzenkante die mächtigen schwarzen Augen hervorflammten, die dort oben im Ahnensaal so verführerisch aus dem jugendlich stolzen Gesicht der schönen Schloßherrin blickten. Ueber ihrer ganzen Erscheinung lag ein echt aristokratischer Hauch, und aus den feinen Zügen sprach der Ausdruck eines durch nichts zu demüthigenden Stolzes. Wie alt sah die vergrämte kränkelnde Schwiegertochter aus neben dieser imposanten Frauengestalt!

Der junge Officier eilte ihr entgegen; er nahm ihr ein großes Buch in ungeschicktem Einbande ab, das sie in den Händen hielt, und führte sie dann zum Kamin, wo Sanna bereits mehrere Sessel geordnet hatte. Die Enkelin war ebenfalls rasch aufgesprungen, und die blasse Frau trocknete verstohlen die letzten Thränen aus den Augen, und versuchte ein freundliches Lächeln auf ihr Gesicht zu locken.

„Wovon war hier die Rede?“ fragte die alte Baronin, indem sie am Kamine Platz nahm und die Dienerin mit einer Handbewegung entließ. „Ich hörte etwas von ‚denselben Rechten wie Army und Nelly‘.“

„Wir sprachen von Tante Stontheim und der Erb=
schaftsangelegenheit," erwiderte ihr die Schwiegertochter,
sich ebenfalls an den Kamin setzend, jedoch so, daß sie
der Lampe den Rücken kehrte; „und dabei gedachte ich
auch der Königsburger Terenbergs und meinte, Blanka
von Terenberg sei ebenso gut zu der Erbschaft berechtigt
wie unsere Kinder."

„Blanka? Welche Idee!" rief die alte Dame achsel=
zuckend, „das rothhaarige, scrophulöse Geschöpf? Die
Stontheim hat — Gott sei Dank! — einen zu guten
Geschmack, um solchen Mißgriff zu thun; übrigens hatte
sie auch, so viel ich mich erinnere, einen sehr gerecht=
fertigten Widerwillen gegen diesen großthuerischen Herrn
Oberst, und ebenso gegen seine hochblonde Frau Ge=
mahlin, die er Gott weiß in welchem Winkel Englands
oder Schottlands aufgelesen hat, — sie ist ja wohl eine
Miß Smith oder Newman? Nun, so etwas Obscures war
es, und schon aus diesem Grunde würde die Stontheim
sich zurückhalten. Nein, das ist wieder eine ganz grundlos
hervorgesuchte Geschichte um Dich und andere zu ängstigen,
Cornelie, wozu Du allerdings großes Talent besitzest."

Es klang etwas Ironisches aus ihrer Rede, wie
immer, wenn die stolze Frau das Wort an ihre Schwieger=
tochter richtete.

„Ich meinte nur," erwiderte diese sanft, „daß wir durchaus nicht mit der Bestimmtheit auf die Erbschaft rechnen können, wie Sie es thun, Mama, und dies möchte ich auch Army klar machen, da nichts so trübe ist, wie eine zerronnene Hoffnung; das Leben bringt schon so viele Täuschungen mit sich."

„Du kannst mich wirklich nervös machen, Cornelie," sagte die alte Dame gereizt; „ich behaupte es dennoch, es wird wahr, die Erbschaft fließt den Kindern zu, wenn diese sich danach zu benehmen wissen, und Army ist ein gescheudter kluger Kopf, er wird es schon verstehen, der alten grämlichen Tante das Herz so zu wenden, daß ihm das wahrhaft fürstliche Vermögen zufällt."

„Wie meinst Du das, Großmama?" ertönte plötzlich die klare Stimme des jungen Mannes und seine dunklen Augen sahen fragend zu ihr hinüber. „Du verlangst doch hoffentlich nicht, daß ich — erbschleichen soll, wie man das so nennt? Ich werde ihr höflich begegnen, wie es einem Cavalier einer Dame gegenüber zukommt, aber das ist auch Alles — scherwenzeln kann ich nicht; was sie mir aus freien Stückchen nicht geben will, mag sie behalten!"

Die Großmutter richtete sich erstaunt aus ihrer nach=

lässigen Stellung im Sessel auf, und ihre Augen sahen funkelnd vor Entrüstung über diese unumwundene Erklärung in die des Enkelsohnes. „Sollte man das von so einem jungen Grünschnabel für möglich halten?" fragte sie mit einem Tone, in dem sie sich bemühte etwas Scherzhaftes zu legen, aber ihre Stimme bebte vor Aerger. „He, Army! Hast Du den Respect mit dem Cadettenrock ausgezogen und meinst, weil Du seit acht Tagen die Epaulettes trägst, Du könntest Deiner Großmutter gute Lehren geben und ihren guten Rath verschmähen? Du bist eben noch zu jung, um die Verhältnisse, in die Du jetzt eintreten wirst, richtig beurtheilen zu können; Dio mio! Ist es Erbschleichen, wenn man das Herz einer alten einsamen Verwandten zu gewinnen sucht?"

„Ja, Großmama," sagte Army fest, und kein Zug veränderte sich in seinem hübschen Gesichte. „Ja, es wird Erbschleichen, sobald man mit dem Herzen eines Menschen auch sein Geld zu gewinnen sucht —"

„Das man äußerst nöthig hat, wenn man nicht zeitlebens am Hungertuche nagen und in einem Schloß ohne Herrschaft und Einkünfte darben will," fiel die alte Baronin zornig ein und rückte ein Stück mit ihrem Sessel zurück.

„Das gebe ich zu, Großmama," beharrte Army, „ich würde auch den schroffen Ausspruch nie gethan haben, wenn nicht noch eine Erbin da wäre; aber weil Blanka —"

„Schon wieder diese Blanka! Kennst Du sie überhaupt? Weißt Du, ob sie noch lebt, das kränkliche Geschöpf? es ist entsetzlich, diese Kinderweisheit, die stark nach der Confirmationsstunde schmeckt, auskramen zu hören! Aber Du, Cornelie, hast diesen Unsinn heraufbeschworen, und bedenkst natürlich in Deinem moralischen Eifer nicht, wieviel durch solche engherzige Ansichten verloren gehen kann. Ich wünsche dringend, Army, daß Du zur Stontheim reisest; ich dulde keinen Widerspruch, noch heute geht der Brief ab, der Dich anmeldet."

„Gewiß, Großmama, ich werde reisen," sagte Army mit kalter Höflichkeit, „sobald Du es wünschest."

Sie erhob sich; das stolze Gesicht war von einer dunklen Röthe überflammt, und um den Mund lag ein eigenthümlich hartnäckiger Zug; nie war die Aehnlichkeit zwischen Großmutter und Enkel auffallender gewesen. Mit blitzenden Augen und fest auf einander gepreßten Lippen, in schroffer Haltung, so standen sie sich gegenüber, Keines dem Andern weichend.

„Du reisest morgen Nachmittag mit der Fünf-Uhr-

Post," sagte sie kalt und bestimmt, und ohne die zu=
stimmende Verbeugung des jungen Mannes abzuwarten
grüßte sie die bestürzte Schwiegertochter mit einer leisen
Neigung des Kopfes und schritt hinaus.

Eine peinliche Stille herrschte, als sich die Flügel=
thüren hinter der hohen Gestalt geschlossen hatten.
Die jüngere Baronin war erschreckt, sie begriff nicht,
wie Jemand es wagen konnte der gefürchteten Schwieger=
mutter zu widersprechen, und der, der es gewagt, stand
dort in so ruhiger Haltung am Kamin und schaute in
die Flammen, als sei nicht eben die stolze Großmutter,
deren Wort Befehl für Alle im Hause war, in hellem
Zorn über seine Opposition hinausgegangen. Nelly
blickte mit verwunderten Augen den Bruder an, der so
ganz anders geworden, und im Stillen gab sie Lieschen
Recht, er sah doch mitunter der Großmutter sprechend
ähnlich.

Nun ertönte heftig und schrill die Glocke im Corridor,
die die alte Sanna zu ihrer Gebieterin rief. Nach
einer Weile trat jene athemlos ins Zimmer, einen Brief
in der Hand haltend, und fragte:

„Haben die Frau Baronin aus dem Dorfe etwas
mitzubringen? Der Heinrich muß zur Post; es schneit
just so arg, und vielleicht wär's mit Eins abzumachen."

Die Baronin verneinte, und die Alte verschwand eilig. Army hatte sich indessen an den Tisch gesetzt und blätterte in dem Buche, das er vorhin aus den Händen der Großmutter genommen.

„Du warst zu schroff, Army," begann jetzt die Mutter, „Großmama hat nun einmal ihre ganze Hoffnung auf die Erbschaft gesetzt, und Du sprichst vom Erbschleichen, der Ausdruck ist etwas zu stark. Wirst Du morgen reisen?" setzte sie fragend hinzu.

„Ja, Mama, ich muß wohl, sonst bliebe mir keine Zeit, mich gehörig bei Tante Stontheim zu insinuiren, und somit Großmama's Verzeihung zu erlangen. Aber das sage ich Dir, Mama, ich thue nichts, absolut nichts, was auch nur den entferntesten Anschein haben könnte, ich rechnete auf ihr Geld." Er beugte den Kopf wieder über das Buch.

„Das sollst Du ja auch gar nicht, Army," beschwich=
tigte die blasse Frau ängstlich, „ich bitte Dich, Du hast heute Abend genau den hartnäckigen Ausdruck im Ge=
sicht, mit dem Großmama ihre Ansichten zu vertheidigen pflegt. — Was soll daraus werden, wenn zwei so harte Steine zusammen kommen!"

Aber der junge Mann antwortete nicht, er blickte mit dem Ausdruck höchster Spannung in das Buch, und eine helle Röthe stieg in sein Gesicht.

„Da finde ich etwas von unserer schönen Agnese Mechthilde droben im Ahnensaal," rief er freudig; „komm einmal her, Schwesterchen! Das ist interessant — höre nur!"

Das junge Mädchen trat zu ihm heran, bog sich über die Lehne seines Stuhles und sah mit neugierigen Augen auf das vergilbte und mit schwer zu entziffernder Schrift bedeckte Papier. Er las, mühsam buchstabirend:

„Au dem 30. Novembris von Anno 1694 ist allhier zu Schloß Derenberg die Leiche der Hochgeborenen Frauen Agnese Mechthilde Baronin auf und zu Deren= berg, Schüttenfelde und Braunsbach, so eine geborene Freiin Krobitz aus dem Hause Trauen gewesen, in dem hiesigen Erbbegräbniß solenniter begraben, und zwar alles nach ihrer eigenhändig bei Lebezeiten gemachten Verordnung. Und hat gestanden die hohe Leiche in dem Saal neben der Kapellen, und hat den Sarg gedecket erstlich ein groß weißes und über diesem ein schwarz sammetenes Leichentuch mit darauf von Silbern Toile genähetem Kreuz; obendrauf lag ein silbern vergüldetes Crucifix, und waren auf jeder Seite acht kleinere, zu Häupten und Füßen aber größere und auf orange farben Atlas reichgestickte doppelte Wappen, so das der Deren= bergs wie der Trauen, geheftet. Den Sarg trugen

Die von Adel in die Kapellen, so in der Nachbarschaft seßhaft und gar oft hieselbst gebankettiret hatten. Zunächst dahinter giengen die sechs Söhne der Verstorbenen, sodann der Wittwer, so sehr betrübet war.'"

„Das ist langweilig," unterbrach sich der junge Officier, „aber hier — höre weiter!"

„‚Und ist die Frauen Agnese Mechthilde, Baronin auf und zu Derenberg eine gar stolze und kluge Frauen gewesen, so ihrem Manne wacker beigestanden in allen Fährden. Sie hat eine lange feine Gestalt gehabet und rothes Haar, so eigentlich kein gut Zeichen sein soll, indem es in einem alten Sprüchlein heißet:

> ‚Frawen undt auch pferdt,
> Sindt sie schön, so sind sie wehrd
> Sindt sie aber ohne Tück,
> So ist's fürwar ein großes glück;
> Darum nimb war, waß für Haar!
> Ist solches roth, hat groß Gefahr.'

Doch hat sie sonsten nicht mehr Tück gehabet, als andere Weibsbilder auch, und ist eine feine schöne Frauen gewesen, und hat sich ihretwegen ein Cavalier, so ihr in Liebe zugethan und sie ihn nicht hat erhöret, das Leben aus Desperation selbsten genommen, so ihm Gott verzeihen möge, und hat sie ihn in seinem Blute schwimmend vor der Thür ihres Gemaches gefunden, was sie also erschrecket, daß sie zur Stund ist in ein hitzig Fieber verfallen, also daß man gemeinet hat, sie werde elendiglich ihr Leben aufgeben. Der allgütige Gott hat ihr aber eine fröhliche Genesung geschenket, doch soll sie nie wieder gelachet haben nachhero, und ist der Cavalier, so ein Junker von Streitwitz gewesen, im Schloßgarten allhier begraben.'"

"Was sagst Du dazu, Mamachen?" rief Army ganz erregt, "ich glaub's schon, daß sich ihretwegen Einer das Leben nehmen konnte; es ist ein wundervolles Gesicht. Ich wünschte, ich dürfte mir das Bild mitnehmen und in meine Lieutenantsstube hängen; sie muß ein reizendes Geschöpf gewesen sein, diese Agnese Mechthilde."

"Ei, Army!" lächelte die Baronin, "ich habe ja noch gar nicht gewußt, daß Deine erste Schwärmerei Deiner Ahnfrau gilt. Nun, es ist wenigstens nicht gefährlich — was meinst Du, Nelly?"

Nelly erwiederte nichts; die heitere Stimmung wollte in den kleinen Kreis nicht wieder einkehren; das junge Mädchen saß stumm über ihre Arbeit gebeugt und dachte daran, was sie Lieschen zur Entschuldigung sagen könnte; Army vertiefte sich wieder in die Lectüre des alten Buches, und um den Mund der Baronin war das flüchtige Lächeln verschwunden. Dann und wann fuhr sie mit der Hand über die Augen und seufzte tief auf, und jedesmal, wenn ein so banger Seufzer das Ohr ihrer Kinder traf, wandten sie gleichzeitig den Kopf und ein paar traurige Blicke ruhten einen Augenblick fragend auf dem bekümmerten Gesichte der Mutter; dann nahm Jedes seine Beschäftigung wieder auf.

„Die gnädige Frau Baronin wünschen den Thee auf ihrem Zimmer zu trinken," sagte eintretend die alte Sanna, „sie lassen um Entschuldigung bitten, daß sie nicht mit zu Abend speisen; die Frau Baronin haben Kopfschmerz."

Die alte Frau trug einen Präsentirteller mit einer alterthümlichen kleinen Kanne und einer Tasse im Rococogeschmack. Sie war offenbar im Begriffe, ihrer Herrin den Thee zu bringen, und stand nun, einer Antwort wartend, an der Thür; sie blickte prüfend auf die drei Gestalten, als wollte sie ergründen, was für einen Eindruck diese Nachricht auf sie mache. Die Alte wußte ja gar zu gut, daß wieder einmal eine Scene zwischen Schwiegermutter und Tochter stattgefunden hatte, aber diesmal mußte noch ganz etwas Besonderes im Spiele sein, denn so erregt hatte sie ihre Gebieterin nur selten gesehen. Sie konnte inzwischen ruhig eine Weile ihre Beobachtung machen, denn die träumende Frau am Kamine schien ihre Worte gar nicht gehört zu haben und schreckte erst empor, als ihre Tochter freundlich sagte:

„Wir bedauern das gewiß sehr, liebe Sanna, und wünschen Großmama herzlich gute Besserung."

„Ist Ihre gnädige Frau krank, Sanna?" fragte die Baronin.

„Jawohl," erwiderte diese, und ihre große knochige Figur richtete sich zur vollen Höhe auf, indem sie die grauen Augen unter der finsteren Stirn fest auf das erschrockene Gesicht der Fragenden richtete. „Die Frau Baronin müssen ja von hier krank fortgegangen sein, denn sie kamen mit heftigem Herzklopfen in ihr Zimmer; ich habe ihr schon drei Brausepulver mischen müssen. Wenn's nur nichts Schlimmes wird!"

Es lag etwas Vorwurfsvolles, Impertinentes in dieser Antwort, weniger noch in den Worten, als in der Stimme und dem Ausdrucke des Gesichtes, so daß der blassen Frau plötzlich vor Entrüstung das Blut in die Wangen stieg.

„Ich bedauere sehr," sagte sie mit erhobener Stimme, indem sie eine entlassende Handbewegung machte, „und ich hoffe, daß es der gnädigen Frau morgen besser gehen wird."

„Sehr wohl," erwiderte die Alte und verließ das Zimmer, aber ihre Haltung und der Ausdruck ihrer Züge unter der gefältelten Haube waren geradezu feindselig geworden.

Army war aufgesprungen, und dunkelroth im Gesichte schaute er der verschwindenden Dienerin nach, dann schritt er rasch zur Thür.

„Army, ich bitte Dich," rief die Baronin, „laß sie! Du machst es nicht besser, wenn Du sie zur Rede stellst. So ist sie ja von jeher gewesen; sie kann, wie ihre Herrin, das heiße südliche Blut nicht verleugnen, und dann — sie liebt Großmama abgöttisch und ist böse auf Jeden, den sie als Urheber einer Kränkung derselben ansieht. Bleib, Army, laß uns nicht den letzten Abend ganz verbittern, wer weiß wann wir uns wiedersehen. Bedenke daß Sanna schon mit der Großmama aus Venedig hierherkam, daß sie die Zeiten des Glanzes mit ihr verlebt hat und jetzt standhaft die Sorgen und Entbehrungen mit ihr theilt. Sanna hat viele gute Seiten; eine Treue wie die ihrige ist selten; und Euch Kinder, besonders Dich, Army, liebt sie über Alles; sie ist außerdem schon so alt, daß man ihr vieles gar nicht übel nehmen kann."

Der junge Mann antwortete nicht; er nahm seine Mütze. „Ich muß einen Augenblick in's Freie, sonst schlafe ich schlecht," sagte er entschuldigend, küßte der Mutter die Hand und verließ das Zimmer.

Er stand dann in dem hohen kalten Corridor und fragte sich selbst, wohin er eigentlich wolle. „Erst muß ich mir den Paletot holen," dachte er, und schritt den langen Gang hinunter zu seinem Zimmer; ihm war so wunderbar zu Muthe heut — zum ersten Male hatte seine junge Stirn der Ernst des Lebens gestreift. Freilich, er wußte ja, daß seine Familie in dürftigen Verhältnissen lebte, aber er hatte sich nach echter Knabenart keine Gedanken darüber gemacht. Nun hatte ihm die Großmutter davon gesprochen und ihm zugleich die Hoffnung auf eine reiche Erbschaft in Aussicht gestellt, aber es war ja noch eine Erbin da, ein kleines rothhaariges Geschöpf, wie Großmama sie vorhin nannte.

Die schöne Agnese Mechthilde fiel ihm ein; wie hieß es doch in dem Verse: „Darumb nimb war, waß für Haar! Ist solches roth, hat groß Gefahr." Die rothen Haare würden doch nicht auch ihm Gefahr bringen? Doch nein, er hatte keine Anlage zum Fatalisten.

Großmutter hatte gesagt: „Auf Dich, Army, und

auf die Stontheim'sche Erbschaft baue ich meine ganze Hoffnung," und nun hatte er ihr etwas von „Erbschleichen" entgegengerufen. Aber freilich, die Blanka, die kleine rothhaarige Blanka — da war sie schon wieder — indeß Tante Stontheim konnte ja theilen zwischen Blanka, Nelly und ihm — ja, das war ein Ausweg. Ob nicht doch noch Alles gut werden könnte?

Ihn fröstelte: er trat zum Kamin und warf eine Hand voll Reisig in das verglühende Feuer; die Flammen schlugen prasselnd auf in dem dürren Holz und beleuchteten zuckend und unsicher den getäfelten Fußboden. Ihr röthlicher Schein ließ das vergoldete Laubwerk des alten Kamins in hellem Glanz aufblitzen, und die Augen des jungen Mannes folgten träumerisch den Windungen der Eichenguirlande, die sich unter dem Sims des Kamins hinzog: in der Mitte umschloß sie kranzartig ein Schild, es stand ein Spruch darauf: „An Gott nit verzag! Glück kombt all Tag", ein Kernspruch alter — längst vergangener Zeiten. „Glück kombt all Tag," wiederholte er halblaut noch einmal; hatte er denn noch nie diese Worte gelesen? Sie ergriffen ihn mächtig in dieser Stunde; konnte denn nicht das Glück auch zu ihm wieder kommen?

Er sah empor zu den prächtigen Hirschgeweihen —

alle waren sie von den Terenbergs erbeutet, wie die Täfelchen mit Namen und Datum anzeigten, alle in den Wäldern, die man theils verkauft, theils verpfändet hatte. Aber es konnte ja möglich sein — warum denn nicht? — daß er wieder dort jagte, wo seine Vorfahren so manche fröhliche Pirsch gehalten. Nein, weg mit den Grillen! Das Leben lag ja noch vor ihm, so hoffnungs= reich, so lockend, und „Glück kombt all Tag.“ Das war der rechte Spruch gewesen.

Ueber sein jugendliches Gesicht flog es wieder wie Sonnenschein; das Herz klopfte ihm heiß in der Brust, und er fühlte den Muth, auch Stürmen zu trotzen. „Nur vorwärts, weiter hinein in die Wogen des Lebens! Je toller die Brandung, je besser! Ob Lust oder Schmerz, ich nehme es wie es kommt; ein Leben ohne Kampf — das ist kein Leben. Ich will Großmama um Ver= zeihung bitten des Erbschleichens wegen,“ fuhr er fort, „auch Mama soll nicht mehr so traurig sein — warum so schwarz sehen? Selbst die Kleine hing ihr Köpfchen, ja so — das war wegen der Liese, der kleinen Lumpen= liese, paß! das ist nicht der Rede werth, und sie wird es später selbst einsehen, daß —“

Er pfiff ein Liedchen vor sich hin, als er den Cor= ridor entlang schritt, um zu seiner Mutter zurückzukehren.

3.

Am folgenden Morgen stand Army mit sonniger heiterer Miene vor der Großmutter; er hatte ihre Verzeihung erhalten. Zwar zuckte sie lächelnd die Schulter, als er ihr seine Ansicht aussprach, daß die noch unbekannte Blanka ja mit erben könne. „Du bist ein Phantast, Army," sagte sie scherzend, widersprach ihm aber nicht, sondern deutete mit der schlanken Hand auf ein Tabouret zu ihren Füßen. „Setz' Dich! Ich habe Dir noch Einiges mitzutheilen, bevor wir scheiden."

Die Zimmer der alten Dame hatten ihre luxuriöse Einrichtung behalten und machten auf den ersten Anblick einen beinahe prächtigen Eindruck. Wer genauer hinsah, bemerkte wohl, daß die Farben des schweren purpurrothen Stoffes verblichen und die Seide hin und wieder gebrochen war, aber trotzdem verliehen die starren Falten der Vorhänge an Thür und Fenstern, die zierlichen Palissandermöbel, der große Smyrnaer Teppich dem Zimmer einen beinahe üppig eleganten Charakter. Von den Wänden schauten aus goldenen Rahmen heitere Landschaften des sonnigen Italiens; diese Bilder waren Erinnerungen an glückliche Tage, welche die

Baronin als junge gefeierte Gräfin Lnja in Venedig und Neapel verlebt hatte, und in diesen Erinnerungen vergaß sie die trostlose Gegenwart.

„Ueber Dein Verhalten gegen Tante Stontheim brauche ich Dir keinen Wink zu geben, Army," begann sie, klug die gestrige Klippe vermeidend. „Du wirst Dich ja zu benehmen wissen; sag' ihr meine innigsten Grüße, und ich wäre eine alte, müde Frau geworden."

„Diese Bestellung muß ich ablehnen, Großmama," erwiderte Army galant, „unmöglich kann ich mein Ge= wissen mit einer Lüge belasten."

Die alte Dame lächelte geschmeichelt, und ihm einen leichten Streich auf die Wange gebend, bemerkte sie: „Nicht ironisch sein gegen Deine alte Großmutter!"

Army küßte ihr die Hand. „Und was hat mir Großmama noch zu sagen?"

„Ja richtig, ich muß Dich noch vor etwas warnen. Du trittst sehr jung in's Leben und hast das leiden= schaftliche Blut meiner Vorfahren geerbt. Genieße Deine Jugend nach Herzenslust, aber hüte Dich vor einer ernsthaften Neigung! Es muß sich Vieles in der vereinigen, die Du einst heimführst, alte Familie und Vermögen, Army, viel Vermögen; es ist einer der wenigen Wege, die Dir offen stehen, den gesunkenen

Glanz Deines Hauses wieder aufzurichten. — So, und das wäre Alles," schloß sie, "und wenn Du versprichst, mir mitunter zu schreiben, so hätten wir uns weiter nichts zu sagen."

Der junge Officier lächelte.

"Gewiß, Großmama, ich schreibe bald, denn ich werde viel Zeit haben, und ängstige Dich nicht! An's Heirathen kann ich doch unmöglich schon denken; ich bin erst neunzehn Jahre gewesen." Er lachte laut auf: es war auch keine Spur mehr von dem gestrigen Schatten in dem heiteren Gesichte. "Darf ich Dir jetzt Adieu sagen, Großmama?" fragte er, "ich möchte noch einmal in den Ahnensaal hinaufgehen, um der schönen Agnese Mechthilde einen Abschiedsbesuch zu machen. Sieh, Großmama, da kann ich Dir gleich eine Beruhigung geben," fügte er hinzu, "wenn ich nicht ein Mädchen finde, die ihr ähnlich sieht, dann heirathe ich überhaupt nicht; denn sie ist mein Ideal einer Frau."

"Du meinst die Mechthilde mit den rothen Haaren?" fragte ganz erstaunt die alte Dame.

"Ja!" nickte der Enkel. "Ich habe eine Schwäche für rothes Haar. Apropos, Großmama — darf ich das alte Buch behalten, das Du gestern Abend mit hinunter brachtest?"

„Gewiß, es ist eine Familienchronik, und ich hatte sie für Dich bestimmt."

„Danke tausendmal, liebe Großmama. Auf Wiedersehen zu Mittag!" Er küßte ihr die feine Hand, und gleich darauf schlossen sich die rothen Falten des Thürvorhanges hinter ihm.

Ein Liedchen pfeifend, schritt er den Corridor entlang und stand bald im Ahnensaal vor dem Bilde der schönen Agnese Mechthilde. Es webte ein mattes Dämmerlicht in dem großen Raume; Army zog den Vorhang des zunächst liegenden Fensters zurück, und nun flutheten die Strahlen der kalten klaren Wintersonne über die rothen Haare des schönen Weibes; es schienen goldene Funken darin aufzusprühen; und wieder übten die Augen auf ihn den alten Zauber, diese träumenden so unergründlich schmerzlichen Augen.

Da hörte er einen leisen Schritt, und die kleine rosige Hand seiner Schwester legte sich ihm auf die Schulter.

„Hier steckst Du, Army! Wir wollen zu Tische gehen. Komm hinunter, Army! Du mußt ja nachher bald fort, und ich habe Dich den ganzen Morgen noch nicht gesehen."

Er zog das junge Mädchen an sich. „Schau mich

einmal an, Nelly!" bat er, und hob mit der Hand
das Köpfchen ein wenig in die Höhe, „bist Du fröhlich
oder bist Du mir noch böse?"

Ihre Augen feuchteten sich, als sie dem Bruder in's
Gesicht sah, aber sie schüttelte lächelnd den Kopf.

„Böse? Nein, o nein! Aber komm doch — es ist
so kalt hier."

Er nahm ihre Hand, und sie schritten der Thür
zu; ehe er sie schloß, wandte er sich nochmals zu dem
Bilde um.

„‚Darumb nimb war, was für Haar! Ist solches
roth, hat groß Gefahr'," flüsterte er vor sich
hin. —

„Adieu mein lieber, lieber Army!" sagte die Baronin, als später der Sohn reisefertig vor ihr stand.
„Behüt' Dich Gott, und Army," flüsterte sie und ihr
blasses Gesicht sah flehend zu ihm auf, „nicht wahr,
Du wirst nie spielen oder leichtsinnig sein? Nein, versprich nichts, ich weiß, Du thust es nicht, Du wirst an
Deine kranke Mutter denken; und nun zum letztenmal,
Leb wohl, und schreibe bald, recht bald." Sie küßte
ihn noch einmal auf die Stirn, und wandte sich dann
schluchzend ins Zimmer zurück. Er war ja noch so
jung, so jung! Gott möchte ihn schützen in der weiten

Welt da draußen, das Mutterherz konnte nichts weiter thun, als für ihn beten.

Die Schwester in Mäntelchen und Hut trat jetzt hinzu. „Ich begleite Dich ins Dorf, Army!" bat sie. „Ja?"

Droben in einem der Fenster des Corridors stand die alte Sanna und blickte den Scheidenden nach! „Die ganze Großmutter," murmelte sie vor sich hin, „das Herz lacht Einem, wenn man ihn nur anschaut." Sie hielt sich die Hand über die Augen, um besser sehen zu können. „Es wird ihm nicht fehlen," dachte sie weiter, „er kann anklopfen, wo er will; die Reichste, die Schönste wird sein, und solch Malheur, wie sein Vater hatte, wird ihn doch nicht verfolgen. O, wenn meine Baronin noch erleben könnte, daß hier im Schloß wieder ein fröhliches glänzendes Leben aufblüht! Sie thäte noch einmal jung werden und schön. O Du blutiger Heiland, wie wollte ich Dir auf den Knieen danken dafür!"

Indessen schritten die Geschwister die alte Linden=allee hinunter; es war ein wunderbar schönes Winter=bild, das vor ihnen lag. Unten, wo die Allee endet, schimmerten die weißen schneebedeckten Berge herüber, von den Bäumen wie in einen Rahmen gefaßt; seit=

wärts blickten die Häuser des Dorfes mit ihren be=
schneiten Dächern hervor, fast aus jedem Schornstein
stieg eine Rauchsäule kerzengerade in die kalte Winter=
luft; und zur andern Seite zog sich der Wald hin im
herrlichen Schmuck des Anhanges; über Weg und Steg
lag eine blendend weiße Decke gebreitet — todtenstill
war es in der Natur, nur ein Schwarm Krähen flog
mit heiserem „Krah! Krah!" von den Bäumen empor
und stiebte den weißen Schmuck der Aeste ab, der nun
langsam in glitzerndem Gefunkel zur Erde schwebte.
Und über dem Ganzen lag der rosige Duft der unter=
gehenden Sonne, der in der Ferne zum wundervollsten
Violett verschwamm.

Die Blicke des jungen Mannes schweiften über die
anmuthige Landschaft.

„Sieh, Nelly," sagte er, „das Alles, soweit Dein
Auge reicht, war einmal unser."

„Auch die Papiermühle?" fragte die Kleine und
deutete hinüber zu den schiefergedeckten Giebel derselben.

„Die Mühle selbst nicht, aber ein ansehnlicher Theil
des Grundbesitzes. Großvater hat es dem Vater des
Müllers verkauft, als er sich einmal in Verlegenheit
befand — so erzählte mir Großmama. Der Mann
geht jetzt stolz zur Jagd, während wir —" er fuhr sich

mit der Hand über die Augen; dann lachte er und be=
gann zu pfeifen; er wollte nun einmal nicht grübeln.

Am Gitterthor des Parkes wandte er sich noch ein=
mal und sah die lange Allee zurück; dort schimmerte
das mächtige Portal, die Stufen der breiten Freitreppe
waren verschneit, und der Schnee war hoch hinaufge=
weht gegen die massiven Flügelthüren. Märchenhaft
schön trat das Schloß hervor, übergossen von der jetzt
intensiv rothen Gluth der sinkenden Sonne; die Fenster
leuchteten wie flüssiges Gold zu dem jungen Manne
hinunter, genau so golden und rosig wie die Zukunfts=
träume, die sich in seinem Herzen entfaltet hatten.

„Es muß hier wieder anders werden,“ sagte er, „es
muß; ich will es.“ Er wandte sich und folgte seiner Schwester.

Schweigend gingen sie neben einander her; endlich
stand der junge Officier still und sah nach der Uhr.

„Weißt Du, Schwesterchen,“ sagte er, „ich muß rasch
zuschreiten, will ich die Post nicht versäumen; kehr' Du
um! Du machst Dir nur kalte Füßchen in dem tiefen
Schnee; leb' wohl, Kleine, und grüße mir Alle noch
einmal herzlich!“ Er beugte sich nieder und küßte den
frischen Mund. „Laß Dir auch die Zeit nicht gar zu
lang werden in dem alten einsamen Schloß!“ fügte er
hinzu und sah sie fast mitleidig dabei an.

Sie schüttelte den Kopf. „O nein, ich habe ja Lieschen."

Sie standen gerade dort, wo der Weg, auf dem sie gekommen, in die Landstraße einbiegt. Drüben führte zwischen Tannen ein Weg nach der Papiermühle und mündete ebenfalls an dieser Stelle; die Straße senkte sich ziemlich steil zum Dörfchen hinunter, und eine Linde streckte ihre Zweige über eine verschneite Stein=bank aus. Vom Dorfe her tönte jetzt deutlich ein Post=horn. „Weil ich nun scheiden muß, gieb mir den Ab=schiedskuß! Mädel ade, Scheiden thut weh," sang, die Melodie nachahmend, eine helle Kinderstimme recht jubelnd und neckend in die Welt hinaus, und gleich darauf trat ein junges Mädchen hinter den Tannen hervor. Sie stutzte, als sie die beiden Gestalten dort erblickte, über das kindliche Gesichtchen flog einen Augen=blick eine dunkle Röthe, und ein paar tiefblaue Augen senkten sich wie erschreckt zur Erde, aber dann schritt sie gleich näher, und der liebliche rothe Mund lächelte, daß sich zwei herzige Grübchen in den Wangen bildeten.

„Ach, Nelly," rief sie, „wie schön, daß ich Dich treffe! Und Du, Army," fragte sie kindlich und ohne eine Spur von Scheu, „willst Du schon wieder fort und bist nicht einmal bei uns in der Mühle gewesen?"

Der junge Officier war dunkelroth geworden, als er die blauen Augen auf sich gerichtet sah und die Hand ergriff, die sie ihm nach Kindesart hinhielt. Er war noch nicht weltgewandt genug, um eine Entschuldigung zu erfinden, und so stand sie vor ihm, das Lächeln verschwand vor dem köstlich rosig angehauchten Gesichtchen, und fragend und vorwurfsvoll blickte sie zu ihm empor.

„Army muß ganz plötzlich abreisen," sagte Nelly, „sonst —" sie stockte, es war ihr unmöglich, dem arglosen Kinde etwas vorzulügen; sie hätte weinen mögen vor Scham und sah wie hülfesuchend auf ihren Bruder. Aber schon die wenigen Worte genügten dem jungen Mädchen. „Guter Army," sagte sie ganz beruhigt, „ich hatte Dich schon im Verdacht, Du würdest gar nicht mehr zur Mühle kommen; ich wollte eben einmal zu Nelly gehen," — sie lachte, daß wieder die Grübchen in den Wangen erschienen — „um nachzusehen, ob es wahr ist, was die Muhme behauptet, nämlich daß Du stolz geworden bist. Nun aber kann ich sie auslachen, gelt? Du wärst heute oder morgen doch gekommen," sagte sie treuherzig.

Er sah zu ihr herüber, wie in Gedanken verloren. „Wie Du groß geworden bist!" sagte er dann und ließ seine Augen über die schlanke Gestalt gleiten. Lieschen war wirklich fast so hoch emporgewachsen, wie er selbst; sie sah so anmuthig aus in dem blauen mit Pelz besetzten Sammetjäckchen; und plötzlich wurde sie dunkelroth unter seinem Blick und fragte rasch:

„Willst Du mit der Fünf-Uhr-Post fort? Dann mußt Du eilen, Army: ich freue mich, daß ich Dich doch noch als Officier gesehen habe." Sie hielt ihm wieder die Hand hin, und wieder legte er die seine hinein, er lachte jetzt auch; es kam etwas wie Erinnerungen aus der Kinderzeit über ihn.

„Den Letzten, Army!" rief sie dann, schlug ihn leicht auf die Schulter und lief eilig davon. Einen Moment stand der junge Mann, als wolle er, wie früher, ihr nacheilen, um ihr „den Letzten" wieder zu geben, wie sie es so jedesmal gemacht hatten, wenn sie vom Schlosse oder er von der Mühle fortgegangen war — sie hatten sich so gern damit geneckt. Aber dann zog er rasch seinen Paletot über den Armen zusammen, nickte noch einmal zurück und ging. Er sah sich nicht wieder um nach den beiden jungen Gestalten dort, die ihm Arm in Arm nachschauten; er mußte ja eilen.

Und droben unter der alten beschneiten Linde, da wurden ein Paar süße blaue Augen feucht, und eine

Stimme, aus welcher der Uebermuth plötzlich so ganz geschwunden war, flüsterte ein leises „Lebe wohl!"

Auch Nelly weinte, und als seine Gestalt hinter den Häusern des Dorfes verschwand, da fragte sie ängstlich: „Nicht wahr, Lieschen, Du bist dem Army nicht böse?"

Aber Lieschen antwortete nicht; sie schüttelte nur das Köpfchen und ging ganz stumm, ganz schweigsam neben der Freundin her. Die rosige Gluth des Himmels war verblichen, und nur ein mattes Gelb färbte noch den Horizont; die Fenster des alten Schlosses blickten wieder so traurig wie immer hinaus in das ewige Einerlei, und in den beiden jungen Herzen bangte die Wehmuth des Abschieds; der Kuß, den sie sich am Gitterthor des Parkes zur Gute Nacht gaben, war inniger, viel inniger als sonst, und Lieschen war es, als könne sie die kleine Hand der Freundin gar nicht loslassen heute. Und nun noch einmal: „Gute Nacht!"

<hr>

4.

Die Lumpenmühle, wie die Papierfabrik von jeher im ganzen Umkreise genannt wurde, lag reizend zwischen hohen alten Bäumen an dem rauschenden kleinen Flusse.

Das stattliche Wohnhaus mit der vergoldeten Wetter=
fahne auf dem spitzen Schieferdache stammte noch aus
der ersten Hälfte des vorigen Jahrhunderts und hatte
sich den Character der damaligen Zeit bewahrt. Die
schwere eichene Hausthür mit dem blankgeputzten
Messingklopfer war noch dieselbe; die vielen kleinen
Scheiben der Fenster hatte noch kein neumodisches
Spiegelglas ersetzt, und die geschnitzte Inschrift auf dem
hervorspringenden altersgrauen Balken verkündete, daß
dieses Haus „zu Ehren Gottes Anno 1741 erbauet sei von
Johann Friedrich Erving und seiner Ehefrauen Ernestine
geborenen Eisenhardtin.“ Die alten Drachenköpfe an
den vier Ecken des Daches waren noch immer bereit,
das Regenwasser hinabzuspeien, und die grauen Sand=
steinbänke neben der Hausthür unter den zwei großen
Linden galten auch heute noch als der liebste Platz der
Familie an schönen Sommerabenden. Ein großer Obst=
garten umgab das Haus von drei Seiten mit schnur=
geraden Wegen, einer schattigen Jasminlaube und vielen
Johannis= und Stachelbeersträuchern, und dieser Garten
stand unter der besonderen Herrschaft der Muhme. In
der ganzen Umgegend gab es nicht solch vortreffliche
Aepfel= und Birnensorten wie auf der Lumpenmühle,
und der Spargel auf den sorglich gepflegten Beeten

4*

der Muhme war geradezu berühmt wegen seiner Zart-
heit und außerordentlichen Größe.

Wer hätte sich auch die Lumpenmühle denken können
ohne die Alte? Wie gemüthlich sah sich das gleich an,
wenn man über den Mühlsteg schritt, der dem Wohn-
hause gegenüber lag! Der alte Frauenkopf bog sich
dann hinter den schneeweißen Vorhängen hervor, um
den Gast mit ein paar freundlichen hellen Augen willkommen zu heißen; sie schob das Spinnrad bei Seite
und war so hurtig, daß sie meist den Eintretenden schon
in der stets offenen Hausthür empfangen konnte mit
einem freundlichen „Grüß Gott! Wie wird sich Minnachen“ — das war die Hausfrau — oder „Wie wird
sich der Friedrich“ — das war der Hausherr —
„freuen!“ und dann trippelte sie voran und öffnete die
Thür, um den Gast in das behagliche Wohnzimmer
treten zu lassen, und indem sie das gewichtige Schlüsselbund von ihrer Seite nahm, verschwand sie schleunigst
in Küche und Speisekammer.

Die alte Frau lebte schon von ihrem zehnten Jahre
an in der Lumpenmühle; sie war ein Waisenkind gewesen, und der Großvater des jetzigen Besitzers hatte
das freundliche kleine Mädchen erzogen; so war sie
die Spielgefährtin seiner beiden Kinder geworden. Sie

hatte diese Wohlthat durch Treue und stete Anhäng=
lichkeit gelohnt, hatte gute und schlechte Tage mit der
Familie getheilt und war nun schon lange ein liebes
Mitglied des Hauses und geradezu unentbehrlich. Die
Ervings hatten sich stets ausgezeichnet durch Güte und
Wohlwollen den Armen gegenüber, sie hatten die
rechte Hand nie wissen lassen, was die linke that,
und der Herr hatte es ihnen gesegnet, wie die
Muhme so oft sagte; sie waren die reichsten Leute
weit und breit.

Es hatte auf der Mühle allzeit Männer gegeben
von echtem deutschen Schrot und Korn, deren Hand=
schlag mehr galt als zehn Eide und die einen festen
Willen mit Schaffensdrang und rastloser Thatkraft ver=
einten. „Das Bete und arbeite“ war von jeher der
Wahlspruch der Familie gewesen, der den Kindern von
den Eltern eingeprägt wurde. Die Mühle besaß aber
noch eine Berühmtheit, die beinahe sprüchwörtlich ge=
worden, und das war die Schönheit der Frauen und
Töchter. „So sauber, als stammte sie von der Mühle,“
war gang und gäbe im Dorfe, wenn man einem
hübschen Mädchen ein Compliment machen wollte, und
die blauen Augen der schönen Müllerskinder hatten
schon seit langen Zeiten gar manch Einem Kummer

und Herzweh gemacht. Die alte Mühle hatte auch viel fröhliches Leben erblühen sehen, und

Saure Wochen, frohe Feste,
Tages Arbeit, Abends Gäste,

war auch so ein Leitspruch gewesen, dem man gehuldigt, und die Jugendlust durfte ungestört erblühen. Sei's im Winter beim Schlittenfahren, und nachher am warmen Ofen, wo Punsch und Bratäpfel nicht fehlten, oder an Sommertagen im kühlen Walde, an warmen duftigen Abenden unter den Linden, wo die Jungen beim Mondschein sangen und Pfänderspiele trieben, und die Alten von guten vergangenen Zeiten schwatzten, immer war es ächte, rechte, goldene Fröhlichkeit. Und dann gingen die Töchter aus dem Hause, um dem gestrengen und doch so lieben Eheherrn in das gesicherte Heim zu folgen, und die Söhne gründeten sich ein Haus; der Aelteste aber brachte allemal ein herziges Weib in die alte Mühle, und die Eltern segneten noch die Enkel, ehe sie in Frieden starben.

Mit den Derenberg's war immer ein nachbarliches, freundliches Einvernehmen gewesen; es waren ja beiderseitig Naturen, die sich hochachten mußten; und wenn der jeweilige Gutsherr am Mühlbach entlang ritt und der jeweilige Müller saß unter der Linde mit seiner Frau, so entspann sich fast immer ein freundliches Gespräch. Auch in der Noth reichte man sich die Hände, und als die Kriegsjahre von Anno 1807 bis 1813 hereinbrachen, da konnten Blutsverwandte nicht treuer zusammenhalten, als die stolzen Derenbergs und die Ervings von der Lumpenmühle.

Als die Muhme in's Haus kam, erblühten dem Besitzer grade zwei fröhliche Kinder. Das Mädchen war mit ihr in einem Alter, der Knabe um vier Jahre älter. Sie wuchs mit ihnen auf; freilich hielt die Müllerin, eine Frau, die ebenso wirthschaftlich wie fromm war, streng darauf, daß das kleine Waisenmädchen aus dem armen Tagelöhnerhause auch in ihrem Stande bleibe; sie sollte später als Magd im Hause dienen, aber Frau Erving konnte und mochte es doch nicht verhindern, daß die drei Kinder zusammen spielten und sich zwischen den beiden Mädchen eine innige Freundschaft entwickelte, die mit den Jahren immer fester wurde. Der Knabe seinerseits hielt gute Cameradschaft mit den beiden Söhnen, die drüben im Schlosse emporwuchsen, und die Baronin Derenberg liebte den blondlockigen Jungen so sehr, daß sie die Eltern bestimmte, ihn an dem Unterrichte ihrer Söhne theilnehmen zu lassen. So kam der kleine Friedrich aus der Dorfschule in das Lehrzimmer des freiherrlichen Schlosses, und es hat wohl schwerlich jemals einen dankbareren Schüler gegeben.

Die beiden jungen Derenbergs kamen mit ihrem Informator gar oft auf die Mühle und spielten als wilde Knaben gern mit Lisett und Mariechen, so hieß die Muhme, Verstecken und Blindekuh. Auch später, als sie erwachsen waren und längst die große Tour im Auslande gemacht hatten, der Aelteste bereits das Besitzthum angetreten, das sein Vater ihm hinterlassen, und der Jüngere ein flotter Reiterofficier geworden, kamen sie immer gern einmal wieder in das alte Haus, um den Freund zu besuchen. Die kleine Lisette war indessen zur stattlichen Jungfrau herangewachsen, sie besaß die sprüchwörtliche Schönheit der Müllerstöchter in vollstem Maße und konnte mit ihren großen Augen, die so tief und blau waren wie der See in den Derenberg'schen Forsten, Jeden so herzgewinnend anschauen.

Mariechen war auch groß geworden, ein Pracht= mädel, wie die Hausfrau sagte; sie sprang und sang in Küch und Keller umher und hatte dabei ein so neckisch= freundliches Wesen, daß man dem muntern Ding mit den rothen Wangen gut sein mußte. Sie durfte zwar jetzt die Spielgefährtin nur „Mamsell" und „Sie" an=

reden, aber heimlich kam doch das traute Lisett und Du wieder einmal über die Lippen, und gar manchen Sommerabend saßen sie eng umschlungen in der Jasminlaube dort unten am Wasser, wie sie es schon als Kinder gethan.

Und in dieser Zeit war es, wo ein schweres Geschick über die Familie hereinbrach, so schwer, daß die gebeugten Eltern es kaum zu tragen vermeinten, und aus dem munteren Mariechen ward ein ernstes, stilles Mädchen; es betraf ja auch das Kleinod des Hauses, die schöne Lisett.

Das reizende Kind hatte zwar oft genug von ihrer sprüchwortkundigen Mutter den Reim gehört:

> „Gleiches Gut, gleiches Blut,
> Gleiche Jahre giebt die besten Paare,"

aber wie konnte sie dessen gedenken, als wirklich die Liebe in das junge Herz zog, die von Rang und Stand so gar nichts wissen will. Und sie liebte zum ersten Male mit dem reinen vertrauensvollen Kinderherzen, und die Liebe, die ihr entgegengebracht wurde, war nicht minder ernst und heilig gemeint, als die ihre. Da griff eine Hand rauh und frevelnd in das eben erblühte Glück; es war eine feine, schöne Frauenhand, aber sie riß die beiden Herzen so jäh auseinander, daß das eine seinen Wunden erlag — die schöne Lisett schloß ihre wundervollen blauen Augen nach einem kurzen, schweren Krankenlager für immer.

Das war ein harter Schlag gewesen für die Bewohner der Lumpenmühle. Der Vater grämte sich um seinen Liebling bald ins Grab, und die Mutter beugte ihr Haupt demüthig unter dem Willen des Allmächtigen, mit kummervollem Gesichte den Haushalt für ihren Sohn weiterführend. Die Beziehungen zum Schlosse waren jäh abgebrochen worden, und wenn der junge Gutsherr an der Seite seiner schönen Gemahlin drüben am Waldweg vorbeisprengte, dann erhob sich die gebeugte Mutter und schritt ins Haus, und ihr Sohn blickte stumm zur Erde hernieder, und erwiderte nicht den Gruß seines Freundes; Mariechen aber stellte den Eimer, mit dem sie eben Wasser schöpfen wollte, zur Erde, und die Hände ballten sich unter der Schürze, wenn sie ihnen nachschaute, und die weiße Straußfeder auf dem Hute der stolzen jungen Schloßherrin schwanken sah, und die frischen Lippen murmelten Etwas wie von Vergeltung und Gerechtigkeit Gottes, während die Augen in Thränen blitzten. „Sie ist ja aus dem leichtsinnigen Italien,“ flüsterte sie dann, „was kann sie wissen, wie's einem deutschen Herzen zu Muth ist, wenn's Jemand so recht innig lieb hat!“

Ja, Mariechen wußte es freilich wie's ist, wenn das Herz liebt, denn sie hatte ja auch schon einen Schatz, und wenn sie Abends in ihr Kämmerchen ging und ihres Christians letzter Kuß noch auf dem rothen Munde brannte, dann kniete sie vor der einfachen Bettstatt hin, und schickte ein heißes Dankgebet zu Gott empor, daß sie ein armes Mädchen, und er nur ein armer Bursche sei, um die sich Niemand kümmerte wenn sie sich liebten, und wo Keiner etwas dagegen haben konnte, wenn sie sich heirathen wollten.

„Auf's Schloß freie ich nicht, Christian," hatte sie damals gesagt; und da gerad auf der Mühle eine gute Stelle frei war, ging er aus dem freiherrlichen Dienste, und kam in die alte Lumpenmühle. Bald nachher heirathete er seine freundliche, hübsche, allzeit fleißige Braut, und wenn nicht noch immer die Trauer um Lisett in dem Herzen der jungen Frau gebangt hätte, so wäre sie ganz glücklich gewesen. Aber freilich, das Glück hat Flügel, und bei so manchem Menschen= kind steht das Leid Schildwacht. Kaum ein halbes Jahr, da gab es noch einen grünen Hügel unter den alten Linden auf dem Dorfkirchhofe, an dem sie weinen konnte, — ihr Christian war ihr ganz plötzlich ge= nommen worden. Das hatte lange gedauert, ehe sie sich von diesem Schmerz wieder aufraffte, ehe sie im Stande war, wieder zu denken und zu arbeiten; aber dann galt es sich zusammenzunehmen. Die alte lebens= müde Hausfrau legte sich auf's Krankenbett, und über= trug der jungen Wittwe die Sorge für die große Wirthschaft, der sie sich mit allen Kräften widmete.

Das war nun lange, lange her, und die Menschen, die damals in der Mühle gelebt hatten, waren längst todt. Marie war alt geworden und bei den Erbings ge= blieben, geachtet und geliebt, als gehöre sie zur Familie. Friedrich Erbing, der jetzige Besitzer der Mühle, der Neffe der schönen Lisett, hatte in ihr eine zweite Mutter gefunden, denn als seine Eltern früh starben, da nahm sie ihn an ihr sorgendes Herz und zog ihn zärtlich groß. Er war frisch herangewachsen unter ihrer Ob= hut, und als er eines Tages ein liebliches Weib heim= führte, da trat sie dem jungen Paare auf der Schwelle der väterlichen Wohnung freundlich entgegen, und der junge Gatte legte ihr sein eben gewonnenes Kleinod herzlich in die Arme: „Da, Muhme" — denn so nannte er sie stets — „nun hab' sie auch ein wenig lieb und ersetz' uns Beiden die Mutter!"

So war es denn auch geworden. Und als nun gar die Muhme am Taufsteine in der alten Dorfkirche stand,

ein Töchterchen des jungen Paares über die Taufe
hielt und ein paar große blaue Kinderaugen zu ihr auf=
schauten, da fielen Freudenthränen hernieder auf das
Bettchen der Kleinen, und ein heißes Dankgebet für
all das Glück, das ihr beschieden, stieg zum Himmel
auf. Die Kleine erhielt den Namen: Lieschen.

Um diese Zeit brach die Katastrophe über die Be=
wohner des Schlosses herein und erschütterte die Herzen
in der stillen Mühle — der jähe Tod des Baron
Terenberg. Die Muhme saß schweigend vor ihrem
Spinnrade und dachte, wie doch Gottes Mühlen so
gerecht mahlen. Und als eines Tages ihr Liebling,
das kleine vierjährige Lieschen, und noch ein ebenso
kleines blondes Lockenköpfchen Hand in Hand über den
Mühlsteg getrippelt kamen, gefolgt von einem bildhübschen
Jungen mit schwarzem Haare und trotzigen Augen, der
verlegen an seiner kleinen Holzpeitsche spielte, da ging
sie ihnen entgegen, nahm das süße Lockenköpfchen auf
den Arm, und als die Kleine auf die Frage, ob sie
oben auf dem Schlosse wohne, genickt hatte, da trug sie
das Kind in die Wohnstube zu der jungen Frau und
nahm dann an einer Hand den Knaben und an der
andern ihr Lieschen und führte sie auch hinein, und
beide Frauen, die alte und die junge, liebkosten die

kleinen vaterlosen Kinder, bis das blonde Mädchen endlich die Aermchen um den Hals der alten Frau schmiegte und der Knabe mit aufleuchtenden Augen den Apfel ergriff, den sie ihm hinhielt. Und als sie dann wieder heimwärts gingen über den Mühlsteg, der Bruder das Schwesterchen sorgsam führend, und Beide immer wieder die Köpfchen wandten und zurücknickten, da preßte die junge Frau ihr Töchterlein an das Herz, und indem ihr große Thränen aus den Augen perlten, sagte sie: „Heute Abend müssen wir dem lieben Gott recht danken dafür, daß Du noch einen Vater hast, einen so guten, lieben; schau die beiden Kinder da — die haben nun keinen Vater mehr, und es fehlt ihnen sonst noch viel, so viel!" Von dem Tage datirte die Freundschaft zwischen Lumpenmüllers Lieschen und Nelly und Army.

Auf der Mühle war indessen das Leben behaglich weiter geflossen, die Geschäfte gingen prächtig, das Vermögen wuchs von Jahr zu Jahr, und der Haus= herr hätte sich gewiß des Lebens ungetrübt freuen können, wenn nicht das Befinden seiner Frau ihm immer mehr Besorgniß einflößen mußte. Sie stammte aus einer Familie, in der die Schwindsucht erblich zu sein schien, und auch ihre Mutter war der heimtückischen Krankheit erlegen.

Inzwischen blühte Lieschen immer holder auf, und entfaltete jene sprüchwörtlich gewordene Schönheit, die einst auch die schöne Lisett geschmückt hatte. Und wenn die Muhme sie ansah, da packte es das alte Herz mit dem ganzen Zauber der Erinnerung und sie konnte nicht müde werden in die großen Augen zu blicken, die so tief und blau waren wie der See dort hinter dem Walde. Sie trällerte und sang den ganzen Tag und neckte sich mit dem Vater und der Muhme, denn die Letztere besaß einen eigenartigen trockenen Humor, und ihre mit Sprüchwörtern gewürzte Redeweise war eine Quelle des höchsten Ergötzens für das junge Mädchen.

Der Vater wollte sie in eine Pension schicken, aber die Mutter und die Muhme baten so flehentlich, das Kind daheim zu lassen, daß er sich ihren Bitten fügte. Und so unterrichtete sie denn der Herr Pastor, des Vaters Freund und ihr Pathe, und die Frau Pastorin sprach französisch mit ihr und lehrte sie singen, und wenn sie mit der schmiegsamen, nicht starken Altstimme die Volkslieder ihrer Heimath sang, dann saßen Vater und Mutter auf dem großen Sopha und ihre Hände verschlangen sich fester in einander, und der Muhme wurden die Augen feucht. „Grad wie die Lisett" sagte sie dann halblaut, „Gott behüte unser Lieschen!"

Daß der Army, nun er ein großer Officier geworden, die Mühle nicht wieder besucht hatte, wunderte die alte Frau kaum. „'S ist der Großmutter Blut," sagte sie, „was kann er dafür! Es ist auch gut so, sehr gut," setzte sie mit einem Blick auf das junge Mädchen hinzu. Aber Lieschen wollte nicht glauben, daß Army stolz geworden sein könnte, derselbe Army, mit dem sie noch vor gar nicht langer Zeit so unbefangen gelacht; sie mußte ihn selbst fragen — sie machte sich auf nach dem Schlosse. Und sie traf die Geschwister an der großen Linde; Army stand im Begriff abzureisen, aber es war ja so leicht aufgeklärt: er mußte so plötzlich fort, sonst wäre er sicher gekommen. Als sie dann wieder in der warmen Stube vor der alten Frau stand, die eifrig spann, da sagte sie: „Siehst Du, Muhme, es ist gar nicht wahr, daß der Army stolz ist; er hat nicht kommen können, weil er ganz eilig wegfahren mußte, — ich wußte es ja."

„So?" fragte die alte Frau.

„Ja! Du böse Muhme hast mich ordentlich erschreckt, Du —" schmollte sie.

„Na, das Ei ist ja immer klüger als das Huhn," erwiderte diese. „Also Nelly hat gesagt, er hätte kommen wollen?"

„Ja! und Nelly lügt nicht.“

„Nelly ist ein gutes Kind; ich freue mich immer, wenn sie kommt; sie hat das Derenberg'sche Gesicht und Gemüth, — das waren kreuzbrave Leute, die Derenbergs, — bis die — —“ Sie schwieg.

„Was meinst Du, Muhme?“

„Na, wenn der Teufel die Leut' verderben will, so ist er schön wie ein Engel.“

„Was sagst Du?“

„Nichts sage ich, das ist nur so für mich, aber glauben kannst Du's, Liesel, was der Herr Pastor am Sonntag von der Kanzel geredet hat: ‚Unser Gott ist ein gerechter Gott,‘ das ist ein wahr Wort, und nun guck mich nicht so verwundert an! Geh' lieber einmal an die zweite Ofenröhre! Da liegen die schönsten Brat= äpfel für Dich.“

—

5.

Zwei Jahre und einige Monate darüber waren in's Land gegangen. Nun war es ein Abend im Mai. Durch das geöffnete Fenster drang eine weiche berau= schende Luft in das kleine Zimmer der Muhme; der

Wind bewegte die jungen Blätterranken des Weines, der das Fenster einrahmte, und der Mond warf sein weißes Licht hell auf die sauberen Dielen, auf die einfachen Möbel des traulichen Stübchens und beleuchtete voll das runzliche Gesicht der alten Frau, welche, die fleißigen Hände in den Schooß gelegt, am Fenster saß und in den Garten hinaus schaute, in dem just die Aepfelbäume und der Flieder in vollster Blüthe standen. Die Muhme hielt ihr Feierstündchen; Licht durfte jetzt an den längeren Abenden nicht mehr angezündet werden, das war alter, guter Brauch in ihrer Heimath, und der Mensch ruht doch auch gern einmal, nicht nur mit seinen Händen, auch mit den Gedanken. Eigentlich ruhten diese nun wohl nicht, denn sie schweiften weit hinaus in die Vergangenheit, in ferne schöne Tage, und das war eine Freude, eine Erholung, wenn nach des Tages Last und Hitze nun die Dämmerstunde kam. Im Hause war Alles wohl beschickt und besorgt; die Gegenwart verschwand an diesem duftigen Frühlingsabend vor den Blicken der alten Frau, und die Jugendzeit tauchte vor ihr auf, duftig und mondbeschienen, wie die Welt da draußen.

Die Muhme faltete die Hände und wandte den Kopf zurück nach dem Zimmer; ihre Blicke richteten sich auf ein Bildchen über der Kommode, das im hellen Mondeslichte die Silhouette eines Männerkopfes zeigte.

„Ja, ja, mein Christian," flüsterte sie leise, „wir Beide haben uns lieb gehabt, sehr lieb, und wenn es auch nur eine kurze Zeit gewesen, da Du bei mir warst, vergessen habe ich sie nicht, und ich bin Dir treu geblieben bis heute. Daß das auch so kommen mußte mit Dir — so traurig! Du lieber Gott im hohen Himmel, was thut man nicht alles erleben in dieser kurzen Spanne Zeit! Es sind doch kaum ein paar vergnügte Jahre, die der Mensch hat; dann kommt der Kummer scheffelweis' — Gott, was waren wir doch ein paar lustige Mädchen, meine Lisett und ich, und just wie wir dachten, es ist am schönsten in der Welt — da ging das Weinen an. Du lieber Gott, meine Lisett und mein guter alter Christian!" Sie nickte traurig mit dem Kopfe, denn vor ihren Augen tauchten zwei grüne rasenbewachsene Hügel auf, da drüben im Schatten der Kirchhofs-Linden.

Da flog ein blühender Fliederzweig durch das Fenster und fiel ihr gerade auf den Schooß. Neckisches Lachen tönte herauf.

„Na, wart! Das ist die Liesel," sagte die Muhme, und ein schelmischer Zug verscheuchte die traurige Miene;

nun saß sie ganz still und drückte sich in den Sorgen=
stuhl zurück. Gleich darauf tauchte ein Mädchenkopf
mit dunklem Flechtenkranze vor dem Fenster auf und
bog sich spähend hinein.

„Nicht da!“ sagte sie wie ärgerlich; dann schrie sie
aber erschreckt auf, denn der Fliederzweig hatte ihr
Gesicht gestreift.

„Pfui! Wie abscheulich, Muhme, mich so zu er=
schrecken!“

„Ei, was! Wer wohl zuerst erschrocken war?“ er=
widerte die alte Frau. „Warte, Du Bösewicht, willst
wohl gar noch beleidigt thun?“

Das Mädchen antwortete nicht darauf, sondern
fragte: „Sind Vater und Mutter schon zurück aus
der Stadt?“

„Noch nicht; wird auch wohl Elf werden, Kindchen.
Geh’ ruhig schlafen! Ich bleibe ja wach.“

„Aber, Muhme, was denkst Du denn?“ rief das
junge Mädchen. „An diesem wundervollen Abend?
Komm’ doch ein bischen heraus unter die Linde, riech’
doch nur ein einziges Mal, wie es duftet von all dem
Flieder! Du glaubst ja nicht, wie prächtig es in dem
Garten ist.“

„Ach, Kind, das ist nichts mehr für mich; alte

Leute sind bös jung machen; es ist doch feucht draußen und — meine dumme Gicht — aber bleib' Du nur draußen und genieß' den schönen Abend!"

„Dann, Muhme, komm' ich herein zu Dir. Darf ich? Ich kann heute Abend nicht allein sein, um die Welt nicht."

„Nun, da komm', Du närrisches Ding!"

Das Köpfchen verschwand vom Fenster, und bald darauf öffnete sich die Stubenthür, und die schlanke hochgewachsene Mädchengestalt im hellen Kleide trat in's Zimmer.

„Da bin ich, Muhme!" rief sie heiter und setzte sich auf ein Bänkchen zu Füßen der Alten. Der Mond=schein fiel voll auf ein ovales Gesichtchen und zeigte ein paar wunderbar tiefe, blaue Augen, die wie bittend zu der alten Frau empor blickten.

„Muhme," sagte sie dann leise, „erzähle mir heute Abend einmal etwas, bitte —"

„Ei! Soll ich einem so großen Mädchen noch Märchen erzählen?"

„O, nicht doch! Etwas von Dir, aus Deiner Jugend, Muhme."

„Aus meiner Jugend? Aber was denn nur?"

„Ach, Muhme," kam es stockend zurück, „erzähl' mir

einmal, wie es war, als Du — — als Du Deinen Schatz zum ersten Mal gesehen hattest!" —

„Ei Du — neugierig Ding! Alles zu wissen bist Du noch viel zu jung. Wozu soll ich Dir das erzählen?"

„Ich bin aber siebenzehn Jahr, Muhme; andere Mädchen haben dann längst einen Bräutigam, und —"

„Ei, sieh' mal an! Du möchtest am Ende gar auch schon Einen haben, — ei, ei, wenn ich das der Mutter erzähle —"

„Das thu' nur, Muhme!" rief lachend das junge Mädchen. „Mutter hat mir erst neulich ach! soviel Leinenzeug gezeigt und gesagt: ‚Das ist Alles für Deine Aussteuer, Liesel.'"

„Na, das muß ich sagen! Aber was wolltest Du wissen?"

„Du sollst mir einmal erzählen, wie es war, als Du Deinen Seligen zum ersten Male gesehen hast!"

Die alte Frau verstummte und das junge Kind vor ihr sah mit den großen feuchtschimmernden Augen erwartungsvoll zu ihr empor. Es war so still rings umher, nur die schwarzwälder Uhr in dem buntbemalten Kasten neben dem Ofen sagte ihr einförmiges Tick, Tack, und von draußen herein drang das Brausen des Wassers, das über's Wehr floß in leiser gleichbleibender Melodie.

„Drei Lilien, drei Lilien, die pflanzet auf mein Grab!" sang eine frische Mädchenstimme dort unten im Garten. „Da kam ein fremder Reitersmann und brach sie ab."

Die Muhme hob den Kopf. „Das ist die Dore; guk' Einer wie sie singen kann, und hat erst heute Schelte bekommen! Ja, ja, Lieben und Singen läßt sich nicht zwingen."

„Ach Reitersmann, ach Reitersmann, laß Du die Lilien stehn! Die soll mein Schatz, mein allerliebster Schatz noch einmal sehn," klang es wehmüthig feierlich durch den stillen Abend.

„Das Liedel hab' ich auch gekannt, als ich noch jung war," sagte die Muhme und nickte, „hab' auch dort unten gesessen in der Jasminlaube mit der Lisett und aus Herzenslust gesungen, und sie konnt's auch so wunderschön, — aber Du wolltest ja wissen," unterbrach sie sich rasch, „wo ich ihn zum ersten Male gesehen? Guck, da ging ich just an einem so schönen Sommer= abend wie heute, es war etwas später im Jahre, im Juli ungefähr, den Weg hinunter, der am Park entlang führt, und singe; ich weiß noch ganz genau was es war: „Er ist beim Kaiser, er ist beim König, er ist Soldat, er ist Soldat." Da kommt aus dem Schatten der Lindenallee ein Mensch herausgetreten und fragt: ‚Na Jungfer, muß es gerad ein Soldat sein?‘ und weil ich so erschrocken war, hab' ich gar nicht geantwortet und bin rasch weiter geschritten. Er aber hinter mir drein und hat höflich um Verzeihung gebeten, und wie ich ihn mir dann genauer anschaute, da sah ich in ein so gutes liebes Gesicht mit ein paar ehrlichen treuen Augen, daß ich mich gar nicht mehr fürchtete; da sind wir denn langsam zusammen weiter gegangen und er hat mir erzählt, daß er auf dem Schlosse Reit=knecht sei bei der jungen Frau Baronin, was jetzt die Großmutter ist von Army und Nelly, die dazumal grad' hingekommen war, und daß er schon oft nach mir geschaut, wenn er an der Mühle vorbei geritten, denn Du weißt ja, ich hab' hier gedient bei Deiner Urgroßmutter selig. Und ich hab' ihm auch erzählt von mir, und daß ich keinen Vater und Mutter mehr hätt', und dann haben wir uns drüben am Mühlensteg die Hände gereicht und er hat gesagt: ‚Gute Nacht, Mariechen!‘ und dann haben wir nichts mehr gesprochen, sondern sind stumm neben einander gestanden eine ganze Weile, und endlich hab' ich meine Hand losgerissen, und ich bin fortgelaufen über die Brücke, so rasch ich konnte — —“

„Wie war Dir denn da zu Muthe, Muhme?"

„Ja, das weiß ich gar nicht mehr genau, Liesel,"
sagte die alte Frau, „ich weiß nur, daß es schön war,
ach, zu schön, daß es mir vorkam, als habe der Mond
noch nie so golden auf die alte Mühle geschienen, und
als sei der Himmel noch nie so hoch gewesen; ich konnte
die ganze Nacht nicht schlafen und war doch am andern
Tage gar nicht müde, und die Worte: ‚Gute Nacht,
Marieschen!', die schwirrten mir immer durch den
Kopf. Deine Urgroßmutter selig hatt' am andern Tage
viel zu schelten gehabt über mich, aber ich hab's kaum
gehört, und die Lisett und ich haben uns immer verstohlen angelacht, denn um die Zeit war sie ja auch so
recht von Herzen glücklich. Ach ja, das bissel Lieb ist
was Wunderbares."

Die Alte sah zu dem jungen Mädchen hinunter,
dessen Augen in Thränen schimmerten. „Sag mir nur,
Liesel, was ist mit Dir eigentlich?"

„Ach, gar nichts, Muhme!" erwiderte diese. „Weißt
Du, ich gehe noch ein wenig hinaus vor die Thür;
Vater und Mutter müssen gleich kommen. Gute Nacht,
Muhme!"

„Gute Nacht, Liesel! Behüt' Dich Gott! Höre
aber, Kind, wenn Du morgen früh wieder Spargel

stichst, da laß nicht wie heute die Hälfte stehen, sonst muß ich es künftig wieder selbst besorgen, so sauer es mir wird. Gute Nacht!"

Und nun war die alte Frau wieder allein in ihrem Stübchen. Sie schloß das Fenster und ging kopfschüttelnd zur Kommode; sie sah sich ihres Christian's Bildniß an, die Strahlen des Mondes waren weiter geglitten, sie konnte das kleine Bild nicht mehr recht erkennen, aber sie wußte ja so genau, wie es aussah.

„Ja, so war es," flüsterte sie, „dort draußen am Mühlsteg, da fing es an. Lieb' hat ein gut Ge= dächtniß, ich weiß es heut' Abend wieder so genau, als hätten wir gestern dort gestanden. Die Liesel ist schuld daran. Was sie nur eigentlich wollte, das närrische Ding?" — — —

Und diese hat sich draußen unter die Linde gesetzt, und der Mühlbach rauscht an ihr vorbei. Ihre Augen sind auf den Weg jenseits des Wassers geheftet, der zum Schlosse führt, und dort drüben hinter den dunklen Wipfeln, dort ragen die stolzen mondbeglänzten Thürme empor in den Nachthimmel, wie sie es schon so oft gesehen, so unzählige Male — wie war ihr nur heut' so sonderbar zu Muthe?

Das machte das unverhoffte Wiedersehen mit dem

alten Spielgefährten. Der Army war auf einmal in die Laube getreten, in der Nelly und sie gesessen, und sich etwas vorgelesen. Ganz unvermuthet stand er da und schloß lachend die Schwester in die Arme, die, vor Freude dunkelroth, gar nicht sprechen konnte, und dann hatte er ganz erstaunt zu ihr hinüber gesehen und sie endlich „Fräulein Lieschen" angeredet. „Fräulein Lieschen"! Wie das klang! Sie mußte lachen, und er lachte mit, aber er blieb doch dabei, sie so zu nennen. Er war größer und stattlicher geworden seit jenem Winterabende, wo sie ihn zum letzten Male unter der alten verschneiten Linde sah, und jetzt lag über dem frischen Munde ein keckes Schnurrbärtchen; wie hübsch war er doch! Und nun war der Abend von Nelly's Geburtstag so rasch vergangen, sie hatten alte Kindererinnerungen aufgefrischt, und er war so lustig, so vergnügt gewesen; das Gesicht seiner Mutter hatte wie verklärt geleuchtet, und dann, als sie fortgehen mußte, da hatte er sie begleitet; sie waren zusammen die alte Lindenallee entlang gegangen und dann den Weg bis zum Mühlsteg, ebenso wie damals die Muhme mit dem Christian; sie hatten von ihrer Kinderzeit geplaudert, und am Mühlensteg war er stehen geblieben. „Gute Nacht, Fräulein Lieschen!"

Sie hatte wieder lachen müssen; „Gute Nacht, Herr Army!" hatte sie sagen wollen, aber es kam nicht über die Lippen; sie hielt ihm nur unsicher die schlanke Hand hin, die er wie ein alter Bekannter ergriff, und dann wandte er sich ab und ging, und sie bog sich über das Geländer und sah in das Wasser, auf dem der Mondschein in silbernen Streifen zitterte, und hörte die Nachtigall singen in den alten Linden — wie im Traume.

„Ob er wohl diesmal in die Mühle kommen wird?" fragte sie sich jetzt und sah hinüber zum Schloß. „Ach ja, sicher! Wenn nur Mutter nicht gerade morgen den längst besprochenen Besuch bei der Frau Ober= försterin machen will!" dachte sie. „Nein, das wäre doch zu schade, und mitgehen müßte ich auf jeden Fall."

Und so saß sie und träumte unter der alten Linde in der Frühlingsnacht, und in dem jungen Herzen da sang es und klang es wie Nachtigallenlieder, und der Mond lächelte still hernieder als wolle er sie nicht stören in diesen seligen Jugendträumen, die jedes junge Herz einmal träumt; er weiß es ja, der alte Geselle, daß sie so leicht, so leicht verwehen. — —

Drüben im Schloß schimmerte noch bis spät in die Nacht gelber Lichtschein aus den Fenstern der alten

Baronin. Sie saß in ihrer schwarzen Robe in den Sessel zurückgelehnt, und ihre Hände spielten mit dem weißen Tuche auf ihrem Schooße.

„Und Du sagst, Army," begann sie forschend zu dem jungen Officier, der ihr gegenüber saß, „Tante Stontheim habe selbst den Wunsch geäußert, daß Blanka uns hier besuchen soll?"

„Nein, liebste Großmama, das wäre zu viel gesagt," erwiderte dieser; „Tante Stontheim ist eine eigenthümliche Frau, einen Wunsch äußert sie eigentlich nie; sie sprach davon, daß die Fatiguen des Winters Blanka angegriffen haben, und richtete die Frage an mich, ob die Luft unserer Wälder gut sei, worauf ich natürlich den Wink verstehend, sofort unsere Gastfreundschaft anbot."

„Sehr übereilt, mein lieber Army! Ich muß gestehen, eine junge verwöhnte Dame hier in diesem öden einsamen Schlosse einigermaßen zu unterhalten, das dünkt mich eine schwierige Aufgabe. Es ist tactlos von der Stontheim, Dein Anerbieten anzunehmen, und noch dazu für diese Blanka. Sie kann dann nachher ihrem Herrn Vater erzählen, wie Schloß Derenberg seine Gäste aufzunehmen vermag." Sie lachte bitter auf.

Army schwieg; er beobachtete einen Schmetterling, der um die Glaskuppel der Lampe flatterte.

„Wie sieht sie eigentlich aus, diese Blanka?" fragte die Großmutter nach einer Pause.

Ueber Army's Gesicht flog es plötzlich wie Sonnenschein. „Wie soll ich Dir das beschreiben, Großmama? Ich kann Dir nur sagen, Blanka ist eine außergewöhnliche Erscheinung; man ist geblendet, wenn man sie zum ersten Male sieht, und je öfter man sie erblickt, desto mehr Fesselndes entdeckt man an ihr."

„Das ist ja die Ausdrucksweise eines Verliebten," bemerkte die alte Dame kühl; „meines Wissens hat sie nie Anlage zur Schönheit gehabt."

Army wurde glühend roth unter den kalten Blicken der großen dunklen Augen.

„Sie ist auch eigentlich nicht schön; sie hat so etwas —"

„Genug!" unterbrach ihn die Baronin ungeduldig, „sage mir lieber, wie denkt man über das Verhältniß der Tante zu Blanka und was diese zu hoffen hat?"

„Sie gilt für die einzige Erbin der Tante. Von großer Herzlichkeit der Beiden gegen einander habe ich übrigens in den vierzehn Tagen meines Dortseins zum Weihnachtsfest und zum Geburtstage der Tante nichts bemerkt."

Die Baronin zog die Schultern mit einer veracht=

lichen Bewegung empor, und als wollte sie andeuten, wie wenig Eindruck das Gesagte auf sie mache, fragte sie: „Und auf welche Weise gedenkst Du denn die junge Dame hier zu unterhalten?"

„O Großmama, in Deiner Gesellschaft, — und dann sind doch auch Mama und Nelly da?"

„Nelly? Das arme Ding, die nichts weiter zu plaudern versteht als von Blumen, Vögeln und alten Dorfgeschichten, die sie in der Mühle drunten hört, wohin sie leider Gottes noch immer alle Tage läuft?"

„Ich hoffe aber eben weil die beiden Mädchen so verschieden sind, werden sie sich lieb gewinnen," wagte Army einzuwenden, „vielleicht lernt Nelly durch Blanka die Freuden der Welt im Hause der Tante Stontheim kennen; ich sprach öfter zu ihr von der Kleinen — —"

„Ein Seebad," erklärte die alte Dame gereizt, „würde wahrscheinlich zuträglicher sein für die Nerven des gnädigen Fräuleins, als unsere Waldluft. Hast Du schon Deiner Mutter von dieser erfreulichen Aussicht für die nächste Zukunft Mittheilung gemacht?"

„Nein, weder der Mama, noch Nelly," erstlich wollte ich es nicht thun, bevor ich mit Dir Rücksprache genommen, und zweitens war die Kleine aus der Mühle bei Nelly —"

„Natürlich! Es ist unbegreiflich! Ich habe mir ihre Gegenwart ein für allemal verbeten, aber leider ist sie das A und das O bei Deiner Mutter und Schwester, die in ihr einen Engel von Güte und Schönheit erblicken. — Aber, Army, wo um Alles in der Welt soll diese Blanka wohnen? Woher soll ich die Bedienung nehmen?"

„Ich hatte an die Zimmer neben den Deinen gedacht, Großmama, und das Thurmzimmer zur Wohnstube ausersehen; die Bedienung bringt Blanka mit, eine Kammerjungfer."

„Das Thurmzimmer? nimmermehr!" rief die alte Dame auffahrend; ihr ohnehin bleiches Gesicht hatte in diesem Augenblick etwas beinahe geisterhaft Blasses.

Army blickte sie erschreckt an. „Wie Du willst, Großmama!"

„Mach' das mit Deiner Mutter ab!" fügte sie hastig hinzu, „laß die Blanka wohnen, wo sie will! Das Thurmzimmer bleibt verschlossen, so lange ich lebe. — Geh' jetzt zur Ruhe!" sagte sie dann in etwas gemäßigterem Tone. „Morgen sprechen wir weiter."

Army beugte sich auf ihre Hand und ging dann hinaus. Draußen auf dem hallenden Corridor lag der Mondschein, der durch die vielen kleinen

Scheiben der hohen Fenster voll auf die weißen Stein-
fließen fiel.

„Noch immer das alte Lied," sagte er leise, „was
das nur wieder heißen soll mit dem Thurmstübchen?
Und ich hatte mir so reizend ausgemalt, es für Blanka
einzurichten —"

„Für Blanka!" Er stand einen Moment still; seine
Gedanken flogen zurück in die große Stadt, zu der eleganten Villa mit den hohen Spiegelscheiben und der
blumengeschmückten Veranda; dort oben im zweiten Stock
hinter den spitzenduftigen Vorhängen, da lag sie wohl
jetzt und schlief, sie hatte wohl keine Ahnung, daß
der thörichte Vetter hier im alten Schloß so spät in der
Nacht von ihr gesprochen, an sie gedacht. Er trat in
sein Zimmer; die Fenster waren geöffnet, und die Zugluft trug ihm einen Strom von Blüthenduft entgegen;
er schritt hinüber und sah in den Park hinaus, der
still im hellen Mondenschein dalag. Unter den Bäumen
ruhte tiefer Schatten, aber die Wege und der große
Platz waren weiß beglänzt, und ein ganzes Chor von
Nachtigallen schlug in den Gebüschen. Es überkam
ihn die Erinnerung an einen Winterabend, an dem er
hier in demselben Zimmer geweilt, noch unbekannt mit
dem Leben, bange vor der Zukunft, und wie ihm dann

der alte Spruch dort am Kamin so überraschend Hoffnung und Lebensmuth brachte. „An Gott nit verzag! Glück kombt all Tag." War das Glück ihm gekommen? Ach nein, das Glück selbst noch nicht, aber seine Strahlen hatten ihn schon getroffen.

Er mußte lächeln, und im Geiste sah er sich der Tante Stontheim gegenüber in dem eleganten Zimmer.

Er war damals auf die Einladung der alten Dame zum Weihnachtsfeste in D. eingetroffen, und als er ihr die Hand küßte, die sie ihm zum Willkommen gereicht, da hatte er gar nicht freundlich ausgesehen. Es wurde ihm Thee servirt, und das Gefühl, als müßte es nun unsäglich langweilig werden, legte sich wie ein Alp auf seine Brust. Da waren auf einmal die Thürvorhänge zurückgeschlagen worden, und vor ihm hatte eine Mädchen= gestalt gestanden, wie hereingeweht in's Zimmer. Der Kronleuchter, der von der Decke herabhing, warf sein blendendes Licht auf ein Geschöpfchen, das elfenhaft zierlich erschien in dem wie aus Duft gewobenen blaß= grünen Kreppkleide, das sie in durchsichtigen Wogen und Wellen umrauschte. Blendend weiße zarte Schultern tauchten aus diesen Wellen auf, und über der weißen schmalen Stirn flimmerte es goldig und wallte auf den Rücken hernieder in mächtiger Fülle — üppiges rothes wundervolles Haar.

Er war aufgesprungen und hatte sie angestarrt, als sähe er eine Spuckgestalt. Die junge Dame warf das prachtvolle Bouquet aus weißen Camelien auf den Tisch, eilte an ihm vorüber und begrüßte die Tante.

„Agnese!" klang es in ihm, „die schöne Agnese Mechthilde aus dem Ahnensaal zu Hause!"

„Ist es schon so spät?" fragte die Tante, einen prüfenden Blick über die reizende Gestalt werfend, und dann auf ihn deutend, sagte sie: „Liebe Blanka, Dein Vetter Armand von Terenberg, der für die Feiertage unser Gast sein wird!"

Die junge Dame hatte aus ein Paar dunklen Augen einen raschen Blick auf ihn geworfen; er sah sie noch immer an, er konnte nicht anders; vor ihm stand sie ja, die schöne Agnese Mechthilde, als sei sie eben aus ihrem vergoldeten Rahmen gestiegen. — Ja gewiß, er hatte sich sehr linkisch benommen; das Blut stieg ihm noch jetzt siedend heiß in den Kopf, wenn er daran dachte. Dann hatte er auf der Tante Wunsch über Hals und Kopf Toilette gemacht, saß den Damen in seidengepolstertem Wagen gegenüber und trat in feenhaft erleuchtete Säle; er war mit Blanka im Tanze über

spiegelglattes Parquet geflogen, hatte mit ihr geplaudert
und ihr erzählt, daß daheim im Schlosse ein Bild im
Ahnensaal hänge, das ihr so ähnlich sähe und vor dem
er als Knabe stundenlang gestanden in nimmersattem
Schauen.

Sie hatte darob gelächelt und gemeint, sie möchte
wohl einmal die Probe machen und sich daneben stellen,
um zu sehen, ob es nicht viel Einbildung mit der Aehn=
lichkeit sei. — Freilich, die Augen, die tiefen traurigen
Augen, die hatte sie nicht; wohl waren sie auch dunkel,
aber dieser unergründliche Schmerz lag nicht darin;
wie war das auch möglich? War sie doch so jung, so
heiter, so gefeiert! — Er folgte ihr mit den Blicken,
wenn sie im Tanz an ihm vorüberschwebte; wie ein
goldschimmernder Schleier umwob das aufgelöste Haar
ihr blasses Gesichtchen, er konnte sich nicht satt sehen
an diesem wundervollen Schmuck; er beneidete jeden
Andern, der mit ihr tanzte, und freute sich auf den
heiligen Abend, zu dessen Feier er ja eigentlich ge=
kommen war und den man doch gewiß still im Hause
verleben würde. Aber gerade da hatte sie ihm am
wenigsten gefallen, nicht daß' sie minder reizend
ausgesehen — gewiß nicht: der goldene Schleier lag
so wundervoll auf dem dunkelblauen Seidenstoff des

Kleides; die Kerzen des Weihnachtsbaumes woben schimmernde Funken darein, aber das strahlende Lächeln fehlte, das ein Gesicht erst wahrhaft bezaubernd macht; die holde Weihnachtsfreude vermißte er gänzlich in Blanka's schwarzen Augen.

Und dann folgte wieder Fest auf Fest, und endlich mußte er abreisen, wie schwer es ihm auch wurde. Er bat die Tante, bald wiederkommen zu dürfen, und in der Brusttasche trug er ein zierliches Juchten-Etui, ein Vielliebchengeschenk der Cousine; das war sein Kleinod geworden, denn darin lag eine lange Strähne rother weicher Frauenhaare. Sie gab ihm das Haar im Scherz auf seine Bitte, damit er vergleichen könne, welches goldiger sei, das auf dem Bilde im Ahnen= saale, oder das ihre.

Der junge Officier am offenen Fenster zog hastig das Etui hervor und betrachtete im Mondlicht die Locke, die oben und unten zierlich mit einem blauen Bändchen geknüpft war; er preßte sie an seine Lippen, und eine ganze Reihe wonniger Zukunftsbilder zog an seiner Seele vorüber; er sah sich wieder hier in dem Schlosse seiner Väter: sie stand neben ihm in der Sommernacht, er hielt den Arm um sie geschlungen, und sie schmiegte das goldige Köpfchen an seine Brust, und draußen im veröbeten Sandsteinbecken plätscherte wieder nach langer trauriger Zeit ein frischer Wasserstrahl empor, neues fröhliches Leben verkündend.

Wie schön war dieser Zukunftstraum! Aber es war ja nur ein Traum, und die Wirklichkeit? Army schauerte zusammen; sie stellte Forderungen an ihn, die ihn fast erschreckten, diese öde, unglückselige Wirklichkeit. Woher die Mittel nehmen, um dem schönen Gast die traurige Dürftigkeit im Schlosse Derenberg mit etwas Glanz und Schimmer zu verhüllen? Das Geld, o, das böse Geld!

Er blickte träumend in den Park hinaus. Der Nachtwind hatte sich aufgemacht und bewegte flüsternd die Bäume. „Es ist Schlafenszeit," sagte er, das Fenster schließend. Im Traume erschien ihm die schöne Agnese Mechthilde; sie stand vor ihm in der silbernen Brocat= robe und darüber flog es wie ein goldener Schleier; sie sah ihn an mit ihren großen traurigen Augen und hob warnend die Hand: „Darum nimb war, was für Haar! Ist solches roth, hat groß Gefahr," tönte es in sein Ohr.

6.

„Army, wie ich mich freue, auch einmal einen Gast haben zu dürfen," sagte am andern Morgen Nelly zu dem Bruder, als er an ihrer Seite durch den thaufrischen grünen Park schritt. „Was wird nur Lieschen sagen? Ich muß es ihr erzählen. Sag' einmal, Army," bat sie dann schmeichelnd und schmiegte sich an ihn, „wie gefällt Dir denn eigentlich Lieschen? Ist sie nicht wunderhübsch geworden?"

„Ich weiß wirklich nicht," erwiderte er wie zerstreut, „ich habe gar nicht darauf geachtet; ja, ich glaube wohl, ich erinnere mich kaum mehr —"

„Aber, Army!" kam es vorwurfsvoll aus dem Munde der Schwester. „Du bist zerstreut, oder gar traurig — ist Dir etwas Unangenehmes begegnet? Kann ich Dir etwa helfen?"

„Nein, Schwesterchen," lachte er und strich scherzend mit der Hand über ihr blühendes Gesicht, „Du kannst mir am allerwenigsten helfen; es ist eine fatale Geschichte, ich — fürchte mich, es Mama zu sagen, aber ich kann nicht anders."

„Ach, sag' es nicht der Mama, Army," bat das

junge Mädchen stehen bleibend. Sie legte die kleine Hand auf seine Schulter, und ihre Blicke hingen angstvoll an dem Gesichte des Bruders. „Bitte, nicht! Sie ist so angegriffen und weint so viel, ach bitte, sag' es nicht, wenn es etwas Unangenehmes ist —"

In den Zügen des jungen Mannes lag eine leichte Verlegenheit.

„Ja, mein Gott," sagte er, „was soll ich nur thun? An Großmama kann ich mich nicht wenden; es würde vergeblich sein, da sie wirklich nicht im Stande ist, mir —" er stockte, „und zweitens möchte ich ihre Laune nicht noch verschlimmern, sie ist sehr wenig erbaut von dem zu erwartenden Besuch."

„Army!" flüsterte das Mädchen, den Gegenstand seiner Verlegenheit errathend, und trat näher zu ihm, „ich glaube, ich kann Dir helfen, wart' einen einzigen Augenblick, oder nein, geh' weiter bis unter den großen Ahorn am Teiche! Ich bin gleich wieder da." Und eilig lief sie den schattigen Weg zurück, die Sonnen= strahlen huschten über ihr helles einfaches Kleidchen und leuchteten über die blonden Locken; bald war sie um die nächste Biegung des Weges verschwunden.

Der junge Mann schaute ihr nach und ging dann weiter. Was wollte sie nur? Sie konnte doch un=

möglich wissen — — Er saß dann auf der Steinbank
und sah über das klare Wasser hin, in dem sich der
blaue Himmel und die hohen Bäume so anmuthig
spiegelten. „Wie schön ist es hier!" sagte er halblaut,
„wenn sie nur ein wenig Sinn für Naturschönheit hat,
so muß es ihr gefallen."

Da klangen leichte Schritte hinter ihm, und sich
umwendend blickte er in das vor Freude geröthete
Gesicht seiner Schwester.

„Da, Army!" sagte sie, noch röther werdend, und
legte ihm ein zierliches seidenes Beutelchen in die
Hand. „Ich gebrauche es wirklich nicht, nein, ganz
wahrhaftig nicht, wozu auch? Und nun sagst Du der
Mama nichts, nicht wahr?" Die Freude, etwas geben
zu können, leuchtete dem lieblichen Mädchen reizend
aus den blauen Augen. „Guter, lieber Army!" bat
sie, „ganz geschwind steck' es ein! Es wird gewiß reichen."

„Nein, Nelly, nein!" rief er dunkelroth, „Dein Ge=
spartes —

Sie hielt ihm die Hand auf den Mund. „Du machst
mich bös, Army," sagte sie, „wenn sich Bruder
und Schwester nicht einmal aushelfen sollen —! Wer
weiß, ich komme auch einmal zu Dir! Nun laß uns
weiter gehen, sprich nicht mehr davon! Sieh', was meinst

Du, wenn wir hier einen Kahn hätten? Ich habe es mir schon lange gewünscht; dann könnten wir mit Blanka rudern, und Lieschen — nicht wahr, Blanka wird nicht stolz sein?"

Er antwortete nicht; er kam sich in diesem Augenblicke ganz erbärmlich vor. Hastig wandte er das Gesicht ab.

Die Schwester bemerkte es. „Army," sagte sie, „komm bald nach! Ich muß jetzt noch schnell zu Mama, und —" es fiel ihr nichts ein, was sie bei Mama sollte — „ich habe es eilig," rief sie noch zurück und schlug den nächsten Weg zum Schlosse ein.

Er folgte ihr langsam in nie gekannter Beschämung. Er hatte ihr gestern nicht einmal eine Kleinigkeit zum Geburtstage geschenkt, und heute gab sie ihm glückselig ihre ersparten Schätze. Er blieb stehen und öffnete die kleine seidene Börse; ein paar einzelne Thaler lagen darin, und dann noch etwas in Papier gewickelt; er schlug es auseinander und fand ein Goldstück, auch ein paar geschriebene Worte von der Hand seiner Mutter auf dem Papiere: „zu einem neuen Kleide für meine Nelly," las er. Das junge Mädchen hatte offenbar die Worte noch gar nicht bemerkt, sonst würde sie ihm die Beschämung erspart haben; er dachte an das verwaschene Kleid, das sie gestern und heute getragen, und wie sie sich wohl gefreut haben mochte auf ein neues. Ein neues Kleid für fünf Thaler! So viel gerade hatte der Strauß gekostet, den er neulich an Blanka geschickt, und den sie vielleicht am Morgen nach der Ballnacht achtlos bei Seite geworfen; er dachte an die zierliche Gestalt, die er nie anders als von schweren Seidenstoffen oder duftigen Kreppwogen umrauscht gesehen hatte — welche Gegensätze bietet doch das Leben! Dort lag das Schloß vor ihm, so imposant mit seiner riesigen Façade, seinen Thürmen, und der Sohn dieses stolzen Hauses besaß nicht so viel, um — nein, es war zum Verzweifeln.

Er wandte sich hastig und schritt zurück; sein Blick schweifte unwillkürlich über den waldigen Grund und blieb an dem spitzen Schieferdache der Papiermühle hängen; er lachte plötzlich laut auf: „Ja, die haben dafür desto mehr," sagte er halblaut; „man muß sich nur mit Lumpen und dergleichen einlassen, dann fließt Einem das Geld in vollen Strömen zu, und das Alles wird die Hand des kleinen Mädchens füllen, mit dem ich einst gespielt; Lumpenmüllers Lieschen ist die reichste Erbin im ganzen Umkreise — wahrhaftig zum Todtlachen, wie das so vertheilt ist im Leben." In seinen dunklen Augen stand indessen nichts von Lachen geschrieben; er sah unendlich deprimirt aus, der hübsche junge Officier; das Geld der Schwester brannte ihm wie Feuer in den Händen, während er hastig weiter schritt, die Lippen verächtlich auf einander gepreßt. Der schöne Zukunftstraum war vor der drückenden Gegenwart geflohen, und die Unbehaglichkeit seiner pecuniären Lage hatte ihn mit voller Gewalt ergriffen. Er nahm den kleinen Zettel mit den Worten der Mutter und legte ihn in seine Brieftasche; dann schritt er wieder weiter und erblickte, in den Hauptweg einbiegend, den alten Heinrich, der ihm so rasch, als es seine müden Beine erlaubten, entgegen kam.

„Die Frau Großmama lassen den Herrn Lieutenant bitten, gleich zu ihr zu kommen," bestellte er, freundlich in das erregte Gesicht des jungen Mannes sehend. — —

———————————————————————————

Die alte Baronin schritt hastig in ihrem Zimmer auf und ab. Das stolze Gesicht war von einer feinen Röthe überhaucht, und die dunklen Augen richteten sich ungeduldig auf den rothen Vorhang der Thür, durch den der Enkelsohn eintreten mußte. Ihre Hand hielt einen offenen Brief, und von Zeit zu Zeit blieb sie stehen und warf einen Blick auf das Papier.

„Es ist unglaublich," sagte sie dann leise, „diese

Königsburger Derenbergs! Sich so festzusetzen, Dio mio! Was giebt mir die Stontheim für Pillen in diesem kurzen Briefe! Und doch muß man noch Gott danken, daß die Sache sich so arrangirt; wie froh bin ich, daß ich trotz der Kühle, die zwischen uns herrscht, darauf bestand, daß Army sich ihr vorstellen mußte!" Sie warf wieder einen Blick in den Brief.

„Ich habe in Armand," las sie, „einen netten, lieben Menschen kennen gelernt, einen jungen Cavalier ganz vom Charakter der Derenberg's, und trotz der eigentlich nur kurzen Zeit unserer Bekanntschaft habe ich ihn herzlich lieb gewonnen."

Um die Lippen der alten Dame kräuselte es sich verächtlich.

„Ich bin, wie Sie von früher her wissen werden," las sie weiter, „eine Natur, die durchweg gerade und ehrlich ihre Meinung heraussagt — daß wir Beide uns nie verstanden haben, lag wohl in der allzu großen Verschiedenheit unserer Anschauungen; heute sind wir Beide alte Frauen geworden, liebste Derenberg, und es wäre wohl an der Zeit, Frieden zu machen für die kurze Spanne Leben, die uns noch gehört. Ich biete Ihnen die Hand dazu; lassen Sie das Frühere vergessen sein! Die Schuld lag vielleicht auf beiden Seiten. Und

nun möchte ich Sie zur Vertrauten eines Lieblings-
wunsches machen, der auch Armand betrifft. Durch
ihn werden Sie bereits wissen, daß in meinem Hause
eine junge Verwandte lebt, die, mutterlos, jetzt die
Stelle einer Tochter in meinem einsamen Leben aus-
füllt, und die ich liebe, als wäre sie es wirklich. Wenn
mich nicht Alles täuscht, sieht Armand seine Cousine
nicht mit gleichgültigen Blicken an, — ich würde mich
aufrichtig freuen, liebste Derenberg, lernten sich die
Beiden lieben, und um hierzu die Gelegenheit zu bieten,
schicke ich Blanka unter dem Vorwande, ihre Gesundheit zu kräftigen, in Eure einsame waldumrauschte
Heimath. Möchten sich dort die beiden jungen Herzen
finden, damit ich in Armand noch einmal einen Sohn
begrüßen kann! Sie sind eine kluge Frau, liebste Derenberg, und ich brauche Sie nicht erst zu bitten, den
jungen Leuten keinerlei Andeutungen von meinen Wünschen
zu machen; ich hoffe, daß sie sich aus wirklicher Neigung
einander nähern; es ist möglich, daß Blanka in ihrem
klugen Köpfchen meine Absicht ahnt; mitgetheilt habe
ich ihr dieselbe nicht. Und nun möge der Herr für
das Weitere sorgen und es zu unserer Freude ausführen!
Indem ich Ihnen im Geiste noch einmal versöhnend
die Hand reiche, bin ich in der Hoffnung baldiger

Antwort, liebste Derenberg. Ihre Ernestine Gräfin Stontheim, geborene Derenberg."

„Es ist wirklich grandiös," setzte die alte Dame hinzu, „und man muß wahrhaftig noch gute Miene zum bösen Spiel machen; es ist raffinirt von der Stontheim, aber so war sie immer. Blanka ist ihre Erbin — das ist klar, und nun, da sie den Jungen kennen gelernt hat, möchte sie die Sache auf gute Weise arrangiren; ich muß mit süßer Miene in diesen sauren Apfel beißen und Gott danken, daß es noch so kommt; sie ist ein boshafter Charakter, diese Stontheim. Aber eine Andeutung muß ich ihm doch machen; es scheint, daß ihm diese Blanka nicht gleichgültig ist, und —"

In diesem Moment trat Army ins Zimmer. Die Großmutter sah freundlich zu ihm hinüber.

„Ich habe einen Brief von der Stontheim," sagte sie, stehen bleibend und ihm die Hand entgegenstreckend, „sie meldet Blanka an, und nun, mein Herz, vergiß, daß ich gestern so unfreundlich Deinen Plänen gegenüberstand! Ich hatte einen leichten Anflug von meiner Migräne, und das verstimmte mich; ich freue mich wirklich auf den Besuch der jungen Dame."

Army, der eben den lockigen Kopf von ihrer Hand

erhob, sah aufleuchtend in das Gesicht der Großmutter: „Wirklich, Großmama? Ich danke Dir; Du nimmst eine Centnerlast von meiner Seele; es war mir sehr unangenehm, daß Dir eine Bürde auferlegt werden sollte, die Dir nicht convenirte. Darf ich wissen, was die Tante sonst noch schreibt?"

Die alte Dame lächelte. „Nein, mein Herz," sagte sie, „es thut nicht gut, wenn man zuviel Schmeichelhaftes über seine Person hört."

„Tante hat mich gern?" fragte er ganz aufgeregt und drehte das kecke Schnurrbärtchen.

„Tante meint, Du seist ein guter vernünftiger Junge und würdest gewiß dereinst ein richtiger alter Derenberg werden."

Army's Miene verfinsterte sich. „Ist das Alles?"

„Besonders wenn," kam es schalkhaft von den feinen Lippen der Großmutter, „wenn Dir eine schöne geliebte Frau zur Seite steht."

„Hat sie das geschrieben?" rief er hastig und erröthend, indem er stürmisch ihre Hände ergriff. „Einzige Großmama, sei gut! Sage mir, erwähnte sie etwas von ihr, von Blanka? Denkt sie, daß mich Blanka auch liebt?"

„Army! Mein Gott, wie unfein! Mäßige Dich!

Wer spricht von Blanka? Ich habe gar nichts gesagt — verstehst Du? Gar nichts: wer denkt daran? Du bist ja erst einundzwanzig Jahre."

Aber Armin hatte die Arme um den Hals der Großmutter geschlungen und drückte troß ihres Widerstrebens ein paar herzhafte Küsse auf ihren Mund, und dann stürmte er höchst unceremoniell aus dem Zimmer.

„Orribile!" sagte die alte Dame, ihr Spitzenhäubchen zurecht rückend, „er muß sie bereits ganz schrecklich lieben: wenn ihn die Stontheim jetzt gesehen hätte, würde sie kaum noch an den Terenberg'schen Charakter glauben." Sie blieb sinnend stehen und schien in der Vergangenheit nach etwas zu suchen, das sie an das eben Erlebte gemahnte. Plötzlich tauchte eine Erinnerung aus besseren Tagen in ihr auf; sie sah sich als junges schönes Mädchen, wie sie im glücklichen Rausch der halbblinden Duenna um den Hals fiel und sie stürmisch küßte. Und warum? Weil draußen auf dem Balcon unter dem blühenden Oleander in der weichen Abendluft ein schlanker blonder Mann in fremdklingendem Italienisch ihr so viel erzählt hatte von einem alten deutschen Schlosse inmitten grüner Eichenwälder, und von einer alten deutschen Frau mit treuen blauen Augen...

Ein milder Zug legte sich um ihren Mund, als sie an den Jubel ihres jungen Herzens dachte. „Er hat doch mein Blut in den Adern," sagte sie dann, „gebe Gott, daß ihm das Leben seine Wünsche treuer erfüllt, als mir!" Dann setzte sie sich in den Sessel vor ihren Schreibtisch und malte sich die Zukunft aus, die eben in rosigem Schimmer zu dämmern begann, und vor den Augen der sinnenden Frau stand wieder das alte Schloß in all dem Zauber, der es einst umwob.

Unterdessen trieb es Arnth in stürmischer Unruhe im Park umher. Er hatte vorhin seine Schwester bei= nahe erdrückt und ihr etwas Unverständliches erzählt von einem neuen Kleide, einem blauen, wie Blanka es trage; er hatte der Mutter, die des Sohnes aufgeregtes Wesen gar nicht begreifen konnte, von der Nothwendig= keit gesprochen, ihre leidende Gesundheit durch den Besuch eines Bades zu unterstützen, und sei es nicht in diesem, so doch bestimmt im nächsten Jahre. Er war dann mit Nelly und dem alten Heinrich in den Zimmern gewesen, die er für Blanka ausersehen, und hatte hier angeordnet und dort befohlen; die Schwester hatte ihm ihr Nähtischchen versprechen müssen und die Blumen= etagère der Mutter; dann hatte er die Vorhänge und die Bilder getadelt, hatte letztere herausgenommen und andere dafür aufgehangen und Nelly mehrmals erklärt, er werde Teppiche und Vorhänge aus seiner Garnison besorgen statt des alten verschossenen Zeugs, und auch eine neue Livrée für Heinrich. Zuletzt hatte er die Schwester umfaßt und gefragt, ob sie wohl glaube, daß es Blanka hier ein wenig gefallen könnte, und ob sie nicht auch finde, daß von diesem Zimmer die schönste Aussicht sei? Und ohne ihre Antwort abzuwarten, hatte er hinzugefügt: „Nein, Schwesterchen, was Du Dich wundern wirst, wenn Du sie siehst, was Du Dich wundern wirst!" Darauf war er hinausgegangen in den alten Park und wanderte nun mit hastigen Schritten durch die verwachsenen Gänge; er sehnte die Stunde der Abreise herbei, um ihr bald sagen zu können, wie man sich zu Hause freue auf ihren Besuch — und endlich wurde es Abend, und er schritt nach kurzem Abschiede mit einem aus vollstem Herzen gesprochenen „Auf frohes Wiedersehen!" in der duftenden Frühlingsnacht dem Dörfchen zu, um die Post zu benutzen. Am Parkgitter pflückte er noch einen vollen lila Fliederzweig, einen Gruß aus seiner Heimath für Blanka. Und endlich, endlich blies der Postillon, und er fuhr hinaus in das stille Land mit tausend glückseligen Gedanken.

Dort drüben aber in der Mühle, da öffnete sich

leise ein Fenster und ein brauner Mädchenkopf bog sich
heraus und sah mit feuchten, sehnsüchtigen Augen zu
der Landstraße hinüber.   Sie wußte, daß er heute Abend
wieder abreisen werde; er hatte es ihr ja selbst gesagt,
und sie hatte auf ihn gewartet und gewartet den ganzen
Tag, aber er war nicht gekommen; und horch! da schallte
das Posthorn herüber durch die stille Nacht.   Wie traurig
das klang! Vom Walde tönte leise ein Echo zurück,
und sacht, ganz sacht schloß sich das Fenster wieder.

7.

Am andern Tage war schlechtes Wetter. Der Himmel
hatte sich mit einförmigem trübem Grau bezogen, und
ein leiser Regen fiel in die Apfelblüthenpracht und in
den Flieder.   Lieschen aber stand am Nachmittage oben
in ihrem Stübchen und schaute mit trauriger Miene
über den nassen Garten hinweg nach dem Schlosse,
dessen Thürme wie in graue Schleier gehüllt erschienen.
   Das war so ein recht verkehrter Tag heute — alle
Welt machte ein böses Gesicht; der Vater hatte etwas
Unangenehmes im Geschäft gehabt, die Muhme war
ärgerlich, weil Dörte die Stallthür nicht geschlossen,

hinter welcher die Pute mit ihren sieben Kücken wohnte, die nun im Regen spazieren ging, was gegen alle Vor= schriften verstieß: die kleinen Dinger würden nun alle crepiren, prophezeite sie, und säßen schon da und ver= drehten die Augen; die Dörte hatte tüchtig Schelte be= kommen und ging ganz betrübt und mit rothgeweinten Augen im Hause umher; und zu alledem war heute gar noch der junge Herr Selldorf eingetroffen, der bei dem Vater in's Geschäft treten wollte, und hatte am Familientische mit gespeist. Sonst aßen die Herren vom Geschäft drüben in dem Hause, das sie bewohnten, denn Herr Erving ließ sich nicht gern im Kreise der Seinen stören, allein heute machte er eine Ausnahme, weil er mit dem Vater des jungen Mannes eng befreundet war. So hatte denn nun der blondgelockte Herr mit der großen blauen Cravatte der Liesel gegenüber gesessen und sie mitunter angeschaut, was doch ganz gewiß gar nicht nöthig war, und dabei hatte sich das Gespräch um den Herrn Vater, um den Stand des Geschäftes und das Befinden der Frau Mutter gedreht, und das war Alles so erschrecklich langweilig gewesen. Dazu kam noch, daß Lieschen vergessen hatte, ihre Tauben zu füttern, zum ersten Male, so lange ihr dieses Amt oblag, und nun mußte sie sich auch noch über sich selbst ärgern — was mochte ihr nur sein? Und dann fiel ihr der gestrige Tag ein, wo sie mit ihrer Arbeit unter der Linde vor der Hausthür gesessen, bis es dunkel wurde, und allemal, wenn dort drüben zwischen den Bäumen eine Gestalt auftauchte, dann war sie erschrocken, und das Herz hatte ganz gewaltig gepocht, und dann war es stets ein ganz gleichgültiger Mensch gewesen, der des Weges kam, zu= letzt gar das alte Weidner Mariechen, die immer betteln ging, und endlich — da war sie hinaufgegangen und hatte geweint.

Sie schüttelte fast unwillig den Kopf, als sie es sich eingestehen mußte, und erröthete über und über, als sie nun auch daran dachte, daß sie gestern Abend noch ein= mal aufgestanden sei, nur weil ihre Gedanken sie gar nicht schlafen lassen wollten, um das Fenster zu öffnen und dem Posthorn zu lauschen, das der Schwager vom Bocke des Wagens blies, in dem der Army — ja der Army, so bald wieder davon fuhr. —

Nun mußte sie eigentlich ihre Arbeit nehmen, und sich drunten zur Mutter in die Wohnstube setzen; aber nein, das ging nicht, sie wollte lieber oben bleiben, denn die Muhme würde sie wieder fragen, warum sie so traurig sei? Und die durfte den Grund am allerwenigsten wissen, sonst hätte sie gleich gesagt: „Nun ja, ja, das wundert mich gar nicht, denn die auf dem Schlosse sind so stolz, daß sie meinen, Stühle und Bänke müßten vor ihnen aufstehen. — Wer hat nun wohl Recht?" Nein, sie wollte nun ganz still hier oben bleiben, und ein wenig lesen.

„Daß es auch so häßliches Wetter ist!" sagte sie plötzlich halblaut, indem sie Geibel's Gedichte vom Bücherbrette herunternahm, „sonst käme doch am Ende die Nelly her." Sie setzte sich auf das kleine Sopha, stützte den Kopf in die Hand und blätterte in dem Buche, ohne gerade mehr als einen flüchtigen Blick für die anmuthigen Lieder zu haben, die sie sonst so gern las. Dann hob sie rasch den Kopf und wandte ihn horchend nach der Thür, und richtig, da kam der wohlbekannte Tritt der Muhme über den Saal entlang, und gleich darauf blickte das gute Gesicht unter der schneeweißen Haube zur Thür herein.

„Nun sag nur um Gotteswillen, Liesel, wo steckst Du denn?" fragte sie, „hast den ganzen Tag ein Gesicht gemacht, wie der pure Essig, und jetzt sitzst Du hier und liest, anstatt der alten Muhme da unten ein Bissel zu helfen? Du weißt doch, es ist heut Donnerstag, wo Pastors kommen; die Törte ist rein verbost wegen der Schelte, die sie gekriegt hat, und die Mine muckscht zur

Gesellschaft mit; hättest wohl mal helfen können die Tauben zurechtmachen, oder die Spargel schälen — das ist gar nicht leicht, und Du brauchst's für den künftigen Hausstand, denn wo die Frau wirthschaftet, da wächst der Speck am Balken. Aber es ist doch eine Freude, wie Du es hübsch hier hast," unterbrach sie sich, indem sie den anmuthigen Raum musterte, der mit seinen weiß lackirten, von blau und weiß gestreiftem Kattun über- zogenen Möbeln und den duftigen Fenstervorhängen sich so recht wie ein Mädchenstübchen ausnahm. „Und schau, wie das Myrthenstöckchen jetzt treibt! Ja, dabei fällt mir auch ein, was ich hier oben wollte. Da hat Dir die Nelly was Geschriebenes geschickt; der Heinrich brachte es mit." Sie nahm ein Briefchen aus der leinenen Tasche, die sie unter der Schürze trug, und reichte es dem jungen Mädchen, die es rasch öffnete und las.

„Denk Dir, Muhme," rief sie überrascht, „auf dem Schlosse bekommen sie Besuch! Nelly freut sich sehr: eine Cousine ist es, Blanka von Derenberg, und Army kommt auch auf Urlaub, und ich soll sie dann recht oft besuchen."

„So?" fragte die alte Frau.

„Ja, die Nelly schreibt, sie hätte es mir selbst erzählt, sie habe aber keine Zeit heut zu kommen, denn sie müsse helfen die Zimmer in Stand setzen."

„Sie haben's gewiß eben erst erfahren?" meinte die alte Frau.

„Ach nein," sagte Liesel, „der Army ist ja deswegen hier gewesen, schreibt die Nelly."

„Der Army ist hier gewesen?" fragte die Muhme und sah erstaunt zu dem jungen Mädchen hinüber, das plötzlich dunkelroth geworden war; „wann denn?"

„An Nelly's Geburtstage," klang es leise zurück.

„Ei sieh einmal! Und davon hast Du kein Wort erzählt, Liesel? Du sagst mir doch sonst Alles!" Es klang etwas wie Angst aus der Stimme der Alten. „Sag einmal, Liesel, warum hast's verschwiegen?" fragte sie dann rasch noch einmal.

„Weil ich es nicht wieder hören mochte, wenn Du sagst, er sei stolz und hoffährtig geworden —"

„Und warum willst Du das nicht hören, Liesel?"

„Weil es nicht wahr ist;" rief diese heftig, „weil er nur nicht Zeit gehabt hat — sonst wäre er gekommen."

Sie brach plötzlich in Weinen aus; die ganze getäuschte Erwartung von gestern floß mit diesen bittern Thränen aus dem Herzen des jungen Mädchens.

„Aber Liesel, meine Güte, was soll denn das heißen? Bist gar nicht gescheidt, daß Du um so etwas weinst! Was um Alles in der Welt geht Dich der

Army an?" Die alte Frau sprach ärgerlich, aber man merkte es ihr an, es war auf einmal eine Centnerlast auf ihr Herz gefallen. „Ich meinte, es könnte Dir ganz gleichgültig sein," fuhr sie fort, „was ich vom Army rede; Deine Wege und seine Wege laufen nicht mehr neben einander wie in Eurer Kindheit; er ist jetzt ein großer Herr und Du bist ein erwachsenes Mädchen — was soll man davon denken, daß Du so anfängst zu weinen?"

Lieschen aber warf sich der alten Frau um den Hals. „Ach, Muhme, sei nicht böse!" schluchzte sie, „es ist recht kindisch von mir, aber ich kann's nun einmal nicht hören, wenn Du über die im Schlosse redest; sieh, wir haben immer so hübsch zusammen ge= spielt, und es kommt mir vor, als wischtest Du un= barmherzig die schönen Erinnerungen aus, wenn Du auf Nelly und Army böse bist."

Die Muhme schüttelte den Kopf. „Kind," sagte sie dann, „wenn Du wüßtest, was für bitteres Leid von da droben über unser Haus gekommen ist!"

„Können denn aber Army und Nelly etwas dafür?"

„Nein — aber —"

„Du sagst doch selbst immer, man soll seinen Feinden vergeben."

„Es ist richtig, aber es vergißt sich ein Unrecht zu schwer, wenn's einem so nahe ging, wie —“

„Ach, laß doch gut sein, Muhme!“ bat Lieschen schmeichelnd und sah unter Thränen lächelnd in ihr Gesicht; „ich will nicht wieder so dumm weinen, aber gelt, Du schiltst auch nicht mehr? Ich komme jetzt auch mit hinunter und helf Dir die Tauben schön braun und knusprig braten, wie sie der Vater gern ißt. Ja? Und hast Du schon Radieschen aus dem Garten geholt oder soll ich es thun?“ Sie bat und schmeichelte so lange, bis die Alte ihr einen Kuß auf den Mund drückte, und als sie dann über den dämmrigen Vorsaal des obern Stockes schritten, auf welchem mächtige alte Wäsch= und Kleiderschränke standen, schaute die Muhme unwillkürlich zu einer der Thüren hinüber, und ein banger Seufzer begleitete den Blick.

„Was ist's eigentlich mit der Stube?“ erkundigte sich Lieschen, die nur einmal als kleines Mädchen einen Blick hinein gethan hatte, die Muhme aber öfter hinein gehen sah, wo sie dann immer die Thüre hinter sich verschloß, und lange dort weilte. „Was ist's mit der Stube?“

„Das ist der Lisett ihr Stübel gewesen,“ erwiderte die alte Frau.

Das junge Mädchen nickte und sprang eilig die Treppe hinunter. Sie hatte zwar schon öfter etwas von Lisett gehört; sie wußte, daß es ihre Großtante gewesen, und die Muhme sprach den Namen immer mit einer gewissen Feierlichkeit aus, aber da man ihr nie Näheres mittheilte, so interessirte es sie auch nicht, daß sie dort oben gewohnt. Sie schämte sich aber jetzt, daß sie so kindisch geweint vor der Muhme; was sollte diese nur eigentlich glauben? Am Ende gar, daß sie den Army — —? Sie wurde dunkelroth und dachte es nicht aus, sondern fing an zu singen, während sie in die Wohnstube lief, um Onkel und Tante Pastor zu begrüßen.

Die Muhme aber folgte ihr mit bangen Blicken. „Herr des Himmels," murmelte sie, „verschone uns in Gnaden mit solch einem zweiten Unglück! Denn ein Unglück wird's; es ist noch nichts Gutes von da droben gekommen, seit die Alte auf dem Schlosse Athem holt. Herr Gott, behüte die Gedanken des Mädchens! Sie weiß es selbst noch nicht, aber es ist wahr, was ich da gehört — sie hat ihn gern, den Army. O du lieber Gott, wie soll man da schon helfen?"

Und die Muhme grübelte und grübelte, während sie das Abendbrod in der blitzblanken Küche rüstete, und wenn Lieschens helle Stimme einmal aus der Wohnstube her in ihr Ohr drang, dann schüttelte sie mit dem Kopfe, und beim Abendessen betrachtete sie verstohlen das lachende Gesichtchen, von dem die letzten Thränenspuren verschwunden waren.

Das war aber auch eine vergnügte Tafelrunde, die in dem kühlen Eßzimmer um den mit schneeweißem Damast gedeckten großen runden Tisch saß. Der Haus= herr oben an mit seinem wohlwollenden, von einem großen Vollbarte umrahmten hübschen Gesichte, der Herr Pastor, dem man das Behagen ansah, mit welchem er bei dem Jugendfreunde zu Gaste saß, und Rosine, seine kleine runde Frau, die immer vergnügt war, ob= gleich sie zu Hause eine ganze Reihe Kinderchen hatte, die wie die Orgelpfeifen auf einander folgten, und für die sie oft nicht wußte, wo sie die neuen Röckchen und Jäckchen hernehmen sollte. Selbst an den Donnerstag= abenden auf der Mühle, wo sie sich von den Strapazen der Woche erholen wollte, vermochte sie kaum auf dem Sopha neben der Hausfrau zu sitzen, ohne ein Kinder= strümpfchen in der Hand, an dem sie eifrig strickte, und nicht selten legte dann Frau Erving ihr lächelnd ein ganzes Paket fertiger Strümpfe in den Schooß: „So, liebe Pastorin, da habe ich ein Bischen geholfen; nun lassen Sie es heute Abend aber auch einmal gut sein mit dem Stricken und singen uns ein Lied!" Und dann sang die Frau Pastorin mit ihrer leisen hohen Stimme irgend ein einfaches Liedchen. Nachher aber griff sie doch mechanisch wieder zum Strickzeuge und sagte, selbst darüber lächelnd: "Laßt es gut sein, Minnachen! Ich kann einmal nicht anders." Die Hausfrau befand sich heute Abend ganz besonders wohl und erzählte sich mit Rosine lange Haushalts- und Wirthschaftsgeschichten, und Lieschen neckte sich mit dem Vater und dem Herrn Pastor herum; nur die Muhme war still und hatte heute nicht einmal ein Lächeln für die Lobsprüche, die ihrer Kochkunst galten und nahm kein Schlückchen von dem duftenden Moselwein, der in dem grünen Römer so verlockend vor ihr stand.

"Weißt Du auch, Pastor," fragte der Hausherr, "daß ich jetzt einen Sohn von unserem alten Schulfreunde Selldorf hier habe?"

"Von Selldorf einen Jungen? Ei, was Du sagst! Wie ist es dem denn eigentlich ergangen?"

"Der hat eine große chemische Fabrik in Thüringen."

"Ei, was Tausend, und der Junge soll —?"

"Der Junge soll einmal seine Nase in mein Geschäft stecken, weil der Alte beabsichtigt, eine Papier-

fabrik, vulgo Lumpenmühle, anzulegen; — hat übrigens
Glück gehabt; er kam als Buchhalter in das Geschäft,
das er jetzt selbst besitzt, heirathete das einzige Töchterchen seines Principals und war ein gemachter Mann;
ist ein gescheidter Kopf und ein durch und durch reeller
Charakter. Mußt Dir übrigens den Jungen einmal
ansehen, frappant wie der Alte damals aussah, dieselbe
blonde Lockenperrücke, dieselben Augen. Ich dachte, ich
wäre wieder jung geworden, als er so vor mir stand."

„Wo hast Du ihn denn?"

„Drüben im Geschäftshause. Ich halte ihn nicht
um ein Haar anders wie die übrigen jungen Leute;
heut Mittag hat er hier gespeist, aber damit ist's gut
— Du weißt, ich lasse mich nicht gern stören im Kreise
meiner Familie."

Der Pastor nickte: „Muß ihn mir wirklich einmal
ansehen. Was sagt denn aber Lieschen dazu?" fragte
er scherzend das junge Mädchen.

„Gar nichts, Onkel," erwiderte sie.

„Das ist wenig," lachte dieser. „Aber apropos,
da fällt mir ein, Lieschen, der Army war ja hier.
Ich sah ihn von der Post kommen, als er gerade an-
gelangt war; à la bonheur, ist das ein hübscher
Junge geworden! Hast ihn gesehen, Kleine?"

Lieschen nickte, aber sie war dunkelroth geworden; die Muhme sah auch gar zu scharf herüber.

„Es kränkt mich aber doch," fuhr der Pastor fort, „daß er es nicht der Mühe werth hält, einmal mit zu uns heran zu kommen; es ist doch nicht hübsch, daß er seinen alten Lehrer nicht mehr kennt — das ist so ein Zug von der alten Baronin."

„Ja, das ist so, Bernhard," scherzte Erving, „Undank ist der Welt Lohn, er trägt Dir gewiß noch nach, daß Du ihn manchmal an den Ohren gezogen hast."

„Ich den an den Ohren ziehen? Na, Erving, da kennst Du den Jungen schlecht! Ich glaube, wenn ich ihn angetippt hätte, er wäre mir an den Kopf geflogen; hei, wie die schwarzen Augen funkelten! Weißt's noch, Lieschen, wie Du ihm einmal vorsagen wolltest als er in der Religionsstunde den hundertsten Psalm nicht ordentlich gelernt hatte?"

„Ja, er hat den stolzen Sinn seiner Großmutter," pflichtete Frau Rosine bei.

„Nun, das wär' noch kein übles Zeichen," meinte Erving.

„Sie können sich nicht allein beklagen," sagte die Hausfrau. „Hier ist er auch nicht wieder gewesen. Aber Nelly kommt zu uns."

„Ein allerliebstes Mädchen," meinte die Frau Pastorin.

„So recht dem Großvater ähnlich," tönte jetzt die Stimme der Muhme, „das war ein Mann. Na, aber: Wen unser Herrgott liebt, dem giebt er ein großes Leid."

„Er hat ja wohl sehr unglücklich mit seiner Frau gelebt?" fragte die Frau Pastorin, zu der Alten gewandt.

„O Frau Pastorin, wo die hintritt, da kommt's Unglück hinterdrein: sie hat nicht blos die eigene Familie zu Grunde gerichtet, auch über andere Häuser hat sie Kummer und Sorge genug gebracht."

„Ja, sie muß toll gewirthschaftet haben," nickte der geistliche Herr, „man hört so mitunter etwas von den Dorfleuten."

„Meine Familie könnte auch ein Lied davon singen, nicht wahr Muhme?" fragte der Hausherr.

„Das weiß der Allmächtige!" rief die alte Frau, „was sind für Thränen geflossen um dieses Weibes willen! Aber Gott hat sie alle gezählt," nickte sie rasch aufstehend und schritt aus dem Zimmer.

„Es thät' gar nichts schaden," murmelte sie, als sie dann in ihr Stübchen trat und noch einmal Alles überdachte, was sie so bekümmerte, „es thät' gar nichts schaden, wenn ich der Liesel die Geschichte erzählte; es könnte ihr doch ein Lichtel aufgehen, wie sie sind da droben.“

Dann stand sie auf, suchte einen Schlüssel hervor, ging leise aus dem Zimmer die Treppe hinan und schloß die Thür zu Lisett's Stübchen auf.

Es war ein kleiner Raum, den sie betrat, und in dem Dämmerlicht, das bereits herrschte, konnte man kaum die einfache Ausstattung erkennen. Zwischen den Fenstern eine Kommode mit blitzenden Messingbeschlägen, darüber ein Spiegel in geschnitztem Holzrahmen, der oben seltsam geschnörkelt war, eine schmale Bettstelle, grün gestrichen und mit einer plumpen Rosenguirlande bemalt, davor ein winziges Tischchen mit drei Beinen und einem eingelegten Stern auf seiner Platte, und an der gegenüberliegenden Wand ein hochlehniges, dünn= beiniges Sopha, das ordentlich aufseufzte, als jetzt die Muhme sich hineinsetzte; über dem Bett hing ein kleines schwarzes Crucifix unter einem bunten Bilde, das ein Mädchen mit einer Taube in der Hand vorstellte, zwischen Bett und Fenster aber hatte ein Kleiderschrank mit aus dunklem Holze eingelegten Figuren Platz gefunden, während am andern Fenster ein kleiner Nähtisch mit einem hochlehnigen Stuhle davor stand. Unter dem Spiegel hing ein verwelkter Kranz mit verblaßter blauer

Schleife, der seltsam contrastirte mit dem duftigen frischen Fliederstrauß in dem alten geschliffenen Glase auf der Kommode. Dies Liebeszeichen stellte die Muhme alljährlich hin, wenn der Flieder blühte; die einstige Bewohnerin hatte die blauen Blüthen so sehr geliebt, und diese Zeit rief immer ein schmerzlich süßes Gedenken in dem Herzen der Alten wach.

So saß sie nun heute Abend wieder in dem Stübchen der schönen Lisett, und in ihrer Seele mischten sich Vergangenheit und Gegenwart: es war ihr, als sei sie wieder das frische junge Mädchen, und die schlanke Gestalt der Freundin stehe dort drüben am Fenster und blicke mit den schönen Augen so sehnsuchtsvoll zu dem südlichen Thurme des Schlosses hinüber. „Er kommt, Mariechen; er kommt — ich habe das Licht gesehen,“ hatte sie einst so oft gerufen und dabei in seliger Freude die Hände zusammengeschlagen, und dann waren sie hinunter gegangen in den Garten, und da, in der dunklen Jasminlaube, da hatte dann ein schönes glückliches Liebespaar gesessen in aller Zucht und Ehrbarkeit — —

Und dann?

Dann lag sie auf jenem Bett, die schöne Gestalt, gebrochen unter der Last des Schmerzes, die Wangen schneeweiß und die blauen Augen voll heißer Fiebergluth.

War es nicht genug, einmal solche Qual ansehen zu müssen? „Herr Gott, behüt' meinen Liebling, mein Liesel!" betete sie und legte den Kopf auf die Lehne des Sophas, und die Hände sanken ihr eng gefaltet in den Schooß, während sich Thränen in die alten Augen drängten.

Da faßten ein Paar kleine Hände die ihren; eine weiche Wange schmiegte sich an die ihre, und als sie aufblickte, da schauten sie ein Paar tiefe blaue Augen an und eine leise Stimme fragte: „Was weinst Du denn, Muhme? Bist Du immer noch bös' auf mich?"

Die alte Frau antwortete nicht sogleich; ihr war es, als sähe sie eine holde Erscheinung in diesem Augenblicke, dann aber fragte sie: „Wie kommst Du hierher, Liesel?"

„Verzeih, Muhme! Ich suchte Dich drunten in Deiner Stube; sie sprechen soviel von einem Baron Fritz und der Großtante Lisett, und da wollt' ich Dich bitten, mir Etwas von ihnen zu erzählen, und bin Dir nun hierher nachgekommen."

„Dann bist Du zur guten Stunde gekommen, Liesel! Laß sie unten immerhin sprechen, es weiß es Keiner so gut wie ich, denn ich hab' es mit erlebt; zwar wollt' ich, Du solltest noch lange nicht wissen, wie bunt es manchmal im Leben hergeht, aber es ist besser für Dich — komm, setz' Dich —!"

Das junge Mädchen gehorchte, nachdem sie sich scheu in dem Zimmer umgesehen, und die alte Frau strich sich die Schürze glatt, und indem sie die Hände wieder faltete, schickte sie sich zum Sprechen an. Aber dann verstummte sie und blickte wie verlegen um sich. Sollte sie dem jungen Kinde die traurige Geschichte erzählen und Haß und Groll und verwirrendes Mißtrauen in die reine Seele streuen? Das Mädchen, das in stummer Erwartung da neben ihr saß, es war ja noch ein Kind; der Army flog ihr sicher bald aus dem Sinn; — nein, sie durfte diese thränenvolle Geschichte nicht erzählen. Und doch — wenn sich's noch einmal wiederholen sollte, und sie hätte ihren Liebling nicht gewarnt! „O, Du allgütiger Gott!" murmelte sie leise, „was kann ich da schon thun?"

„Mach' erst das Fenster auf, Liesel!" bat sie; „die Luft ist hier so eingeschlossen."

Das junge Mädchen öffnete beide Flügel; der Regen hatte aufgehört, nur so ein leises Tröpfeln von Blatt zu Blatt ging noch durch die alten Bäume, und jener frische Erdgeruch zog in das kleine Stübchen, der immer nach einem Regen die Luft erfüllt.

„Liesel,“ sagte sie dann halblaut.

„Muhme?“ fragte das junge Mädchen, und streichelte über das alte Gesicht.

„Liesel, Du — ich glaube, es wäre besser, Du gehst nicht mehr so oft zur Nelly, — — nachher, mein' ich, später, wenn der Army wieder da ist, und die Cousine,“ begütigte sie, als Lieschen den Kopf mit dem Ausdruck der Ueberraschung zu ihr wandte. „Sieh, es ist nicht — ich denke — ich —“ sie stotterte und schwieg.

„Laß das, erzähle lieber von der Lisett!“ schmeichelte das junge Mädchen in der Angst, die Muhme könnte wieder auf das gefürchtete Thema von vorhin kommen.

„Was ich von der Lisett erzählen wollte?“ rief die alte Frau hastig, „das sag' ich, daß sie das liebste Geschöpf auf Gottes weitem Erdboden war, und daß sie hat sterben müssen, nur weil — weil — — höre, Liesel, wenn jemals Einer was auf Deine Großtante sagt, dann widerstreit' es, denn es hat nie ein reiner Herz gegeben, aber auch keines, das auf so schändliche Art gebrochen worden —“

Es klang so leidenschaftlich bewegt, daß das junge Mädchen nicht zu fragen wagte.

„Geh' nicht mehr auf's Schloß, Liesel!“ fuhr sie

fort, indem sie die Hand derselben ergriff und heftig drückte; „sieh, ich kann Dir nicht Alles sagen, wie es war; es will mir nicht über die Lippen; später sollst Du es erfahren, aber glaub' mir, es thut nicht gut, die alte Baronin, — die — —"

„Hängt das mit der Geschichte von Tante Lisett zusammen?" fragte das junge Mädchen. „Sag' es, Muhme, bitte, bitte!"

„Ich sag' weder Ja noch Nein, Liesel," erwiderte diese, „aber das sag' ich," rief sie feierlich, „es ist noch nicht aller Tage Abend, und wenn es ihr noch schlechter ginge auf Erden und sie käme als Bettlerin hier vor's Haus, ich stieße sie fort und ließe sie weiter ziehn, denn wo die hintritt, da ist's verflucht in alle Ewigkeit, und einmal im Leben, da werd' ich ihr's doch noch in's Gesicht sagen, daß sie ein — —"

„Muhme!" rief Lieschen mit einer abwehrenden Bewegung, so bang und laut, daß die alte Frau erschreckt innehielt.

„Es ist gut," murmelte diese. „Ich will nichts weiter sagen. Aber Du darfst nicht auch so unglücklich werden wie die Lisett. Ich könnt's ja nicht noch einmal durchleben, wenn — — Ach Du mein Gott, Kind, ich wollt' Dir ja nicht weh thun. Ich wollt'

Dich nur warnen, Lieschen," fuhr sie fort, als sie das schluchzende Mädchen an ihre Brust gezogen, „Du sollst ja Deine Freundin nicht missen, um Alles in der Welt nicht, aber sieh, wenn Eins jung ist, da kommen mitunter gar thörichte Gedanken in's Herz — — Lieschen, Kind," flüsterte sie ängstlich, „gelt, Du thust es fühlen, daß ich es gut meine?"

Lieschen nickte: „Ja, ich weiß, daß Du es gut meinst, Muhme, aber — —." Sie schwieg; es war ihr so weh zu Muthe, so weh wie noch nie im Leben. — —

Drunten in der Wohnstube saßen sie auch noch und schwatzten mit einander von alten Zeiten, von der schönen Lisett und dem Baron Fritz, und nun stand die kleine Frau Pastorin auf, setzte sich an's Clavier und sang mit ihrer innigen Stimme ein altes Lied:

> Auf ihrem Grab, da steht eine Linde;
> Drin pfeifen die Vöglein im Abendwinde,
> Und drunten sitzt auf dem grünen Platz
> Der Müllerbursch mit seinem Schatz.
>
> Die Winde, die wehen so kalt und so schaurig;
> Die Vögel, die singen so süß und so traurig,
> Die schwatzenden Buhlen, die werden stumm,
> Sie weinen und wissen selbst nicht warum.

„Wo ist denn unser Lieschen?" fragte sie dann, „sie muß doch auch einmal singen."

Und Lieschen saß noch immer droben neben der Muhme, und als sie den Gesang von dort unten hörte, da weinte sie auch, — und wußte selbst nicht warum. Es war, als sinke ein Nebel vor ihren Augen herab, die goldene Jugendzeit verhüllend mit all den fröhlichen Spielen, mit Sonnenschein und Blüthenschnee, und zwei lachende Kindergesichter verschwanden immer mehr und mehr, und der Nebel ward dichter und dichter und baute sich auf zu einer hohen Wand, und davor stand die stolze schöne Schloßherrin aus dem Ahnen=saal dort oben, mit den wunderbar schwarzen Augen und dem blauen Sammtkleide, und sie streckte ihr wie abwehrend die Hände entgegen: „Was willst Du hier? Hier ist's gefeit, und Du gehörst nicht zu Uns. Du bist Lumpenmüllers Lieschen, kehre um, sonst wird's Dein Tod. Denk an Lisett, die schöne Lisett und — —.“ Da sprang sie hastig auf und flüchtete aus dem kleinen Stübchen in ihr Zimmer, und da warf sie sich auf's Bett und weinte im heißen Schmerz um ein Etwas, das sie selbst noch kaum recht erfaßt, recht be= griffen, und das nun mit seinem Schwinden ihr das Leben so leer, so traurig erscheinen ließ.

Die Muhme aber stand an ihrer Thür und horchte auf das bange Schluchzen da drinnen. „Herr Gott,“

sagte sie leise, „ich hatt' schon richtig gesehen; sie ist ihm gut, dem Army, wär's doch noch zur rechten Zeit gekommen, daß ich sie gewarnt; es ist besser jetzt geweint, als dann. Du armes Ding, ja — so eine erste Lieb', sie ist ja gar zu süß —.“

Und drunten, da gingen eben die Gäste fort, und die Muhme hörte deutlich die Worte, die zum „Gute Nacht!“ gesprochen wurden. „Ja, ja, Bernhard, so ist das Leben,“ sagte der Herr Pastor im Anschluß an ein vorhergegangenes Gespräch, „'s hat Leid und Freud, — na, wenn wir hier erst einmal als alte Leute sitzen und uns etwas erzählen von ferner Zeit, da ist's hoffentlich nicht so traurig wie die Geschichte heut' Abend, und wir können dann zu den Enkeln sagen: Guckt, Kinder, uns ist's besser ergangen, als wir es verdient haben; na, Bernhard, ich seh' Dich wirklich schon als Großpapa, und das Lieschen neben so einem netten Mann hier auf der Mühle; 's kommt Alles, wie der heutige Tag. Nun, Gott behüt' Euch, auf Wiedersehn zu Pfingsten, den zweiten Festtag, — den dritten kommt Ihr dann zu uns, nicht Rosina?“

„Gute Nacht, gute Nacht! Grüßt das Lieschen und die Muhme!“

Und es wurde still im Hause, nur in Lieschen's

Stübchen verstummte das bange Schluchzen noch nicht,
und erst spät stieg die alte Frau die Treppe hinunter
und ging in ihr kleines Zimmer. „Jetzt schläft sie,“
murmelte sie, „Gott schenk ihr ein fröhliches Erwachen
und neue Lebenslust, und dereinst viel Lieb und Segen!
Sie ist ja noch so jung, so jung, und das Leben ist
so schwer und lang, ja für die Meisten — die Aller-
meisten.“

8.

So war der Sonnabend vor Pfingsten gekommen;
lächelnd und golden schien die Sonne vom blauen
Himmel herab auf die Erde, küßte in Müllers Garten
die vielen kleinen Röschen wach, guckte durch die blüthen-
weißen Gardinen in die Stuben und brannte heiß auf
die Sandsteinbänke vor der Hausthür. Die Muhme
stand im Garten und pflückte Blumen in die Schürze,
Lieschen half ihr; sie hatte einen großen runden Strohhut auf und Gartenhandschuhe an den kleinen Händen,
und suchte und schnitt die allerschönsten Blüthen ab.

Ihr Gesicht hatte einen veränderten Ausdruck bekommen; besonders die Augen schauten so ganz anders
drein als sonst, und gar nicht so fröhlich, wie es sich

für einen so blauen lächelnden Frühlingstag paßte, und die Muhme war zärtlicher gegen sie als jemals. — Vom Dache schossen zirpend ein paar Schwalben an ihnen vorbei und schwangen sich dann hoch auf in den blauen Aether und aus dem Küchenfenster tönte das lustige Geplauder der Dörte und Mine, die Pläne für den morgenden Tag machten, und ob ihnen wohl der Schatz einen Maien vor's Fenster setzen würde? Im Hause war Alles schon spiegelblank und sauber; selbst oben standen die Fenster der altmodischen Putzstuben weit ge= öffnet, um frische Gottesluft einzulassen, und überall duftete es nach Festkuchen. Drüben im Geschäftshause und in den Fabrikräumen war schon früh das Klappern und Stampfen der Maschinen verstummt; die Arbeiter rüsteten daheim auch zum Feste. Herr Erving gab gern einen solchen Tag frei — dafür ging's nachher auch um so fröhlicher an die Arbeit.

Der Herr Buchhalter und die zwei anderen jungen Leute aus dem Comptoir waren schon heute früh singend in die Welt gezogen, um eine kleine Pfingsttour zu machen, nur Herr Selldorf war zurückgeblieben und freute sich auf die gemüthlichen Festtage. Ein Pfingstfest auf dem Lande, das war etwas ganz Neues für ihn, und so promenirte er dann vergnügt im Ellerngange am Mühl=

bache auf und ab und ergötzte sich an den Sonnen=
strahlen, die das Wasser bis unten auf den Grund durch=
schimmerten, und an dem Gewimmel der winzigen Fischchen,
die an solch einer sonnigen Stelle so flink durcheinander
schossen, und zuweilen schaute er verstohlen nach dem
Garten hinüber, ob da nicht bald wieder ein großer
weißer Strohhut mit kornblumenblauen Bändern auf=
tauchen würde, unter dem ein Paar so tiefe liebe Augen
hervorleuchteten, wie er sie in seinem ganzen Leben noch
nicht gesehen.

Am geöffneten Fenster der Wohnstube, die nach dem
Garten hinaus sah, saß Frau Erving und nähte himmel=
blaue Schleifen auf ein weißes Kleid für ihr Lieschen
zum Feste; sie hatte ihrem Manne gewinkt, der eben
eingetreten war, und zeigte ihm jetzt die beiden Gestalten
dort unter den Blumen im Garten.

„Sieh, Erving, wie die Muhme das Mädchen
hätschelt!“ sagte sie lächelnd, „sie hat's schon immer
verzogen, aber seit einiger Zeit ist es noch viel ärger
damit geworden; seit die Liesel neulich ein paar Tage
so blaß aussah, da will sie das Kind förmlich auf den
Händen tragen.“

„Laß sie, Minnachen!“ erwiderte Erving, „sie ist
wohl aufgehoben bei der Muhme, aber Du hast Recht,

sie sah ein bischen blaß aus, die Liesel, und weißt Du, was mir noch auffiel? Sie ist seit einer vollen Woche nicht auf dem Schlosse gewesen, und die Nelly war doch schon drei Mal hier."

„Je nun, das sind so Mädchenlaunen, vielleicht haben sie irgend etwas mit einander gehabt, die Beiden; aber sie geht morgen sicher hin; ich dächte, sie hätte davon gesprochen."

„Morgen?" fragte Erving, „hm, da ist ja der Selldorf unser Gast; was sollen wir Beide allein mit ihm anfangen?"

„O, sie bleibt ja nicht lange oben; sie haben Besuch auf dem Schlosse, die Cousine, von der Nelly erzählte, und den Army; aber Lieschen ist bis jetzt immer ge= gangen und hat frohe Feiertage gewünscht, da wird sie es auch diesmal kaum unterlassen," meinte Frau Erving bittend.

Er nickte zerstreut. „Er ist ein netter Junge, der Selldorf," sagte er dann. Seine Frau sah ihn an und lächelte, und er lachte wieder.

„Jetzt weiß ich, was Du denkst, Alter," rief sie fröhlich.

Er bog sich zu ihr herunter. „Wirklich, Minna? Nun, und wär's denn so schlimm? Sieh, ich muß schon einmal einen Schwiegersohn haben, der in's Geschäft paßt, und er ist ein prächtiger Mensch; ich habe ihn kennen gelernt — derselbe biedere Charakter wie sein Vater."

„Mann," sagte sie, und ihre schönen großen Augen sahen ihn fast flehend an, „ich bitte Dich, mach keine Pläne! Sie ist ja fast noch ein Kind."

„Warst Du denn älter als Du meine Frau wurdest, Minnachen?"

„Nein, Bernhard, aber —"

„Und sind wir denn nicht glücklich zusammen gewesen bis jetzt, und wollen es auch noch ferner sein?"

Sie nickte und griff zum Taschentuche, das sie vor die Augen preßte. „Das meinte ich auch nicht," sagte sie, während er ihre Hand ergriff und den Arm um sie schlang, „aber ich möcht' sie so gern noch ein wenig ganz ungetheilt für mich haben, denn wer weiß, wie lange ich —" sie brach ab, und versuchte die hervorquellenden Thränen zu unterdrücken. „Laß mir!" bat sie, als sie bemerkte, wie sein Gesicht sich veränderte und ein trauriger Zug darüber flog, „mir ist heute so bang um's Herz — geh nicht fort!" Sie lächelte schon wieder zu ihm auf. „Sieh, Erving, ich freue mich auch, wenn sie einen lieben Mann bekommt, er muß aber auch ebenso gut und so ehrenwerth sein, wie Du —"

Er sah ihr innig in die Augen. „Der Allerbeste muß es sein," bestätigte er, „und Du sollst entscheiden."

„Und Einen, der all' die Eigenschaften nicht zu besitzen scheint, Erving?"

„Dem geben wir einen Korb, Minnachen."

„Ja wir," lachte sie, „aber wenn sie nun, wenn sie ihn lieb hat?"

„Das wolle Gott verhüten," erwiderte er ernst, „daß sie unglücklich würde!"

„Ja, das wolle Gott verhüten!" wiederholte Frau Erving, und schaute der schlanken Gestalt entgegen, die da oben den Gartenweg hinaufschritt mit der Schürze voll Blumen. „Erving," sagte sie dann scherzend, „ich muß jetzt einmal Acht haben auf Deinen Selldorf da drüben."

„Thu' das, Minnachen!" erwiderte er und ließ ihre Hand frei, „Du wirst ein braves Gemüth kennen lernen." Und damit küßte er sie freundlich auf die Stirn und ließ sie allein mit ihren Träumen. Die duftige Arbeit glitt von ihrem Schooß; ihre Gedanken schweiften in eine ferne Zukunft, und allmählich legte sich ein weiches, glückliches Lächeln um ihren Mund. —

Und so war nun der erste Pfingsttag angebrochen; vor der Hausthür der Mühle standen zwei kerzengerade hellgrüne Maibäumchen, und von den obersten Zweigen wehten rothe Bänder im warmen Frühlingswinde; die Tauben saßen alle der Reihe nach auf dem Dache und gurrten und putzten sich, und der Peter, der so stolz von seinem Bock aus die muthigen Braunen regierte, hatte ebenfalls ein rothes Band an die Peitsche gebunden. An den Seiten des bequemen offenen Wagens steckten frische Birkenzweige, und nun erklang von da unten aus dem Dörfchen die Kirchenglocke, und die Mine — die Dörte mußte heut daheim bleiben und kochen — ging im schönsten Sonntagsstaat, das Gesangbuch in der Hand, am Wagen vorüber und nickte dem Peter verstohlen zu. Nun trat auch der Hausherr aus der Thür und hob seine Frau in den Wagen, und Lieschen und die Muhme folgten hinterdrein. Erstere sah in ihrem duftigen weißen Kleide mit den blauen Schleifen hübscher denn je aus, und die Muhme prangte im schwarzen Seidenkleid, ihre Haube war heut mit Spitzen und blauen Bändern verziert und in der Hand hielt sie das Gesangbuch nebst Taschentuch und Sträußchen; auch Lieschen hatte ein paar Rosenknospen in der Hand.

Dörte schloß knixend die Wagenthür.

„Laß die Hühner nicht verbrennen,“ ermahnte die Muhme.

„Schon nicht!“ erwiderte jene, und fügte dann, das junge Mädchen anblickend, hinzu: „Beten's für mich mit, Fräulein!“

Lieschen nickte. „Warum denn gerade ich?“ fragte sie lächelnd.

„O, weil der liebe Gott gewiß seine Freud' an Ihnen hat,“ meinte Dörte.

Herr Erving lachte. „Na, Peter, vorwärts denn!“ und so rollte der Wagen dem Dorfe entgegen, und seine Insassen hatten genug zu thun, die vielen Grüße zu erwidern, die ihnen von allen Seiten zugerufen wurden. An des Herrn Pastors Hause flog der Liesel ein ganzer Blumenregen in den Schooß und die kleinen Trabanten versteckten sich kichernd hinter den Zaun, um dann, als der Wagen vorüber war, „Guten Morgen, Tante Lieschen, Tante Lieschen!“ hinterher zu rufen.

An der Kirchenthür stand Herr Selldorf; er erröthete über und über, als er Lieschen beim Aussteigen die Hand bot und Herrn Erving um die Erlaubniß bat, mit in seinen Kirchenstand treten zu dürfen. Und so saß er denn während der Predigt neben ihr auf der

Bank, denn die Muhme hatte mit den Eltern auf den vorderen Stühlen Platz genommen — Ehre dem Ehre gebührt! Frau Erving und die Frau Pastorin, die mit ihren ältesten Kindern in dem Predigerstuhl saß, nickten einander verstohlen zu, und Herr Otto Selldorf, der sich in der kleinen Kirche umsah, in der sich die andächtige Gemeinde zahlreich versammelt hatte, meinte zu bemerken, daß Aller Augen auf seine reizende Nachbarin gerichtet seien. Diese aber saß da, den Kopf unter dem feinen Strohhütchen tief gesenkt, ihre kleinen Hände ruhten, in einander gefaltet, im Schooß, und ihre Lippen bewegten sich leise; auch während der Predigt blieb ihr Blick gesenkt, und ihrem Nachbar war es gar einmal, als falle ganz rasch ein großer glänzender Tropfen auf das weiße Kleid. Aber nein, das war ja nicht möglich — was sollte wohl so ein junges liebreizendes Geschöpf für Grund haben zu weinen an einem so wundervollen Pfingsttage?

Und endlich, als der Herr Pastor den Segen gesprochen und die Gemeinde den Schlußgesang anstimmte, da hob sich ihr Blick, und in den blauen Augen glänzte es wieder ruhig und fröhlich auf.

Als sie heimwärts fuhren, freute sich Lieschen über den Sonnenschein und das bunte bewegte Leben auf der Landstraße. An der großen Linde mußte Peter halten und sie stieg aus. „Nun grüß' mir die Nelly, Liesel!" rief ihr die Muhme nach und nickte ihr freundlich zu, und sie ging mit leichten Schritten weiter, den schattigen Weg entlang. Zwar das Herz fing ihr etwas an zu klopfen, als sie nun in die Lindenallee einbog; sie sollte ja den Army wiedersehen, aber das konnte ihr doch eigentlich ganz gleichgültig sein; — es war merkwürdig, daß ihr auf einmal ein erstickend heißes Gefühl in der Brust heraufquoll; sie nahm den Hut ab und ging langsamer; dort oben trat schon das mächtige Portal hervor, und die beiden steinernen Bären schienen heute ganz besonders drohend die Tatzen zu erheben. Sie blieb stehen und preßte die Hand auf das klopfende Herz, am liebsten wäre sie umgekehrt, aber was sollte Nelly denken, wenn sie nicht einmal kam, Nelly, zu der sie sonst fast täglich gegangen? Sie könnte am Ende glauben, sie fürchte sich vor der fremden Cousine. Nein, nur vorwärts!

Sie schritt rasch dem Ausgange der Allee zu, blieb dann aber wieder stehen — vor Ueberraschung, denn nicht weit vor ihr auf dem Rasen, im Schatten der alten mächtigen Bäume, die den freien Platz vor dem Schlosse begrenzten, stand vor einer der Sandsteinbänke ein servirter Tisch, und davor saß Nelly's Mutter in

einem der Lehnstühle, aber so, daß sie dem jungen
Mädchen den Rücken wandte; die alte Baronin hatte
ihr gegenüber Platz genommen und las eifrig in einer
Zeitung. Eine Anzahl Tassen und Couverts zeigte an,
daß man offenbar den schönen Morgen hier im Freien
gefrühstückt hatte. Lieschen wagte nicht weiter zu gehen,
es bemächtigte sich ihrer eine nie gekannte Befangenheit,
und der Gedanke, der alten Baronin gegenüber zu
treten, welche sie stets unfreundlich behandelte, und an
die sie mit einer gewissen Scheu dachte seit den An=
deutungen der Muhme, hatte etwas Beängstigendes für
sie. So stand sie etwa fünf Schritt entfernt, als die
alte Dame zufällig die Augen hob, und sie erblickend
so heftig zusammenschrack, daß sie eine jener zierlichen
Tassen vom Tische stieß, die auf der Steinbank klirrend
zerbrach. Ihr Gesicht, das einen Augenblick leichenblaß
war, wurde jedoch sofort von einer dunklen Röthe
übergossen, und noch ehe sich Lieschen dem Tische
nähern konnte, rief sie ihr entgegen:

„Wie unpassend, uns auf diese Weise zu erschrecken!
Wie sind Sie nur herangekommen, ohne daß man ihre
Tritte gehört hat?“

„O Mama, ich bitte Sie,“ sagte die Schwiegertochter,
und richtete sich im Sessel auf, da sie jetzt die schlanke

Gestalt des jungen Mädchens neben sich sah, „Lieschen hat Sie gewiß nicht erschrecken wollen, und Sie waren gewiß ebenso in Ihre Lectüre vertieft, wie ich in meine Träumereien, daß wir ihr Kommen überhört haben! Guten Morgen, Lieschen, wie geht es Dir?"

Sie erfaßte die Hand, die jene ihr willenlos überließ, denn sie stand noch immer hoch aufgerichtet und sah die alte Dame an, deren dunkle Augen funkelnd vor Entrüstung auf ihr ruhten.

„Ich bitte um Verzeihung," sagte sie dann leise, „ich war schon mehrere Minuten hier, ehe ich wagte, mich bemerkbar zu machen, denn ich fürchtete zu stören." Es klang ruhig gegenüber den leidenschaftlichen Worten der alten Baronin. „Und," fuhr sie fort, „ich komme nur auf einige Augenblicke, um fröhliche Feiertage zu wünschen, wie ich es jedes Jahr gethan, und Nelly einmal zu sehen."

„Setz' Dich, Lieschen!" bat die jüngere Baronin, „Nelly wird gleich hier sein; sie ist mit Blanka und Army ein wenig in den Park gegangen, und — da ist sie schon; ich höre sie sprechen."

Die alte Dame zuckte ungeduldig die Schultern, als sich Lieschen ruhig auf die Sandsteinbank setzte und theilnehmend nach dem Ergehen der blassen Frau fragte, von deren Wangen das flüchtige Roth, welches die wenig artigen Worte ihrer Schwiegermutter darauf gemalt hatten, wieder verschwunden war.

Indessen kamen die Stimmen näher, und Lieschen unterschied deutlich das klangreiche tiefe Organ ihres einstigen Spielgefährten. Wieder überfiel sie jenes erstickend heiße Gefühl und verwirrte einen Augenblick das ruhige Denken des Köpfchens, aber dann richtete sie ihre Augen mit dem Ausdruck des höchsten Erstaunens auf den Platz, der im grellen Sonnenscheine vor ihnen lag, denn dort seitwärts an dem leeren Sandsteinbecken des Springbrunnens stand Army, — und sprach mit einer Dame; ja, war es denn eine erwachsene Dame, oder nur ein Kind, das da so elfenhaft zierlich auf dem Pferde schwebte? Wie eine Blüthenflocke hing sie da oben im Sattel, und nun rief sie mit weicher Stimme, aber mit der Betonung wie die eines verzogenen Kindes: „Laß die Zügel los, Army, laß los, ich will jetzt den Tanten allein etwas vorreiten!“

Der junge Mann trat zurück, und das Pferd begann im langsamen spanischen Tritt zu ihnen herüber zu schreiten; bei jeder Bewegung, die das Thier machte, flog das weiße spitzenbesetzte Kleid wie eine duftige Wolke um die zierliche Gestalt, die so sicher auf seinem

Rücken saß; die Augen in dem blassen Gesicht waren gesenkt, über der Stirn aber da flimmerte es goldig auf in dem heißen Sonnenschein und wallte auf dem Rücken hinunter — üppiges rothes wundervolles Frauen=haar.

„Süperb, Blanka!" rief Army, dessen Blick wie gebannt an der reizenden Erscheinung hing; „süperb! Fräulein Elise bei Renz reitet nicht besser."

Er schritt langsam in einiger Entfernung neben ihr und blieb dicht an dem Tische stehen, denn eben wandte das Pferd und kam direct auf die Gruppe zu. Die Augen der alten Baronin funkelten vor Freude, war sie doch einst eine viel bewunderte Reiterin gewesen, und Sport ist ja eine der nobelsten Passionen.

„Meraviglia, mein Engel!" rief sie, als die junge Dame nun anhielt und, von Army gestützt, leicht aus dem Sattel glitt. „Du hast das Pferd fabelhaft in der Gewalt, aber, mia cara, wie kannst Du ohne Hut in dem Sonnenbrand reiten! Ich bitte Dich — Dein wundervoller Teint! Auf dem Lande muß man stets —"

„Ohne Sorge, Tante, ich verbrenne nie." Sie ließ sich nachlässig in einen Schaukelstuhl fallen, den ihr Army hinschob, ohne das junge Mädchen da drüben zu bemerken, die sich in dem Augenblick erhoben hatte, als die Reiterin abgestiegen war.

„Army, bitte begrüße erst einmal unser Lieschen," sagte die Mutter etwas verweisend, „und Du liebe Blanka, erlaubst wohl, daß ich Dir Nelly's Freundin vorstellen darf, Fräulein Elisabeth Erving! Wo ist nur Nelly?" fragte sie dann ungeduldig, während Blanka die Wimpern hob, und mit einem leichten Neigen des Kopfes, jedoch ohne die bequeme Lage zu ändern, die graziöse Verbeugung des jungen Mädchens erwiderte. Die dunklen Augen blieben jedoch noch einen Augenblick verwundert auf ihr haften; dann griff sie zu dem Elfenbeinfächer, der an ihrer Seite hing, entfaltete ihn und verzog hinter diesem Schutz den kleinen Mund zu einem Gähnen.

Army hatte sich artig verbeugt und erwiderte auf die Frage seiner Mutter, wo Nelly nur bleibe, daß sie wahrscheinlich noch irgendwo im Parke weile. In demselben Augenblick kam Heinrich und führte das Pferd hinweg; der alte Mann sah in der neuen braunen Livrée so stattlich aus, daß ihn Lieschen zuerst gar nicht erkannte und ihn ganz verwundert anschaute. Die junge Dame im Schaukelstuhl bemerkte dies wohl, denn ein etwas spöttisches Lächeln flog einen

Augenblick um den kleinen vollen Mund; sie schaukelte etwas heftiger, plötzlich aber hielt sie ein.

„Was macht Ihr hier den ganzen Tag?" fragte sie, während schon wieder ein Gähnen hinter dem Fächer verschwand.

„Wir werden heut Nachmittag spazieren gehen," erwiderte Army rasch, „es giebt hier reizende Waldwege."

„Spazieren gehen?"

„Wir haben leider keine Equipage zur Verfügung," bemerkte die junge Baronin einfach.

Die alte Dame lächelte spöttisch: „Die Bemerkung war sehr überflüssig, Cornelie."

„Gehst Du nicht gern spazieren, Cousine Blanka?" fragte Army, der in dem Sessel, seiner Mutter gegenüber, Platz genommen hatte.

„Nein!" erklärte sie, ohne die Augen aufzuschlagen.

Der junge Officier biß sich auf die Lippen.

„Könnte man nicht den Amtmann um seinen Wagen bitten lassen, für ein paar Stunden?" fragte er dann, „was meinst Du, Großmama?"

„Daß es eine ziemlich wunderbare Idee von Dir ist, Army; sich in dieses vorweltliche Institut zu setzen, kannst Du wohl kaum Jemandem zumuthen."

„Ei, warum nicht, Mamachen?" sagte die jüngere

Baronin. „Ich fürchte nur, daß der Wagen gerade heute nicht disponibel sein wird, da die Familie gewöhnlich Sonntags selbst eine kleine Spazierfahrt unternimmt.“

„Ich verzichte ein für allemal,“ erwiderte die alte Dame abweisend.

„Darf ich vielleicht unsern Wagen anbieten?“ fragte Lieschen, „Vater würde sich gewiß ein großes Vergnügen daraus machen —“

„Das wäre ein Ausweg!“ rief Army; „wenn Du Lust hast, Blanka, so nehmen wir es an. Nicht wahr, Großmama?“

„Ich danke,“ entgegnete diese, Blanka aber sagte weder Ja noch Nein; sie richtete einen ihrer musternden, erstaunten Blicke auf das Mädchen in dem einfachen weißen Kleide da drüben — wer war sie nur?

„Nun, entscheide Dich, Cousine!“ bat Army.

„Ja, entscheide Dich!“ fügte die Großmutter hinzu, während ein häßliches Lächeln um ihren Mund spielte. „Es ist nicht alle Tage Pfingsten, an den Werktagen haben die stolzen Pferde keine Zeit, weil sie — die Lumpenwagen heranholen müssen.“

„Vaters Wagenpferde sind keine Arbeitspferde,“ sagte Lieschen — ihre Lippen bebten, „sie würden dazu keine Zeit haben, weil sie Vater ausschließlich für meine Mutter bestimmte, der das Gehen leider sehr schwer fällt."

„Ich will nicht fahren heute," erklärte Blanka, der das Wort „Lumpen" einen Schauder eingejagt hatte.

„Ist hier viel Nachbarschaft?" fragte sie dann.

„O ja," erwiderte Army freundlich, „indessen verkehren wir mit Niemand; Du weißt, ohne Equipage — —"

„Und in der nächsten Umgegend ist keine einzige Familie, mit der man anständiger Weise umgehen könnte," ergänzte die alte Baronin.

„So!" sagte die junge Dame und lehnte sich wieder in den Sessel zurück, indem sie ihre langen goldig schimmernden Haare nach vorn schob und einzelne Strähne um den Finger zu wickeln begann.

Army war dunkelroth geworden, und warf einen raschen Blick zu Lieschen hinüber, die sich plötzlich erhoben hatte. Das liebliche Gesicht sah todtenbleich aus, und in den großen Augen schimmerte eine Thräne:

„Ich muß mich empfehlen, ohne Nelly gesprochen zu haben."

„Es wird ihr leid thun, Lieschen," sagte die leidende Frau neben ihr, und reichte ihr die Hand; „vielleicht triffst Du sie noch im Park. Grüße die Eltern daheim und die Muhme!"

„Ich danke, gnädige Frau," erwiderte das junge Mädchen und wandte sich, nach einer Verbeugung gegen die Uebrigen, zum Gehen. Die dunklen Augen der alten Dame folgten der schlanken Gestalt mit kaum zu beschreibendem Ausdruck.

„Gott sei Dank!" rief sie tief, tief aufathmend; „ich weiß nicht, was es ist, aber die Anwesenheit dieses Mädchens verdirbt mir jedesmal die Laune und reizt mich stets zu kleinen Bosheiten; sie hat eine so abscheuliche Manier, auf ihren Geldsack zu klopfen: Welche Arroganz, ihre Equipage zu offeriren! Und Du, Armin, hättest sie um ein Haar angenommen! Sich in Lumpenmüllers Equipage zu zeigen, die jedes Kind kennt — unbegreiflich von Dir!"

„Ich wollte nur Blanka's Wunsch erfüllen," entgegnete er, „indessen Du hast Recht, Großmama, ich werde es auf andere Weise zu ermöglichen suchen." Die junge Dame schwieg beharrlich, und fuhr fort sich zu schaukeln.

„Ich glaube Lieschen ist heute empfindlich wehgethan, man sollte doch eine Artigkeit freundlicher ablehnen, — sie wollte eben nur gefällig sein."

„Cornelie, ich bitte Dich,"! unterbrach die alte Dame gereizt ihre Schwiegertochter, „es ist stets dasselbe Lied bei Dir; als ob solche Menschen ebenso fein empfinden wie wir? Du natürlich bekommst es fertig mit ihnen den intimsten Umgang zu pflegen! Ich begreife nicht, wie es möglich ist, ich erstickte am ersten Tage in dieser bürgerlichen Atmosphäre!"

In diesem Moment kam Nelly eilig aus der Allee; die blonden Locken flogen um ein erhitztes Gesicht. Das saubere, aber mehr als einfache Kattunkleid ließ den Fuß frei, der in kleinen, aber nicht zu zierlichen Lederstiefelchen steckte, und der schwarzen Taffetschürze sah man es an, daß sie zwar sehr geschont, aber doch längst die Zeiten hinter sich hatte, wo sie neu war.

„Was ist mit der Liesel geschehen?" fragte sie athemlos, als sie näher kam. „Sie weinte."

„Vor allen Dingen, Nelly, möchte ich Dich fragen, wo Du bis jetzt gewesen bist, und Dir sagen, daß es sehr unpassend für eine junge Dame ist so zu laufen. Ist das der Anzug, in dem Du heute zu bleiben gedenkst?"

„Großmama!" rief sie und lachte lustig, „wie komisch Du bist! Als ob ich je eine andere Toilette besessen hätte, als diese Kattunkleider! Ich kann doch unmöglich an diesem schönen Tage mein schwarzes Einsegnungskleid anziehen!"

Blanka wandte den Kopf, und einer jener kalten Blicke streifte über das geschmähte Kattunkleid. Ihre Kammerjungfer würde sich bedankt haben für diesen Anzug. Army aber wurde plötzlich dunkelroth; er erinnerte sich jetzt eines kleinen Zettels, in dem ein Goldstück gewickelt war, das Geburtstaggeschenk seiner Schwester; wo war der Zettel nur geblieben?

„Warum weinte Lieschen?" wiederholte das junge Mädchen ungeduldig; „sie wollte es mir nicht sagen."

Niemand antwortete ihr. „Army, sag's doch!" bat sie, und ihre Augen füllten sich mit Thränen.

„Die Kleine scheint sehr empfindsam zu sein," erklärte an seiner Statt die Großmutter, „ich sagte etwas ganz Allgemeines, und das hat ihr Standesbewußtsein höchlich gekränkt, aber es ist immer so mit diesen Leuten, sie stellen sich stets mit uns auf eine Stufe und können nicht ertragen, wenn man ihnen das Verkehrte solchen Unterfangens bemerklich macht."

Nelly schwieg. Sie hatte aus dem Tonfall, mit dem die Großmutter die beiden Worte „diesen Leuten" aussprach, genug gehört, um zu verstehen. Warum nur war die alte Dame stets so eigenthümlich erregt, wenn sie Lieschen sah?

„Mir wird's übrigens zu warm hier,“ fuhr sie fort; „und ich ziehe vor mein kühles Zimmer aufzu= suchen. Besuch ist mir jeden Augenblick willkommen,“ sagte sie, sich erhebend, und sah freundlich lächelnd zu der jungen Dame im Schaukelstuhl hinüber. Die dunklen Augen konnten so verführerisch liebenswürdig leuchten.

„Ich begleite Sie, Mama,“ sagte die Schwieger= tochter, sich erhebend. „Nelly, Du wirst wohl jetzt hier bleiben?“

Das junge Mädchen nahm den Platz an der Seite der Cousine ein. Sie schaute verstohlen zu ihrer Nach= barin hinüber; sie hatte sich dieselbe so ganz anders vorgestellt, sich auf mädchenhaftes Plaudern gefreut, auf das immerwährende Beisammensein mit einem gleich= alterigen jungen Wesen, und da war nun gestern aus dem Extrapost=Wagen eine elegante zerbrechlich feine Dame gestiegen, die ihre dunklen Augen musternd und kalt über Umgebung und Personen schweifen ließ, und die sich nicht einmal gefreut, als sie ihre Zimmer be= trat, deren Einrichtung Army besorgt und angeordnet hatte, und die doch nach Nelly's Meinung so über=

raschend prächtig waren in der Verschwendung des
blaßgrünen seidenen Stoffes, welcher den Meereswogen
gleich über Möbel und Fenster herabrieselte. Sie
hatten noch nicht ein herzliches Wort zusammen gewechselt, Blanka sprach mehr mit den Augen, und diese
dunklen Sterne redeten eine sehr ausdrucksvolle deutliche
Sprache und jeder Blick schien zu sagen: „Wie bodenlos langweilig ist es hier!"

Im ersten Augenblick hatte die Erscheinung Blanka's
lauten Jubel bei ihr verursacht; „Agnese Mechthilde!"
hatte sie gerufen, und Großmama und die Mutter
hatten ebenfalls die zierliche Gestalt mit den aufgelösten
rothblonden Haarmassen erstaunt angesehen. Erstere
war im Stillen erfreut gewesen, denn „daß die kleine
rothhaarige Blanka, das scrophulöse Kind, eine solch
pikante Schönheit werden würde, das hätte sie nimmer
geglaubt, versicherte sie Nelly. „Eine pikante Schönheit!"
Nelly wußte kaum recht, was das Beiwort bedeuten
sollte, aber daß sie schön war, die Cousine, ja das
empfand sie auch, zum Beispiel jetzt, wo die langen
Wimpern sich über die kalten Augen gesenkt hatten;
das ovale blasse Gesicht unter den hochgeschwungenen
Brauen, deren Schwärze so seltsam mit der hellen
Haarfarbe contrastirte, umflossen von der goldigen Masse

dieses wundervollen Schleiers, bot einen unbeschreib=
lich reizenden Anblick. So war sie wirklich, die Ahn=
frau dort oben; genau so setzte sich der schlanke Hals
auf die feinen Schultern, genau so war die Haltung
des kleinen Kopfes; einzelne kurze Löckchen fielen der
Mode gemäß auf die alabasterweise Stirn, und um
den kleinen Mund lag ein gedankenvolles Lächeln.
Sie spielte mit dem Elfenbeinfächer und strich lieb=
kosend mit seiner glatten Fläche über ihre Wange.

Army stand da drüben am Stamme der großen
Linde und sah gedankenvoll zu ihr herüber. Da war
sie nun im Hause seiner Väter! Mit welch' freudigem
Herzklopfen hatte er sie erwartet, und nun schien es ihm
als sei sie nur ungern gekommen, als flöge sie am
liebsten, einem gefangenen Vöglein gleich, wieder hin=
weg aus dieser Einsamkeit in lautes, fröhliches Leben
hinaus. Sie bewahrte eine so kühle, reservirte Haltung
all den Zuvorkommenheiten gegenüber, mit denen sie
überhäuft wurde, selbst ihre wirklich reizend einge=
richteten Zimmer, die ihm so viel Nachdenken und
Mühe gekostet, würdigte sie kaum eines Blickes, der
anderen schweren Opfer nicht zu gedenken.

Himmel! Es war doch eigentlich unbegreiflich
leichtsinnig! Die Kosten betrugen mehr, als er zwei

Jahre lang Gage und Zuschuß bekam. Aber bah — wenn er erst jene kinderkleine Hand dort fest in der seinen hielt, dann war ja diese ganze Angelegenheit überhaupt eine Lappalie! So hatte auch Großmama beschwichtigend zu seiner Mutter gesagt, die mit bangen Blicken die Tapezierer betrachtet und die neuen Livréen des alten Heinrich und des Dieners, der mit seinem und Blanka's Reitpferd gekommen war, die nun an der lang verödeten Marmorkrippe standen. War doch sogar eine wirkliche Köchin auf diese Zeit gemiethet worden und hantirte nun in der großen Schloßküche herum — und dies Alles für jene kleine Fee, die da so theilnahmlos gegenüber saß!

Army seufzte und blickte hinüber zu dem impo= santen Gebäude, das in der grellen Mittagssonne dalag; die glühende Luft zitterte auf dem spitzen Schieferdache, und dort in Blanka's Zimmer bog sich eben die hübsche Kammerjungfer heraus und schloß die Fenster.

Nelly machte ihre Cousine aufmerksam, die noch immer träumend und leise schaukelnd dasaß.

„Wie unvernünftig," rief sie aus, und sprang aus dem Stuhle empor, „sie weiß, daß ich die Wärme liebe, und zu= dem diese entsetzlich feuchte Luft in den alten hohen Zimmern! Bitte Nelly, sag ihr's — sie soll die Fenster offen lassen."

Die Kleine lief wirklich nach dem Schlosse; sie war augenscheinlich froh, weg zu kommen aus der drückenden Langeweile.

„Welches sind eigentlich meine Zimmer, Army? Man findet sich in diesem Fenstergewirre nicht zurecht," fragte Blanka.

„Dort, Cousine," erklärte er und trat näher zu ihr; „dort im zweiten Stocke; Dein Ankleidezimmer stößt dicht an den Thurm."

„Ah, das ist also die Thür, die so kunstvoll durch den grünen Stoff verborgen wird, — ich konnt's nicht ergründen, ob hinter den festgenagelten Falten ein alter Wandschrank oder eine Thür verborgen sei. Uebrigens," fuhr sie fort, „warum gab man mir nicht das Thurm= stübchen? Es muß reizend sein mit seinen runden Fenstern, und ich hätte doch Aussicht in's Land hinein gehabt." Sie hatte rasch gesprochen, und sah ihren Vetter mit einem Aufleuchten der dunklen Augen an.

„Es thut mir wahrhaftig Leid, Blanka," sagte er, „ich hatte dieselbe Idee, aber Großmama, sie scheint besondere Gründe —"

„So? Spukt es dort vielleicht?" unterbrach sie ihn lebhaft.

Army lachte. „Leider nicht, Cousine; wenigstens

weiß ich nichts davon; es müßte denn der Junker von Streitwitz umgehen, der sich einst um Dein reizendes Ebenbild erschossen hat, wie die Chronik berichtet."

Sie überhörte die letzten Worte. „Army, ich bitte Dich, verschaffe mir das Thurmzimmer!" Ihre Stimme hatte den süßen Klang eines bittenden Kindes.

„Ich will Alles thun was ich kann, Blanka, ich werde noch einmal zur Großmama gehen, um zu bitten, obgleich sie mir's rundweg abschlug."

„Aber bald, Army, bald!" rief sie und lächelte ihm zu.

Er sah sie ganz entzückt an. „Gewiß! Gleich!" stotterte er, denn so strahlend hatte sie noch nicht einmal vor ihm gestanden, so lange sie hier war. „Blanka," fügte er dann hinzu, „ich habe Sorge, Du langweilst Dich hier gründlich." Das Lächeln verschwand von ihrem Gesichte.

„Ich bitte Dich!" rief sie, „sprich das Wort nicht aus, erzähle mir lieber etwas, Vetter, bis ich hinauf muß, um zu Mittag Toilette zu machen! — Für wen macht man hier eigentlich Toilette?" setzte sie hinzu, und zuckte die feinen Schultern. „Sag' einmal," rief sie dann, und schaukelte schon wieder im Stuhl, „wer ist das junge Mädchen, gegen das Deine Großmama nimm es mir nicht übel   grenzenlos unartig war?" —

„Fräulein Lieschen Erving."

„Das weiß ich, aber wer ist ihr Vater? Sie sprach von ihrer Equipage —"

„Der Vater ist der reichste Mann in der Umgegend, Blanka, Besitzer einer Papierfabrik — daher die Lumpen= malice der Großmama — Besitzer weitläuftiger Forsten, in denen wir Gelegenheit haben werden, spazieren zu gehen, da sie an unsern Park grenzen."

„Und warum kann Großtante das Mädchen nicht leiden?"

„Ja, Blanka, was fragt die Großmama nach einem Warum? Sie hat von jeher eine unerklärliche Ab= neigung gegen das junge Mädchen gehabt; überdies ärgert es sie, daß Nelly so intim mit ihr verkehrt. Sie hält nun einmal streng am Standesgemäßen fest und hat darin im Grunde nicht Unrecht."

Blanka schüttelte den Kopf. „Weißt Du, Vetter, hier scheint noch ganz die alte Luft zu wehen, die sich draußen in der Welt immer mehr und mehr verflüchtigt. O — ein Brief!" unterbrach sie sich und nahm eilig das zierliche, quadratförmige Couvert von dem Teller, welchen der alte Heinrich ihr hinhielt, um sich dann ebenso leichten Schrittes wieder zu entfernen, wie er gekommen war. „Von Leonie," sagte sie halblaut, indem sie das Papier auseinander riß. Eine dunkle Röthe überzog einen Augenblick ihr Gesicht, das gleich darauf wieder bleich wurde, so bleich wie das Gewand, welches sie trug; das Papier flog bebend auf und ab in den kleinen zitternden Händen, — dann lachte sie auf, gellend unheimlich, daß der junge Officier erschrak. „Das ist lustig!" rief sie und ballte den Brief zusammen, „da kommt eben noch ein Beweis für das, was ich Dir vorhin sagte: siehst Du, Army, so exclusiv denkt die Welt nicht mehr wie Deine Frau Großmama, — da schreibt mir eben Leonie von Hammerstein, daß sich Graf Seebach verlobt habe mit einem Fräulein So und So, der Tochter eines Oberförsters, und das aus rasender Leidenschaft, aus Liebe, wie Leonie sich ausdrückt, — hörst Du, Army? aus Liebe!" Sie lachte, und dabei sprühten die schwarzen Augen ein wildes Feuer und die kleinen Hände zerrissen das Papier in tausend Stückchen.

„Wie? Graf Seebach, mit dem Du im vorigen Winter so oft getanzt hast?" fragte Army, „der Dich mit Blumen förmlich überschüttete?" Er sprach es hastig und heftete den Blick forschend auf die erregten Züge seiner Cousine.

„Hat er mit mir getanzt? Ich erinnere mich kaum noch," erwiderte sie leichthin und schaute in das üppige grüne Blättermeer der Bäume und Sträucher, aber in ihrer Stimme lag ein mißfarbener tief aufgeregter Klang, und die feinen Nasenflügel bebten nervös. „Ja, die Welt schreitet fort, — daß ein so stolzer Mann wie Seebach, ein Mann, der vor einiger Zeit erst von seinem fleckenlos bewahrten Stammbaume sprach, daß dieser aus Liebe — ha ha, Army, nicht wahr, das ist lächerlich? — aus Liebe ein bürgerliches Mädchen zu seiner Gemahlin erhebt!" Sie schüttelte heftig den Kopf, und wieder klang das unnatürliche, krampfhafte Lachen von ihren Lippen. Dann erhob sie sich plötzlich; der zierliche Elfenbeinfächer an dem silbernen Kettchen flog klappend gegen den massiven Tisch — so eilig wandte sie sich um: „Ich bin fabelhaft müde geworden," setzte sie hinzu und legte die schmale Hand über die Augen, als ob sie der grelle Sonnen= schein blende, „ich bin nicht gewohnt, so lange in freier Luft zu bleiben, und werde etwas ruhen müssen, damit ich zu Tische wieder frisch bin. Adio, Cousin!"

Sie nickte ihm zu, indem sie seine Begleitung mit einer Handbewegung ablehnte, und schritt über den Platz. Es war, als schwebe die leichte Gestalt auf ver= borgenen Flügeln dahin, als müsse jeden Augenblick der goldene Schleier, der von dem kleinen Kopfe herabwehte, sich auseinander breiten und sie empor tragen: so leicht, so luftig war das ganze wundervolle Gebild. An der Pforte des Thurmes wandte sie sich noch einmal um, und Armin hörte ein silberhelles Lachen herüber schallen. Wie verschieden von jenem gereizten, krampfhaften Gelächter das klang, welches er eben gehört! Sie war doch ein räthselhaftes Geschöpf. Wann würde er das Recht haben, dieses Räthsel zu lösen?

Zum Mittagstische erschien die junge Dame in strahlender Toilette. Der blaßgrüne Seidenstoff schimmerte zart durch das weiße Mullgewebe des Oberkleides; das wundervolle Haar war mit einem Kamm aus Elfenbein am Hinterkopfe befestigt, und das feine Handgelenk umspannte ein breiter, mattgoldener Reifen, auf dem ein prächtiger Smaragd funkelte. Das Gesicht zeigte keine Spur mehr von jener apathischen Ruhe, die es heute Morgen so kalt und gelangweilt erscheinen ließ; Blanka hatte ein liebenswürdiges Lächeln für Alle, und die alte Baronin sandte einen zärtlichen Blick nach dem andern zu dem jungen Paare, das ihr gegenüber Platz genommen. Das kühle Speisezimmer hatte wohl seit langer Zeit kein so fröhliches Gläserklingen gehört, und Heinrich ebenso lange keinen jener festverwahrten Pfropfen auf den silber-

halsigen Flaschen geöffnet, deren Inhalt die alte Baronin
so sehr liebte.

Heute moussirte er nun wieder, der perlende Wein,
in den spitzen Kelchen, und Heinrich trug mit gewohnter
Grandezza die verschiedenen Gänge auf, und ließ sein kluges
Auge über die kleine Tischgesellschaft schweifen und über
das schöne Mädchen an der Seite seines jungen Herrn,
von der ihm die fremde Kammerjungfer erzählt hatte,
daß sie ganz gewiß und wahrhaftig einmal unmenschlich
reich sein werde und daß sie so viele Freier habe, wie
Finger an den Händen. Die alte Sanna aber strahlte
vor Freude, denn ihre Herrin hatte ihr wiederholt zu
verstehen gegeben, um was es sich handle, und sie sah
nun für ihre Baronin wieder glänzende Tage kommen.
Die junge Dame mit dem goldig schimmernden Köpfchen
sollte die Fee werden, das alte Schloß aus seiner
Einsamkeit zu erlösen, und zu jenem üppigen rauschenden
Leben zu erwecken, das einst in seinen Mauern wiederhallte. Ihr silberhelles Lachen tönte so glückverheißend
in dem hohen Gemach wider, und sie plauderte so
kindlich mit der alten Baronin und bat sie, ob sie Großmama zu ihr sagen dürfe; der blassen stillen Frau wußte
sie ein Lächeln auf die Lippen zu locken, und dem jungen
Officier an ihrer Seite, dem pochte das Herz ungestüm,

wenn sie ihn so strahlend ansah oder ihr duftiger Athem ihn streifte.

Nelly aber, die kleine Nelly, was hatte sie nur? Sie, die sonst so willenlos dem Bruder gehorchte, ihm in Allem Recht gab, was er sagte und that, bereit war den leisesten Wunsch von seinen Augen zu lesen, sie brachte heute der Consine ein so gleichgültiges Wesen entgegen, schien so wenig Theilnahme zu haben für Alles, was um sie vorging, daß es beinahe an Unart streifte. Ihr rother Mund, der sich so gern zum herzlichen Lachen öffnete, blieb heute streng geschlossen, und ihre Augen streiften nur mitunter scheu die glücklichen Züge ihres Bruders, der so unerschöpflich in Aufmerksamkeiten war für seine Nachbarin. Vor ihren Augen tauchte immer und immer wieder ein erblaßtes Gesichtchen mit ein paar großen Thränen in den blauen Augen auf: was hatten sie nur dem Lieschen gethan, ihrem Lieschen? Nein, sie mußte erst hin zu ihr — und sie sollte es sagen, wer sie beleidigt. — —

Es war völlig dunkel geworden, als Nelly einige Stunden darauf aus Lieschen's Stübchen trat, wo sie in der Dämmerung mit der Freundin geplaudert und sich vergeblich bemüht hatte zu erfahren, warum diese geweint.

„Es ist nichts, Nelly," versicherte Lieschen einmal über das andere mit ihrer weichen Stimme, „es war recht kindisch von mir, daß ich etwas übel nahm, was gar nicht der Rede werth ist, und nun komm, ich werde Dich begleiten."

Und so schritten sie denn über den Mühlensteg und in dem tiefen Dunkel der Bäume den alten bekannten Weg entlang. Es war ein warmer Abend; kein Lüftchen regte sich und am fernen Horizont lag unheimlich eine dunkle Wolkenschicht, ein schwaches Wetterleuchten zuckte von Zeit zu Zeit auf und warf ein falbes Streiflicht auf die Gegend; die Nachtigallen schlugen laut in allen Gebüschen, und aus der Ferne ertönte der Gesang junger Burschen, die ihre Festlust so recht aus voller Seele hinausjubelten.

„Ich weiß nicht, wie mir ist," begann Lieschen und athmete tief, „als ob ich ersticken müßte! Wie ist die Luft heute so schwer und dumpf! Ich glaube, die Muhme hat Recht — es kommt ein Gewitter."

Nelly nickte.

„Meine Mutter klagt auch, daß sie gar nicht athmen kann," fuhr Lieschen fort; „weißt Du, Nelly, mir ist Pfingsten noch nie so traurig vorgekommen wie diesmal, und es ist doch Alles so wie sonst gewesen. Wenn nur nichts Schlimmes passirt, falls das Wetter hoch kommt!"

So waren sie bis zur Parkthür gelangt; mechanisch gingen sie noch weiter in den dunklen Lindenweg, der Duft des Flieders und Faulbaums drang ihnen fast betäubend entgegen, und Lieschen griff mit der kleinen Hand an die schmerzende Schläfe — auf einmal fühlte sie einen leichten Druck auf dem Arm, und Nelly blieb stehen.

„Lieschen, ich bitte Dich," bat sie, „war das nicht Blanka's Stimme?"

Es blieb ein Weilchen Alles ruhig und still; dann kamen ihnen Schritte entgegen, — das Rauschen eines Kleides begleitete sie, und nun drang durch die Stille eine süße klare Stimme herüber:

„Army, mein lieber, lieber Army!"

Wie berückend das klang! Dem jungen Mädchen dort unten war zu Muthe, als bohrte sich ein spitzes Messer in ihre Brust; unwillkürlich preßte sie die Hand auf's Herz. Und jetzt ein Flüstern: das war seine Stimme, — wie gut, daß sie nicht vernahm, was er sagte! Ach, wäre sie doch nicht mitgegangen!

Und das Rauschen des Kleides und die langsamen Tritte kamen näher; sie ließ die Hand der Freundin los und flüchtete hinter den dicken Stamm einer Linde, und doch beugte sie sich vor um zu hören in athemloser Spannung, und da — da leuchtete ein greller Schein am Himmel auf und zeigte ihr eine schlanke Männergestalt, und in seinem Arm, da hing wie eine Elfe so zart und licht, die schöne Cousine mit den rothgoldnen Haaren; sie hatte den Kopf zurückgebogen, und er beugte sich zu ihr hernieder und küßte sie. Es war nur ein Moment, aber er reichte hin, um den zwei bangen blauen Mädchenaugen Alles zu verrathen; sie legte den Kopf an den Stamm des alten Baumes und schloß die Augen in heißem, nie gekanntem Schmerz. Nelly aber schrie gellend auf: „Army! Army!" — wie anklagend, wie warnend tönte es. Und dann antwortete er, so lustig klang die Stimme: „Schwesterchen, wo bist Du denn? So komm doch, sieh nur, was ich gefunden! Komm her — Du sollst vorauf laufen und der Großmama sagen, daß das Glück nun wirklich eingekehrt ist, daß Blanka mein geworden!" Und da flammte es wieder auf im grellen Schein durch die Bäume und beleuchtete eine Mädchengestalt, welche die Allee hinab heimwärts floh.

Vor dem Brautpaare stand die kleine Nelly und sah mit bangen, großen Blicken zu dem Bruder auf, und als der Schein erloschen, da rang sich ein heißes Schluchzen aus ihrer Brust und mit gesenktem Kopfe schritt sie zum Schloß, um der Mutter zu sagen, daß die Blanka und der Army — ihr lieber, guter Army — Braut und Bräutigam geworden seien. — —

Die Muhme aber saß auf der Sandsteinbank vor der Thür und wartete auf ihren Liebling; der Hausherr und seine Frau promenirten im Garten auf und ab, und Herr Selldorf begleitete sie und erzählte von seiner Heimath und seinen Geschwistern.

Die alte Frau hing ihren Gedanken nach, und jedesmal, wenn so ein flammender Schein durch die schwüle Luft fuhr, dann dachte sie: wenn nur die Liesel erst wieder daheim wär'! „O weh, es regnet morgen,“ flüsterte sie vor sich hin, „da wird nichts aus der Waldpartie mit Pastors. Na, da müssen sie sich halt hier verlustiren; 's wird zwar einen Kribbel-Krabbel geben in der alten Mühle — wie viel hab' ich denn zu Tisch? Da sind aus der Pfarre allein acht Personen, und dazu die beiden Oberförsters und — — Gerechter Himmel!“ schrie sie dann auf, „Liesel, wie hast Du mich erschreckt!“ und sie bog sich zu dem jungen Mädchen hinunter, das wie leblos zu ihren Füßen niedergesunken war und den Kopf in ihren Schooß barg.

„Was ist Dir denn, mein Kind? Liesel, so sprich doch! Was ist Dir?" fragte sie und streichelte das Köpfchen. „Mein Gott," fuhr sie fort, „bist Du denn krank, mein Herzblättel?" Aber sie erhielt keine Antwort. Nur der Kopf des Mädchens richtete sich empor; zwei Arme schlangen sich um ihren Hals, und heiße, zitternde Lippen preßten sich innig auf die ihren, — dann war sie verschwunden, und die alte Frau hörte den leichten Schritt auf der Treppe und bald darauf, wie die Stuben=thür geschlossen wurde.

„Wunderliches Kind," murmelte sie und schüttelte den Kopf. Sie sah ja nicht wie ihr Liebling dort oben ruhelos auf und ab schritt, und wie endlich ihr müdes Köpfchen auf einem thränennassen Kissen lag und die kleinen Hände sich so fest falteten, um ein Gebet zu sprechen für den Arnly, mit dem sie einst als kleines Mädchen gespielt, und der sie jetzt so gar nichts anging auf der Welt, — ach, so gar nichts mehr!

9.

Droben im Schloß kehrte heut noch lange nicht die Ruhe ein. Die junge Braut zwar zog sich bald in ihr

Zimmer zurück: sie war noch so verwirrt, wie sie sagte; es sei Alles so plötzlich, so überraschend gekommen. Sie duldete freilich die Schmeicheleien, welche die alte Baronin ihr mit strahlendem, freudig überraschtem Gesicht sagte und hörte die bewegten Worte an, die ihres Army Mutter ihr zuflüsterte, aber dann war sie müde, und die hohe Thür ihres Gemaches flog eilig hinter ihr in's Schloß: das kindlich süße Lächeln verschwand von dem schönen Gesichte, und Sophie, die Kammerjungfer, hatte eine sehr ungnädige Gebieterin. Endlich saß sie dann im Nachtkleide an ihrem Schreibtisch, und die Feder flog über das Papier wie gejagt, und um den Mund zuckte es wie im tiefsten Verdruß.

Um Army aber schlangen sich drunten im Wohnzimmer die Arme seiner Mutter, und ihre Augen ruhten auf den seinen, die so glücklich leuchteten. „Mein alter, guter Junge," flüsterte sie, „mögest Du doch glücklich werden! Es ist so rasch gekommen, Army, und Du bist noch so jung, Gott gebe Euch seinen Segen!"

Die alte Baronin, die lebhaft im Zimmer hin und her schritt, blieb nun vor der Gruppe stehen, als eben der junge Mann seinen Mund auf den der Mutter preßte. „Army," begann sie, augenscheinlich ärgerlich über die sentimentale Scene, „Du weißt, was Du zunächst zu thun hast. Du reisest zur Tante und hältst in aller Form um Blanka an, und dann hoffe ich, daß alles Andere auch bald arrangirt sein wird, — an Blanka's Vater schreibst Du nur: ich denke, mit dem Menschen kommen wir in keine weitere Berührung; jedenfalls —"

„Gewiß, Großmama, ich reise," unterbrach er sie mit weicher Stimme. Er war zu Nelly getreten, die, in einen großen Lehnstuhl gekauert, das Gesicht in beide Hände barg.

„Kleine," sagte er leise, „hast Du denn kein freundliches Wort für mich?"

„Ach, Army," schluchzte sie, „ich — ich erschrak so heftig, als ich Dich dort mit der Cousine sah, und ich bin so traurig, daß —"

„Aber Nelly! Es ist doch ein großes Glück für uns Alle, daß es so gekommen, und ich habe sie so lieb, die Blanka."

„Hat sie Dich auch lieb?" fragte das junge Mädchen ernst, und erfaßte seine Hände, „weißt Du das genau?"

„Aber Herzchen," sagte er lachend, „denkst Du, sie würde mich sonst heirathen mögen? Sie, die so schön ist und der so gehuldigt wird?"

Nelly schüttelte den Kopf und sah mit ihren verweinten Augen an dem Bruder vorüber. „Ich hab' es mir so ganz anders vorgestellt," flüsterte sie.

„Närrisches kleines Ding!" sagte er und strich zärtlich über ihre Locken.

„Ich bitte Dich, Army," unterbrach ihn die Großmutter, „verschwende nicht so viel Worte an den kleinen Trotzkopf; ich hoffe von ihr, daß sie sich überhaupt etwas liebenswürdiger gegen ihre künftige Schwägerin benehmen wird. Du warst unausstehlich ungezogen heute, Nelly!"

„Ich bin nicht unartig, nur traurig," vertheidigte sich das junge Mädchen.

„Das ist eben lächerlich," fuhr die alte Dame fort; „Du hast keine Ahnung was für ein großes Glück heut' bei uns eingekehrt ist, sonst würdest Du ein anderes Gesicht machen, — ich glaube wirklich Du bist neidisch, Nelly."

„Ei bewahre!" begütigte die Mutter mit ihrer sanften Stimme, „es geht jeder Schwester so wenn der Bruder sich verlobt, seine ganze Liebe gehört ja nun der Braut; aber, nicht wahr, Nellychen, es ist doch auch schön, wenn man ihn so recht glücklich weiß?"

Sie nickte unter Thränen und verließ dann schnell das Zimmer. Draußen rollte eben der erste Donner des heraufsteigenden Gewitters durch die schwüle Nacht.

„Ich glaube, Nelly ist krank,“ sagte besorgt die Mutter, „sie hat so glühend heiße Hände.“

„Ach was, unartig ist sie; sie schmollt, weil nach ihrer Meinung ihrem Lieschen heut zu viel geschah,“ erklärte die alte Dame ärgerlich. „Ich wette, sie ist schon unten gewesen in der Mühle und hat das einfältige Ding um Verzeihung gebeten; es ist unerhört, wirklich.“

„Gewiß war sie unten, sie schien von dort zu kommen, als sie uns so unerwartet in der Lindenallee traf; übrigens, Großmama, ich muß es gestehen, und Blanka findet es auch: Du warst zu schroff gegen die Kleine.“

In diesem Moment zuckte ein greller Blitz auf, dem ein furchtbarer Donnerschlag folgte.

„Misericordia, welch ein Gewitter!“ rief bebend die alte Baronin und vergaß ihre scharfe Antwort einen Augenblick über dem Schrecken; „ob sich Blanka fürchtet?“ Da flog auch schon die Thür auf, und im weiten weißen Caschemirkleide stand die junge Dame plötzlich mitten im Zimmer; sie hielt sich die kleinen Hände vor die Ohren und schaute mit angsterfüllten Blicken umher. „Ich fürchte mich,“ sagte sie sich schüttelnd und flüchtete in den großen Lehnstuhl, den Nelly eben verlassen.

Army eilte zu ihr: er sah in ihr blasses Gesicht und ergriff die kalte kleine Hand.

„Ich möcht hier nicht immer wohnen, um die Welt nicht!" fuhr sie fort und stellte trotzig ihren zierlichen Fuß auf den Boden.

„Wo willst Du denn wohnen, mein Kind?" fragte die alte Baronin, verwundert aufhorchend.

„Denn wohnen?" wiederholte erstaunt die junge Dame, und ihre Angst schien momentan völlig vergessen zu sein. „Ja, liebe Großmama, bildest Du Dir vielleicht ein, daß ich und Army uns hier vergraben sollen? Nein, bewahre! Nicht wahr, Army? Wir reisen zu allererst und sehen uns die Welt an; ich kenne noch keins der großen Bäder, Ems, Baden-Baden, dann die Schweiz, Italien — denke doch, Italien, wovon Du mir erst gestern so viel erzählt hast, und dann, wenn wir dies Alles gesehen, dann suchen wir uns einen Ort aus, wo es uns gefällt." Sie schwieg plötzlich, denn eben war wieder Blitz und Donner erfolgt und schien das alte Schloß in seinen Grundmauern zu erschüttern. Army hielt die Hand seiner Braut; er stand hoch aufgerichtet neben ihr und horchte auf den verhallenden Donner, die alte Dame aber trat mit einer Miene der höchsten Verwunderung zu dem Paare, während die Schwiegertochter sich in ihrem Sessel aufgerichtet hatte und fast ängstlich lauschte, was da so selbstverständlich der kleine rothe Mund ausplauderte.

„Wir werden da wohl leben müssen, Blanka," sagte jetzt der junge Mann ruhig, „wo es Tante Stontheim bestimmt."

„Nein, nimmermehr!" erwiderte sie lebhaft, „hier in diesem alten Schlosse möchte ich nicht einmal begraben sein; ich bin noch jung, ich lasse mich nicht fesseln und will das Leben genießen; Army, Du wirst mir Recht geben. Hier wohnen? Nun und nimmermehr! Tante ist zu vernünftig, sie wird das auch nicht verlangen, nein, sicher nicht," setzte sie überzeugt hinzu.

„Gewiß, Blanka, wir werden reisen," versicherte er, „aber unsern festen Wohnsitz hat Tante zu wählen."

„Und wenn sie Derenberg wählt, so — komme ich nicht mit. Nein, gewiß, ich komme nicht mit; es ist zu traurig hier, ich müßte sterben in dieser Ein=samkeit."

„Und Du wolltest mich dann hier allein lassen?" fragte Army leise und beugte sich zu ihr hernieder, um ihr in die Augen zu sehen; er sagte es scherzend, aber es klang doch etwas wie Angst hindurch; „und Du hast mir eben noch da draußen unter den Bäumen gestanden, daß Du nur dort glücklich sein würdest, wo — " seine Stimme sank zum Flüstern herab.

Ein heftiges Schütteln des kleinen goldflimmernden Kopfes war die Antwort. „Nein, nein!" rief sie dann, „so ist es nicht gemeint, Army; ein Bischen Freiheit laß ich mir nicht nehmen; es wäre mein Tod, müßte ich tagtäglich durch diese kalten hohen Corridore gehen und in den düsteren Park blicken."

„Wenn aber Dein zukünftiger Gatte es wünscht, daß Du hier bleibst?" fragte fast athemlos die alte Dame; ihre feinen Hände faßten krampfhaft die Falten ihres Kleides.

„Er wird es nicht wünschen," rief Blanka leidenschaftlich und sprang auf; das liebliche Gesichtchen hatte einen beinahe drohenden Ausdruck angenommen und der kleine Fuß trat energisch das alte Parquet; keine Spur mehr in ihrer Haltung von jenem süßen Hingeben, womit sie heute unter den dunkeln Bäumen an seinem Arme gehangen; der Eigensinn in seiner häßlichsten Gestalt trat hier plötzlich zu Tage, und ihre Stimme klang scharf und rauh. „Es ist lächerlich, geradezu lächerlich," fuhr sie fort, „die Frau als Sclavin hinzustellen und ihr zu sagen: da, wo Dein Mann sich wohl fühlt, mußt Du es nothgedrungen auch, und wenn

Du es nicht thust, so ist es Deine Sache; sieh', wie Du fertig wirst! Armuth kann und wird sich nicht so zu mir stellen; ich gab ihm mein Wort, ihm anzugehören, in seiner Hand liegt es nun aber auch, zu machen, daß ich gern bei ihm bin, und hier kann und will ich nicht sein."

„Blanka!" rief er, und seine großen Augen ruhten fast erschrocken auf dem jungen Wesen, das eben mit tausend süßen Liebesworten seine Braut geworden. „Blanka! Ich bitte Dich, höre auf! Du bist aufgeregt heute. Du hast Dich gefürchtet." Er hatte geklingelt und führte sie zum Sessel zurück. „Ein Glas Wasser!" befahl er dem eintretenden Heinrich.

Die Großmutter aber sah beinahe erstarrt auf die Braut ihres Enkels. Wie? Dieses kindische Köpfchen warf mit einem Athemzuge all ihre köstlichen Pläne über den Haufen? Sie sollte nach wie vor hier in dieser Einsamkeit leben? Der glänzende Reichthum sollte nicht auch ihr zu Gute kommen? Sie sollte sich nicht sonnen dürfen in den Strahlen, die ein frisches, fröh= liches Leben hier verbreiten könnte? Beinahe fassungslos ließ sie sich in einen Sessel fallen und betrachtete finster die hohe Gestalt des jungen Officiers, der eben das Glas Wasser aus den Händen des Dieners nahm, um es seiner Braut zu reichen. Draußen rauschte jetzt mächtig der Regen hernieder, und noch immer zuckten schwache Blitzesstrahlen, das Rollen des Donners aber verhallte bereits in der Ferne.

Plötzlich ertönte ein schwacher Schrei aus dem angrenzenden Zimmer; „Nelly!" rief die jüngere Baronin erschreckt, und eilte hinaus. Sie trat zu dem Sopha auf dem eine helle Gestalt lag; ein leises Stöhnen drang in ihr Ohr. „Kind, bist Du krank?" rief sie angsterfüllt und beugte sich zu ihr nieder, und legte die Hand auf ihre heiße Stirn.

„Ach, sie ist schrecklich, Mama; sie ist schrecklich," schluchzte die Kleine, „mein Army, mein lieber, guter Army! Sie hat ihn nicht lieb, Mama — Du kannst es mir glauben."

„Aengstige Dich nicht, liebes Herz!" tröstete leise die Mutter, „sie ist nur ein wenig launisch; es wird noch Alles gut werden."

„Nein, nein, Mama! Ach, wie ich sie sah, da fiel mir die alte Chronik und der Vers von den rothen Haaren ein; er geht mir nicht aus dem Sinn, sie ist auch voller Tücke. Ach, wenn sie doch fortginge, noch heute Abend, und gar nicht wieder käme!"

Mit tausend Schmeichelworten suchte die Mutter

das erregte Mädchen zu beruhigen; ihr Herz schlug ja selbst so bang! Konnte die junge Braut denn wirklich den Mann lieben, dem sie sich eben verlobt? Die mädchenhafte süße Scheu, mit der sie vorhin neben ihm eingetreten, war so völlig verschwunden, der Zauber jener Stunde mußte wie hinweggeweht sein aus ihrer Seele; von jener Stunde, die die schönste ist im Leben eines Mädchens, und deren Erinnerung noch in späten Jahren ein weiches Lächeln auf die Lippen einer alten Frau lockt, denkt sie daran, wie sie zum ersten Male ihre Hand in die des geliebten Mannes legte. Konnte sie ihn denn lieben? Die blasse Frau senkte den Kopf, und ein paar große Thränen drängten sich aus ihren Augen, — sie war so unglücklich gewesen im Leben, möchte es ihren Kindern besser ergehen!

Und endlich schlief Nelly ein unter den Liebkosungen der Mutter. Es war ein unruhiger, fieberhafter Schlaf, aber die sorgenvolle Frau ließ ihr Töchterchen doch allein; sie hatte ja noch ein Kind, ihren Army. Vorsichtig spähend bog sie den Kopf um die Thür: die alte Dame und die schöne Braut waren verschwunden, aber dort in der tiefen Fensternische, da stand er noch, ihr Liebling, und sah in die finstere Nacht hinaus; sie trat zu ihm und legte die Hand auf seine Schulter,

„Army,“ sagte sie leise; er wandte sich und blickte sie fragend an. Sie sprach kein Wort mehr, aber ihre Augen ruhten ängstlich forschend auf dem schönen, stolzen Gesicht, als er ihre Hand an den Mund zog.

„Aengstige Dich nicht, Mama!“ sagte er hastig, und seine Stimme klang nicht ganz so fest wie sonst, „sie ist ein verzogenes Kind, ein sehr verzogenes Kind, aber sie hat mich lieb — gewiß, ich weiß es, und sie wird sich ändern; sieh, es that ihr schon wieder leid, daß sie so heftig war.“

Die Mutter unterdrückte die hervorquellenden Thränen und strich leise über seine Stirn. Sie sah es ja dem jungen Manne an, daß er bis ins innerste Herz getroffen war, und das that ihr so namenlos weh. Die kurze Zeit ihrer unglücklichen Ehe drängte sich mit voller Gewalt in ihre Erinnerung. „Gute Nacht, Army,“ flüsterte sie und wandte sich rasch ab.

„Gute Nacht, Mama,“ sagte er und küßte ihr schmeichelnd den Mund, „hab' keine Sorge um mich!“

— — — — — — — — — — — —

Wohl vierzehn Tage waren vergangen seit jener Pfingstnacht. Sturm und Regen hatten damals all die Blüthenfülle der Bäume und Sträucher herabgeweht und sie wie frischen Schnee auf die Erde gestreut, aber dafür brachen jetzt in Müllers Garten die Rosen auf in schönster Pracht, und die Linden der alten Allee im Schloßpark standen in vollster Blüthe. Gar oft war Lieschen in der letzten Zeit diesen Weg gegangen, den sie so bald nicht wieder zu betreten gedacht hatte; war doch Nelly schwer erkrankt, und der alte Heinrich hatte auf ihren Wunsch die Freundin an das Lager der Kranken holen müssen. Sie war gern gekommen und hatte stundenlang bei ihr gesessen in dem hohen dämmrigen Gemach und die kleine, fieberheiße Hand in der ihrigen gehalten.

Army war indessen bei Tante Stontheim gewesen, und hatte ihre Einwilligung erbeten, und von dem Vater Blanka's war ein sehr liebenswürdiges Schreiben eingelaufen, das den Verlobten seinen Segen brachte. Army hatte seiner Braut eine reizende kleine Equipage geschenkt, sein Reitpferd nahm sich prächtig davor aus, zwar ein Bischen wild, aber sie war ja ein Soldaten= kind, und fürchtete sich nicht. Sie war so liebenswürdig jetzt, die junge Braut, so recht demüthig und mädchen= haft; sie hatte selbst erklärt, es thue ihr Leid so heftig gewesen zu sein an ihrem Verlobungs=Abend, aber ein Gewitter rege ihre Nerven stets so auf, und Army — nun der war der glücklichste Bräutigam den man sehen konnte; so meinte wenigstens Lieschen. Er trat ja manchmal in das dunkle Krankenzimmer um die Schwester zu begrüßen, und dann leuchtete sein Gesicht immer so stolz und glücklich wenn er sich zu ihr niederbeugte, und ihr einen Gruß von seiner Braut brachte.

Diese war nur einmal an dem Lager der Cousine erschienen, aber die zierliche Gestalt mit der lang nachrauschenden Schleppe und dem goldflimmernden Haar hatte die Kranke mächtig aufgeregt als sie so hastig fragte: Wie es gehe? und ob sie nun bald wieder aufstehen könne? daß das junge Mädchen in Thränen ausbrach, als sie wieder gegangen war. „Wenn sie nur nicht so bald wiederkommt," hatte sie geklagt, „mir wird so schwül in ihrer Nähe, und das Parfüm, das sie immer trägt, macht mir Kopfweh." Lieschen aber wurde gar nicht beachtet, obgleich Blanka die schlanke Gestalt hoch aufgerichtet am Bette stehen sah; auch die Großmutter kam nie in das Krankenzimmer so lange sie Lieschen dort wußte, und Sanna murmelte etwas von Eigensinn, und daß sie ebenso gut pflegen könne, wie das einfältige Ding aus der Mühle, „das solle mir so etwas heißen von der jungen Baronin."

Der Bote, der Lieschen aufs Schloß rief, kam gerade als der Kribbel-Krabbel, von dem die Muhme am

Abend vorher gesprochen hatte, in vollstem Gange war. Das junge Mädchen stand eben in dem Schwarme der Pastor-Kinder, und schenkte ihnen die übliche Chokolade ein, und in der Wohnstube wurde eifrig die Neuigkeit besprochen, die schon durch das ganze Dorf geflogen war, daß der junge Baron sich verlobt habe mit seiner schönen reichen Cousine.

„Freut mich von Herzen," hatte des Vaters tiefe Stimme gesagt, „so ein bischen Sonnenschein können sie droben gebrauchen; und der Herr Pastor hatte den Wunsch ausgesprochen, daß Army eine glückliche Wahl getroffen haben möge, während die Frauen sich in Vermuthungen ergingen, wie es nun wohl auf dem Schlosse werden würde. Lieschen aber hatte den Teller mit Kuchen, den sie eben vertheilen wollte, plötzlich wieder hingestellt, ihr Gesicht war bleich geworden, und sie hörte kaum das jubelnde Lärmen der Kinder; alle ihre Gedanken waren wieder bei dem Bilde, das da gestern Abend im Scheine des Wetterleuchtens vor ihr aufgetaucht; ja sie mußte sich ordentlich zusammen raffen um nicht laut aufzuweinen, und dann war sie zur Muhme in die Küche gegangen, und hatte sich stumm neben sie gestellt.

Die alte Frau wußte nun auch schon weßhalb ihr

Liebling so blaß sei, sie war innerlich froh, daß es so gekommen, denn noch konnte ihr Herzblatt ja Alles überwinden; schon aus Stolz, denn „die Lieb ist übel angelegt, die keine Lieb hinwieder trägt, und muß sterben," kalkulirte sie, und „Lieb ohne Gegenlieb ist eine Frage ohne Antwort, und hat keinen Bestand." Sie sah wohl, daß der kleine Mund nicht mehr lächelte, und daß die Augen so ernst blickten, aber das würde die Zeit heilen; — mit der Verlobung auf dem Schlosse war ihr ein großer Stein vom Herzen ge fallen, und sie strich zärtlich über des Mädchens Wange.

Und da gerade war Heinrich mit der beunruhigenden Botschaft eingetreten, und Lieschen hatte nur einen Augenblick gezögert, Urlaub zu erbitten, der ihr sofort gewährt worden war, wie ungern man sie auch gerade heute in dem fröhlichen Kreise vermißte. „Tante Lieschen, komm bald wieder — adieu Tante Lieschen!" hatten ihr die frischen Kinderstimmen der kleinen Trabanten nachgerufen, welche die Näschen an den Fensterscheiben platt drückten. Hinter der Gardine aber hatte ein junger Mann mit blondlockigem Haar und zwei ehrlichen hellen Augen gestanden und die schlanke Gestalt verfolgt, die unter dem Regenschirm dort eben in dem Waldwege verschwand, und ein un=

muthiger Zug hatte sich um seinen Mund gelegt. Was war aus diesem sehnlichst erwarteten zweiten Pfingsttage geworden! Statt einer Waldpartie — Regenwetter, statt sehnsüchtiger Blicke in blaue Augen — die Quälereien der wilden Jungen, bei denen Selldorf bereits zum Onkel avancirt war. — —

Und nun war die Krankheit überstanden, die dunklen Vorhänge in dem Krankenzimmer zurückgeschlagen, die Fenster geöffnet, und das junge Mädchen lag auf dem Sopha und athmete mit Behagen die reine Waldesluft, die so schmeichelnd in's Zimmer drang, und richtete ihre Augen dankbar auf Lieschen, die neben ihr saß und mit ihr plauderte. Es befand sich Niemand weiter bei ihnen, denn es war noch Besuch gekommen: Blanka's Vater, wie Nelly flüsternd berichtete, der mit Groß= mama und Army im Auftrage der Tante Stontheim zu sprechen habe. „Ich bin ordentlich froh, Lieschen," fügte sie hinzu, „daß ich nicht dabei zu sein brauche, denn Großmama macht schon seit dem Moment, wo der Brief eintraf, der den Onkel anmeldete, so ein böses, böses Gesicht. Aber sage einmal, Lieschen, Du siehst so blaß aus?" fragte sie dann, „Du hast Dich gewiß zu sehr angestrengt bei meiner Pflege."

Das junge Mädchen wehrte erröthend ab. — Von

draußen her schallten jetzt Stimmen und das Trappeln
von Pferden herauf. „Ah, sie werden vom Spazier-
ritt wiederkehren,“ sagte Nelly, „komm, Lieschen — wir
müssen es sehen.“ Sie erhob sich etwas matt und
trat an's Fenster. Dort unten auf dem Platze war,
wie es schien, die ganze Familie versammelt; Blanka
saß noch auf ihrem Pferde im schwarzen Reitkleide,
das kecke Hütchen mit der langen schwarzen Feder auf
dem üppigen Haar, das heute in mächtigen Puffen am
Hinterkopfe aufgesteckt war, statt wie sonst aufgelöst über
den Rücken herabzufallen. Das Pferd war unruhig,
aber sie saß vollkommen sicher im Sattel und klopfte
mit der kleinen behandschuhten Hand liebkosend den
Hals des schönen Thieres. Army war bereits von
seinem Goldfuchs gesprungen; er stand vor seiner
Braut, um ihr beim Absteigen behülflich zu sein, und
sah zu seinem Schwiegervater hinüber, der eben langsam zwischen den beiden Baroninnen herankam. Letzterer
war ein kleiner corpulenter Herr, wie Lieschen bemerken konnte, und schien sehr eifrig eine Meinung zu
vertreten, denn er gesticulirte heftig beim Sprechen.

Die Blicke von Nelly's Mutter streiften das Fenster,
an dem die beiden jungen Mädchen standen; sie nickte
freundlich hinauf, und die Augen der mit ihr Gehenden

folgten diesem Gruße. Die ältere Dame sah gleichgültig wieder hinweg, während der Oberst, stehen bleibend, seinen Hut abnahm und hinauflächelte: dann hörten sie, wie er nach Lieschen fragte; was geantwortet wurde, konnten sie nicht mehr verstehen.

Inzwischen war Blanka abgestiegen, und Lieschen führte ihre Freundin wieder nach dem Sopha zurück; bald nachher verkündete lautes Sprechen im Nebenzimmer das Eintreten der Gesellschaft. Lieschen nahm ihr Buch wieder auf und wollte die unterbrochene Lectüre beginnen, als drinnen die Stühle gerückt wurden und plötzlich die Stimme des alten Herrn durch die hohe Flügelthür deutlich zu ihnen herüberdrang:

„Es thut mir leid, meine Gnädige, daß die Sache so wenig nach Ihrem Geschmack zu sein scheint, indessen —"

„Scheint sie desto mehr nach dem Ihrigen zu sein, Herr Oberst," unterbrach ihn die scharfe Stimme der alten Baronin.

„Pardon, ich komme nur als Abgesandter der Gräfin Stontheim und habe vorhin schon einmal betont, daß ich mich keineswegs in das Arrangement der Angelegenheiten mischen werde; ich will jedoch nicht leugnen, daß es mir so am vernünftigsten erscheint." Seine Stimme verrieth eine gewisse Gereiztheit.

„Ansichten, liebster Derenberg!“

„Allerdings, aber Sie müssen selbst zugeben, daß Army noch zu jung, zu unerfahren ist, um sich aus dem Wirrwarr — verzeihen Sie, Frau Baronin! — herauszuwickeln, in dem leider die ganze Derenberg'sche Angelegenheit total versunken scheint. Es gehört ein sehr, sehr gewiegter Landwirth dazu, um die heruntergekommenen Güter wieder heraufzubringen, vorausgesetzt, daß man sie überhaupt wieder zurückerwerben kann; der Wald zum Beispiel — Gräfin Stontheim sprach mit dem Justizrath Hellwig über diese Verhältnisse — der Wald ist so gut wie verloren, der jetzige Besitzer — wie heißt er doch? Sie müssen es ja wissen, ein Fabrikant hier in der Nähe — wird ihn unter keiner Bedingung wieder abtreten; also der Wald ist verloren für immer, und was ist ein solches Gut ohne Wald?!“

„Der Erving den Wald nicht wieder verkaufen?“ rief die alte Dame, „ha, ha, da kennen Sie ihn schlecht; solchen Leuten kommt es nur darauf an, wieviel man bietet; um einen gar nicht so großen Profit verschachert solch ein Krämervolk seine Seligkeit. Nein, nein, bester Oberst, das ist eine lächerliche Idee, die ich Ihnen nicht zugetraut hätte. Ich parire jede Wette; bieten Sie ihm so und so viel mehr, und der Wald ist Ihre —“

„Sie würden die Wette verlieren, meine Gnädige, denn Hellwig hat sich in Frau von Stontheim's Auftrage unter der Hand erkundigt und eine entschieden ablehnende Antwort erhalten, übrigens —" Lautes Lachen der alten Dame unterbrach ihn.

„Es ist doch möglich, daß Sie Recht haben, Derenberg," sagte sie, „denn dieser Parvenü haßt, wie Alle seines Gleichen, den Adel, und uns ganz besonders. Plebaglio!" setzte sie verächtlich in ihrer Muttersprache hinzu.

„Uebrigens," wiederholte der Oberst mit merklich erhöhter Stimme und — „Pardon, Frau Baronin," fuhr er artig fort, als sie schwieg, „es interessirt mich gar nicht, wie Sie sich zu diesem Manne gestellt haben, es ändert nichts an der Sache; ich wollte nur noch hinzufügen, daß sich in Bezug auf die Güter selbst und die Vorwerke ein wahrhaftes Chaos herausgestellt hat. Es ist haarsträubend, meine Gnädige — Juden, Mäkler, Vorkaufsrechte, erste, zweite, dritte und vierte Hypotheken, was weiß ich Alles — kurz und gut, die Gräfin Stontheim zieht es vor, die Sache nicht anzurühren, da ein Arrangement nur mit enormen Opfern zu erkaufen sein würde; sie wünscht, wie ich Ihnen heute früh bereits mitzutheilen die Ehre hatte, daß Army auch nach seiner Hochzeit, die für den Herbst festgesetzt ist, noch im Dienste bleibt, daß sie das junge Paar mit reichlichen Mitteln versehen wird, und daß sie später, wenn Army Neigung fühlen sollte zum Landwirth, ihnen ein Gut zu kaufen beabsichtigt, auf dem sie gleich geordnete Verhältnisse vorfinden. Schloß Derenberg bleibt stets eine prächtige Sommerfrische für das junge Paar, und das Haus seiner Väter ist Army auf alle Fälle erhalten. Nicht wahr, Army, Du trägst ganz gern noch ein Weilchen den bunten Rock?"

„Gewiß, ich muß mich fügen, Onkel," klang die Stimme des jungen Mannes, „aber ich leugne nicht, daß es mir schwer wird, den Gedanken aufzugeben, Schloß Derenberg wieder zu bewohnen — es war von jeher meine Lieblingsidee."

„Aber meine nicht!" fiel Blanka hastig ein, „ich stimme Tante Stontheim vollkommen bei; ich habe es ja neulich schon erklärt."

„Du weißt nicht, Blanka," erwiderte Army, und seine tiefe Stimme schien zu beben — „Du weißt nicht, welch einen Zauber solch alte angestammte Heimath aus= übt! Du kannst es nicht wissen, denn Du hast nie das stolze Gefühl gekannt, den Fuß auf die eigene Schwelle zu setzen; Dir haben keine alten Mauern, keine verlassenen Gemächer, keine uralten Bäume erzählt von längst vergangenen Zeiten, da unsere Vorfahren hier lebten und schafften. Es ist ein eigenthümlich stolzes Gefühl, das mich schon als Knabe mit aller Gewalt packte wenn ich durch die hohen Säle und Zimmer unseres Schlosses lief, und im Park umherstreifte, und das mich jetzt fast noch stärker ergreift. Es war mein schönster Traum, hier wieder seßhaft zu sein, wo meine Väter in langer Reihe lebten und starben, und das Nichterfüllen dieses Traumes würde mich sehr schmerzlich berühren — Du kannst es glauben."

„Um des Himmels willen!" rief die junge Dame, „jetzt wird er gar sentimental! Ich vermag es allerdings nicht zu fassen, wie man an solch altem Ratten= und Eulennest mit soviel zärtlicher Sehnsucht hängen kann! Mir erscheint die kleinste Villa an der belebten Promenade unserer Residenz tausendmal verlockender, als dieses lang= weilige, verlassene —"

„Pst, Kinder!" fiel der Oberst beruhigend ein, „be= halte Jedes seine Meinung für sich! Du, Blanka, hängst ebenso gut von Tante Stontheim's Willen ab wie Army! Was sie bestimmt, — geschieht; da ist nichts zu ändern, und ich dächte, wir ließen die Sache fallen und stritten nicht weiter."

„Sehr weise bemerkt, Herr Oberst!" mischte sich

jetzt die alte Dame in das Gespräch und ihre Stimme bebte in verhaltenem Zorn, „aber wie schwer solch eine Abhängigkeit zu tragen ist, das kann nur der empfinden, der einst frei zu gebieten hatte. Sie fühlen das nicht; Sie haben nie auf eigenem Grund und Boden gestanden, Sie sind sozusagen in der Abhängigkeit aufgewachsen, und da ist es leicht, anderen Leuten Ruhe zu predigen. Ich finde es wunderbar von der Stontheim; sie hat die Mittel und will nicht helfen; Army soll Officier bleiben aus dem lächerlich hervorgesuchten Grunde, er sei noch zu jung, als ob nicht ältere Kräfte ihm rathend und helfend zur Seite ständen!"

„Sie vielleicht, meine Gnädige?" lachte der Oberst auf. „Allerdings nicht übel ausgedacht! Finanztalent läßt sich Ihnen wohl kaum absprechen — daß Sie Unglück hatten mit Ihren Speculationen — wer kann dafür?"

„Sie sind noch ebenso unverbesserlich malitiös, wie früher, Herr Oberst, wo ich das Glück hatte, Sie einige Male hier zu sehen, in diesem Falle aber treffen Ihre Anschuldigungen nicht, denn es war wirklich Unglück, das uns verfolgte."

„Unverschuldetes Unglück!" betonte ironisch der Oberst.

„Onkel, bitte, brechen wir ab! Es regt Mama auf,“ bat Army.

„Und, mein Junge,“ fuhr jener unbeirrt und nachdrucksvoll fort, „eben um noch einmal unverschuldetes Unglück zu verhüten, deshalb hauptsächlich wünscht die Gräfin Stontheim, daß Du nicht hier — wohl verstanden: gerade nicht hier — die ersten Jahre Deiner Ehe verlebst. Pardon, daß ich so deutlich werden mußte! Ich hätte es gern vermieden —“

„Ich verstehe,“ sagte die alte Dame kalt, „Gräfin Stontheim hat noch immer die unglückliche Idee, daß ich an dem Ruine der ganzen Familie schuld sei: sie hat mir diesen Vorwurf ja damals schon derb und unumwunden in's Gesicht geschlendert, als Kummer und Noth über uns hereinbrachen; Jemand muß ja auch schuld sein,“ fuhr sie bitter auflachend fort, „und da man mich von Anfang an als Eindringling behandelte und die Fremde, die Italienerin, nie leiden konnte, so war es ja so leicht, ihr auch diese Schuld zuzuwälzen. Va bene! Sie sagen mir nichts Neues, Herr Oberst. — Ich bedaure nur, daß Jemand so — so —“ sie brach ab, offenbar hatte sie eine sehr harte Aeußerung auf der Zunge. Der Oberst antwortete nicht.

„Onkel," fragte Army hastig, „was soll dies be= deuten? Tante kann doch unmöglich behaupten, daß Großmama —"

„Schweig!" rief die alte Dame, und zugleich hörte man das Rollen eines Sessels auf dem Parquet.

Lieschen und Nelly aber saßen athemlos neben einander und hielten sich an den Händen. Als jene den Namen ihres Vaters aussprechen hörte, da war sie aufgesprungen und hatte sich wie hilflos in dem Raume umgesehen, aber es war kein anderer Ausweg vor= handen, als der durch jenes Zimmer, in dem man eben so gehässig ihren guten Namen beschmutzte. Die schlanke Gestalt des jungen Mädchens preßte sich wie in jäher Angst gegen eine verschlossene hohe Flügelthür, hinter welcher eine Flucht leerer Gemächer sich befand.

„Wo soll ich hin?" flüsterte sie angstvoll der Freundin zu.

„Bleib hier, Lieschen!" bat Nelly und zog sie zu sich, „sie können es nicht wissen, daß wir Alles so deutlich hören; ach, weine doch nicht!" flehte sie. „O, wenn ich nur gesund wäre und ein Junge, wie der Army, ich wollte ihnen schon Bescheid sagen, wenn sie auf Euch schelten!" Sie ballte ingrimmig die kleinen Hände.

Drinnen hörte man die alte Dame auf= und ab=

schreiten, und jedesmal wenn sich ihre Schritte der
Thüre näherten, fuhr Lieschen auf und blickte mit
ängstlichen Augen in dem Zimmer umher, als suche sie
einen Versteck, um sich vor ihr zu verbergen.

Auf einmal tönte Blanka's Stimme herüber; so
schmeichelnd, so süß wie Musik klangen die weichen
Laute jetzt.

„Großmamachen," bat sie, „ich habe eine Bitte an
Dich; ich hatte den Army damit beauftragt, aber er
scheint es vergessen zu haben, der Böse. Ja wohl,
mach' nur nicht ein so verwundertes Gesicht, Du!" fuhr
sie schalkhaft lächelnd fort, „nicht wahr, Großmama, das
ist Dir nicht passirt von Deinem Bräutigam, der hat
Dir gewiß immer die Wünsche von Deinen schönen
Augen abgelesen."

Die letzten Worte klangen deutlicher herüber, als
der Anfang der Bitte: offenbar stand die schöne Braut
jetzt dicht neben der alten Dame an der Thür.

„Jetzt schlingt sie die Arme um Großmamas Hals,
wie so ein Kätzchen," flüsterte Nelly, „o, wie kann sie
bitten und schmeicheln, Lieschen, Du glaubst es nicht."

„Nun?" ertönte die Stimme der alten Dame.

„Ich hatte Army beauftragt, Großmama zu bitten,
daß sie mir erlaubt in dem Thurmstübchen zu wohnen,

welches an mein Zimmer stößt; o bitte, bitte, Groß=
mamachen, amatissima mia!"

„Es war sehr vernünftig von Army, daß er mich
nicht bat, ich hatte es ihm schon einmal abgeschlagen
und kann auch Dir leider den Wunsch nicht ge=
währen."

„Warum nicht?" fragte Blanka veränderten Tones!

„Du erlaubst wohl, daß ich die Gründe für mich
behalte."

„Quäle nicht, Blanka, hörst Du?" klang die Stimme
des Obersten, „alte Schlösser haben ihre Geheimnisse,
und darunter manche, die man gern ruhen läßt."

In diesem Moment wurde die Thür aufgerissen,
und die alte Dame stand plötzlich im Zimmer, den
beiden Mädchen gegenüber.

Lieschen war aufgesprungen, versuchte aber nicht
mehr zu fliehen, sondern blieb regungslos stehen. Das
Abendroth verglühte eben am Himmel, seinen purpurnen
Schein durch das Fenster werfend, und umwob die
reizende Mädchengestalt mit rosigem Lichte. Die alte
Baronin schreckte, zurück als sähe sie ein Gespenst, und
streckte die Hände gegen sie aus. „Dio mio! Es
ist unerhört!" rief sie, und trat mit dem Fuße auf.
„Sind Sie immer nur hier, um mich zu erschrecken?"

„Es thut mir leid, Frau Baronin, daß ich stets das Unglück habe —“

„Allerdings wunderbar, vor solch einer holden Er= scheinung zu erschrecken!“ sagte der Oberst; er war in den Rahmen der Thür getreten und schaute bewundernd zu dem jungen Mädchen hinüber. „Darf ich bitten, meine Gnädige, der jungen Dame mich vorzustellen?“

Die Angeredete zuckte mit den Achseln, indem sie einen beinahe mitleidigen Blick auf den alten Herrn warf, und trat zum Fenster.

„Nun, dann muß ich mich selbst vorstellen, mein Fräulein — Oberst von Derenberg!“ sagte er verbindlich.

„Dies ist meine Freundin, Onkel, Lieschen Erving,“ ergänzte Nelly die Vorstellung. Das junge Mädchen verbeugte sich leicht.

„Erving?“ wiederholte fragend der alte Herr.

„Die Tochter des jetzigen Besitzers der Derenberg'schen Forsten, Onkel,“ bestätigte Nelly und heftete ihre Augen voll auf sein etwas geröthetes Gesicht.

„Ah so,“ erwiderte er. „Darum kam mir der Name so bekannt vor. Ihr Herr Vater ist wahrschein= lich ein Liebhaber des edlen Waidwerks?“

„Ja, Herr Oberst, und außerdem verbraucht er viel Holz in seiner Papierfabrik.“

„Ah, eine Papierfabrik besitzt Ihr Herr Vater? Aber Holz — ich meine, das bessere Papier soll meistentheils aus Lumpen gemacht werden?“

Ueber Lieschen's Gesicht flog ein schalkhaftes Lächeln.

„Gewiß, Herr Oberst. Darum heißt auch unsere Fabrik in der ganzen Umgegend die Lumpenmühle, mein Vater der Lumpenmüller und ich Lumpenmüllers Lieschen.“ Sie lachte jetzt wirklich über das ganze liebliche Gesicht.

„Lumpenmüllers Lieschen?“ wiederholte der Oberst ebenfalls lächelnd und sah belustigt zu ihr hinüber. „Das ist allerdings ein Name, der nicht für Sie zu passen scheint.“

„Ich hab' ihn doch gern,“ sagte sie, „jedes Kind nennt mich so; schon immer haben die Töchter aus unserem Hause diesen Beinamen gehabt, entweder Lumpenmüllers Grethchen, oder Minchen oder Lisett—“. Sie erschrack, als sie diesen Namen so unabsichtlich aussprach, und sah scheu zu der alten Dame hinüber, die noch immer am Fenster stand und sich eben jetzt so rasch umwandte, als habe sie eine Natter gebissen.

„Lisett?“ wiederholte sie. „Sie haben da eben einen Namen genannt, auf den Sie sich nicht so stolz berufen sollten; diese Lisett war eine Leichtsinnige, die ihren Eltern viel Kummer gemacht hat —“

„Das Andenken an Großtante Lisett ist mir heilig,“ erwiderte das junge Mädchen scheinbar ruhig, „sie war nicht leichtsinnig; sie war nur sehr unglücklich, aber, wie man mir versichert, nicht durch eigene Schuld, Frau Baronin.“ Ihre Lippen zuckten vor Erregung, als sie diese Worte sprach, und aus ihrer Stimme klang das stürmische Klopfen ihres Herzens.

„Natürlich!“ rief die alte Dame spöttisch, „ein Jeder legt sich die Sache so aus, wie sie ihm am besten paßt, übrigens war es für die „unglückliche“ Lisett das Beste, daß sie früh starb, bevor sie sich und ihrer Familie — —

„Frau Baronin!“ unterbrach sie das junge Mädchen fast drohend, „es ist wenig edel, selbst auf ein Grab noch Schmähungen zu häufen, die —.“ Sie griff nach ihrem Hütchen, aber die Hand zitterte, die es erfaßte.

„Was ist das für eine Lisett? Wer war sie?“ erkundigte sich Blanka lebhaft, die eben in's Zimmer trat. „Wer schmäht sie, und was hat sie denn verbrochen?“ Sie stand jetzt zwischen Lieschen und der Großmutter, und ihr Köpfchen wandte sich rasch von der Einen zur Andern.

„Sei nicht so bodenlos neugierig, mein Kind!“

bernhigte der Oberst, „ich sagte es Dir schon einmal, alte Schlösser haben ihre Geheimnisse, und —"

„Wer sagt Ihnen denn, Oberst, daß das Schloß etwas mit jener Angelegenheit zu thun hat?" Die alte Dame war leichenblaß geworden.

„Je nun," erwiderte er bedächtig, und sah scharf zu ihr hinüber, „ich combinire gern —"

„Sehr bedauerlich, Herr Oberst, daß Sie nicht Roman-dichter geworden sind! Sie haben Ihre Carrière verfehlt."

„Adieu, Nelly," flüsterte Lieschen, sich zu ihr nieder-beugend und einen Kuß auf die Wange der Freundin drückend; dann verneigte sie sich leicht gegen die An-wesenden und schritt aus dem Zimmer; sie floh förm-lich den Corridor entlang und über den freien Platz vor dem Schlosse. In der Lindenallee stand sie plötzlich vor einer Gestalt, — es war Army.

„Fräulein Erving —" Sie sah zu ihm auf; seine Züge waren ernst. „Fräulein Erving —" wiederholte er — „haben Sie gehört, was dort gesprochen wurde in unserer Wohnstube?"

„Ja!" erwiderte sie fest.

„Es ist nicht gerade sehr — wie soll ich sagen? — sehr discret, zu horchen, wenn Familienangelegen-heiten besprochen werden —"

„Ich habe nicht gehorcht, Herr Baron!" rief sie stolz; „wäre ein anderer Ausgang aus dem Zimmer gewesen, ich hätte es gern verlassen, für mein Leben gern, denn —"

„Sie konnten durch das Wohnzimmer gehen —"

„Nein! Ihre Frau Mutter selbst hat mich gebeten, die Wege Ihrer Frau Großmutter nicht zu kreuzen, denn sie kann mich nicht leiden; ich bin ja eine Tochter des Hauses, in welchem man anständiger Weise nicht verkehren kann, Herr Lieutenant — Sie wissen es ja; ich war also gezwungen zu bleiben; ich wäre am liebsten aus dem Fenster gesprungen." Ein bitterer Zug lag um den kleinen Mund, als sie die Worte sprach.

„Nun, jedenfalls möchte ich Sie bitten, nicht über das Gehörte zu sprechen. Das Opfer, diese pikanten Auseinandersetzungen nicht weiter zu berichten, ist ge=wiß ein schweres — ich glaube es schon; unsere Familie bietet ja jeder Zeit Stoff der Unterhaltung in Fülle für die Kreise der Umgegend; aber ich denke, Sie werden dieses Opfer bringen, wenn ich Sie daran erinnere, daß wir früher getreue Freunde waren — nicht wahr, Lieschen?" Er hielt ihr die Hand hin, aber das junge Mädchen wich zurück und verschränkte die Arme über die Brust.

„Eines Versprechens bedarf es wohl kaum," erwiderte sie tonlos, „übrigens würde ich jedenfalls geschwiegen haben, denn der Inhalt Ihrer Gespräche war ja theilweise so, daß er meinen Vater arg beleidigen mußte, — meinen Vater, in dessen Hause Sie so gern weilten zu eben jener Zeit, als wir noch die ‚getreuen Freunde' waren, wie Sie eben bemerkten."

Er trat bestürzt zurück. „Wie? Ich habe kein Wort über Ihren Herrn Vater gesagt."

„Aber angehört, als man ihn Parvenü nannte, — als man ihm nachsagte, er hasse den Adel und die Familie Derenberg besonders und er sinne auf Rache und das ruhige Anhören einer Verleumdung, während man die Ueberzeugung von ihrer Unwahrheit in sich trägt, ist eine Bestätigung derselben. Und nicht allein meinen Vater, nein, auch die Todten unseres Hauses greift man an; meine arme Großtante Lisett, die so schön war und so gut, — sie sei eine Leichtsinnige gewesen, sagt Ihre Frau Großmutter, und ich weiß doch, daß es nicht wahr ist. O! es thut so weh!" Jetzt brachen leidenschaftlich die Thränen hervor, und sie floh wie gejagt die Allee hinunter. Sie hörte nicht, wie er rief: „Lieschen!" sah es nicht, wie er noch lange ihr nachblickte und erst, nachdem ihre schlanke

Gestalt verschwunden war, mit finster gefalteter Stirn zögernd dem Schlosse zuschritt. — —

Als Army in das große Zimmer zu den Uebrigen trat, schien etwas Ruhe nach dem Sturme eingekehrt zu sein, wenigstens schwieg Jeder. Der Oberst hatte sich eine Cigarette angezündet und lehnte anscheinend in behaglichster Stimmung in einem der tiefen altmodischen Sessel, während die alte Baronin kerzengerade auf dem Sopha saß und in nervöser Hast mit ihren schlanken weißen Fingern spielte; Blanka aber stand in der tiefen Fensternische und schaute in den Park hinaus; die lange Schleppe ihres schwarzen Reitkleides lag unbeweglich auf dem alten Parquet, und sie verharrte auch noch regungslos, als ihr Bräutigam an ihre Seite getreten war. Er überhörte die unwillige Frage der alten Dame, die ihm zurief, wo seine Mutter sei und ob sie nicht bald komme. Er sah nur die reizende Gestalt neben sich, die in dem knappen Reitkleide noch zierlicher, noch kinderhafter erschien als sonst, und er nahm leise eine der schweren goldigen Haarsträhne, die losgelöst auf dem dunklen Sammet lagen, und drückte seine Lippen darauf. Die junge Dame schüttelte, ohne sich umzusehen, heftig mit dem Kopfe, und die kleinen Hände griffen rasch nach dem Haare und zogen es über die Schulter.

„Blanka!" sagte er vorwurfsvoll und bog sich vor, um in ihr Gesicht zu sehen. Sie wandte den Kopf ab und blickte, scheinbar mit Interesse, in den stillen, grünen Garten hinaus.

„Habe ich Dich beleidigt, Blanka?" fragte er leise. „Bist Du mir böse?"

Sie hielt sich mit einer hastigen Bewegung beide Hände vor die Ohren. „Nein, nein, um Gotteswillen, nein!" rief sie leidenschaftlich, sich mit einem Rucke umwendend, „ich bitte Dich, Armand, frage nicht so lächerlich! Du siehst doch, ich habe augenblicklich keine Lust, Dein Liebesgeflüster und Deine Zärtlichkeiten mit anzuhören; jeder Andere würde es sofort begriffen haben, und Du fragst, ob ich böse bin, und Gott weiß, was für Unsinn noch!" Sie trat ärgerlich mit dem Fuße auf.

Das Gesicht Army's war dunkelroth geworden. „Verzeihe," sagte er und schritt zu dem Pianino. Er schlug den Deckel auf und that ein paar Griffe.

„Bitte, spiele nicht!" rief Blanka, indem sie wieder die Hände zu den Ohren führte.

Er stand auf. „Dann bitte, spiele Du!" bat er, „ich möchte gern ein wenig Musik hören; sie hat für mich so etwas Beruhigendes, Versöhnendes."

„Ja, bitte, spiele, mein Schätzchen!" rief auch der

Oberst, der von der ganzen kleinen Scene nur dieses Letzte gehört hatte und dem es angenehm zu sein schien, die peinliche Stimmung zwischen ihm und der alten Dame auf diese Weise vertuschen zu können.

„Auf dem Instrumente dort?" fragte sie. „Nein, darauf kann ich nicht spielen; nicht einmal hören mag ich die klimprigen Töne. Uebrigens bin ich auch zu fatiguirt von dem weiten Ritt," setzte sie hinzu.

Einen Moment blitzte es in Army's Augen zornig auf; dann ging er zu dem alten geschmähten Instrumente, schloß den Deckel und trat wieder zu seiner Braut; sie hatte die kleine Reitpeitsche zur Hand genommen und spielte mit deren silbernem Griff, während die alte Dame sich erhob und das Zimmer verließ.

„Ich nehme an, Du bist wirklich angegriffen, sonst wäre es mehr als bloße Laune, wenn Du Dich auf meine Bitte geweigert hättest, zu spielen," bemerkte er mit erzwungener Ruhe.

„Nimm es an, lieber Junge, nimm es an!" sagte lachend der alte Herr und schlug ihn auf die Schulter, „man kommt ja so am weitesten; ich sehe, Du wirst vortrefflich mit ihr fertig werden."

Army biß sich auf die Lippen.

„Darf ich Dich nach Deinem Zimmer führen?" fragte

er dann zu seiner Braut gewandt, „ich schlage Dir vor, Du legst Dich ein wenig und ruhest, vielleicht bekomme ich nach Tische noch etwas von Dir zu hören, nicht wahr?“

„Ich glaube nicht,“ erwiderte sie, „denn ich habe Kopfweh und werde heute in meinem Zimmer bleiben.“

Der Oberst lachte. „Na, gute Nacht denn, und gute Besserung,“ und damit schritt er, noch lächelnd und dem Neffen zunickend, aus dem Zimmer. Blanka nahm die Schleppe ihres Reitkleides über den Arm und folgte ihm; sie ging, ohne ein Wort zu sprechen, an ihrem Bräutigam vorüber.

„Blanka!“ sagte er leise und vertrat ihr den Weg, „willst Du mir nicht Gute Nacht sagen?“

„Du behandelst mich wie ein unartiges Kind,“ rief sie leidenschaftlich und trat zurück, „ich wundere mich, daß Du nicht verlangst, ich solle Abbitte thun; es ist Dir ganz gleich, ob ich Kopfschmerzen habe oder nicht —“

„Weder das Eine noch das Andere. Ich verlange weder Abbitte noch verweigere ich Dir mein Bedauern, daß Du Kopfschmerzen hast, aber mir ist es unmöglich, so ohne ‚Gute Nacht‘ von Dir zu gehen. Nicht wahr, das ist im Grunde auch nicht angenehm, Blanka? Wenn zwei Menschen sich so lieb haben, wie wir, dann ist das Verlangen nach einer Verständigung, nach einem Aussprechen so natürlich."

Er war bei diesen Worten näher zu ihr getreten und wollte sie an sich ziehen, aber sie wich ihm aus mit einer ungeduldigen Bewegung, und um ihren Mund legte sich einen Moment ein spöttischer Zug.

„Wenn Du mich wirklich lieb hättest," entgegnete sie schroff, „so würdest Du mir nicht solche alberne Moralpredigten halten wollen, da Du doch weißt, daß ich angegriffen bin. Es ist schrecklich," fügte sie hinzu, „was Du für eine Auffassung von unserer gegenseitigen Stellung zu haben scheinst; dieses ewige Rücksichtnehmen, dieses Anlehnen des Einen an den Andern, ohne einen freien Willen äußern zu dürfen, dieses Aufgehen in einander — eine drückende, entsetzliche Kette ist es, aber kein Glück. Ich will frei sein — hörst Du? frei sein!" wiederholte sie noch einmal, und gleich darauf fiel der schwere Thürflügel dröhnend zu hinter der zierlichen Gestalt.

Er stand wie betäubt und starrte auf die Thür, die sie seinen Blicken entzogen hatte. Es war still geworden in dem großen Zimmer; der purpurne Schein am Himmel war verblichen und die grauen Schleier des

Abends sanken verdüsternd herab und erfüllten das Gemach mit Dämmerung. Der junge Mann trat zum Fenster und schaute unverwandt hinaus in die abendliche Landschaft, die Lippen wie im tiefsten Unmuth auf einander gepreßt, aber dann zuckte er zusammen: von droben her trafen Klänge sein Ohr. Hastig öffnete er das Fenster, und noch deutlicher schwebten sie jetzt zu ihm herunter, dort oben wurde der Faust-Walzer gespielt, so rhythmisch und schwungvoll, wie sie es nur verstand; Perlschnüren gleich rollten die Passagen, und dazwischen hob sich, meisterhaft vorgetragen, die Grundmelodie hervor.

„Sie spielt!" murmelte er, und seine geballte Hand fiel zornig auf das harte Fensterbrett. „Sind sie aber ohne Tück', so ist's fürwahr ein großes Glück," lachte er bitter auf; dann verließ er das Zimmer.

Draußen umfing ihn eine weiche milde Abendluft. Er lenkte seine Schritte unwillkürlich an dem Schloßgraben entlang, aus dem der Hollunder jetzt seine abgeblühten Zweige hervorstreckte, und blieb dann unter ihrem Fenster stehen. Dicht neben ihm stieg der alte Thurm massig empor, und die weißen Kletterrosen, die sich an ihm hinaufrankten, leuchteten hell aus der Dunkelheit zu ihm herüber — dort oben war das Spiel ver-

stummt. Doch nein, da begann es von Neuem —
eine düstere schwermüthige Melodie; er kannte ja den
Text:

„Da steht auch ein Mensch und schaut in die Höhe,
Und ringet die Hände vor Schmerzensgewalt,“

wie hinreißend das klang! Dann verstummte plötzlich
die Musik mit einem schrillen Mißklange.

Army athmete wie erleichtert auf. In seinem
Herzen, das so ehrlich und heiß liebte, mühte er sich
vergebens ab, das Wesen seiner Braut zu enträthseln;
mit aller Gewalt drängte sich ihm heute Abend die
bange Frage auf: Wenn sie Dich nicht liebte? und
„Lieber den Tod, als ihr entsagen!“ murmelte er weiter-
schreitend und dachte unwillkürlich an Agnese Mechthilde
und den Junker von Streitwitz, der hier im Garten begraben liegen sollte. Verstimmt bog er in den grünen
Laubgang ein, der ihm am nächsten lag. Der heutige
Nachmittag mit all dem unangenehmen Erlebten stieg
wieder vor ihm auf; widerwärtige Empfindungen be-
mächtigten sich seiner, die Erinnerung an das Gespräch
zwischen Onkel und Großmama mit den vielfach malitiösen
Andeutungen, die wie aufflammende Leuchtkugeln häß-
liche Streiflichter auf die Vergangenheit geworfen, die
Erinnerung an die eigensinnige Erklärung Blanka's, nicht

hier wohnen zu wollen, und dann an die strafenden Worte, die ihm Lieschen zugerufen dort in der Allee, als er sie bitten wollte, von dem Gehörten nichts zu verrathen! Sie hatten ihn tief beschämt, diese einfachen Worte, der vorwurfsvolle schmerzliche Blick; er hatte den braven Mann dort unten in der Mühle verleumden lassen, ohne ein Wort zu seiner Vertheidigung zu sagen — aus Gedankenlosigkeit; seine gespannte Aufmerksamkeit war ja dem Wortwechsel gefolgt, der seinen Lieblingswunsch so rauh vereitelte, den Wunsch, mit Blanka hier zu wohnen in dem Schlosse seiner Väter. Aber Lieschen mußte meinen, er denke ebenso wie — „o nein, nein, gewiß nicht; ihr Vater ist ein ehrlicher, braver Mann." Das wäre ja auch schließlich Alles verteufelt gleichgültig — nein, das zuletzt Erlebte, das hatte den tiefsten Stachel in seine Brust gedrückt. Die heftigen Worte seiner Braut klangen ihm wieder in die Ohren: „Was hast Du für eine Auffassung von unserer gegenseitigen Stellung?" und dann: „Eine Kette ist es, eine drückende Kette, aber kein Glück."

„Eine Kette!" wiederholte er halblaut, indem er stehen blieb, aber dann sagte er rasch: „Ah bah, Mädchenlaunen, weiter nichts! Sie ist auch zu schön, zu stolz, — ein zu eigenartiger Charakter, um sich in

die engen Grenzen zu schmiegen, die einer Frau eigent=
lich gezogen sind." Er hätte das bedenken sollen,
meinte er; er durfte nicht immer und immer wieder ver=
suchen, sie für seine Ansicht zu gewinnen, es mußte
ermüdend für sie sein; sie hatte Recht, mißgestimmt zu
werden, seine schöne, stolze, geliebte Braut. Und sie
liebte ihn ja doch; sie hatte es ihm so oft auf seine
stürmischen Fragen versichert. Im Herbst, hatte Onkel
Derenberg gesagt, im Herbst, da würde sie ganz die
Seine, unentreißbar die Seine. Mußte nicht vor
dieser seligen Gewißheit alles gegenwärtige Leid ver=
schwinden?

Der Nachtwind hatte sich aufgemacht, und bog über
dem Haupte des jungen Mannes die Zweige zusammen
daß sie leise rauschten, er kräuselte die Fläche des
dunklen Teiches zu Army's Füßen, und scheuchte die
trüben Gedanken in weite, weite Fernen, trug ver=
söhnende Liebe und weiches süßes Sehnen durch die
stille warme Sommernacht, „und im Herbste," sagte
Army noch einmal leise, „im Herbste, dann kommt
das Glück."

10.

Der Sommer war vergangen, der Herbst trat seine Herrschaft an und begann das Laub der Wälder bunt zu färben, ein krystallklarer blauer Himmel wölbte sich über der Erde, in der Lindenallee des Schloßparkes lagen die ersten welken Blätter am Boden, und in Müllers Garten blühten die Astern und Georginen in buntester Farbenpracht. Ueber die Weinspaliere waren Netze gezogen, um den naschigen Sperlingen das Schmausen zu verwehren; und aus dem Laube der Obstbäume lugten die gereiften Früchte goldgelb und rothbäckig hervor und warteten des Pflückens.

Es war in der Mühle Alles im gewohnten Geleise weitergegangen; wie rasch war der Sommer verflogen! Und nun freute man sich auf die langen Winterabende am warmen Ofen. Die Leute in der Mühle freuten sich freilich noch auf etwas Anderes: wußten sie doch Alle, sowohl die Arbeiter in der Fabrik wie die Mine und Dörte in der Küche und der Peter im Stalle, daß es bald eine Braut im Hause geben werde; wer Augen hatte zu sehen, dem war es ja sonnenklar, daß Herr Selldorf und „unser Lieschen" ein Brautpaar werden würden. Dem hübschen blonden Manne guckte ja die

Liebe so deutlich aus den ehrlichen hellen Augen heraus, und mit keinem Menschen war der Hausherr so vertraut und herzlich umgegangen, und keiner seiner Collegen hatte so freundliche Blicke aus den Augen von Lieschens Mutter empfangen, wie er. Selbst die Muhme nickte ihm stets so wohlwollend zu und sagte mitunter in der Küche, wenn von ihm gesprochen wurde: „Ein Prachtmensch, der Selldorf!" Nur Lieschen schien von alledem nichts zu bemerken; zwar war sie stets freundlich und artig gegen den Volontair des Vaters und stellte die großen Sträuße Vergißmeinnicht, die er ihr zuweilen mitbrachte, sorglich in frisches Wasser, aber sonst konnte kein Mensch die Liebe bemerken, die sie absolut für ihn fühlen sollte, so sehr sich auch Mine und Dörte Mühe gaben.

„Sie thut nur so," meinte die Letztere, „das ist so Mode bei den Vornehmen, aber inwendig, da steht's anders, gelt, Muhme?"

„Die viel schwatzen, lügen viel!" hatte die Muhme geantwortet; „kümmere Dich nicht um die Liesel, sondern bleib' bei Deinem Kochtopf! Wird schon einmal Hochzeit sein hier im Hause. Wer der Bräutigam ist, mag Gott allein wissen; wir können nicht in die Zukunft sehen, und darum halt den Mund über Dinge, die Euch nichts angehn! Aber Ihr habt nichts weiter im Kopfe, als das Mannsvolk und das Heirathen. Die Liesel weiß recht gut: „Freien ist wie Pferdekauf; Mägdlein thu' die Augen auf!" Und dazu hatte sie ernsthaft mit dem Kopfe genickt. Aber so sehr auch sonst ihre Worte in Ansehen standen, diesmal ging ihre Rede zu einem Ohre hinein und zum andern hinaus; sie wußten es ja zu genau, die Mädchen, daß Herr Selldorf ein Auge auf das Fräulein habe, und die Zeit würde es ja lehren, wer Recht hatte.

Einstweilen heimste die Muhme in Keller und Speisekammer ihre Wintervorräthe mit gewohnter Emsigkeit ein, und Lieschen mußte überall helfen und dabei sein, „denn guck', mein Herzel, Du mußt es lernen, es ist für den künftigen Haushalt," sagte die alte Frau. Heute nun schüttelte und rüttelte es schon den halben Nachmittag ganz gewaltig in den ehrwürdigen Nußbäumen hinter dem Hause, und Blätter und Früchte fielen zur Erde, auf der eine große Leinwandplane ausgebreitet lag; der Peter und der Christel schlugen mit langen Stangen unbarmherzig in das Gezweig, und drei bis vier Kinder krabbelten jubelnd am Boden und überkugelten sich ordentlich in der Hast des Aufsammelns.

„Nüsseschlagen, ei Nüsseschlagen!" rief da eine frische Stimme und im nächsten Augenblick bog sich Nelly's rosiges Gesicht über Lieschen's Schulter und drückte einen herzhaften Kuß auf ihre Wange. „Ich hab's schon von weitem gesehen," sagte sie, „die armen Bäume; Guten Tag, Muhme."

„Ei was, Nußbäume und Esel wollen geschlagen sein," gab diese zur Antwort, und wischte sich die Hände an der sauberen Schürze ab, ehe sie sie dem jungen Mädchen zum Willkommen reichte. „Guten Tag, Nelly'chen, wie geht's, wie steht's, was macht die Frau Mama?"

„Danke schön, Muhme, es geht ja so, wir haben jetzt viel zu thun für Army's Hochzeit; — siehst Du, Lieschen, ich hab' mir meine Arbeit mitgebracht," sagte sie, und deutete auf ein Körbchen, aus dem bunte Wolle hervorsah; „aber Du mußt wohl helfen hier?"

„Na, heut kann sie thun, was sie mag," meinte die Muhme, „aber Morgen geht's an's Pflaumenaus= kernen zum Mußkochen, da hilft ihr kein Doctor davon; sie muß wissen, wie's gemacht wird. Mit den Nüssen will ich Dich verschonen, das giebt gelbe Hände, mein Herzel, aber Morgen —"

„Morgen helfe ich gewiß, Muhme," nickte Lieschen,

und die blauen Augen sahen freundlich zu der alten Frau hinüber, während sie schon die Freundin an die Hand gefaßt hatte, um sie fortzuziehen.

„Wo wollt Ihr hin?" rief die Muhme ihnen noch einmal nach, „bleibt Ihr im Garten, oder geht Ihr auf dem Stübchen, Liesel?"

„Im Garten!" riefen die Mädchen, „es ist ja noch so schön und sonnig, wir gehen in die Laube."

Die beiden jungen Mädchen schritten Arm in Arm durch den langen Gang dem unteren Theile des Gartens zu, und die Muhme blickte ihnen nach. Lieschens schlanke Gestalt überragte die Freundin um ein Bedeutendes; sie trug den Kopf etwas gesenkt, und das dunkelblaue feine Wollenkleid umschloß eine im reizendsten Ebenmaß gebaute Figur. Nelly hatte den blonden Lockenkopf zurückgebogen, und schaute plaudernd zu ihr hinauf, sie sah wie ein Kind aus neben Lieschen. Bald saßen sie in der schon etwas gelichteten Jasminlaube, und die Strahlen der Herbstsonne fielen auf die bunte Stickerei, die Nelly auf dem Tische ausgebreitet hatte, und nun von Beiden bewundert wurde.

„Gelt, Liesel, ich war fleißig?" fragte die Kleine fröhlich.

„Sehr," erwiderte diese, „Du wirst bald fertig

sein; wie wunderhübsch dieser Eichenkranz sich um das Wappen schlingt."

„Nicht wahr?" sagte Nelly stolz, „und das Schönste dabei ist, daß Mama das Muster aufgezeichnet hat. Uebrigens, Lieschen, ich muß noch sehr fleißig sein, denke doch, am fünfzehnten October ist ja die Hochzeit."

Ueber Lieschen's Gesicht flog es plötzlich wie ein Schatten. „Der fünfzehnte October!" wiederholte sie leise. Auch die lächelnde Miene Nelly's verschwand, und sie blickte wie träumend in den Garten hinaus; dann aber ergriff sie eifrig die Stickerei und zog Stich um Stich in dem feinen Canevas. Eine Zeit lang war es still geworden zwischen ihnen, endlich ließ Nelly die Nadel ruhen, und sah zu dem jungen Mädchen hinüber die müßig dasaß, und die feine Häkelarbeit sinnend in der Hand hielt.

„Woran denkst Du, Lieschen?" fragte sie. „Sieh, ich dachte eben wieder an frühere Zeiten, — weißt Du noch, wenn der Army zu den Herbstferien hier war, und wir suchten dort Nüsse mit auf, oder liefen des Morgens früh im Thau in den Dohnensteig?"

Lieschen nickte. „Weißt Du," fuhr Nelly fort, „ich wollte, es wäre erst Alles vorüber mit der Hochzeit, ich glaube, ich weine mich todt, wenn ich ihn so vor dem Altar stehen sehe mit — mit seiner Braut," setzte sie leise hinzu.

„Aber Nelly, warum?" klang es ängstlich herüber.

„Sieh, Lieschen, ich habe noch mit Niemand darüber gesprochen, und Du kommst ja nicht mehr zu uns seit — nun seit jenem Nachmittag, weißt Du, wo ich krank war und Du so wider Willen das Gespräch mit anhören mußtest —"

„Ich habe Dir gesagt, Nelly, ich kann nicht; hätte Deine Großmama auf mich gescholten, dann — aber mein Vater, mein guter Vater, — nein, Nelly ich — —"

„Ich weiß ja, Lieschen, bitte, sieh nicht wieder so aus, als ob Du weinen wolltest, ich habe dabei ja doch am meisten verloren; aber ich gebe Dir vollkommen Recht, ich meine nur, Du hast in Folge dessen Blanka's ganzes Wesen nicht so beobachten können, wie ich —"

„Sie ist so wunderschön, Nelly."

„Aber was thue ich mit dem wunderschön, wenn sie herzlos ist und kalt, und wenn sie vor allen Dingen den Army nicht lieb hat?"

„Ich bitte Dich, Nelly!" rief Lieschen dunkelroth, „wer sagt das? Du bildest Dir das gewiß ein?"

„Nein, nein, sicher nicht! Ich hab' es auch schon zur Mama gesagt, und die will mich auch stets beruhigen, — sie muß es allen Leuten anthun mit ihrer Schönheit, diese Blanka."

Lieschen hatte die Lippen aufeinander gepreßt und antwortete keine Silbe, aber ihr Gesicht war noch immer von einer hohen Röthe übergossen. Nelly legte ihre Arbeit weg, und schritt um den Tisch herum zu der Freundin, setzte sich neben sie auf die Bank, und schlang den Arm um sie. „Liesel," bat sie, und ihre Augen füllten sich mit Thränen, „wenn Du wißtest, was ich eine Todesangst um ihn habe! Sieh, ich denke immer, wenn ein Mädchen einen Mann liebt, da ist sie anders wie Blanka. Gott weiß, er muß sie sehr lieb haben! „Und," fuhr sie fort, als Lieschen bei dem letzten Satze zusammenzuckte, aber stumm blieb, „sie ist so häßlich zu meiner Mutter, sie hat nur ein einziges Mal seit ihrer Abreise geschrieben, und zwar sehr kurz und kühl, und als Mama neulich wieder so sehr krank war, und wir das Schlimmste befürchten mußten, da war es ihr von Army mitgetheilt worden, aber sie hat nicht einmal gefragt, wie es hier geht bei uns. Ach ich weiß, Mama hat ebenso große Angst um Army, wie ich," schloß sie, und versuchte die Thränen zurückzu= drängen, die ihr in die Augen getreten waren.

„Ich habe es Army geschrieben," begann sie noch=

mal „und da antwortete er mir, er habe ihr mitgetheilt, wie sehr sie ihn und uns durch ihr Benehmen verletze, aber er sagt auch in seinem Briefe, ich soll es ihr nicht so übel nehmen, sie sei so verkehrt erzogen und würde sich gewiß noch ändern. Nun frage ich Dich, Lieschen, muß ich mich da nicht ängstigen um ihn?“

Sie antwortete noch immer nicht, sondern schaute mit abgewandtem Gesichte in den sonnenbeschienenen Garten hinaus. „Lieschen!“ bat die Kleine schmollend und noch mit den Thränen kämpfend, und als die Gefragte jetzt langsam den Kopf zu ihr wandte, da schimmerten auch in ihren blauen Augen ein paar große Tropfen. „Wie leid mir das thut,“ sagte sie, und drückte Nelly's Hand, „ich glaubte immer, es wäre Alles so ein Glück und eine Freude — —“

„Großmama sagt ja auch,“ fiel Nelly ein, „es sei ein großes Glück und die einzige Möglichkeit uns aus den vielen Sorgen zu befreien, obgleich sie jetzt nur noch wenig von ihren exaltirten Lobsprüchen für Blanka hat; sie mag sich wohl Alles anders vorgestellt haben und sie will auch nicht mit zur Hochzeit.“

„Aber Du, Nelly?“

„Mama und ich, natürlich,“ sagte die Kleine. „Vorhin war Justizrath Hellwig bei Mama, für Arniy muß doch auch etwas Aussteuer beschafft werden, und dann die Garderobe für uns, — nein, hin müssen wir, er ist doch unser einziger Sohn und Bruder.“

„Mich friert,“ sagte Lieschen, plötzlich zusammen= schauernd, „die Sonne ist weg, komm Nelly, gehen wir hinein und trinken den Kaffee in der Wohnstube.“

Als sie aus dem Garten traten, kam eben die Muhme mit dem Kaffeegeschier aus der Hausthüre. „Nun, da seid Ihr ja,“ rief sie freundlich, „wollt Ihr drinnen vespern oder hier?“

„O, hier, am Hause ist’s ja geschützt,“ erwiderte Lieschen, und schlug die welken Blätter mit ihrer Schürze von dem Sandsteintische. „Ist’s Dir recht, Nelly?“ Die Kleine bejahte, und sah die Freundin an. „Wenn Dich nur nicht friert, Du siehst so blaß aus, Lieschen!“

„Ei bewahre, hier nicht,“ tröstete diese und half der alten Frau das weiße Tuch über den Tisch breiten; „da unten zog es nur am Wasser; — Muhme, nicht wahr, Du trinkst Deinen Kaffee hier draußen bei uns?“

„Kann ich thun,“ erwiderte die Alte, „in der Wohnstube ist ohnehin Besuch.“ Sie setzte sich zu Nelly auf die Bank und bat Lieschen, ihr eine Tasse zu holen. „So fleißig?“ meinte sie dann, als das junge Mädchen neben ihr wieder eifrig zu sticken begann.

„Für den Army ein Hochzeitsgeschenk!" erwiderte diese freundlich.

„Lieber Gott," sagte die alte Frau, und nahm dankend die gefüllte Tasse aus Lieschen's Hand, „er ist auch noch recht jung; es ist mir immer, als sei es erst gestern, da er über den Mühlensteg gesprungen kam in seinem schwarzen Sammetkittel." Nelly nickte, Lieschen aber sah unwillkürlich hinüber zu der kleinen Brücke, unter der das Wasser klar und straff dahinschoß.

„Wer ist denn beim Vater drinnen?" fragte sie mit gepreßter Stimme, als wollte sie das Gespräch auf etwas Anderes lenken; zu gleicher Zeit lächelte sie ihrer Mutter zu, deren Gesicht einen Augenblick am Fenster sichtbar wurde.

„Ein fremder Herr — ich kenne ihn nicht," ant=
wortete die Muhme, setzte dann aber plötzlich ihre Tasse hin, schob die Brille etwas herunter und sah darüber hinweg scharf nach dem Wege jenseits des Wassers. „Heiliger Gott," sagte sie dann, „war das nicht die Sanna, Nellychen, die dort zwischen den Bäumen ging? Jetzt ist sie hinter den Ellern und Weiden, — ich habe sie lange nicht gesehen, aber ich meine, ihr Gang ist's gewesen. Siehst Du, wahrhaftig, sie ist's," rief sie und deutete auf die große Gestalt in dem dunklen Kleide

und der weißen Schürze, die eben eilig die Brücke betrat.

„Die Sanna!“ rief auch Nelly und sprang auf, „mein Gott, was ist denn da passirt?“

„Die Frau Baronin lassen bitten,“ tönte die fremd= artig accentuirte Stimme der alten Dienerin, deren harte Züge von eiligem Gehen geröthet erschienen, „das gnädige Fräulein sollen sofort zu ihr kommen.“

„Um Gott, Sanna!“ fragte hastig das junge Mädchen, ihre Stickerei zusammenraffend, „was ist passirt? Zur Mama soll ich kommen oder zur Groß= mama?“

„Zur Frau Großmama natürlich,“ erwiderte die Alte, ohne auch nur den Blick zur Muhme oder zu Lieschen zu wenden, die der Freundin behülflich waren, die bunte Wolle in den Korb zu legen, „die Frau Großmama ist sehr böse, daß Sie nicht zu Hause waren, so böse, daß ich mich sofort aufmachte, um hierher zu laufen, weil die Frau Mama weinte, Sie wären wieder in der Mühle, und Heinrich hatte keine Zeit; er muß Briefe auf die Post tragen.“

„So sag's doch, Sanna,“ bat Nelly und schaute angsterfüllt zu der großen hageren Frau hinauf, „ist Jemand krank oder sind schlechte Nachrichten da?“

„Die Frau Großmama hat einen Brief mit einer Trauernachricht bekommen,“ erwiderte die Alte und streifte mit finsteren Blicken die Muhme, die aufgestanden war.

„Um Gotteswillen!“ schrie Nelly, und schaute mit Entsetzen zu Sanna hinüber, „es ist doch nicht Army? Sanna, liebste Sanna, Du weißt es gewiß — sag's doch! Ich bitte Dich,“ und sie lief zu ihr hinüber und faßte flehend ihre Hände. Lieschen aber setzte sich auf die Steinbank, es war ihr, als trügen sie ihre Füße nicht länger, und sie schaute mit großen weitgeöffneten Augen wie abwesend auf die Gruppe.

„Ich weiß es nicht,“ erwiderte achselzuckend die alte Dienerin, während Nelly die Hände vor's Gesicht schlug und abermals schluchzend ausrief:

„Army! Allmächtiger Gott, wenn es Army wäre!“

„Beruhige Dich, Nellychen,“ tröstete jetzt die Muhme und nahm das weinende Mädchen in die Arme, „Dein Bruder ist es nicht; sie würde sonst nicht so ruhig da=
stehen — geh rasch nach Hause und sei getrost! Er ist es nicht.“

„Ach, Muhme,“ schluchzte sie, „ich kann vor Angst kaum stehen.“

„Weinen Sie nicht, gnädiges Fräulein!“ sagte nun auch die alte Sanna, das „gnädige Fräulein“ scharf betonend; „die Gräfin Stontheim ist gestorben, mir hatte aber die Frau Großmama verboten, hier in der Mühle davon zu sprechen, denn sie will alles Geklatsche möglichst vermeiden, und hier —“

Sie verschluckte das Uebrige, indem sie einen feindseligen Blick auf die Muhme warf, die noch immer neben dem weinenden Mädchen stand.

„Nun, nun,“ bemerkte diese, „Ihr könnt's immer für Euch behalten, Jungfer Sanna, was geht's mich an, ob die Tante gestorben ist oder nicht. Aber Ihr braucht darum dem armen Kinde nicht solchen Schrecken in die Glieder zu jagen mit der Todesnachricht; es war noch Zeit, wenn sie es zu Hause erfuhr.“

„Ich habe mit Ihnen gar nichts zu verhandeln; ich thue, was mich meine Herrschaft heißt,“ erwiderte die alte Dienerin geringschätzig.

„O ja! Dafür kenne ich Euch noch von früher,“ sagte die Muhme, der das Blut plötzlich hell in das Gesicht stieg; sie sah ihre Feindin durchdringend an.

„Ich komme ein Stückchen mit Dir, Nelly,“ rief Lieschen, wie aus einer Erstarrung erwachend, und folgte der voran eilenden Freundin, während Sanna keine Miene machte, ihr zu folgen, vielmehr wie angewurzelt stehen blieb.

„Was meinen Sie denn?" fragte sie und schaute mit dem Ausdruck unversöhnlicher Feindschaft zu der Muhme hinüber, die eben das Kaffeeservice zusammen setzte. Seit langen Jahren standen sich diese beiden Frauen zum erstenmale wieder so nahe gegenüber; sie waren alt geworden, aber der Haß, der in ihrer Jugend entbrannte, der hatte leise weiter geglüht und schlug in diesem Augenblick wieder in hellen lodernden Flammen empor.

„Was ich meine?" erwiderte die Muhme und trat, ihre ehrlichen Augen auf die große dunkle Gestalt richtend, furchtlos einen Schritt näher. „Was ich meine? Ei, Jungfer Sanna, das solltet Ihr doch nicht erst fragen; ich sehe es an Eurem Gesicht, daß Ihr es wißt, gar genau wißt — es hat doch gewiß oft genug an Eurem Kopfkissen gerückt und gezuckt und Euch nicht schlafen lassen in langen bangen Nächten, und hat auf Eurer Brust gelegen wie ein Alp, der nicht gewichen ist und wenn Ihr hundertmal Euren Rosenkranz abgebetet habt und alle Heiligen angerufen — das war das Ge= wissen, Jungfer Sanna, und ein böses Gewissen hat Wolfszähne, die fassen scharf und tief —"

„O misericordia!" rief Sanna und schlug die Hände mit einer leidenschaftlichen Geberde des Zornes zusammen;

„das hab' ich davon, daß ich selbst hergelaufen bin; die Frau Baronin hat Recht gehabt, wenn sie es stets verbot, daß man sich mit dem plebaglio dem miserabile, einlassen sollte."

„Was Eure Baronin sagt, ist mir ganz gleichgültig" erklärte die Muhme, „und Eure italienischen Schimpfwörter könnt Ihr sparen; die verstehe ich nicht, 'aber Eins muß ich Euch doch noch sagen, Jungfer Sanna, da es der Zufall will, daß wir zusammen kommen — ich habe mich lange darnach gesehnt, es zu thun: Ihr und Eure Baronin, Ihr tragt eine Sünde auf dem Gewissen, die himmelschreiend ist. Vielleicht habt Ihr gemeint, es weiß Niemand darum, vielleicht habt Ihr auch richtig erkannt, daß es Eine giebt, die doch den Hergang kennt und weiß, wie es gekommen ist, daß ein junges blühendes Leben in's Grab sinken mußte, ich sag's Euch aber, und Ihr könnt's der gnädigen Frau dort oben bestellen: Gott sieht eine Zeit lang durch die Finger, aber nicht ewig, und er läßt sich nicht spotten, und ich — ·ich, die alte Muhme aus der Papiermühle — ich bete noch jeden Abend zum lieben Gott, daß er mich einen Tag erleben läßt, wo ich es Eurer stolzen Frau in's Gesicht sagen kann, daß sie eine —"

„Cielo!" kreischte die Italienerin und focht mit den

Händen in der Luft, „welch eine verrückte Person! Ich wundere mich, daß Sie nicht sagen, wir haben das hochmüthige Ding gemordet.“

„Das könnte ich mit vollem Recht behaupten,“ beharrte die Muhme, „und wenn Keins hochmüthiger war als sie, so ständ's wohl in der Welt.“

„Das soll ich mir sagen lassen?“ rief dunkelroth die alte Sanna, „wollen Sie vielleicht nicht auch behaupten, daß wir ihr Gift eingegeben oder sie erdrosselt haben? Wenn die Jungfer Lisett starb, so ist sie selbst schuld daran gewesen; was hat sie sich einzubilden, der Herr Baron würde sie heirathen! Was fängt sie Liebschaften an, die über ihren Stand gehen! So ein Herr hat hundert Augen und sieht mehr als ein schönes Mädchen.‘,

„So?“ rief jetzt die alte Frau und setzte hastig das Präsentirbrett mit den Tassen, welches sie eben hochgenommen, wieder hin — „wöllt Ihr den Baron Fritz auch noch verleumden? Der ist besser gewesen als die ganze Sippschaft da droben“ — sie deutete nach dem Schlosse — „zusammengenommen, und wenn er ein leichtsinniger Bursch ward, so ist's abermals Eure Schuld, warum nahmt Ihr ihm sein Lieb? Was nun das Einbilden anlangt, so hat sich die selige Lisett gar nichts eingebildet; sie ist des Barons Fritz ehrliche Braut gewesen und, so wahr ich hier stehe, sie wäre seine Frau geworden, wenn nicht falsche, elende Menschen, noch schlimmer als Räuber und Mörder, sie auseinander gerissen hätten."

Sanna lachte rauh und höhnisch.

„Meinen Sie wirklich? Und ich sage: so wahr sie Lumpenmüllers Lisett war, so gewiß ist für dergleichen Art kein Platz dort oben."

„Hoffahrt steckt immer den Schwanz über's Nest," sagte die Muhme verächtlich, „unsere Art ist Gott sei Dank zu gut und zu brav und paßt nicht in solche Sündenwirthschaft, wie sie dazumal droben war. Die Derenberg's waren immer Leute von altem Schrot und Korn; denen saß der Adel nicht nur im Geblüte, sondern auch im Gemüthe, und so war es recht, aber seitdem — na, Ihr wißt, was ich meine — im Grabe hätten sie sich umgedreht, alle mit einander in dem alten Erbgewölbe, hätten sie gewußt, wie weit es noch kommen thät mit ihrer stolzen Sippe."

„Muhme! Muhme!" rief die ängstliche Stimme der Hausfrau aus dem Fenster.

„Gleich, Minnachen!" erwiderte sie und nahm das Präsentirbrett auf; „ich komme schon. Du weißt, wir Alten reden gern von altem Käs, besonders wenn man sich so lange nicht gesehen hat, wie die Jungfer Sanna und ich," und dann schritt sie über die Schwelle, ohne sich noch einmal umzuwenden.

„Aber Muhme, um Gott!" sagte vorwurfsvoll die Frau Erving, als die alte Frau mit geröthetem Gesicht in's Zimmer trat; „was machst Du für Geschichten! Ich hab' mich gefürchtet, so böse sah die große finstere Person aus —"

„Ich nicht, Minnachen, ich nicht," erwiderte die alte Frau triumphirend, „es war eine Wohlthat für mich, daß ich einmal sprechen konnte. Jahrelang hab' ich darauf gewartet; mitunter glaubt' ich schon, ich müsse sterben, ohne daß ich es ihnen in's Gesicht gesagt, was sie für eine große Sünde gethan haben, und nun heut — o, ich bin noch viel zu sanft gewesen, aber hätte ich das falsche Weibsbild nicht unter Gottes freiem Himmel gehabt, sondern in meiner Stube, da hättest Du hören sollen, Minnachen —"

„Muhme! Muhme! ‚Mein ist die Rache!‘ Was würde der Herr Pastor sagen, wenn er Dich jetzt sähe!"

„Ich will mich nicht rächen," sagte die alte Frau leise, „denn auf Rach' folgt allemal ein Ach! Aber glaube mir, wie ich sie so dastehen sah, das Frauen=

zimmer, das zu dem Unglück mitgeholfen hat, da war mir's gerad', als gösse mir Jemand siedend Oel in's Herz —" sie brach ab, denn eben trat Lieschen in's Zimmer.

„Die Gräfin Stontheim ist richtig gestorben," erzählte diese, „Nelly's Mutter sagte es, als sie uns im Park begegnete. Army hat geschrieben, sie würde schon morgen beigesetzt, und nach dem Begräbniß will er seine Braut wieder hierher bringen; die Hochzeit soll gar nicht verschoben werden, es bleibt alles beim Alten. Sag' einmal, Muhme, war die Sanna, die ich eben am Waldweg traf, bis jetzt bei Dir?"

„Bis jetzt, mein Herzel; es war noch ein lustiges Gespräch, das wir zusammen hatten."

Das junge Mädchen sah ängstlich fragend zu ihr hinüber; sie setzte sich dann aus Fenster und blickte lange wie träumend in die Wipfel der hohen Linden. Dann und wann schwebte langsam ein gelbes Blatt herunter, und ein Heer kleiner Vögel flatterten zirpend von Ast zu Ast. Sie sah es kaum, sie hatte soviel zu denken, und dann verschlangen sich ihre Hände in einander, und die rothen Lippen bewegten sich stumm. Es war still geworden in dem traulichen Wohnzimmer; die Muhme besorgte längst wieder draußen die Wirthschaft, und die Mutter schritt im Nebenzimmer leise ordnend hin und her.

„Wenn er gestorben wäre?“ flüsterte sie halblaut. „Aber nein — nein — es ist besser so; lieber Gott, laß' ihn noch glücklich werden, — um seiner Mutter und um Nelly's willen!“ — klang es zögernd nach. —

Ein paar Tage waren vergangen; Lieschen hatte, fleißig der Muhme zur Seite gestanden, und häufiger als sonst in der letzten Zeit war auch ihr altes helles Lachen wieder erklungen. „Lach' nur, mein Herzel!“ sagte die alte Frau einmal in vollem Glück darüber, „den Lacher hat Gott lieb.“ Sie wird wieder fröhlich sie hat's überwunden, dachte sie; das Kind war ja auch noch so jung, und das Leben lag vor ihm so weit und glückverheißend. Und dann trat unwillkürlich ein anderes Bild vor ihre Seele, das des hübschen blonden Mannes. „Es wäre ein Staatspärchen,“ flüsterte sie halblaut, „hab's erst neulich so recht gesehen wie brav er ist, als der kleine Bube ins Wasser fiel, und er so Eins, Zwei, Drei hinterher sprang, und dann der Mutter, dem lahmen Bettelweib, noch ein Geldstück in die Hand drückte für die ausgestandene Angst.“

Und heute hatte sie ihm eine Weile nachgeschaut, wie er mit dem Hausherrn in aller Frühe, das Gemehr über der Schulter auf die Jagd gegangen war, und dabei gar wohl bemerkt, wie ein rascher Blick zurückflog zu den Fenstern, hinter denen Lieschen noch fest schlummerte, und gedacht: „Wenn sie ihn jetzt so sehen könnte, schmucker kann Keiner sein." Aber Lieschen hatte kein Ohr gehabt, als sie ihn nachher gelobt, und nur lachend die Rede immer wieder auf etwas Anderes gebracht. Nun war es Mittag geworden; die Suppe dampfte schon auf dem Tische der Eßstube, und draußen sprang Lieschen dem zurückkehrenden Vater entgegen.

„Guten Morgen, Väterchen!" rief sie fröhlich, „was bringst Du mit?" Da wurde sie erst gewahr, daß hinter ihm Herr Selldorf stand, der den grünen Hut von dem lockigen Haar genommen, die Rechte in die des Vaters gelegt hatte und ihn mit einem flehenden Blick ansah.

„Bis auf heute Abend denn, lieber Selldorf," hörte sie den Vater sprechen, dann noch ein Händeschütteln, und der junge Mann war verschwunden, ohne sie angesehen zu haben. Der stattliche Mann begrüßte sein Töchterchen wie zerstreut und warf die Jagdtasche ab. „Wo ist die Mutter? Ich muß mit der Mutter reden," sagte er eilig.

„Aber Friedrich, die Suppe!“ rief die Muhme aus der Küche.

„Ja so — dann nachher!“ meinte er. Bei Tische aber da fuhr er oft mit der Hand über das Gesicht, und dann lächelte er, und plötzlich wurde er wieder ernst. Einmal sah er sein Lieschen so forschend und dabei so traurig an, daß diese die Gabel weglegte und fragte:

„Vater, was ist Dir nur passirt?“ und „Erwing, hast Du etwas Unangenehmes gehabt?“ fragte auch die Hausfrau.

„Ei bewahre!“ erwiderte er lustig und zwang sich zur Unbefangenheit. Und gleich nach rasch beendeter Mahlzeit folgte er seiner Frau in das Wohnzimmer. Lieschen spazierte im Garten auf und ab und schaute mitunter bange nach den Fenstern der Wohnstube; endlich ging sie wieder in's Haus, aber da schritt eben die Muhme in die Stube und winkte ihr draußen zu bleiben.

Sie setzte sich voll banger Ahnungen auf die Steinbank unter dem Fenster. Drinnen wurde eifrig gesprochen, und endlich hörte sie die Stimme der Muhme: „Nein, Friedrich, das Eine mußt Du mir versprechen, wenn sie nicht will, dann redet ihr nicht zu, denn gezwungene Eh' ist ein ewiges Weh'!“

„Selbstverständlich," erwiderte der Vater, „aber man kann ihr doch alle Vortheile und Nachtheile vorstellen."

Das junge Mädchen dort auf der alten Steinbank war plötzlich bleich geworden wie der Tod. Mit einem Schlage war ihr Klarheit über das gekommen, was drinnen verhandelt wurde; hatte sie denn in einem Traume gelebt? Ihre Eltern, ihr lieber guter Vater — könnten sie es fertig bringen, sie von sich zu geben? Sie sollte fort müssen von der alten lieben Mühle mit einem fremden Manne? Fort von der Mutter, der Muhme und Allem, was ihr lieb und vertraut war? Sie sollte nicht mehr in ihrem Stübchen wohnen, nicht mehr die Thürme des alten Schlosses da drüben sehen? Sie preßte die Hände gegen die Brust, und es war ihr, als hörte das Herz auf zu schlagen bei dieser Vorstellung.

„Lieschen, komm einmal herein!" tönte jetzt die Stimme ihres Vaters. Mechanisch erhob sie sich und folgte der Weisung. Da stand sie nun in der Wohnstube; auf dem Sopha saß ihre Mutter, am Fenster die Muhme, und Beide schauten sie so besonders — so innig an, ja, es war, als ob die Mutter geweint habe.

Die alte Frau am Fenster erhob sich und schritt hinaus; sie wollte nicht stören bei dem, was jetzt die Eltern dem Kinde zu sagen hatten; sie ging still in ihre

Stube und nahm die Bibel von der Kommode; dann setzte sie sich auf den alten Lehnstuhl und faltete die Hände über dem Buche. „Gott weiß allein, was Recht ist," flüsterte sie; „er mag ihr Herz lenken, und wird so es wohl werden." Draußen lagen die Strahlen der Herbstsonne auf dem bunten Asternflor, und lange weiße Fäden hatten sich wie silberne Schleier um die halb= entlaubten Stachelbeersträucher gehängt. „Wenn es wieder Frühjahr wird, wie mag es dann hier im Hause stehn?" Sie dachte an ihren Liebling, der da drüben so plötzlich vor die wichtigste Entscheidung im Leben ge= stellt worden — wie wird Lieschen die Eröffnung auf= nehmen? Ob sie wirklich nicht bemerkt hatte, wie lieb sie dem jungen Manne geworden? Und ob sie ihn nicht ein klein wenig — „Ach nein!" Die alte Frau schüttelte den Kopf, sie wußte, wie es in dem jungen Herzen aussah. — „Nein, sie liebt ihn nicht, und wenn sie ihm dennoch ihr Jawort gäbe, sich zwänge, weil es die Eltern wünschten — würde sie dann glücklich werden? Ach, gezwungene Lieb' und gemalte Wangen, die dauern nicht. Das arme Kind!" flüsterte sie vor sich hin. „Wenn sie ihr nur nicht so zureden! Minnachen, die thut's nicht, aber der Friedrich, der Friedrich, der hat einen Narren an dem Jungen gefressen."

Sie schlug das alte Buch auf und blickte auf die vergilbten Blätter, aber sie vermochte nicht zu lesen; die Buchstaben flimmerten ihr vor den Augen, und die Hände zitterten, — und nun faßte es leise auf die Thürklinke — wird jetzt das Gesicht einer fröhlichen jungen Braut hereinschauen, mit dunkler Gluth übergossen? Die alte Frau hielt den Athem an; da öffnete sich langsam die Thür, und das junge Mädchen stand auf der Schwelle; war sie denn gewachsen seit vorhin? Sie trat ruhig herein, nur auf dem bleichen Gesicht lag tiefer Ernst.

„Muhme," sagte sie leise, „ich habe n e i n gesagt."

Die alte Frau antwortete nicht; sie nickte nur wie zustimmend mit dem Kopfe. „Du bist ihm nicht gut, Kind?" fragte sie dann. „Sieh, es sind eben eigene Sachen um solche Heirathsgeschichten."

„Ich kann Keinen lieb haben, Muhme," tönte es nah an dem Ohr der alten Frau; zwei weiche Arme schlangen sich um ihren Hals, und ein blasses Gesicht verbarg sich an ihrer Brust. So lag sie auf den Knieen neben der Alten, und diese strich mit der Hand über die braunen Flechten.

„Gott segne Dich, mein Liesel!" flüsterte sie, „Du hast das Rechte gethan." — —

Drüben im Wohnzimmer schritt der Hausherr aufgeregt hin und wieder, und Frau Erving hatte roth geweinte Augen und bat:

„Wenn sie ihn aber doch nicht lieb hat, Erving!"

„Minna, es ist gar zu schwer mit einer Frau über solchen Punkt vernünftig zu sprechen," sagte er vor ihr stehen bleibend, „sieh Dir den Jungen an! Er ist hübsch, ist ehrenwerth; er hat sie lieb, ist aus guter Familie, sein Vater schreibt mir, sie wollen das Mädel auf Händen tragen — ist das nicht Alles, was sie überhaupt verlangen kann? Aber es steckt etwas dahinter — das lasse ich mir nicht ausreden."

„Aber ich bitte Dich, Erving, was sollte das wohl sein?"

„Und dann, ich kenne das Mädchen nicht wieder — sie, die sonst so schmiegsam und biegsam ist, wie sie dastand mit dem blassen Gesicht und ‚Nein' sagte, weiter nichts als ‚Nein!' Gott steh' mir bei, wer hätte das gedacht?"

„Sie ist ja Deine Tochter, Alterchen," bat Frau Erving aufstehend und zu ihrem Gatten tretend. „Du weißt doch," fuhr sie mit einem Versuch zu lächeln fort, „wie Dein Vater gewünscht hatte, Du solltest die Agnes heirathen, da hast Du ebenfalls ‚Nein' gesagt und weiter nichts."

„Na, das war denn doch etwas Anderes, damals kannte ich Dich schon und hatte Dich lieb, aber hier — sie hat kaum die Nase aus dem Nest gesteckt. Gott weiß, so sauer ist mir bald nichts vorgekommen, als dem Jungen heut Abend solchen Bescheid zu bringen.“

Er blieb am Fenster stehen und blickte unmuthig durch die Scheiben. „Wahrhaftig, wenn man bedenkt,“ fuhr er fort, und trommelte ungeduldig mit den Fingern gegen das Fenster, „wenn man bedenkt, was das thörichte Mädchen Alles zurückweist! Ich hätte den Selldorf als Compagnon angenommen, sie hätten hier wohnen können, — nun, ich sehe schon, es ist unsere Schuld, wir haben sie verzogen, und die Muhme hat hierbei noch Allem die Krone aufgesetzt; es ist weiß Gott zum Krankärgern!“

„Aber Erving, Erving, ich bitte Dich! Wenn man Dich hört, ist es grad' als hättest Du das Kind nie lieb gehabt, als hättest Du sie nur aufgezogen, um sie einmal zu Deinem Vortheil zu verheirathen!“

Die Stimme klang vorwurfsvoll zu ihm herüber. Er antwortete nicht, er wandte sich auch nicht um als jetzt leise die Thüre aufging und die Muhme eintrat.

Sie blieb einen Augenblick stehen. „Nun, nun,

Minnachen," sagte sie dann, „Du weinst ja — es ist doch Keins gestorben, und solche Eile hat's doch auch nicht mit dem Freien! Es giebt ja nicht eine Hand voll, es giebt ein ganzes Land voll, — der rechte kommt schon noch —"

Der Müller am Fenster machte eine heftige Bewegung, als wollte er scharf antworten; dann sagte er ruhig: „Du redest, wie Du es verstehst, Muhme."

„Ei, ich sollte meinen, in solchen Dingen bin ich auch gerade nicht auf den Kopf gefallen, und hab' ein Stückel Leben mehr gesehen — wie Du. Die Liesel ist siebzehn Jahr gewesen — das ist doch kaum aus den Kinderschuhen heraus; es werden noch hundert Freier nach der Mühle kommen; was soll sie gleich den Ersten nehmen? Er ist ein schmucker Bursche, der Selldorf, ja, aber der Geschmack ist halt verschieden, und Lieb' ohne Gegenlieb' ist 'ne Frage ohne Antwort und giebt ein Unglück. Und nun laß gut sein, Friedrich, und mach' ihr kein böses Gesicht, sie ist ja Dein einziges Bissel, was willst Du sie denn zwingen! Es nutzt Dich aller Aerger nichts, und ein Machtwort kannst Du in dieser Angelegenheit nicht sprechen; darum gieb Friede, und freue Dich, daß Du das Kind noch behältst! Wenn sie erst einen Mann hat, dann ist sie nimmermehr Euer."

„Schon gut, schon gut!“ erwiderte er ungeduldig und fing die Wanderung durch's Zimmer von Neuem an. Die alte Frau fügte kein Wort mehr hinzu; sie wußte, daß sie ihren Zweck erreicht hatte, und so nahm sie ihren Strickstrumpf und setzte sich auf ihren Platz.

„Hast Du sie denn gesprochen?“ fragte nach einer ganzen langen Pause die Mutter.

„Freilich! Sie kam zu mir und hat mir's gesagt, wie es steht, und zuletzt, da hat sie geweint und mich gebeten, ich solle ihr den Vater wieder gut machen helfen.“

„Wo ist sie denn?“ fragte er.

„Sie ist in ihr Stübchen hinauf gegangen.“

„So?“ erwiderte er und schritt wieder auf und ab, dann aber näherte er sich der Thür und ging hinaus.

„Ich weiß schon, wo er hingeht,“ nickte die alte Frau und lächelte.

„Gute Muhme,“ sagte die Hausfrau, „Du findest doch immer das rechte Wort;“ und sie kam zu ihr und strich mit der weißen zarten Hand über das alte Gesicht, und dann beugte sie sich nieder und drückte einen Kuß auf die arbeitsharte Hand. „Du bist — —“

„Laß gut sein, Minnachen, mach kein Aufhebens davon, es ist nicht der Mühe werth, — er war wohl recht böse?“

„Es ging schon noch, Muhme, aber ich kenne ihn ja gar nicht so ärgerlich — es hat mich erschreckt.“

„Nun, guck einmal, Minnachen,“ sagte sie und wies in den Garten hinaus, und als sie nun hinschauten, da ging eben der Müller langsam den Weg hinauf, die Arme um sein Töchterchen geschlungen, und sie hatte den Kopf an seine Schulter gelehnt und sah zu ihm auf; er sprach mit ihr, und sie lächelte ihm zu.

„Mein guter Mann, mein liebes Kind!“ sagte leise die Frau am Fenster, „und so muß es sein,“ setzte die Muhme hinzu, „das ist der Friede im Hause, und der Friede ist das Glück, es ist ja allzeit hier so gewesen.

<hr>

11.

Im Schlosse war die Nachricht von dem Tode der Gräfin Stontheim keineswegs sehr traurig aufgenommen worden; die junge Baronin und Nelly hatten die Verstorbene gar nicht gekannt. Nelly hatte Kränze gewunden und sie mit theilnehmenden Zeilen an Blanka abgesendet, und dann hatten die drei Damen Trauerkleider angelegt, um auch dieser äußerlichen Form zu genügen, hauptsächlich wohl Blanka's wegen, welche auf das Schreiben

Army's hin zu längerem Aufenthalte in Derenberg er
wartet wurde. Army und ihr Vater wollten sie
begleiten.

Die alte Baronin war geradezu in gehobener
Stimmung; unter den Spitzen ihrer Haube glühten
die großen Augen in neuer Lebenslust, und Schwiegertochter und Enkelin konnten sich kaum besinnen, die alte
Dame je so gesprächig, so theilnehmend und liebenswürdig gesehen zu haben. So saß sie auch heute in
ihrem Zimmer, im Kamin brannte ein leichtes Feuer
und erfüllte das hohe kühle Gemach mit einer angeneh-
men Wärme. Sie hatte sich in den Lehnstuhl zurück-
gesetzt und ihre Augen folgten der alten Sauna, die
beschäftigt war die vielen zerbrechlichen Nippes auf dem
zierlichen Schreibtisch mittelst eines Federwedels vom
Staube zu befreien. Dann und wann sah sie auf einen
Brief, den sie in den Händen hielt, und schaute wieder
musternd dem Treiben ihrer alten Dienerin zu. Diese
nahm eben einen der rothen seidenen Vorhänge, der
hinter dem Schreibtische hing, um ihn in gefälligere
Falten zu legen, und streifte mit den Fingern daran
herunter, als plötzlich ein eigenthümlicher reißender
Ton erklang; „O, cielo!" rief die Alte, und zeigte
ihrer Gebieterin den langen Riß, der in der mürben

Seide entstanden war. „O mi dispiace!“ fügte sie
erschrocken hinzu.

Sie kannte ihre Herrin in solchen Angelegenheiten,
und erwartete einen harten Verweis wegen ihrer Unvor=
sichtigkeit, aber heute lachte diese und fragte: „Was ist's
denn? — Bah, die Seide ist mürbe, sie muß bald er=
neut werden; sieh doch die Tapeten an, Sanna, wie
das Roth verblaßt ist! Ich werde mir nächstens Proben
kommen lassen aus B., natürlich wieder Roth, diese
glühende Farbe ist doch die schönste.“

Das alte Mädchen sah freudig zu ihr hinüber.
„O Signora“ sagte sie schmeichelnd, „ich sterbe vor
Freude, wenn Sie noch einmal Alles so schön bekommen
wie früher, schon um der hochmüthigen Menschen willen
freue ich mich, die da glauben, sie können uns Alles
in's Gesicht sagen, was sie denken, weil wir arm ge=
worden sind.“

„O cielo Sanna titto. titto!“ rief die alte Dame,
und machte eine rasch abwehrende Handbewegung, „es
ist mir ganz gleichgültig was sie sagen; Du weißt, ich
höre nicht gern das Gerede der gewöhnlichen Leute über
mich. Laß sie machen was sie wollen, — das ist seit
vorgestern nun schon das vierte Mal, daß Du mir Dein
Herz ausschütten willst über Klatschereien, die wahr=

scheinlich in der Mühle entstanden sind." Dann nahm sie wieder den Brief, und vertiefte sich in die wenigen Zeilen und ein stolzer Zug legte sich um den feinen Mund.

„Blanka ist gefaßt, und ruhiger als ich erwartet hatte, liebe Großmama, las sie; „es ist merkwürdig, was für eine starke Seele in diesem kleinen Mädchen= körper wohnt; sie ordnet alles mit einer Umsicht und Klar= heit, die ich bewundern müßte, auch wenn ich nicht der gänz= lich verliebte Bräutigam wäre, der ich bin. Sogleich nach Eröffnung des Testaments, wobei natürlich Blanka's Vater zugegen sein wird, und nachdem die allernöthigsten Entscheidungen getroffen worden, kommt Blanka nach Derenberg; die Hochzeit bleibt auf dem alten Termin, wenigstens weigerte Blanka sich nicht, als ich ihr diesen Vorschlag machte, wenngleich sie auch nicht gerade freudig zustimmte, was aber bei gegenwärtigen Ver= hältnissen auch kaum zu verlangen ist. Wie es dann wird, liebe Großmama? Ich hoffe, Blanka läßt sich doch noch bestimmen mein altes geliebtes Derenberg zu bewohnen; das Herz geht mir auf bei dem Gedanken. Nun, wir werden sehen; es kommt mir vor, als habe der Todesfall einen tiefen Eindruck auf sie gemacht, sie ist ruhiger und stiller jetzt, manchmal zu still, so daß ich mich ängstige und frage, ob es wirklich nur tiefe Trauer ist, die diesen Einfluß übt? —"

„Schön!" flüsterte die alte Dame, „und diese Stimmung werde ich benutzen; es müßte merkwürdig zugehen, wenn ich nicht jetzt, wo meine Hauptgegnerin fehlt, doch noch meinen Willen durchsetzen sollte; — es kann unmöglich schwer sein, obgleich die künftige Frau von Derenberg ein ziemlich ausgebildetes Trotzköpfchen besitzt. O dio mio, wenn sie erst meine Hand über sich fühlt und Army's Frau ist, da soll sie es lernen, die Schwingen ihres eigenen Willens hübsch bescheiden zusammen zu falten. „Sanna!" rief sie dann halblaut als erinnere sie sich erst jetzt der Gegenwart ihrer Dienerin, — aber die alte Frau war aus dem Zimmer verschwunden.

Die Baronin erhob sich aus ihrer bequemen Lage. „Das Nächste was ich thue, sobald die Hochzeit vorüber ist, wird das sein, daß ich mir einen Sachverständigen kommen lasse, und mich unter seiner Leitung in den Stand der Dinge einarbeite, aber Hellwig nicht, Hellwig kommt mir nicht wieder in's Haus. Dann Blanka scheinbar allen Willen lassen, — die Gesetze sind ja hier zu Lande so weise eingerichtet, daß eine Ehefrau so gut wie gar nichts gilt, der Mann allein handelt, ob sie zufrieden damit oder nicht, das ist vor Gericht wenigstens ziemlich gleichgültig, — sie muß sich geben.“

Sie stand auf und schritt zum Fenster. „Es ist die höchste Zeit,“ fuhr sie fort in ihrem Selbstgespräch; „diese Wildniß allenthalben, verwachsene Bosquets, zertrümmerte leere Postamente, vernachlässigte Rasenflächen — —!“ Lange stand sie so, und vor ihren Augen begann sich allmälig das Bild zu verändern; wieder breitete sich der dunkelgrüne Sammet des Rasens aus, wieder leuchteten weiße Marmorgestalten durch das Dickicht der Baumgruppen, und über ihr rauschte stolz im Winde das alte Banner der Derenbergs, und da zogen sie durch die Allee wie einst, die glänzenden Equipagen, und fröhliche Gäste füllten wieder die geschmückten Räume, da schritt der Hausherr die breiten Stufen der Freitreppe hinunter und ihm voran schwebte die zierliche Gestalt seiner jungen Frau mit dem leuchtenden rothen Haar. Ja, sie war schön. Wann hätte auch ein Derenberg je ein häßliches Weib an seiner Seite gehabt?

So träumte sie, die alternde Frau, an dem Fenster des einsamen Schlosses, und thürmte in freudiger Ahnung ein schimmerndes Zukunftsgebäude auf; sie wollte noch einmal glücklich sein, reich und glücklich. —

Und nun war der Tag gekommen, an dem man das

Brautpaar erwartete und den Oberst, der es begleiten sollte. In Blanka's Zimmer waren die Fenster weit geöffnet, und die frische Herbstluft zog in die üppig traulichen Räume; die Sonnenstrahlen glänzten auf den blaß=grünen gleißenden Atlasfalten der Wände und den schwellenden Polstern; überall prangten frische Herbst= blumen in Vasen und Körbchen, und Nelly blickte sich sorglich um, ob das verwöhnte Kind auch nichts zu vermissen brauche. In dem einfachen schwarzen Woll= kleide sah sie in diesem strahlenden Boudoir beinahe wie eine arme verwunschene Prinzessin aus, die durch Zu= fall oder einen guten Geist wieder in die prächtige Um= gebung versetzt worden war, die ihr eigentlich gebührte. Das ovale Gesicht mit dem zart rosigen Teint hob sich reizend von dem tiefen Schwarz ihres Kleides, und die weißen Hände, die aus den Kreppmanschetten des Aermels hervorsahen, waren fast zu klein für ein erwachsenes Mädchen.

„Es ist doch reizend, dieses Zimmer, Großmama," sagte sie, und schaute zu der alten Baronin hinüber, die eben in dem Rahmen der Thür erschien.

„Gewiß! Aber für Dich, mio cuore, würde ich es hübscher in Blau finden."

„O, für mich!" lachte sie auf, „Großmamachen, ich

und so ein Zimmer aus Seide und Spitzen! Ich würde mich unglücklich fühlen in diesem Duft und Schimmer."

„Du wirst es lernen, mein Kind, darin glücklich zu sein."

Das junge Mädchen blickte rasch auf; das klang so ernsthaft.

„Wenn meine kleine Nelly recht lieb ist," fuhr die alte Dame fort und trat näher zu dem erstaunten Mädchen, „und sich Mühe giebt, ihr wildes Wesen abzulegen, dann schenke ich ihr vielleicht so ein strahlendes Zimmerchen zu Weihnacht."

„Großmama, Du?" rief die Kleine ungläubig. „Ach nein, ich möchte lieber so eine Einrichtung, wie Lieschen sie hat, mit blau und weiß beblümtem Kattun — das sieht doch reizend aus."

Die alte Baronin zuckte die Schultern und wandte sich um, denn ihre Schwiegertochter trat ein.

„Da bekomme ich eben ein ganzes Paket Kleiderstoffe und Proben zugesandt," fragte sie, „haben Sie das bestellt, Mama? Ich meine, es muß ein Irrthum sein; es sind seidene Möbelstoffe dabei und allerhand Sachen, die wir doch unmöglich gebrauchen können."

„Ich habe die Bestellung gemacht, Cornelie," erklärte

die Angeredete ungeduldig, „laß die Sachen auf mein Zimmer legen!"

Nelly flog davon, um es zu besorgen, und die beiden Frauen standen sich stumm gegenüber.

„Aber Mamachen," sagte endlich die Jüngere, „wozu das?"

„Hast Du Dich schon einmal in dem Spiegel gesehen, Cornelie?" klang es scharf zurück, „in dem Fähnchen da kannst Du Dich doch kaum noch vor unseren Leuten blicken lassen, geschweige denn bei einer Hochzeit." Sie lachte.

„Ich hatte schon eingekauft, für Nelly ein weißes Kleid und für mich einen schwarzen Seidenstoff."

„Leichteste Qualität, recht dünnen Taffet, Kunstreiterseide, wie man sagt, ich kenne das," erwiderte die alte Dame höhnisch. „Genug, es bleibt dabei, ich kaufe, was ich für nöthig halte —"

„Aber Mamachen!"

„Du willst vielleicht fragen: woher nimmt sie das Geld? Nun denn, Cornelie, das Geschäft hat früher Tausende von mir verdient, und es wird auch wohl jetzt noch der Baronin Derenberg Credit gewähren das ist vorläufig genug, für das Weitere laß mich sorgen. Oder willst Du vielleicht, daß Dein Sohn in

einem völlig leeren Salon getraut werde, wo die Vor=
hänge kaum noch an der Stange hängen bleiben, weil
sie von den Motten zerfressen sind, die Möbelüberzüge
Löcher haben, so groß wie jene Schale dort? Deine
Schwiegertochter würde empfindlich die Nase rümpfen,
meinst Du nicht auch?"

„O, daran dacht' ich nicht," erwiderte die blasse
Frau leise, und schloß die Thür, da ein kühler Luftzug
die seidenen Vorhänge weit in's Zimmer wehte. „Ich
meinte nur," setzte sie zurückkehrend hinzu und an dem
prachtvollen Stutzflügel stehen bleibend, den Blanka sich
während des Sommers hatte nachschicken lassen, weil
sie behauptete, auf dem alten Clavier im Wohnzimmer
nicht spielen zu können, „ich meinte, weil wir so ganz
allein sind in der Familie —"

„Da haben wir wieder Deine vollständig pietätlosen
Ansichten, Cornelie. Army ist kein hergelaufener Bursche,
der gerade dort seine Hochzeit begeht, wo er zufällig
mit seinem Mädchen zusammentrifft; er ist der Sohn
eines der edelsten Geschlechter im Lande und seine Braut
eine Verwandte unseres Hauses, und darum werde ich
dafür sorgen, daß diese Ceremonie wenigstens in anstän=
diger Weise vor sich geht. Es könnte ein Lamm zum
Tiger machen, Cornelie, wie Du über solche Sachen denkst."

Die alte Dame schritt mit hochgeröthetem Gesicht an ihrer Schwiegertochter vorüber und trat an's Fenster.

„Ich muß Dich überhaupt dringend bitten, Cornelie," fuhr sie fort, „daß Du Deine spießbürgerlichen Ansichten in Etwas änderst, wenn Blanka im Hause ist; sie sind das geeignete Mittel, ihr den Aufenthalt hier gründlich zu verbittern; sie kann das ewige ängstliche Beobachten und Sparen, welches den Maßstab an jede Butterfemmel legt, ebenso wenig vertragen wie ich, und jetzt kommt es vor allen Dingen darauf an, daß wir sie festhalten — festhalten um jeden Preis. Ist erst das Amen hinter der Trauung gesprochen, so sind wir über jede Verlegenheit hinaus."

In die Wangen der Schwiegertochter war ein tiefes Roth getreten, und die Thränen drängten sich ihr in die Augen. Für wen sparte sie? Für wen sorgte sie? Weshalb ging sie in den elendesten Kleidern? Damit jene excentrische Frau dort so wenig wie möglich von der wirklich drückenden Armuth empfinden sollte und einigermaßen so leben konnte wie früher: sie schickte jeden Abend die Sanna mit Thee und kaltem Fleisch hinauf in ihr Zimmer, und Nelly und sie begnügten sich mit einer Suppe oder einfachem Butterbrod.

„Nun weinst Du vielleicht auch noch, Cornelie,"

klang wieder die Stimme herüber, die das Teutsche so scharf und eckig aussprach, während sie in ihrer Mutter-sprache in melodischer Weichheit förmlich zu schmelzen schien, „misericordia! was sind die deutschen Weiber für sentimentale Geschöpfe; es kann mich außer mir bringen, sehe ich gleich diese Thränenbäche quellen; was ich Dir eben gesagt, ist nur zu unserem Besten — wenn Du es doch einsehen wolltest!"

In diesem Moment trat Nelly wieder ein. „Es ist schon fünf Uhr, Mama, und gleich nach sechs Uhr können wir sie erwarten; unten ist schon der Tisch ge-deckt, und Heinrich wird hier schnell Feuer im Kamine anmachen und die Fenster schließen — ich bin so neu-gierig," fuhr sie fort, „was sie Alles erzählen werden, wie Blanka in Trauer aussieht und wie das Testament ausgefallen ist." Sie sah bei diesen Worten die Mutter an und bemerkte die Thränen in ihren Augen. „Weine nicht, Mama!" flüsterte sie, „nachher kommt ja der Army, unser lieber Army."

„Das Testament?" fragte die Großmutter, „mon dieu. Army die Hälfte, sie die Hälfte, und verschiedene Legate an alte Diener, Spitäler 2c., und wahrscheinlich auch für den Herrn Obersten, der sicher zugesehen, wo er bleibt bei der Sache."

„Ja, Großmamachen, aber erinnere Dich doch, damals erzählte Army, Blanka gelte überall als die alleinige Erbin —"

„Ah bah! dann ist es auch noch so — über das Vermögen der Frau entscheidet ja stets der Mann; ich glaube es aber nicht: die Stontheim liebte Army viel zu sehr."

„Wenn aber das Testament schon vorher gemacht war, Großmamachen?"

„Dann hat sie sicher ein Codicil dazu hinterlassen," erwiderte ungeduldig die alte Dame.

„Wenn ich nur genau wüßte, wann sie kommen!" sagte Nelly; „Geduld, Geduld! Ob ich das je lernen werde?" lachte sie über sich selbst. „Sieh' nur das schöne Abendroth, Mama, nun wird es bald dunkel; ich freue mich so sehr auf den Army."

Allmählich sank die Dunkelheit über Schloß und Park, und am Himmel blitzte Stern an Stern in funkelndem Glanz; noch war die Lampe im traulichen Wohnzimmer nicht angezündet, nur das Feuer des Kamins warf eine dämmernde Helle in das Gemach. Das junge Mädchen da in der tiefen Fensternische sah mit großen träumenden Augen in das leuchtende Gewimmel dort oben; sie kniete neben dem Sessel der

Mutter und hatte den Arm um sie geschlungen; die tief erregte Frau preßte ein Tuch vor die Augen, und ihre Brust hob und senkte sich in leisem Weinen.

„Mein gutes Mütterchen," bat die Kleine mit ihrer süßen Stimme, „weine doch nicht Deine lieben Augen roth! Was soll der Army denken, wenn er kommt? Sieh', Großmama meint es nicht so böse —"

„Ach, Nelly, das ist es nicht," erwiderte leise die weinende Frau, „mich verfolgt heute schon den ganzen Tag eine Angst, eine Unruhe, die ich kaum beschreiben kann — Gott gebe nur, daß dem Jungen nichts passirt ist!"

„Aber Mama," tröstete die Tochter und schmiegte das blonde Köpfchen fest an ihre Brust, „was soll ihm denn geschehen sein? Er fährt sicher augenblicklich in der alten gelben Postkutsche und sitzt seiner Blanka gegen=über, also in der behaglichsten Situation, die es für ihn geben kann; der Oberst erzählt Anekdoten, und sie freuen sich Alle auf ein warmes Abendbrod und auf Dein liebes freundliches Gesicht, mein Mütterchen."

In diesem Augenblicke schreckte die Frau in dem Sessel auf. „Was hast Du nur, Mama?" fragte Nelly ängstlich.

„Es war mir, als hörte ich seinen Tritt," erwiderte flüsternd die Mutter „war es Dir nicht auch so, Nelly?"

„Nein, Mama, es ist ja auch nicht möglich.“

Es wurde still in dem großen Gemach; die flüsternden Stimmen schwiegen; ringsum kein Laut als das Knistern des Feuers im Kamine, das rasche leise Ticken der alten Uhr, und dann und wann das bange Aufseufzen des Mutterherzens, das im ahnungsvollen Leid erbebte.

Und da — da — ja, das war sein Tritt auf dem Corridor; „Nelly!“ rief die Baronin mit halberstickter Stimme, und das junge Mädchen flog empor und durch das Zimmer, und da öffnete sich die Thür — eine hohe Gestalt trat herein.

„Army!“ jubelte die Schwester. „Army!“ kam's auch von den Lippen der Mutter, „Army, bist Du es?“

„Ja, Mama,“ erwiderte er, aber seine Stimme klang gepreßt, als müsse er sich mit Gewalt zwingen, ruhig zu scheinen.

„Mein alter guter Junge,“ sagte innig die Mutter und schlang den Arm um ihn. „Army, lieber Army,“ schmeichelte Nelly, „aber sag' doch, wo ist denn Blanka?“

Er stand in der Nähe des Kamins, noch in Mantel und Mütze, und der schwache Schein des verlöschenden Feuers ließ seine Züge nicht genau erkennen, aber bei dieser Frage war es, als ginge ein Schwanken durch seine Gestalt.

„Army, wo ist Deine Braut?" rief nun auch die Mutter.

„Ich habe keine mehr, Mama!" Die Stimme brach beinah im tiefen heißen Schmerz. Nelly stieß einen Laut des Schreckens aus, die Mutter aber hatte keine Antwort: da war ja das Unglück, das sie geahnt — sie preßte ihres Sohnes Hand fester in die ihre, als könne sie ihn hinwegreißen aus einem schrecklichen wüsten Traume.

„Mach' mich nicht weich, Mama!" bat er und drängte sie langsam zu dem nächsten Sessel, „es kann nichts nützen: wie konnte ich mir auch einbilden" — er lachte bitter — „daß sie   mach' Licht, Nelly!" sagte er dann kurz und rauh, „und bereite die Großmama vor! Ich habe nicht lange Zeit; ich muß morgen schon wieder fort."

Mit zitternden Händen ergriff Nelly die Lampe; der helle Schein derselben beleuchtete das blasse Gesicht Army's, der noch auf demselben Flecke stand und wie abwesend in's Leere zu starren schien.

„Army, mein lieber Army!" flüsterte die Schwester und schlang aufschluchzend die Arme um ihn. Er strich gedankenlos über ihre Haare. „Was denn, Nelly?" fragte er.

„So komm' doch, so laß mich Deinen Mantel ab= nehmen," bat sie, und zog ihm das schwere Kleidungs= stück von den Schultern.

„Die Großmama!" schrie sie dann auf und lief der alten Dame entgegen.

„Army," fragte diese, hastig eintretend, „was soll das? Ich wollte es nicht glauben, als Sanna be= hauptete, sie sei Dir auf dem Corridor begegnet. Wo ist Blanka? Wo ist der Oberst? Was bedeutet es, daß Du allein —?"

„Das bedeutet," erwiderte er langsam und jede Silbe betonend, „daß mich meine Braut heute früh, kurz vor unserer Abreise, in Gnaden entlassen hat; sie liebe mich nicht, ließ sie mir als Grund für ihren plötzlichen Entschluß sagen, und, weiß Gott, der Grund ist doch wohl triftig genug!" Wieder lachte er höhnisch auf. Die alte Dame taumelte zurück, wie vom Blitz getroffen.

„Es ist nicht möglich!" stammelte sie leichenblaß.

„Ich habe heute früh dasselbe gesagt, als mir der Herr Oberst diese Auseinandersetzung machte," fuhr der junge Mann fort, „und ich habe mich wohl hundert Mal an den Kopf gefaßt und mich gefragt, ob ich wahnsinnig geworden bin, oder so etwas Aehnliches —

Aber nein, es ist Thatsache, Blanka von Derenberg ist meine Braut nicht mehr."

„Army, war denn gar nichts vorangegangen?" fragte die Mutter, die wie gebrochen in dem Sessel lag.

„Was vorangegangen war?" antwortete er mit schneidender Stimme. „Ei nun, die Testamentseröffnung. Blanka von Derenberg ist alleinige Erbin des großen Vermögens — das ist Alles. Weshalb soll sie einen Mann heirathen, den sie nicht liebt? Aber beruhige Dich, Großmama —" er trat einen Schritt näher zu der wankenden Frau, die sich mit beiden Händen an einen Sessel klammerte, „sie ist doch ein nobler Charakter, sie ahnt es, daß mir durch meine Brautschaft Unkosten erwachsen sind, und darum ließ sie mir durch ihren Vater ankündigen, daß sie bereit sei, meine sämmtlichen Schulden zu bezahlen. Das war doch ein Trost für den entlassenen Bräutigam, für den dummen Jungen, der mit seiner ganzen, thörichten, heißen Liebe an diesem falschen Geschöpfe gehangen!"

Er hatte während dieser Worte mit einem Krystall=glase gespielt, es fortwährend umwendend; jetzt faßte er es und schleuderte es zu Boden, daß es klirrend zersprang und die Scherben weit über das alte Parquet zerstreute.

„Arnty!" klang es angstvoll von den Lippen der Mutter, und ihre zitternden Hände streckten sich nach dem Sohne aus. Die alte Baronin aber hatte sich hoch aufgerichtet. „Das werden wir uns nicht gefallen lassen," sagte sie heftig. „Blanka erbt jedenfalls nur unter der Bedingung, daß Du ihr Gatte wirst; ich habe noch einen Brief von der Stontheim —"

„Denkst Du denn," fragte der junge Officier und stand mit ein paar Schritten vor seiner Großmutter, „denkst Du denn, ich würde sie jemals wieder ansehen? Sie könnte auf den Knieen vor mir liegen und mich anflehen, ich stieße sie weg, und wäre ich am Verhungern und Du und Ihr Alle mit mir — nicht einen Pfennig nähme ich von ihrer Gnade; eher eine Kugel vor den Kopf. — Jawohl, eine Kugel, was ja auch schließlich das Vernünftigste ist, hat es meinem Vater doch auch geholfen, wie mir Blanka mittheilte, als ich sie noch einmal inständig bat, mit mir hier in Derenberg zu wohnen; sie fürchte sich — erklärte sie — in diesem unheimlichen Neste, wo der letzte Hausherr sich selbst das Leben genommen; ha, ha! Lauter Gründe, gegen die kein vernünftiger Mensch etwas einzuwenden vermag!" Es klang heiser und halb wahnwitzig, und aus seinem verstörten Antlitze leuchteten die dunklen Augen im verzehrenden Schmerz.

„Mama! Mama!" rief das junge Mädchen herz=
zerreißend. „Army ist krank, er weiß nicht mehr, was
er spricht!"

Die blasse Frau erhob sich vom Sessel, schritt zu ihrem
Sohne hinüber und faßte seine Hand; sie wollte sprechen,
aber die Lippen bewegten sich, ohne einen Laut hervor=
zubringen; ihre Augen sahen ihn so schmerzlich flehend
an, als wollten sie sagen: Schone mich, habe ich nicht
genug gelitten im Leben? — Er sah sie nicht, die
flehenden Blicke; fast ungeduldig versuchte er die Hand
aus der ihren zu befreien: „Laß gut sein, Mama, laß
gut sein! Ich denke nicht an's Sterben; ich werde
leben — für Euch — ich bin ja noch so jung, sagt
der Herr Oberst, das ganze Leben liegt noch vor mir; ich
bin ja Eure natürliche Stütze, so weit ein banquerotter
Edelmann und verschuldeter Officier dies sein kann.
Hier ist übrigens ein Schreiben des Herrn Obersten an
die Frau Baronin von Derenberg," setzte er hinzu,
einen Brief aus seiner Brusttasche ziehend und auf den
Tisch werfend, „wahrscheinlich eine Auseinandersetzung,
weshalb es so das Beste sei und so weiter."

Er fuhr sich mit beiden Händen durch die dunklen
Haare und trat zum Fenster; dann schritt er rasch und
fest durch das Zimmer und ging hinaus.

Ein paar Augenblicke blieb es still drinnen, wie ein Bann lag das eben Erlebte auf den Gemüthern; Nelly's Thränen waren versiegt, sie hielt mit beiden Armen ihre Mutter umschlungen, welche so unheimlich starr in der Mitte des Zimmers stand, so unnatürlich ruhig, und die Liebkosungen des geängstigten Mädchens gar nicht zu bemerken schien. Die ältere Baronin war zum Tisch getreten, und das feine Papier des geöffneten Briefes knisterte leise in den zitternden Händen. Plötzlich lachte sie, — ein lautes spöttisches Lachen.

„Sieh hier, Cornelie! Da steht's," rief sie, „was habe ich Dir heute gesagt? ‚Ein anderer Grund für die Bitte meiner Tochter an Ihren Herrn Enkelsohn,'" las sie, „„ihr die Freiheit wieder zu geben, ist der, daß sie sich durchaus nicht in den Terenberger Verhältnissen gefallen hat; das Warum? ersparen Sie mir; wozu sollen wir uns Bitterkeiten sagen, da wir im Begriff stehen, unsere Beziehungen für das fernere Leben vollständig abzubrechen —' Siehst Du," unterbrach sie sich heftig, „das ist die Folge Deiner, die Folge von Nelly's Ungeschicklichkeit im Umgange mit dem verwöhnten Mädchen. Anstatt Euch unterzuordnen, anstatt ihre Launen mit Nachsicht zu ertragen, sie ein wenig zu verziehen, da hast Du, Cornelie, die Maske einer un=

glücklichen Märtyrerin niemals abgelegt, und warst die Langweiligkeit in Person, und Fräulein Nelly — die setzte ihre unduldsamste Miene auf, und spielte die Sittenrichterin bei jeder unschuldigen Kapriçe, die sie beging. Nun habt Ihr das Resultat," rief sie mit zornbebender Stimme. „Army mag sich bei Euch bedanken, bei Euch allein, für den Untergang seiner sämmtlichen Hoffnungen! O, es ist haarsträubend, an so viel einfältige stupide Anschauungen, so viel bornirtes Denken und Empfinden gekettet zu sein — das Unglück meines Lebens!"

Die alte Dame hatte die feinen Hände geballt und sah mit dem Ausdruck geringschätziger Verachtung zu der Gruppe von Mutter und Tochter hinüber.

„Auf mich, Großmama, hast Du ein Recht zu schelten;" die Gestalt des jungen Mädchens löste sich von der Mutter und trat wie schützend vor sie, „aber Mama laß aus dem Spiele! Verzeih' daß ich es wage so mit Dir zu sprechen, ich kann nicht anders; schon hundertmal hat es mich empört, wenn Du Mama so hart beschuldigst, erst heute Nachmittag habe ich sie weinen sehen über Deine ungerechten Vorwürfe, von denen der eben ausgesprochene der grundloseste ist, der je über Deine Lippen gekommen. Mama war stets freundlich zu Blanka, liebenswürdiger wie Du es je gewesen, und Mama war die Einzige, die Blanka in Schutz nahm, wenn sie übermüthig und ungezogen wurde. Ich habe allerdings, da gebe ich Dir Recht, die zukünftige Schwägerin nicht geliebt, weil ich instinctiv fühlte, daß sie sich Army nur gezwungen, nur auf Wunsch der Tante verlobte, weil sie in ihm nur das Mittel sah, Tanten's Gunst und Geld zu erhalten; hätte sie voraussehen können, wie es kam, sie hätte sich nicht von ihm erweichen lassen, und noch viel weniger würde sie ein paar kostbare Wochen ihres Lebens hier bei uns vergeudet haben. Und ich sage, es ist ein Glück, daß es so gekommen, und Army kann Gott auf den Knieen danken, daß der Tod der Tante noch vor der Hochzeit erfolgte, und deshalb, Großmama, bitte ich Dich, laß Mama in Ruhe und kränke sie nicht durch ungerechte Vorwürfe, — Vorwürfe, die sie um dieses falschen herzlosen Geschöpfes willen nicht verdient hat, die sogar noch unsern seligen Vater im Grabe beschimpft, und ihn zum Selbstmörder — —, Allmächtiger Gott!" unterbrach sie sich, und die Stimme, die bei den letzten Worten in Schluchzen beinah erstickte, klang jetzt gellend vor Schreck, und schon war sie neben der Mutter zu Boden gesunken, und bemühte sich, die Ohnmächtige wieder aufzurichten.

„O cielo, cielo!" murmelte die alte Dame, „welch ein Leben, welch ein fürchterliches Leben!" —

Längst hatte es Mitternacht geschlagen, und noch immer saß Nelly am Bett der fiebernden Mutter. Sie war die Einzige, die den Kopf oben behalten bei der grausamen Veränderung der Dinge. Sie hatte die erschöpfte, besinnungslose Mutter zur Ruhe gelegt und soviel wie möglich die Spuren der Vorkehrungen vernichtet, mit denen man gestern Abend die Schwiegertochter und Braut des einzigen Sohnes empfangen wollte; sie war leise durch den langen Corridor geschlichen und hatte an der Thür von Army's Zimmer gehorcht; die Schritte des ruhelos auf und ab Wandernden waren tröstlich in ihr Ohr geklungen. Und nun saß sie wieder und lauschte dem unruhigen Schlummer, und dann und wann hauchte sie einen Kuß auf die seinen Hände, die sich so fest gegen die rasch athmende Brust gepreßt hatten. Der graue Schimmer des erwachenden Tages brach durch die Vorhänge und färbte sich nach und nach mit mattrosigem Lichte.

Nelly trat zum Fenster: dort unten lag der Park; die Blätter der Bäume hingen naß und schwer auf dem bereiften Boden; funkelnd schauten die rothen Kronen der Ebereschen aus dem herbstlich gelben Laube hervor, und über dem Walde schwebte ein feiner weißer Nebel, der in den Wipfeln der hohen Bäume des Parkes wie ein leichter duftiger Schleier hing, rosig durchwebt von der aufgehenden Sonne. Müde und übernächtig lehnte das junge Mädchen den Kopf an die Scheiben und schloß die Augen — da hörte sie ein Geräusch hinter sich, und das Rücken eines Stuhles.

„Mama!" rief sie, als sie die Mutter mit fieberhafter Eile ein Kleidungsstück nach dem andern anlegen sah.

„Ich habe so lange geschlafen, Nelly, und habe nicht einmal den Army getröstet; es ist schon Morgen — nein, laß mich, ich muß zu ihm; er soll nicht den Glauben an die Menschheit ganz verlieren; er ist noch viel zu jung dazu. Halte mich nicht zurück, Nelly; er wird nicht schlafen; es schläft sich nicht so leicht nach solchem Kummer." Sie litt kaum, daß die Tochter ihr ein Tuch umlegte, und eilte durch das Wohnzimmer hinaus.

Die Kleine wagte nicht ihr zu folgen, das Gesicht der Mutter hatte so ernst ausgesehen, die Augen so erloschen von großem innerem Leid; sie schlich sich an die Nebenthür und horchte; da plötzlich ein gellender Schrei! Hastig stürzte sie hinaus und flog durch den langen

17

Corridor. Die Thür zu des Bruders Zimmer war geöffnet; da stand die Mutter und hielt sich bebend an der Tischplatte.

Die erschrockenen Augen des jungen Mädchens übersahen in einem Moment das weite Gemach — dort das alte Himmelbett, die Kissen zerwühlt, auf dem Tische eine halb geleerte Flasche Wein, daneben ein Glas, über dem Sopha die leere Tapete; das große Bild, das dort gehangen, lehnte mit der Vorderseite gegen die Wand; dort lagen die Epaulettes neben dem Degen auf dem Stuhle — aber Army — wo war Army? —

„Er ist fort!" stammelten die bleichen Lippen der zitternden Frau, „er ist fort, Nelly — wenn er — wenn er — wie sein Vater — ?"

„Was denn, Mama? Was denn um Gotteswillen?"

„Wenn er, Nelly, wenn er — o ich — Jesus Christus!" sagte sie wie abwesend. „Eile, Nelly, such' ihn!" bat sie dann hastig, „ich kann ja nicht; sag ihm, er soll bei mir bleiben! Einmal hätte ich das Schreckliche erlebt — einmal, das ist genug; ein zweites Mal ertrüg' ich's nicht."

„Mama," bat in Todesangst das Mädchen, „was meinst Du?"

„Rasch, rasch! So geh', so eile doch! Er soll nicht sterben; er soll leben. Geh', sonst bringen sie ihn mir auch so bleich und blutig —" sie schauderte und wies hinaus zur Thür.

Da hatte das geängstigte Kind begriffen, was die Mutter wollte, und wie mit Geierkrallen faßte die Angst auch ihr Herz; sie floh aus dem Zimmer — wo, wo sollte sie doch zuerst suchen? Mechanisch lief sie die Treppe hinunter; die Pforte im Thurme stand angelehnt; in jäher Hast floh sie über den Schloßplatz, vorbei an den steinernen Bären, in den Lindengang. Des Bruders verzweifeltes Gebahren, die schreckliche Andeutung in Betreff ihres Vaters — jetzt dämmerte in ihr eine entsetzliche Gewißheit auf! Sie preßte die Hände auf die Brust und stand still. Wo konnte er sein?

„Army!" rief sie, aber es war, als wollte der Schrei nicht aus der Kehle. „Army!" es blieb ringsum todtenstill.

Feucht und naß lagen die welken Blätter ihr zu Füßen; ein paar kleine Vögel flatterten in den Aesten und schauten mit neugierigen schwarzen Augen zu dem geängstigten jungen Menschenkinde hinunter; „Army!" stieß sie noch einmal mit Aufbietung aller Kraft hervor, und dann einen langhallenden Ruf — wie ein Jauchzen klang es; so hatten sie sich als Kinder immer gerufen; das mußte er hören.

Kein Laut gab ihr Antwort; nur ein Flüstern ging durch die alten Lindenbäume, als schüttelten sie verneinend die Häupter, um zu sagen: er ist nicht hier. Am Teich vielleicht, am Teich — dachte sie, und als sie nun durch die dichten Gebüsche eilte, da ergriff sie ein nie gekanntes Grausen in dieser Stille, dieser Einsamkeit. Wie, wenn sie ihn fände? Wenn er nicht mehr hören könnte, daß sie ihn rief? Wenn er bleich und blutig —? Das Herz preßte sich ihr zusammen, aber sie schritt vorwärts.

Da lag das kleine dunkle Gewässer so ruhig, als gäbe es keine Stürme, kein Wetter in der Welt; Teichlinsen und welke Blätter schwammen bewegungslos auf der glatten Fläche, und die steinerne Ruhebank am Ufer stand leer. Wie erleichtert seufzte sie auf und schritt hastig weiter; die herabhängenden Zweige schlugen ihr in's Gesicht und streiften den Thau auf die blonden Haare. Der Saum ihres Kleides schleifte schwer und feucht hinter ihr, und weiter, nur immer weiter! Sie blickte angstvoll nach rechts und links, und von Zeit zu Zeit rief sie den Namen des Bruders durch die stille Morgenluft. Da — Schritte —! Wie gejagt flog sie weiter; dort lag das Gitterthor, der eine Flügel geöffnet; schon eilte sie hindurch — es war ein Arbeiter, der, die Mütze ziehend, an ihr vorüber schritt, die unerwartete Erscheinung verwundert musternd; dann blieb er stehen; sie hatte eine Bewegung gemacht, als habe sie etwas sagen wollen, da sie aber schwieg, fragte der Mann:

„Suchen Sie etwas, gnädiges Fräulein?"

„O nein, nein, ich wollte mit meinem Bruder einen Morgenspaziergang machen — haben Sie ihn vielleicht gesehen?"

„Den Herrn Officier meinen Sie? Ja, dem bin ich vorhin begegnet, ein Stückchen hinter der Lumpen= mühle."

„Danke!" hauchte sie und schlug den Weg zur Mühle ein; in größter Hast schritt sie vorwärts. Dort blickte schon das Wohnhaus durch die Ellern; dort lag der Mühlensteg — vorbei, vorbei! Sie schliefen wohl Alle noch da drüben im Hause. Nur weiter! Da — allmächtiger Gott — da knallte ein Schuß; so deutlich, so furchtbar tönte es in ihr Ohr; sie schlang, mechanisch nach einem Halt suchend, den Arm um den ihr zunächst stehenden Baum; dann glitt sie zu Boden. Sie sah nicht mehr, wie eine alte Frau so rasch es ihre Füße erlaubten, über den Mühlensteg daher eilte, wie ein gutes ehrliches Gesicht, von einer weißen Haube um= rahmt, sich so ängstlich zu ihr niederbeugte; sie hörte nicht den Hülferuf, der über die erschrockenen Lippen kam: „Jesses, Nelly, unsere Nelly! Was ist da wieder geschehen?"

12.

In dem Wohnzimmer des Schlosses waren die dunklen Vorhänge zugezogen, und dort, wo sonst das große altmodische Sopha seinen Platz gehabt, stand jetzt das Krankenbett von Nelly's Mutter; sie war schwer erkrankt an jenem unglücklichen Morgen, als sie ihren Sohn suchte und nicht fand; das schwache Leben rang in verzweifeltem Kampf mit dem finsteren Engel, dessen unheilverkündende Nähe durch das Gemach zu wehen schien. Im fortwährenden Kreisgange drehten sich ihre Phantasien um jenen Tag, wo sie dem blutigen starren Körper ihres Gatten gegenüber gestanden; bald war er es, den sie erblickte, bald war es der Sohn, und in herzzerreißenden Tönen bat sie ihn, nicht auch zu sterben, sie nicht auch zu verlassen; sie könne ja sonst nicht leben.

Jetzt war es still in dem großen Gemach; eine schlanke Mädchengestalt, die jedesmal bange aufhorchte, wenn die wirren Fieberreden im bunten Durcheinander von den Lippen der Todtkranken kamen, schwebte mit beinah unhörbaren Schritten über das alte Parquet, strich mit leiser Hand die Kissen zurecht und beugte sich spähend über die Leidende, um die leisen Athemzüge zu belauschen, wenn sie eingeschlafen schien. Das war schon der zehnte Tag heute, den sie hier sorgend durch= lebte, lange bange Tage und noch bängere Nächte; heute hatte das Fieber etwas nachgelassen, wie der Arzt sagte, und jetzt war Schlummer über die erschöpfte Kranke ge= kommen. Das junge Mädchen nahm ein Buch von dem Tisch und setzte sich an das Fenster, durch dessen Vorhänge ein schmaler Streifen des Tageslichtes fiel. Regelmäßig und tief tönten die Athemzüge der Kranken zu ihr herüber; es hatte etwas Mildes, Einschläferndes in dem dämmerigen Zimmer, und sie war durch Nacht= wachen erschöpft, aber sie wollte nicht schlafen, um keinen Preis; sie lehnte den kleinen Kopf in das Polster des Stuhles und schloß die Augen. Wie wun= derbar war es doch, daß sie jetzt hier oben im Schlosse saß, welches sie nie geglaubt hatte wieder zu betreten! Die Muhme hatte sie eines Morgens stürmisch geweckt, und in der Wohnstube fand sie Nelly, die in thau= nassen Kleidern auf dem Sopha lag, ohne Besinnung. Wie war sie erschrocken gewesen! Es waren Stunden vergangen, ehe man das arme Kind wieder zum Be= wußtsein gebracht, aber ehe es noch so weit gekommen, da — da hatte sich die Thür des Wohnzimmers im väterlichen Hause geöffnet, und — er hatte auf der Schwelle gestanden. Sie hatte aufgeschrieen vor Staunen und Schreck, ja vor Schreck, denn er, der da eingetreten war mit dem schmerzenstiefen Zug um den Mund, die Augen so ausdruckslos auf sie geheftet — er war der frühere Army nicht mehr, nicht mehr der lustige übersprudelnde Army mit den stolzen schönen Zügen.

„Ist meine Schwester nicht hier?" hatte er tonlos gefragt, und dann, als er sie erblickt, wie sie noch immer bleich und bewußtlos dagelegen, da war etwas wie tiefes Mitleid über sein Gesicht geflogen.

Was weiter geschehen? Die Muhme und er, sie hatten leise in flüsterndem Tone gesprochen, für Lieschen aber waren nur die Worte verständlich gewesen: die Mutter sei schwer krank, er brauche Hülfe, die Sanna sei so ungeschickt und die Großmama klage über Migräne; und nun auch noch Nelly, die arme Nelly!

„Ich gehe mit," hatte Lieschen da erklärt. Und dann war sie, neben ihm, in tiefem Schweigen durch die herbstlich stille Natur geschritten. Kein Wort sprach er damals mit ihr, und kein Wort war bis heute über seine Lippen gekommen, so oft er auch leise in das Krankenzimmer trat und die Vorhänge des Bettes zurückschlug, um die Mutter zu sehen.

Und Lieschen wußte es, warum er so finster, so schweigsam war. Der blitzende Verlobungsring an seiner Hand fehlte, und die Phantasien der Kranken hatten die unglückliche Thatsache ja so unverschleiert ausgeplaudert. O, dieses schöne, falsche Geschöpf! Wie haßte Lieschen die Treulose! Wie recht hatte Nelly gehabt, als sie damals sagte: „Sie liebt ihn nicht." Aber er — wenn sie ihm doch ein paar tröstende Worte sagen könnte!

Da öffnete sich leise die Thür der Krankenstube, und Nelly trat herein. Das junge Mädchen sah noch bleich und leidend aus, die Aufregung jener schrecklichen Stunde, als sie mit Todesangst den Bruder gesucht, war nicht spurlos an ihr vorübergegangen, hatte es ihr unmöglich gemacht, sich der anstrengenden Krankenpflege zu widmen. Jetzt lag auf dem Gesichte ein Schimmer inniger Dankbarkeit, als sie nach einem Blick auf die Schlummernde, sich Lieschen näherte, die ihr freundlich entgegen sah.

„Wie schön sie schläft!“ flüsterte sie, und setzte sich zu den Füßen der Freundin auf ein Bänkchen; „Gott sei Dank! Der Arzt meint, die Gefahr sei nun vorüber; ach, Lieschen, wie glücklich bin ich in dieser Hoffnung! Ich fühle mich auch jetzt wieder kräftig, und Du sollst diese Nacht schlafen, Du gutes Herz!“

„Nein, Du sollst es, Nelly. Keine Widerrede!“ sagte Lieschen bestimmt, „der Doctor will unter keiner Bedingung etwas davon wissen, daß Du wachst. Nach=her nimmst Du Dir ein Tuch um und gehst ein wenig in die freie Luft; Dein Bruder begleitet Dich gewiß gern.“

Nelly schüttelte traurig das Köpfchen. „O ja, er kommt wohl mit — aber Lieschen, Du glaubst es nicht, wie schrecklich es ist, so allein mit ihm zu sein! Er geht finster neben mir her, und dann plötzlich fängt er lustig an zu pfeifen, und wenn ich ihn fragend und ver=wundert ansehe, dann sagt er: „Es ist Galgenhumor, Kleine, achte nicht darauf.“ Vorhin theilte er mir mit, daß er abreisen würde sobald es nur ein wenig besser gehe mit Mama, er könne es hier nicht aushalten in dieser Einsamkeit."

„Kann ihn denn Deine Großmutter nicht trösten und beruhigen?" fragte Lieschen.

„Großmama?" die Lippen des jungen Mädchens zuckten wie in Zorn, „die ist böse mit Army, mit Mama und mir, mit Gott und der ganzen Welt; sie schließt sich ein, und wenn sie pro forma durch Sanna hat fragen lassen wie es hier geht? dann glaubt sie genug gethan zu haben. Wenn Du nicht wärest und die Muhme, und wenn Deine gute Mutter nicht so für uns sorgte, dann sähe es schlimm aus hier oben."

„Aber, Nelly!" flüsterte erröthend das junge Mädchen und legte die Hand auf den Mund ihrer Freundin. — — — — — — —

— — — — — — — —

Die alte Baronin saß grübelnd in ihrem Zimmer. „Einmal muß es doch sein," sagte sie halblaut vor sich hin, „ich muß mit ihm sprechen, was nun werden soll?" Sie erhob sich und klingelte. „Ich lasse meinen Enkelsohn bitten zu mir zu kommen," befahl sie kurz und unfreundlich der eintretenden Sanna und nahm ihren Platz wieder ein.

Durch die rothen Vorhänge stahl sich nur ein

mattes Licht in die Räume, denn draußen hatte sich
der Himmel bezogen und ein scharfer herbstlicher Wind
begann mit Macht die Blätter von den Bäumen zu
fegen; im Kamine flackerte ein Holzfeuer und warf
leuchtende Streifen auf die rothen Polster und Vor=
hänge; die verblichenen Farben loderten fast in ihrer
früheren Purpurgluth wieder auf, wenn solch ein
züngelnder Reflex sie traf; finster sah die Baronin in
die spielenden Flammen.

„Herein!" rief sie, als jetzt ein rasches Pochen an
der Thür erschallte.

„Ich wollte Dich eben um eine kurze Unterredung
bitten, Großmama," begann Army eintretend nach einer
Verbeugung und blieb hinter dem Stuhle stehen, den
ihm die alte Dame mit einer Handbewegung anwies.
„Es geht besser mit der Mama; sobald sie die ersten
lichten Augenblicke gehabt und mich gesehen und er=
kannt hat, will ich abreisen; bis dahin wart' ich noch,
damit sie die unglückliche Vorstellung aufgiebt, daß
ich mir das Leben genommen. Er sah bei diesen
Worten so gleichgültig aus, als spräche er von einem
Fremden.

Die alte Dame zuckte die Achseln; „es liegt ganz in der
Manier Deiner Mutter, durch ihr nervöses Wesen jedes

Uebel noch zu verschlimmern, — lächerliche Ideen; und die Kleine bestätigt sie noch darin."

„Ich denke, wenn man einmal eine so traurige Er=fahrung gemacht hat," betonte er scharf, „dann ist es leicht verzeihlich, wenn in solchen Momenten die Angst vor einer Wiederholung das Herz einer zarten Frau überwältigt; und was das Nervöse betrifft, so ist es wohl kein Wunder; das Leben, welches sie bis jetzt führte, hätte stärkere Naturen soweit bringen können. Ich empfinde es wie einen Vorwurf," fuhr er fort, „daß sie um meinetwegen krank wurde; hätte ich ahnen können, daß sie das Mutterherz schon so früh zu mir trieb, ich wäre nicht fortgegangen, um im Freien die peinigenden Gedanken zu beschwichtigen."

„Sentimentale Ideen und kein Ende!" bemerkte die alte Baronin ärgerlich; „Du bist ebenso, Ihr habt's einmal, Ihr Deutschen; das guckt in den Mond, und seufzt und ängstigt sich ab, mehr wie schließlich so eine ganze Angelegenheit werth ist. Aber zur Sache, wirst Du im Dienste bleiben können?"

Er blickte finster zu Boden. „Ich weiß es nicht," sagte er dann, „vorläufig hängt es von der Stimmung meiner Manichäer ab. Freilich, sobald die Kunde meiner zurückgegangenen Verlobung sich verbreitet, werden

sie sich wohl auf mich stürzen, wie eine Meute Jagd=
hunde; die Sache kommt an's Regiment; der Oberst
wird mich fragen: ‚Bezahlen oder nicht?‘ — Und
dann? —“ Er wandte sich mit einer raschen Be=
wegung um, als sehne er sich darnach, das Gespräch
abzubrechen.

Die alte Dame hörte ihn so ruhig an, als ob er
von einer Lustpartie spräche.

„Hellwig muß Rath schaffen,“ sagte sie entschlossen.

„Hellwig? Ja, wenn er Geld machen könnte! Er hat
erst neulich die Unmöglichkeit eingestanden, mir zweihundert
Thaler zu schaffen, eine Summe, die ich dem Wagenbauer
an einem bestimmten Termine zahlen müßte.“

Der Baronin schwebte deutlich jenes zierliche
Kabriolet vor, das eines Tages aus der Hauptstadt
anlangte bald nachdem Blanka erklärt hatte, sie liebe
das Spazierengehen nicht. „Nun, und — —?“

Der Mann wollte sich gedulden, bis ich — nun,
bis Ende October,“ schloß er kurz. „O, sie wollten sich
Alle gedulden; es hatte gar keine Eile — bewahre!
Ich war ja Tante Stontheim's Neffe und im Begriffe,
ihre Nichte zu heirathen —“

„Auf wie viel belaufen sich Deine sämmtlichen
Schulden?“ fragte die Großmutter.

Er machte eine abwehrende Handbewegung. „Wozu das? Bezahlt können sie ja doch nicht werden —!"

Eine lange Pause entstand; Army betrachtete scheinbar mit Interesse eine der italienischen Landschaften in dem goldenen Rahmen. Draußen hatte sich der Wind mächtig erhoben, er fuhr heulend durch den Kamin und stäubte Funken auf den verblichenen Teppich und das schwarze Wollkleid der alten Dame.

„Army, es giebt nur ein Mittel, Dich und uns zu retten."

Er wandte sich langsam um und sah sie fragend an.

„Es klingt vielleicht wunderbar, aber in der Noth greift der Ertrinkende nach einem Strohhalm, — ich meine, Du versuchst sobald als möglich anderweit eine reiche Parthie zu machen."

„Wie, Großmama?" fragte er.

„Es giebt Mädchen genug, reiche, hübsche Mädchen, die sich einen Mann kaufen, wie man so sagt —"

„Ah so, ich verstehe," erwiderte er leichthin.

„Ueberlege, Army! Es handelt sich nicht allein um Deine Existenz; es handelt sich um uns Alle."

„Hast Du mir sonst noch etwas mitzutheilen?" fragte er in einem Tone, der die alte Dame verstummen machte. „Nichts? Dann erlaubst Du wohl, daß ich mich verabschiede; ich möchte nachsehen, wie es unten steht." Er machte eine Verbeugung und ging.

Fast mechanisch lenkte er seine Schritte nach der Krankenstube, im Vorzimmer blieb er stehen; es war ihm, als ob er drinnen flüstern höre; dann schritt er zum Fenster und preßte die Stirn gegen die Scheiben.

Was seine Großmutter ihm da eben gesagt, das war wie ätzende Tropfen in die frische Wunde gefallen, die er trug; der heiße Schmerz trieb ihm das Blut in die Wangen; vor seinen Augen schwebte ja beständig ein lockendes verführerisches Bild, das ihn nicht lassen wollte, wenngleich er es tausendmal zu verbannen suchte; er sah sie immer wieder, wie sie ihm an jenem Tage nach der Testamentseröffnung erschienen, als es so ruhig, so einsam geworden in der prächtigen Villa; der Schwarm der Besucher hatte sich verlaufen, der Oberst war nach dem Essen im Nebenzimmer eingenickt, und er mit ihr allein — seit langer Zeit zum ersten Male. Wie wundervoll sah sie aus in der tiefschwarzen, mit Krepp garnirten Trauerrobe, die goldene Fluth der Haare von schwarzen Schleifen zurückgehalten! Sie lag wie träumend im Sessel, während er zu ihr sprach von seiner Liebe, von seiner Sehnsucht, sie zu besitzen, von all' der Seligkeit, die sein Herz erfüllte. Ob sie es nur gar nicht gehört hatte? Der Blick, den sie auf ihn richtete, als er ihre Hand ergriff, war ihm wie kaltes Eisen in's Herz gefahren, hatte die erste schreckenvolle Ahnung in ihm heraufbeschworen; sie hatte sich im Laufe des Gesprächs plötzlich erhoben und war hinausgeschritten, einen nichtigen Vorwand stammelnd; er sah sie hinter der Portière verschwinden, die wundervollen goldenen Haare leuchteten noch einmal auf, als sich der Vorhang durch die Zugluft der geöffneten Thür hob, ein letztes Mal, dann war er allein mit seinem übervollen, traurigen Herzen.

Sie habe ihn nie geliebt! ließ sie ihm sagen, sie habe sich ihm nur auf Wunsch der Tante verlobt! — Und da drüben jene falben wirbelnden Blätter im Lindengange, die hatten es gehört, wie sie ihm Treue schwur, wie sie so tausendmal versichert, daß sie ihn liebe, mehr liebe als Alles auf der Welt, hatten sie in seinen Armen gesehen und ihre Küsse gezählt in jener warmen gewitterschwülen Sommernacht, und nun — nun war es so weit gekommen, daß ihm kein Ausweg bleiben sollte als sich zu verkaufen, wie Großmama ihm gerathen, — nein, lieber doch eine Kugel, — eine Kugel; — Seine Mutter fiel ihm ein; — Nein, es würde

Frevelthat sein an ihr! Er verstand erst jetzt, was sie gelitten, welch namenloser Kummer ihr Leben verdüstert hatte. Sein Vater erschoß sich — warum? Wie hatte Blanka doch gesagt? Weil er in dem öden Nest melancholisch geworden! Deßhalb? — Kaum glaublich; vielleicht die zerrütteten Vermögensverhältnisse? Das wäre eher möglich, — und doch, es blieb immer eine Feigheit, aus der Welt zu gehen und Weib und Kinder schutzlos zurückzulassen —.

Er freilich, — seine Mutter, seine kleine Schwester, die vor Angst um ihn beinah gestorben, — er konnte, er durfte sie nicht verlassen, wenn gleich er nicht begriff, auf welche Weise er ihre Stütze sein sollte. Großmama zwar, — sie war ja nicht verlegen um die Wege zur Rettung, und er wußte aus seinem Officier-Leben, daß sich manch' Einer noch im letzten Augenblick auf solche Weise gerettet, er kannte mehrere Kameraden, die eine reiche Heirath vor dem Schlimmsten bewahrt hatte, aber es machte ihm stets einen traurigen Eindruck —.

Er schauderte, — was wartete seiner? Wie eine Meute würden sie über ihn herfallen, hatte er vorhin zu seiner Großmutter gesagt; es war nur zu sicher, er hatte thöricht gelebt in letzter Zeit! — Ein bitteres Lächeln flog um seinen Mund; er dachte seiner Ver=

lobungsfeier unter den Kameraden, der Champagner
war in Strömen geflossen zu all' den Lebehochs und
begeisterten Trinksprüchen für die schöne Braut, —
was sollte er thun, als noch ein kleines Spiel arrangirt
wurde? Sie waren seine Gäste, die spiellustigen Herren,
er konnte sich nicht zurückziehen. Er verlor und verlor;
„Glück in der Liebe!" hatte Jemand ihm zugerufen,
das war ihm wie Feuer in das schon erhitzte Blut
gedrungen, er spielte weiter als gälte es die Wahrheit
des alten Sprichwortes zu erproben, und verlor; ja, er
verlor viel und gern an jenem Abend, aber was hatte
das zu bedeuten dem schönsten Gewinn gegenüber, der
ihm zugefallen?

Er stöhnte auf und biß die Zähne auf einander;
wo war doch das Glück geblieben, an das er so stolz
geglaubt? Der alte Spruch fiel ihm ein: „Nur nit ver=
zag'! Glück kumbt all Tag". Lächerlich, wie hatte es
ihn so schnell verlassen!

Da tönte ein leichter Schritt hinter ihm; er wandte
sich — ein über und über erglühendes Gesicht schaute
zu ihm auf. „Ihre Frau Mutter verlangt nach Ihnen,
Herr Lieutenant," sagte halblaut eine klare Stimme.
Er schritt an Lieschen vorüber in das Krankenzimmer,
und sie trat an das Fenster, wo er bis jetzt gestanden.

Draußen sprühte ein feiner Regen hernieder und hüllte die Gegend in feuchte Schleier; sie spähte hinab zu dem Hause der Eltern, aber sie konnte es in der dunstigen Atmosphäre nicht erkennen. „Was mögen sie jetzt thun dort unten, mein Mütterchen, der Vater und die Muhme? Der Vater ist wohl auf der Jagd? Ach nein, er muß so viel im Comptoir arbeiten, seit Herr Selldorf so plötzlich abreiste." Wieder stieg ein dunkles Roth in ihre Wangen.

Nebenan war es anfänglich still geblieben; die Thür stand halb geöffnet; Army kniete wohl am Bette der kranken Mutter, und jetzt klang seine Stimme: „Mein gutes Mamachen, Du dachtest, ich wollte es machen wie der Junker von Streitwitz? O nein, nein, ich habe Dich ja noch und Nelly." So weich klang es, so tröstend, und doch als ob zurückgedrängte Thränen die Worte undeutlich machten. Und dann der Mutter schwache Stimme; Lieschen konnte die Worte nicht verstehen, aber aus dem Tonfall der abgebrochenen Laute wehte ein süßes Trösten, ein freudiges Danken, daß sie den Sohn in ihren Armen hielt, die ganze überschwängliche Fülle der Mutterliebe, die helfen, stützen, rathen wollte; so beruhigend, so versöhnend, als gelte es ein krankes Kind in süßen Schlummer zu wiegen.

Und da auf einmal — war es wirklich möglich? Das klang wie Weinen, gewaltsam unterdrücktes Schluchzen. Sollte Army —? Das junge Mädchen kehrte sich plötzlich um und lauschte mit erbleichendem Gesicht — weinen denn Männer auch? Sie eilte zur Thür, sie wollte fliehen, er durfte nicht wissen, daß sie gehört, wie er — Da trat er aus dem Zimmer der Mutter, das Gesicht ernst und die Lippen auf einander gepreßt, aber die Augen — ja, die waren noch feucht von den Thränen, die er geweint — um seine ver=lorene Braut.

Sie stand dicht vor ihm, die Hände über die Brust gefaltet, als wolle sie um Verzeihung bitten, daß sie ihn so gesehen. Auch er hemmte den Schritt; er schaute zu ihr hinüber und las das innige Mitleid in ihren Augen. Kam ihm die Erinnerung an die Zeiten wieder, als das kleine Mädchen den wilden Knaben oft so reizend getröstet, wenn er im kindischen Spiele die Geduld verloren und im trotzigen Knabenzorne heiße Thränen geweint? „Lieschen,“ sagte er weich und dankbar und reichte ihr die Hand. „Army, lieber Army,“ klang es zurück, von Schluchzen halb erstickt: er fühlte einen Augenblick eine kleine Hand in der seinen; dann war sie verschwunden.

13.

Das einförmige stille Leben war wieder eingekehrt in Schloß Dorenberg, noch stiller fast als früher, denn die Sorge, die bereits vor den rosigen Strahlen eines beginnenden Glückes zu flüchten begann, war treuer als jenes und doppelt finster wieder eingezogen. Ihre unheimliche Nähe machte die alten Räume zu einem drückenden Aufenthalt, und ließ die Herzen der einsamen Frauen bang und bänger schlagen.

Army war abgereist, und die Mutter hatte lange der hohen Gestalt ihres Lieblings nachgeschaut, von dessen Gesichte die harte Täuschung seiner Liebe jeden Frohmuth verscheucht hatte; es war jetzt so etwas Gleichgültiges, Apathisches in seinem Wesen, das sie bitter besorgt um ihn machte. Wie, würde er nicht, um zu vergessen, Gefallen finden an einem wilden leichtsinnigen Leben? — „Gott behüte ihn!" betete sie, und preßte in namenloser Angst die Hände auf die Brust. Und wenn sie so in ihrem Leid versunken war, dann kamen die andern Sorgen in langer Reihe diesem Kummer nachgeschritten; wie wird es werden, wenn er seine Schulden nicht bezahlt? Wie, wenn Hellwig's Bemühungen keinen Erfolg haben? Wenn es dem alten

Manne nicht gelingt, eine Hülfe, einen Ausweg zu ergründen? Er hatte es so zweifelhaft gemacht, so un-
wirsch die Schultern gezuckt, als die alte Baronin ihm
ein halb herrisches, halb bittendes: „Sie müssen, Hellwig, Sie müssen!" zugerufen. „Nur auf kurze Zeit
schaffen Sie Geld, nur damit das Verhängniß jetzt nicht
über meinen Enkelsohn zusammenbricht! Das Weitere
findet sich nachher; kommt Zeit, kommt Rath." Und
der alte Mann hatte schweren Herzens das Versprechen
gegeben, zu versuchen, „dem Teufelsbengel, dem Army,
aus der Patsche zu helfen," und sich zu gleicher Zeit
erkundigt, wie denn die Frau Baronin das „Weitere"
zu arrangiren beabsichtige? Und als sie dann in ihrer
nervösen Art dem treuen Berather ihrer Familie einige
Andeutungen gemacht, worin sie die Rettung zu finden
hoffe, da hatte er beinahe wehmüthig gelächelt, und ein
fragendes „Zum zweiten Male das gefährliche Experiment?" war über seine Lippen gekommen. „Gott gebe,"
hatte er hinzugefügt, „daß es diesmal besser ausschlägt!
Uebrigens, Frau Baronin, es ist heutzutage nicht so
leicht mehr, wie sie denken; die Welt ist unangenehm
praktisch geworden in letzter Zeit; Väter, die so einen
abligen jungen Sausewind mit offenen Armen aufnehmen,
und es sich zur Ehre anrechnen seine kolossalen Schulden

zu bezahlen, werden immer seltener   das Geld ist knapp, Frau Baronin, sehr knapp, wer heißt aber auch, zum Donnerwetter! den Leichtsinn gleich Equipagen für das Fräulein Braut anschaffen und seidene Meubel? Das kam noch lange früh genug; man soll die Bärenhaut nicht verkaufen, ehe der Bär gestochen ist. Sie, Frau Baronin, die Sie so viel erfahren haben im Leben, Sie hätten den Jungen beim Ohrzipfel nehmen und ihn mores lehren sollen; er ist doch sonst leicht zu leiten gewesen."

Die Augen der jüngeren Baronin hatten sich vorwurfsvoll auf die Schwiegermutter gerichtet, diese ängstlichen flehenden Augen in dem blassen vergrämten Antlitz, das nach kaum überstandener Krankheit doppelt schmal und durchsichtig erschien; aber sie hatten den alten Mann doch so weit bezwungen, daß er wenigstens versprach, sein Möglichstes zu versuchen, und dann, als die Schwiegermutter gegangen war, ihn noch ein Paar herzliche Worte des Trostes sprechen lassen zu der Frau, die seit ihrer Kindheit schon unglücklich war, und deren stilles duldendes Wesen so ganz sein Herz gewonnen. —

Lieschen war längst wieder heimgekehrt in die elterliche Wohnung, begleitet vom innigsten Dank Nelly's und ihrer Mutter. Von der alten Dame war ihr kein freundliches Wort, kein dankbarer Blick zu Theil geworden: die ganze Umgebung büßte für das Ungemach, das über ihr Haus gekommen, selbst Sanna wagte nicht ungefragt den Mund aufzuthun. Lieschen empfand es wohl kaum, daß ihr von dieser Seite kein Dank für die aufreibende Thätigkeit am Krankenbette zufloß, sie war zu glücklich, daß sie etwas hatte thun dürfen für Nelly's Mutter, die sie von jeher so liebte, so verehrte. Auch jetzt kam sie beinahe täglich in's Schloß, und ihr fröhliches Geplauder, ihre helle, freundliche Erscheinung brachte auf Stunden einen Sonnenstrahl in die stillen, hohen Gemächer, und Nelly vergaß dann auf kurze Zeit ihre Traurigkeit, um sich freilich nachher doppelt elend zu fühlen.

Wie gut sie es hat! dachte sie, wenn die schlanke Gestalt der Freundin so leicht durch die Allee der jetzt entlaubten mächtigen Linden nach Hause eilte. Sie malte sich das behagliche Heim Lieschens aus und sah im Geiste, wie sie den Arm um den stattlichen Hausherrn schlang und ihn ihren Herzensvater nannte, auf den sie so stolz, so stolz sein könne — und dann flossen wieder Nelly's Augen über vor bitterem Weh. — —

So war der November gekommen mit seinem düsteren Wetter; die Stürme brausten wieder um das alte Schloß, wie sie es schon Jahrhunderte gethan; feucht und schwer hingen die Wolken über der Landschaft, und Regen, untermischt mit Schnee, schlug prasselnd gegen die Fensterscheiben. Solch Wetter übt seinen Einfluß auf die Menschenseele, und nun gar auf eine kranke, der Erheiterung so sehr bedürftige, und es drängt sich unwillkürlich die Frage auf die Lippen: „Wird wohl je wieder die Sonne scheinen? Werden je die Stürme wieder schweigen?" Wohl dem Menschenherzen, daß ihm die Hoffnung zugesellt ist auch in den Tagen des höchsten Schmerzes! Sie flüstert doch noch immer tröstende Worte in die verzweifelnde Brust und malt auf den gewitterdunklen Hintergrund leuchtende Arabesken und reizende Blumengewinde, zwischen denen allerhand glückliche, heißersehnte Zukunftsbilder hervorschauen, und die thränenden Augen vermögen dann wieder fester aufzublicken und die bange Brust athmet neu; es kann ja noch Alles gut werden!

Und die Zeit verging; einförmig, langsam und bleiern verstrichen die Tage. Allwöchentlich kam ein Brief von dem fernen Sohn, den die Mutter mit heimlicher Angst und Herzklopfen öffnete; meinte sie doch jedesmal etwas Schlimmes daraus zu lesen! Nelly begrüßte ihn mit schwachem Lächeln, das sich hinterher in Thränen auflöste, wenn sie die kurzen flüchtigen Zeilen gesehen. „Siehst Du nicht, Mama, wie unglücklich er ist, so zerfahren, so anders wie sonst?" seufzte sie dann, und las immer und immer wieder das Schreiben, hinter dessen Kürze sich ein tief bedrücktes Gemüth zu verstecken schien.

„Es geht ihm gut," pflegte die alte Baronin verächtlich zu sagen; „er hofft es von uns auch; er hat viel Dienst — voilà tout! Er ist kein Mann, sonst würde er Alles daran setzen, daß es nicht zum Aeußersten kommt. Himmel! wenn ich an seiner Stelle wäre, das Leben vor mir und so jung! O diese unselige deutsche Sentimentalität, die vor lauter Schmerz um etwas Verlorenes nicht den Muth finden kann, nach einem neuen Glück zu ringen — Orribile! Es ist unser Aller Unglück; ich hätte nie gedacht, daß auch er so sein könnte."

Und vor Erregung zitternd setzte sich die alte Dame hin und schrieb einen Brief an den Enkelsohn, um ihm Muth zu machen, und einen andern an Hellwig, um ihn anzuspornen, die Schuldenangelegenheit möglichst hinzuhalten.

Der November verging, und der December kam mit seinen Stürmen; sie fuhren in die hohen Schornsteine und drehten kreischend die rostigen Wetterfahnen auf den

Thürmen; sie bogen und schüttelten die alten Bäume des Waldes; der Regen prasselte wie sonst gegen die Fenster und weichte die Wege des Parkes auf, bis in einer funkelnden Sternennacht der Winter geschritten kam mit klingendem Frost und die Wege so glatt und fest gefrieren ließ wie eine Chaussee; er überzog den Teich mit einer spiegelblanken Eiskruste, und Frau Holle breitete den ersten feinflockigen Schnee über Weg und Steg.

„Nun wird es bald Weihnacht," sagten die Leute im Dorfe und freuten sich. „Nun wird es bald Weihnacht, Mama," sagte auch Nelly zu der blassen Frau, die am Kamine saß und strickte, aber in ihrem Gesichte leuchtete kaum etwas von der holden Vorfreude des schönen Festes; „ob wohl Army kommt?" setzte sie fragend hinzu, und die Arme um den Hals der Mutter schlingend, bat sie: „Liebe Mama, ich will auch gar nichts geschenkt haben, wenn nur Army kommt."

„Nun wird's bald Weihnacht," jubelte Lieschen der Muhme zu, als sie am Morgen die leuchtende Schnee= decke ausgebreitet sah — so herzensfreudig klang es, daß die alte Frau beinahe betroffen ihr in's Gesicht schaute. War das Mädchen denn nicht vollständig ver= wandelt seit den letzten Wochen? Der alte neckische

Uebermuth, der ihr so reizend stand, leuchtete wieder so herzgewinnend aus den großen blauen Augen; die Wangen blühten genau so rosig, wie früher, und dies Alles seit sie, — ja seit sie aus dem Schlosse heimgekehrt war. Die alte Frau hatte heimlich so viel Angst um ihren Liebling empfunden, gemeint, sie würde blaß und angegriffen wieder zurückkehren; aber nein, die Luft der Krankenstube schien ihr so gut bekommen zu sein, wie Anderen eine Badereise. Zuerst hatte sie kopfschüttelnd das Wunder angestaunt, dann aber war der alten Frau mit dem übervollen zärtlichen Herzen der Gedanke gekommen: „Wie, wenn das gelöste Verlöbniß Schuld ist an dieser Wendung?" Und sie hatte in ächter Frauenweise keine Gelegenheit versäumt, die Rede auf jene unglückliche Thatsache zu bringen, und das junge Mädchen dabei scharf beobachtet. Aber so aufmerksam die guten, treuen Augen der Alten auch forschten, sie konnten nichts besonderes an dem Mädchen entdecken. Lieschen bedauerte von ganzem Herzen den betrogenen Bräutigam, und stimmte lebhaft bei, wenn die Muhme die treulose Braut tadelte, ging sogar darauf ein, wie es doch möglich sei, daß diese ihr Unrecht noch einsähe. Dabei aber nichts von Roth- oder Blaßwerden, oder gar von Weinen, wie früher. Die Stimmung blieb unverändert gut, und die alte Frau gelangte schließlich zu dem Resultat, die Liesel habe ihr zimperliches Schauer vollständig überwunden, und sei bei dem Jammer da droben im Schlosse zu der Einsicht gelangt, daß sie es doch eigentlich sehr gut, und alle Ursache habe, fröhlich in's Leben zu blicken. Und so freute sie sich denn, wenn des Mädchens leise Schritte in ihr Ohr tönten, und die liebliche Stimme jene alten Lieder ihrer Kindheit beim Arbeiten vor sich hinsang, oder wenn sie, wie früher, mit dem Vater scherzte, und allerlei kleine Schelmenstreiche verübte, die selbst die Mutter herzlich lachen machten.

Und nun sollte es Weihnacht werden, wie sie der Muhme so jubelnd verkündete, und als die Alte sie anschaute, da flüsterte schon der kleine Mund dicht an ihrem Ohr, und sie verstand etwas von „Christkindchen," von „Weihnachtsbaum, Weihnachtsarbeiten, und für die Muhme etwas so Wundervolles, Schönes, wie sie es sich gar nicht denken könne!"

Und all' diesen Jubel, diese Freude, hatte ein einziger Moment hervorgezaubert, das einzige Wort „Lieschen!" in weichem dankbaren Tone gesprochen, ein einziger flüchtiger Händedruck! — — — — — —

Mit eiliger Hast flohen die kurzen Wintertage; in Lieschen's Stube lag es bunt durcheinander von Wollknäulen, Bändern und Stickereien; die Thür wurde jedesmal fest verschlossen wenn sie hinunterging, und der Schlüssel in der Tasche geborgen; und unten im Wohnzimmer da stand die Hausfrau am Tische, und schnitt kleine Röckchen und Jäckchen zu für die Arbeiterkinder. Die, welche Pathen vom Vater, der Mutter, der Muhme oder Lieschen waren, erhielten noch einen blitzenden Thaler obenauf in die blechernen Sparbüchsen, die der Reihe nach im Eckschrank der Wohnstube aufmarschirt standen, jede mit dem Namen des kleinen Eigenthümers versehen.

Die Eltern waren schon beim Weihnachtsmann in der Stadt gewesen; Lieschen hatte einen langen Wunschzettel in die Hände der Mutter gelegt, und am Abend bei der Heimkehr; da hatten die kräftigen Arme der Dörte und Mine gar nicht alle die geheimnißvollen Packete bewältigen können, die der Vater Eins nach dem Andern zum Wagen hinausreichte. Und dann gab's ein Fragen, ein Besehen und Wundern im Wohnzimmer, wo die Lampe auf dem runden Tische stand, und heißer Thee für die Heimkehrenden dampfte. „Hier, Väterchen, sind Deine Pantoffeln; ist mein lieb Mutter auch nicht erfroren?" — „Das soll für die Pastorin sein, und das für die Kinder, gefällt Dir's Lieschen?" — „Ach, das reizende Püppchen, und die Soldaten, — möchte man nicht selbst damit spielen; und die Kleider für Dörte und Mine, und für Jede noch einen selbstgewebten Ueberzug dazu."

„Können lachen!" sprach die Muhme dazwischen, und prüfte den feinen wollenen Stoff, „da ich hier mein erstes Weihnachtsfest als Magd mitfeierte, gab's Kattun zu einer Schürze und einen Thaler, und ich dachte ich wäre König an dem Abend. Verwöhnen thust Du die Leute, Minnachen, es ist himmelschreiend!"

„Ach Muhme, schelte doch nicht," bat Lieschen, „paß' mal auf was Dir das Christkind bringt, guck! so hoch ist es und hat vier Beine und kann doch nicht laufen, rathe mal — —"

„Soll's schon lassen," schalt die alte Frau gutmüthig brummend, und half die Packete in das Nebenzimmer tragen, wo sie bis zur Bescheerung liegen blieben. „Wer weiß erst, was Du bekommst?" fuhr sie fort, „in die Stube guckst Du mir aber jetzt nicht mehr hinein, hörst Du wohl!" ermahnte sie, „sonst — —"

„Nein, Du Herzensmuhme, aber nicht wahr, es liegt was Hübsches drinnen für mich, es ist mir grad jo, als bekäme ich diesmal ganz was Extra-Schönes zu Weihnacht?"

„Na freilich," lachte die alte Frau, „es ist ganz was Besonderes, zum Beispiel — —"

„So ein Bisam-Apfel," unterbrach sie Lieschen, „mit drei Wünschen von einer guten Fee, die eigentlich Muhme heißt."

„Natürlich! Und da werden drei seidene Kleider herausgezaubert, und damit gehst Du in die Küche und den Hühnerstall, und die Schleppen kann Dir der Peter tragen, oder der dicke Gottlieb?"

„Und dann — dann kommt ein Prinz, Muhme!"

„Da haben wir's!" rief die Alte mit komischem Schrecken; „drauf läuft's Ganze hinaus, — Du hättest doch sollen gleich 'nen Bräutigam oben auf den Wunsch-zettel schreiben, Du tolles Ding!"

„Aber ein Prinz muß es sein, Muhme," rief die Kleine lachend und sang im Hinauslaufen:

> Do keem mal en Prinz, un de hal er herut.
> Un he is de König, un ick bin de Brut!"

„Es ist die Möglichkeit!" sagte die alte Frau und schüttelte den Kopf.

Und endlich senkte sich der heilige Abend über die weite Welt; er trug in jedes Haus einen Schein hellen

Himmelslichts, er zündete die Kerzen an auf den grünen Bäumen in Palästen und Hütten, und sie warfen ihren Schein auf frohe Gesichter, auf kostbare und bescheidene Spenden; die Glocken der Kirchen klangen in die stille, kalte Winterluft hinaus und luden die Menschen ein zur Dankesfeier, und hoch über die frohe Welt, da spannte der Himmel seinen dunklen blauen Mantel, in schimmernder, funkelnder Pracht leuchteten die Sterne hinunter, und „Ehre sei Gott in der Höhe," scholl es zu ihnen hinauf, „und den Menschen ein Wohlgefallen und Friede auf Erden!"

Friede auf Erden! Es gab auch Wohnungen der Menschen, in die der milde Gast keinen Eingang fand, Herzen, in denen keine Festfreude aufkommen konnte vor Kummer und schwerem Leid, ach, gar viele! Und an keinem einzigen Tage fühlt so ein armes Menschenkind die Sorge tiefer, den Kummer mehr und heißer, als an jenem, wo sich Alle freuen, wo sich der Friede herniedersenken soll in alle Herzen, nur in seines nicht; wo sich die bange Frage regt: warum bin ich — warum nur sind wir ausgeschlossen von der Freude?

Dieselbe stumme Frage schien aus den Augen des jungen Mädchens zu sprechen, das da am Fenster stand und in die funkelnde Nacht hinausblickte. „Dort unten in der Mühle flammen die Fenster in hellem Lichte auf; „da brennt der Weihnachtsbaum," flüsterte sie und preßte in kindlich heißem Schmerz die Hände gegen die Brust — welch ein Verlangen überkam sie nach seinen glänzenden, lichtergeschmückten Zweigen! Zwar Lieschen hatte gebeten, sie müsse kommen; sie sollte doch wenigstens die Lichter auf dem Baume brennen sehen, aber nein, wozu das? Was ging sie Müllers Weihnachtsbaum an? Es war ja doch nicht der ihre, und wozu sollte sie in Lieschens glückliches Gesicht blicken? Ihre finstere stille Heimath, sie wäre ja noch trauriger erschienen nach solchem Anblick. Sie wendete sich und schritt zu dem Sessel der Mutter, um ihre Wange an das liebe Gesicht zu schmiegen; sie tastete mit der Hand und fand nur das leere Polster. „Mama!" rief sie leise — es blieb still. „Nun ist auch sie noch hinaufgegangen zur Großmama," flüsterte sie und sank in den weichen Stuhl. „Alle lassen sie mich allein, wenn sie doch erst wiederkämen! Die Mama und der Army, ach ja, Army ist da" — das war doch gewiß ein süßer Trost. Morgen würde er gewiß nicht mehr mit Großmama so viel zu sprechen haben über Geschäftliches; was es nur Wichtiges sein konnte, das sie nun schon seit seiner Ankunft verhandelten? Immer noch Blanka? — —

„Zu Neujahr — noch kaum acht Tage!“ sagte die alte Dame tonlos und sah finster vor sich hin.

„Zu Neujahr,“ bestätigte Army, der vor ihr stand.

„Und Du sagst, Hellwig weiß keinen Rath?“

„So theilte er mir mit —“

„Aber dio mio! Sonst wird es doch einem Officier nicht so schwer gemacht, Geld zu erhalten?“

„Sonst? Du vergißt, Großmama, daß unsere Verhältnisse hinreichend bekannt sind. Kein Mensch ist so dumm mir Geld zu leihen auf die sichere Aussicht hin, es zu verlieren, und noch dazu solche Summen. Das Einzige, was ich erlangen konnte, war — Aufschub bis Neujahr.“

„Und hast Du Dich nicht einmal bemüht, den Weg einzuschlagen, den ich Dir als die einzige Rettung empfahl?“

Er sah trotzig zu ihr hinüber. „Nein,“ entgegnete er dann fest, „meine Gläubiger riethen mir freilich dasselbe und wollten mir sogar behülflich sein; aber tausendmal lieber nach Amerika und arbeiten wie ein Knecht, als ein solches Joch!“

„Wie Du willst!“ sagte die alte Dame trocken, „es ist Deine Sache, nicht die meine.“

„Ganz recht!“ lachte er auf. „Aber zum Teufel

mit der Geschichte! Ich bin nicht hergekommen, um Euch etwas vorzuklagen; ich will ja Weihnacht mit Euch feiern — Weihnacht!" wiederholte er spöttisch.

Dann wurde es still. Vor einem Jahre, da stand er um diese Stunde in dem Salon der Gräfin Stontheim; die zahllosen Kerzen des hohen Christbaumes übergossen mit verschwenderischem Lichte die golddurchwirkten weißen Tapeten und kostbaren Meubel, es strahlte zurück von prächtigen Geschenken, aber was war dies Alles gegen die Pracht, die sich so goldschimmernd von der weißen Mädchenstirn hob, und wie ein köstlicher Schleier um die zarte Gestalt schmiegte, — so deutlich schwebte sie jetzt seinen Augen vor.

„Gut denn!" tönte die Stimme der Großmutter, „so werde ich versuchen, ob ich Rath schaffen kann; noch giebt es wohl Leute in der Welt, die den Namen Derenberg nicht vergessen haben. Morgen — nein, heute noch schreibe ich an den Herzog von R."

Um die Lippen des jungen Mannes zuckte es bitter auf. Er dachte an das Bild da droben im Ahnensaal, das seine Großmutter als junge schöne Herrin vorstellte, dem Herzoge den Willkommen in ihrem gastfreien Hause bietend. „Bettelei!" tönte es verächtlich in seinem Innern; er fuhr mit der Hand über das Gesicht und

sah zu der hohen schwarzen Gestalt hinüber, die so un=
beweglich und mit der Miene äußerster Entschlossenheit
vor dem Tische stand. Sie that ihm leid, die stolze
Frau; er wußte, es wurde ihr namenlos schwer, einen
solchen Brief zu schreiben.

„Laß das, Großmama!" bat er leise, „Du sollst Dich
nicht so demüthigen —"

„Nein, ich lasse es nicht," klang es zurück, „denn
ich sehe, ich werde die Einzige sein, die möglicher Weise
noch Rettung finden kann, obgleich ich nur eine alte
Frau bin."

„Aber, Großmama, wird sich der alte Herr Deiner
noch erinnern?"

Sie lachte. „Wirst Du je das Bild Deiner Braut
vergessen?" fragte sie, und die schwarzen Augen strahlten
förmlich in lodernder Gluth. „Sicher nicht! Nun sieh',
ebenso wenig der Herzog von R. Leonore von Deren=
berg, denn er hat mich lieb gehabt, Army, seit dem
Augenblick, wo ich ihm zum ersten Male gegenüber
stand. Damals war er noch Erbprinz; mein Mann
präsentirte mich bei Hofe, es wurde gerade ein Fest
dort gefeiert — ich weiß nicht mehr, wem es galt;
da, als ich unter der bunten Menge, welche die tages=
hell erleuchteten Säle füllte, am Arm Deines Groß=

vaters einherschritt, weil das herzogliche Paar mich zu sehen wünschte, und rechts und links die Menschen auseinander wichen und die Fremde, die Italienerin, anschauten, als ich mich tief verbeugte vor dem hohen Paar — da traf mein Ohr ein schwacher Laut der Ueberraschung, und als ich meine Augen hob, da begegneten sie denen eines jungen schönen Mannes, die mit bewundernder Gluth an mir hingen. Ich war siebenzehn Jahre alt, Army, und was giebt es Berauschenderes für ein Weib, als bewundert zu werden und — vorbei, vorbei!" flüsterte sie, „wozu Vergangenes heraufbeschwören!"

„Und?" — fragte der junge Mann, und stand plötzlich dicht vor ihr.

„Und" — wiederholte sie träumerisch, ohne in sein geröthetes Gesicht zu blicken; „er kam oft nach Teren= berg; er war mein Cavalier bei jeder Gelegenheit, bis er eine weite Reise antrat — die guten Eltern, sie waren besorgt um ihn, und mein Gatte, der spielte den lächerlichsten Othello, den je die Welt gesehen; er haßte den lebenslustigen Prinzen, weil meine Lippen lachten, wenn er sprach und meine Augen glänzten, wenn ich ihn sah, und das hatten sie sonst beinahe verlernt: es trug ja Alles ein so bodenlos langweiliges

Gepräge, was mich umgab, der Himmel, die Erde, die Menschen, selbst die Feste, die mein Gatte arrangirte. Er, im Verein mit den fürstlichen Eltern, entfernte den Schmetterling, der so ungestüm die leuchtende Kerze umkreiste — spießbürgerlich, wie Alles hier zu Lande! Ich wußte es, daß mein Gatte aufmerksam gemacht worden, wußte, wer ihn in dem vollständig harmlosen Verkehr das Schlimmste sehen ließ. O, ich habe ihn gehaßt, meinen Schwager, diesen —"

„Großmutter! Und an den Mann wolltest Du schreiben? Ihn anbetteln, weil er Dich einst bewundert? Ihn, den mein Großvater gehaßt hat?"

„Ich bin jetzt eine alte Frau geworden, mein Kind," entgegnete sie stolz, und warf den noch immer schönen Kopf zurück, „und meine Handlungsweise verantworte ich allein. Als vor zwanzig Jahren die gänzliche Verarmung über uns hereinbrach, da schrieb er an mich; er hatte die Frau nicht vergessen, die einst sein junges Herz entzückt, ich hätte uns mit einem Schritt aus den drückenden Verhältnissen retten können — aber ich wußte, was ich dem Namen Derenberg, was ich mir selbst schuldig war." Sie stand mit erhobener Hand vor ihrem Enkelsohn, und die großen Augen blitzten in edlem Stolze auf.

„Denkst Du, mir wird es leicht, an ihn zu schreiben?“ fuhr sie fort, „ich thue es Deinetwegen, Army, denn Dir ist die Hand gelähmt von dem bischen Unglück, das Deine Stirn gestreift, es hat Dich zum weichlichen Träumer gemacht statt zum willensstarken Mann; so laß mich an Deiner Stelle handeln!“ Sie schritt an ihm vorüber und verschwand im Nebenzimmer; die Thür flog so laut und heftig hinter ihr in's Schloß, daß die dunkelrothen Vorhänge ungestüm in das Zimmer hinein wehten.

Der junge Mann, der so allein zurückblieb, stand fast regungslos am Kamine, und sah in das Leere hinaus; mitunter bewegte er leise schüttelnd den Kopf und ein bitteres Lächeln irrte um seinen Mund, dann reckte er sich hoch empor, wie Jemand, der plötzlich einen festen Entschluß gefaßt hat.

„Army!“ rief da eine leise Stimme, und durch die Falten der rothen Portière lugte der blonde Kopf seiner Schwester; „Army, komm doch hinunter! Rasch! Mama schickt mich.“ Sie war in's Zimmer gehuscht, und ihre zierliche Gestalt schmiegte sich fest an ihn. „Weißt Du, was ich glaube?“ flüsterte sie, „Mama hat einen Tannenbaum angezündet; es glänzt so ein heller Lichtschein durch die Thürspalte.“ Er sah ihr

in die Augen, die jetzt so kindlich froh zu ihm aus=
blickten. „Schnell!" bat sie, „Großmama kommt doch
nicht mit; sie mag ja keinen deutschen Tannenbaum
sehen."

„Ja, komm Nelly!" sagte er; merkwürdig fest klang
das, und seinen Arm um die kleine Schwester schlingend,
zog er sie eilig aus dem Zimmer.

14.

Es dämmerte bereits, als Lieschen oben in ihrer
kleinen Stube ein zierliches Körbchen voll Näschereien
packte; immer wieder wurde noch etwas besonders
Schönes darauf gelegt, und endlich schloß sie den durch=
brochenen Deckel und ein halblautes: „So, nun ist fast
nur Marcipan und Chocolade darin — das ißt sie am
liebsten," kam von den rothen Lippen. Dann fing sie
an zu singen, während sie ein pelzgefüttertes Jäckchen
anzog, das gestern Abend unter dem Weihnachtsbaume
gelegen, und das dazu passende Mützchen aus schwarzem
Sammet, mit Marder umrandet, keck auf die braunen
Flechten drückte; sie sah prüfend in den Spiegel und
fing plötzlich an zu lachen.

„Gerade wie ein Junge! Die Muhme hat Recht,“ sagte sie und schob die zierliche Kopfbedeckung etwas solider in die Mitte der Stirn. „Nun noch den Muff, und dann heißt es eilen, damit ich pünktlich wieder zu Hause bin.“

Sie ergriff Muff und Körbchen und sprang die Treppe hinunter. „Ich gehe zu Nelly,“ rief sie in's Wohnzimmer, die Thür ein wenig öffnend.

„Komme nur zur rechten Zeit wieder, Liesel,“ ermahnte die Mutter, „sonst wird Onkel Pastor böse und die Kinder werden ungeduldig. Du weißt, um sieben Uhr wird der Christbaum für sie angezündet —“

„Ja, ja, ganz gewiß,“ rief Lieschen, und fort war sie.

Die Muhme schaute ihr nach, als sie über den Mühlensteg schritt. „Du lieber Gott,“ meinte sie dann, „wie wird's auf dem Schlosse ausschauen? Da wird der Weihnachtsmann auch gerade nicht aus Reichenbach gekommen sein.“ — —

Damit stand sie auf, nahm das Schlüsselbund vom Brett, hakte es in die blüthenweiße Schürze und verließ das Zimmer. „Ich will doch sehen, ob es schon hübsch warm ist in der Weihnachtsstube,“ sagte sie noch in der offenen Thür, und stieg dann die Treppe hinan.

Dort oben prasselte das Feuer lustig in dem alten grünlichen Kachelofen; der wundervolle Duft des Tannenbaumes, der inmitten der großen Tafel stand, fluthete ihr entgegen, und leise rauschte die Fahne von Knittergold beim Luftzuge der Thür. Die alte Frau stand still und sah sich in dem dämmerigen Raume um; es war ja gerad' noch so wie vor vielen, vielen Jahren, derselbe alte Tisch trug auch heute die Geschenke, hier war sie als Kind mit kleinem dankerfülltem Herzen eingetreten, und hatte in die strahlenden Lichter des Baumes geschaut: hier hatte sie als junges frisches Mädchen gestanden, und sich aus vollster Seele über die einfachen Geschenke gefreut; und da drüben, gerad' ihrem Plätzchen gegenüber, da hatte der Lisett ihr süßes Gesicht durch die Zweige des Tannenbaumes geblickt; sie meinte noch jetzt ihr fröhliches „Gefällt's Dir auch, Mariechen?" zu hören. —

Die alte Frau schritt langsam um den Tisch, die Flammen des Ofens warfen flackernde Lichter über die Bilder an den Wänden, über das steiflehnige geblümte Sopha und beleuchteten das Rosenbouquet auf dem Fußbänkchen, über das die alten Hände liebkosend strichen. „Das gute Kind," murmelte sie, „alle die Stiche hat sie gethan für die alte Muhme, — sie machte

es auch so, die Lisett, was konnte sie die fleißigen
Finger rühren! Ich hab' es noch, das Nadelkissen, das
sie mir einst unter den brennenden Baum gelegt, mit
den schnäbelnden Täubchen und dem Vergißmeinnicht=
Kränzel darauf, — ach Weihnacht, Weihnacht! Es ist
doch das schönste Fest." Wie lange wird sie es noch
mitfeiern können? Und wird man die alte Muhme einst
vermissen, wenn das Plätzchen leer bleibt?

Sie wischte sich über die Augen. Nein, nein, die
Liesel, die vergaß sie nicht, sie weiß ja, daß die Muhme
ihr Herzblut für sie hingeben würde. „Aber noch Eins,
Herrgott," flüsterten die alten Lippen und die Hände
falteten sich, „laß mich das Eine noch erleben, daß ich
sie als glückliche Frau neben ihrem Mann sehen kann,
— dann will ich gern sterben; die alte Muhme hätte
ja nimmer Ruh' im Grab, wenn sie nicht wüßte, ob
ihr Liebling glücklich geworden! Nur noch einen Weih=
nacht, wo die Lieschen ihr Kind über die alte Schwelle
des Zimmers trägt, und die kleinen Hände jubelnd
nach dem brennenden Baum langen, laß mich das noch
sehen, dann ist's genug des Lebens und Glückes —."

Das junge Mädchen saß indessen plaudernd neben
Nelly am Kamin; ihr gegenüber lehnte Army im Sessel;
er war mit seinen Gedanken beschäftigt, und nur dann

und wann lauschte er, wenn eines der Mädchen mit heiterem Auflachen ihn aus seinem Brüten weckte.

„. . . . Und Mutter, die bekam vom Vater eine Pillenschachtel,“ berichtete jetzt Lieschen; „oben darauf stand geschrieben: ‚Die beste Medicin‘, und darin lag Reisegeld nach Italien — Du weißt doch, Nelly, der Doctor hat Mama schon immer gesagt, sie sollte den Winter nicht hier verbringen, aber sie sträubt sich mit aller Gewalt dagegen, jetzt nun hat sie halb und halb nachgegeben —“

„Sie geht doch wohl nicht allein?“ fragte Nelly.

„Nein, jedenfalls geht Papa mit, und —“

„Nun, und?“

„Und ich,“ setzte Lieschen zögernd hinzu.

„Und freust Du Dich denn nicht?“ rief Nelly erregt. „O, nach Italien, wie schön muß es da sein!“

„Nein, ich bliebe lieber hier bei der Muhme; ich bin ja ganz gesund, und schöner wie bei uns kann es dort wohl auch nicht sein.“

„O Lieschen, Du kleiner Unverstand!“ tadelte Nelly.

„Nein, weißt Du, Nelly, Du sollst mich nicht für unverständig halten, aber sieh, ich habe noch einen anderen Grund, Du darfst mich aber nicht verrathen, denn noch habe ich Vater nichts davon gesagt. Sieh, da ist die Bertha von unserem Oberinspector in der Mühle drüben, die ist brustleidend; der Doctor sagt, es kann nur ein Aufenthalt in Vevey oder Montreux sie retten, sie ist viel kränker als die Mutter, und nun möchte ich gern, daß die Bertha an meiner Statt mit ginge; ich bin noch jung, ich komme schon noch einmal hin nach der ‚bella Italia‘, um mit Deiner Großmama zu reden.“

Army stand plötzlich auf und trat an's Fenster. Das junge Mädchen hatte leise gesprochen, aber es war trotzdem jede Silbe deutlich in sein Ohr gedrungen. Das war sie immer noch, die alte gutherzige Liesel, die ihr Butterbrod den armen Kindern und ihre blanken Kupferdreier, welche die Muhme so sorgfältig sammelte, dem ersten besten Handwerksburschen schenkte; sie schüttelte noch genau so halb trotzig, halb verschämt den Kopf wie damals, wenn sie gescholten wurde. Und dann tauchte ein anderes Bild vor ihm auf, eine kleine feine Gestalt von rothschimmerndem Haar umflossen — die schauderte zurück vor Bettlern, und das „Gesindel“ wurde auf einen Wink ihrer kleinen Hand unbarmherzig von der Schwelle gewiesen; die zog mit dem Ausdrucke des Ekels ihre Robe an sich, wenn auf der Promenade ein Krüppel seine Hand ihr flehend entgegenstreckte. „Gieb ihm nichts, Army!“ hatte sie geboten, „mir ist ganz übel; komm, komm — Tante zahlt ja überschwenglich an die Armencaffe." Und so war sie vorüber geeilt an fremdem Elend und hatte sich das parfümirte Spitzen=tuch vor das Gesicht gehalten.

Draußen lag der Park schneehell und ruhig; jeder Baum hob sich deutlich ab von dem klaren Hintergrunde, und dort unten blitzte Licht aus den Fenstern der Mühle. Das alte trauliche Haus, wie gemüthlich trat es vor seine Erinnerung! Wie geborgen mochte es sich dort wohnen in behaglicher, sorgenloser Existenz, ohne Angst vor der Zukunft, vor kommender drückender Noth!

> „Aus der Jugendzeit, aus der Jugendzeit
> Klingt ein Lied mir immerdar;
> O wie liegt so weit, o wie liegt so weit,
> Was mein einst war —"

klang es innig und weich zu ihm herüber; er wandte sich — da stand sie an dem alten Pianino, die schlanke und doch so leicht aufgebaute Mädchengestalt; der kleine Kopf war etwas vorgeneigt, und Arny meinte bei dem schwachen Lichte, das die Lampe bis in diesen Winkel warf, eine zarte Röthe in Lieschen's Gesicht aufsteigen zu sehen.

> „Als ich Abschied nahm, als ich Abschied nahm,
> War die Welt mir voll so sehr;
> Als ich wieder kam, als ich wieder kam,
> War Alles leer —"

Es klang eine tiefe Bewegung aus Lieschen's Stimme.

„Noch den letzten Vers!" bat Nelly, „Mama hört es so gern."

„Ich kann nicht mehr," entgegnete sie leise und wandte sich in's Zimmer zurück.

„O, wie schade, Lieschen," sagte Nelly's Mutter jetzt, „auch nicht ein Weihnachtslied?"

Sofort trat sie wieder zum Clavier:

„Am Himmel funkelt hehr ein Stern,
Der still zur Erde sieht,
Und heil'ge Engel singen fern
Ein jubelnd Weihnachtslied.

Und um das arme Kripplein strahlt
Ein wunderglänzend Licht;
Ein Kindlein liegt auf harter Streu
Mit göttlichem Gesicht.

O, freut Euch doch zu dieser Stund',
Wo Fried' die Welt umschließt!
So lächelt hold des Kindes Mund. —
Gelobt sei Jesus Christ!

Ihr Menschen alle, groß und klein,
Kniet nieder fern und nah
Und dankt dem Herrn auf seinem Thron:
Das Licht der Welt ist da."

Leise verhallten die letzten Töne des alten Weihnachtsliedes in dem hohen Gemache; es blieb still drinnen;

für einen Jeden hatte es andere Erinnerungen geweckt, und doch wurzelten sie alle in demselben Boden.

Die kränkelnde Frau dort im Sessel, sie gedachte der Zeiten, wo sie als junge Mutter ihrem Knaben diese Worte eingeprägt, damit er sie dem Vater unter dem prächtigen Weihnachtsbaume wiederholen sollte; sie sah wieder den reizenden Jungen, von ihrem Arme um= faßt, vor dem schönen Manne stehen; sie war neben dem Kinde hingekniet und legte ihm die kleinen Hände betend in einander, von den Zweigen des Baumes trof Licht um Licht und strahlte zurück aus den treuen glänzenden Kinderaugen; er mußte ja auch stolz sein auf seinen Sohn. „Nun bete, mein Junge!" und die klare Kinderstimme hatte so rührend ernsthaft gesprochen:

> „O, freut Euch doch zu dieser Stund',
> Wo Fried' die Welt umschließt!"

Dem jungen Manne stand nicht dieser Abend vor Augen; er war aus seiner Erinnerung geschwunden, aber er sah sich neben zwei kleinen Mädchen dort unten in der Stube der Muhme. Beide saßen auf dem Bänkchen zu den Füßen der alten Frau, die rosigen Mündchen weit geöffnet, die Augen ernsthaft in die Ferne gerichtet; sie sangen, zwar nicht kunstgerecht, aber doch so tapfer und vor Weihnachtsfreude glühend:

> „Und um das arme Kripplein strahlt
> Ein wunderglänzend Licht,
> Ein Kindlein liegt auf harter Streu —"

„Army singt nicht mit, Muhme," hatte die Größere den Gesang unterbrochen und fragend zu ihr aufgeschaut.

„Dann giebts nachher auch keine Pfefferkuchen, wenn der Knecht Ruprecht kommt," war die Antwort gewesen.

Da war die Kleine zu ihm getrippelt, „Army, mitsingen!" hatte sie mit Thränen in den blauen Augen gebeten, und als er trozig den dunklen Lockenkopf geschüttelt, da hatte sie ganz trostlos die Händchen vor das Gesicht geschlagen. Und dann war Knecht Ruprecht gekommen in einem großen rauhen Pelz und hatte mit den Nüssen im Sack gerasselt und drohend eine Ruthe unter dem Arme hervorgezogen. „Sind die Kinder artig, Muhme? Können sie auch beten?" hatte er mit hohler Stimme gefragt.

„Ja, die Mädchen wohl, aber der da, der Junge, der ist ein kleiner Trozkopf, der nicht sein Weihnachtslied singen will; den nimm nur getrost in Deine Schneehöhle mit, Herr Ruprecht!" Und da war das kleine Mädchen laut weinend und ihre Angst vergessend zu dem gefürchteten Manne hinübergelaufen.

„Nein, nein, lieber Onkel Ruprecht, nimm den Army nicht mit! er ist nicht unartig; ich will auch keinen einzigen Pfefferkuchen haben." Und Nelly hatte mit eingestimmt in das trostlose Weinen, und schließlich mußte Knecht Ruprecht abziehen, ohne ein Gebet gehört zu haben, und das Trösten der Muhme und das Weinen der Kleinen scholl hinter ihm drein. Nur er, der Böse, weinte nicht; er lachte, als der letzte Zipfel des Pelzmantels verschwunden war, und behauptete kecklich, es sei gar nicht Knecht Ruprecht gewesen, sondern der Peter, der Kutscher, in Onkel Müllers umgekehrtem Pelze.

An all diese trauten Erlebnisse des Kinderherzens dachte Army zurück, und unwillkürlich drängte sich ihm die Frage auf die Lippen: „Wißt Ihr noch?" Dann schwieg er, wie erschreckt über seine Worte, die so unheimlich laut durch das stille Zimmer tönten; sie waren ja alle längst vergangen, diese Kinderträume — er war ein Mann geworden. Ein Mann? Nein, ein weichlicher Träumer, dem das bischen Unglück die Hand gelähmt! Dort oben saß sie jetzt, die alte Frau und schrieb, um ihn zu retten, einen Brief, der ihr vielleicht der schwerste war im ganzen Leben, und sie that es, weil er kein Mann war.

„Ich muß nach Hause.“ Lieschen nahm ihr Pelz= jäckchen vom Stuhl.

„O, bleibst Du nicht heute Abend?“ fragte Nelly.

„Ich danke, ich kann leider nicht,“ erwiderte sie zögernd, „Pastors bekommen heute bei uns einbescheert, weißt Du Nelly, und da darf ich doch nicht fehlen.“

„Ah, richtig, aber komm bald wieder!“

„Gewiß! Du aber auch, Nelly, die Muhme wäre doch trostlos, wenn Du ihren Festtagskuchen nicht kosten wolltest.“

„Darf ich Sie geleiten?“ tönte da auf einmal Armin's Stimme in ihr Ohr.

„O nein, ich danke,“ stammelte sie verwirrt, ich —“

„Es ist heute Feiertag — Sie könnten Betrunkenen begegnen,“ schnitt er ihr die Antwort ab und nahm Mütze und Degen.

Es war ein wundervoller Winterabend, der sich draußen über die weihnachtliche Erde gesenkt; kein Lüftchen bewegte sich; in lautloser Stille lag die Welt da in eine leuchtend weiße, fleckenlose Schneedecke ge= hüllt, überwölbt von einem Himmel, von dem Millionen Sterne durch die klare kalte Luft herabfunkelten. Dort unten im Dörfchen blickten die erleuchteten Fenster unter den schneebedeckten Dächern hervor, und hier oben am

Scheidewege, an der verschneiten Sandsteinbank, da steht ein schlankes Paar; wie verwundert streckt die alte Linde ihre kahlen Aeste über die jungen Häupter hinaus, als müsse sie die Beiden verstecken, daß kein Auge sie erschaut. Ist es denn jetzt Zeit zum Lieben? scheint jedes kahle Zweiglein zu fragen, jetzt, wo keine Nachtigall singt, kein grünes Laub einen Liebesgruß flüstern kann?

Und doch — des Mädchens Kopf liegt so still an seiner Brust, und in den blauen Augen, da glänzt ein unermeßlicher Himmel von Liebe und Glück.

„Ich soll Dir helfen, daß das Leben Dir nicht mehr so finster ist, Army? Wirklich?" kommt es zögernd von den rothen Lippen.

„Wenn Du wolltest, Lieschen," erwidert er leise.

„Ob ich will?" fragte sie, und große Tropfen perlen aus den blauen Augen. — „Ach Army, Du weißt ja nicht was ich — —" ,

„Du sollst nicht weinen, Lieschen," bittet er, und küßt sie leise und wie scheu auf die Stirn.

„Ach, laß mich doch," flüstert sie erglühend, und schmiegt sich fester an ihn, „laß mich doch, ich weine ja vor Glück, vor übergroßem Glück!" — — — —

Wie war es nur gekommen? Wie war ihr nur zu

Muthe, als sie jetzt allein über den Mühlsteg schritt? War es denn möglich, oder gaukelte ein neckischer Traum vor ihrer Seele? Aber nein, sie hörte so deutlich seine ernsten Worte, der Kuß auf ihrer Stirn brannte noch wie Feuer, es war Wirklichkeit, war kein Traum; und Morgen dann —, das Herz fing ihr heftig an zu schlagen, als sie die erleuchteten Fenster des Hauses sah, — dann wird er zu ihrem Vater kommen! Ach ja, das Leben, wie schön es war, und sie war Braut, eine glückliche Braut, seine Braut! —

Sie blieb stehen und schaute zurück: dort drüben mußte er jetzt gehen, vorüber an der einsamen alten Linde, die trotz Schnee und Eis das süßeste Glück er= blühen sah heute Abend. Er hatte sie lieb, wirklich lieb? Sie schüttelte den Kopf über das Wunder, das nie gehoffte Wunder, und die Eltern und die Muhme, mußten sie ihr nicht ansehen, daß sie —? Nein, nein, jetzt noch nicht, erst wenn Pastors fort sind, dann wollte sie es dem Vater sagen, daß morgen Einer kommen wird, der —

Und nun trat sie in die Hausthür; die alte Schelle klapperte heute so abscheulich laut, und sie wollte doch erst unbemerkt in ihr Stübchen hinauf. Nein, das ging nicht, denn eben hob die Muhme den Vorhang vom

Fenster der Stubenthür, und gleich darauf wurde diese geöffnet.

„Ei, Du Ausbleiberin!" tönte freundlich die alte Stimme, „just wollte ich die Dörte schicken, glaubte schon es hätte Dich Einer mitgenommen unterwegs."

„Guten Abend!" erwiderte sie, aber die Stimme versagte ihr beinah vor stürmischem Herzklopfen, „ist's wirklich schon so spät?"

„Nun, ich meine," sagte die alte Frau und schloß die Thür hinter ihr. Da saß der Vater an dem runden Tische, und die Mutter mit dem Onkel Pastor auf dem Sopha.

„Da bist Du ja!" begrüßte der Vater sie freundlich und zog die schlanke Gestalt an sich, „was sagst Du nun, Liesel? Denke doch, die Kinder in der Pfarre haben 's Scharlach und können nicht zur Bescheerung kommen. Gelt, das ist traurig?"

„Sehr traurig!" wiederholte sie, aber die Augen leuchteten so wunderbar, und um den Mund spielte ein so glückliches Lächeln; das stand gar nicht im Einklang mit ihren Worten. Zu jeder anderen Zeit würde sie in lautes Bedauern ausgebrochen sein, aber heute — sie hatte kaum ein Verständniß für das, was ihr da eben mitgetheilt worden.

Der Onkel Pastor sah sie ganz verwundert an.

„Kind, Du siehst so erhitzt aus?" fragte die Mutter, „Du bist wohl sehr gelaufen?"

„Ja, ja," neckte die Muhme, „es ist nicht richtig mit dem Mädel, guck einer wie die Pelzmütze schief sitzt! Na, komm her, mein Herzblättel, Du vergißt, daß Du die Sachen noch um und an hast."

„Laß nur, Muhme — ich lege oben in meiner Stube ab; ich bin gleich wieder da," und fort war sie.

„Was hat nur das Kind?" fragte Frau Erving ängstlich.

Das Kind aber, das stand hochaufathmend in seinem kleinen Stübchen. Die Pelzjacke und Mütze flogen auf den nächsten Stuhl, und dann sank sie auf die Kniee vor ihrem Bette, wie sie jeden Abend ihr Gebet sprach, und drückte den glühenden Kopf in die Kissen und die Hände falteten sich, aber es kam kein Wort über ihre Lippen; nur im Herzen wogte ein verworrenes Dankgebet, ein namenloses Bangen, ein unendliches Glücksgefühl. Endlich sprang sie empor und öffnete das Fenster, „da drüben, da drüben!" flüsterte sie und winkte mit der Hand, als könne er es sehen. Ob er jetzt an sie dachte? Ob er seiner Mutter gestanden, daß er das kleine kindische Lieschen aus der Mühle im Arme gehalten und geküßt? Und Nelly?

„Lieschen! Lieschen!" rief es da unten.

„Gleich!" antwortete sie — es klang wie ein jauchzender Aufschrei; sie nahm das Licht und trat vor den Spiegel; dunkelglühende Augen schauten aus dem Glase ihr entgegen. „Seine Braut!" flüsterte sie, „seine Braut!" und tiefes Roth überflog ihr Gesicht; sie löschte schnell das Licht und eilte hinunter.

„Sie sind schon in der Eßstube, Fräulein," rief Dörte ihr zu, und dann kreischte sie plötzlich laut auf. „O Jesses, Jesses, Fräulein, es ist 'ne heimliche Braut im Hause; sehn Sie doch — eins, zwei, drei Lichter!"

Das junge Mädchen, welches schon den Drücker der Eßstubenthür in der Hand hatte, drehte sich über und über erröthend um — richtig, da stand die Dörte mit der Küchenlampe; dort hing die grün lackirte Flurlampe an der Wand, und die Muhme war eben aus ihrem Stübchen getreten und hielt die Hand schützend vor den flackernden Wachsstock, daß der Schein so recht hell auf das alte gute Gesicht fiel.

„Es ist doch die Möglichkeit!" sagte sie wie ärger=
lich. „Mädel, Du bist rein toll; da jauchzt sie los, daß ich zum wenigsten meine, sie hat das große Loos

gewonnen. Heimliche Braut — dummer Schnack, wirst es wohl selbst am besten wissen, wer's ist! Steht doch alle Abend an der Gartenpforte ein Liebespaar, trotz dem tiefsten Schnee. Geh' hinein, Kind! Ich komme schon nach," wandte sie sich an Lieschen, die zögernd die Thür zur Eßstube öffnete und mit der alten Frau hineintrat.

Da saßen sie schon, der Vater, die Mutter und der Onkel Pastor, und nun sprach dieser das Tischgebet, und dann erschien Törte mit dem duftenden Gänsebraten den der Hauswirth jetzt zerlegen wollte.

„Und weißt Du, Pastor," sagte er in Fortsetzung eines unterbrochenen Gespräches, und strich dabei das Messer an dem zierlichen Schleifstahl hinunter, „es wäre ein wahrer Segen, wenn die Geschichte wirklich in's Leben träte, aber glauben kann ich nicht daran; es heißt schon seit zehn Jahren so."

„Ja, ich kann Dir auch nichts weiter sagen, Friedrich," erwiderte der Pastor, „als was ich in B. neulich hörte von dem Baumeister Leonhardt; er sagte, zum Frühjahr käme eine Commission, um die verschiedenen Strecken zu erwerben, und sobald dies geschehen, gehe das Bauen los; meinetwegen, Eisenbahn oder nicht! Ich wollte nur —" er strich mit der Hand über die Stirn.

„Sie ängstigen sich wegen der Krankheit der Kinder, Herr Pastor?" fragte nach einer Pause theilnehmend die Hausfrau.

„Nun ja, ich will es ehrlich gestehen," erwiderte er und sah wirklich bekümmert aus, „wir sind ja Alle in Gottes Hand, aber das Menschenherz ist leicht verzagt; die heimtückische Krankheit tritt in diesem Jahre ganz besonders gefährlich auf, im Dorfe liegen ja Haus bei Haus die Kleinen, aus mancher Familie habe ich eins oder gar zwei zu Grabe geleitet, und bei allem Beugen unter den Willen des Herrn, Minnachen — die Angst läßt sich nicht fortjagen."

„Um Gotteswillen, Onkel, so schlimm ist es?" Lieschen sah mit großen erschrockenen Augen zu ihm hinüber; sie kam sich plötzlich im höchsten Grade lieblos vor, hatte sie doch in ihrem seligen Glück seine Angst erst gar nicht bemerkt. „Soll ich mitkommen? Soll ich helfen?"

„Ei behüte, Lieschen, das ist eine gefährliche an= steckende Krankheit — um die Welt nicht!" sagte freundlich der geistliche Herr und drückte ihr die kleine Hand, „nein, nein, da wird meine Rosine schon allein fertig; man soll sich nicht leichtsinniger Weise in Gefahr begeben. Du bist das einzige Kind — das muß sich schonen für die Eltern; nein, ich danke Dir, Lieschen; es geht schon so. Uebrigens, ich muß bald nach dem Essen wieder fort; die Rosine hat mich mit aller Gewalt herausgejagt."

„Na, komm, Pastor," sagte der Hausherr herzlich und hob sein Glas, „auf daß es bald besser gehe daheim und alle Angst umsonst war!"

„Wann sind sie denn nur krank geworden, Onkel?" fragte Lieschen. „Als ich gestern aus der Christmesse kam, da lärmten sie doch noch vor Eurer Thür, wenigstens die Mädchen?"

„Nun, sieh Kind, Du weißt wie das so geht; nach der Bescheerung gestern Abend, da wollte schon der Bierkarpfen nicht mehr schmecken, die Lienchen schrie, der Hals that ihr so weh, und der Größte klagte über Kopfschmerzen. Sie wurden ins Bette gebracht und kriegten Fliederthee, und heute Morgen, da liegen nun Drei mit hochrothen Köpfen, und das ist ein Geweine und Geklage, die armen Dinger,   na, der Doctor kam und sagte: „Liegenbleiben."

„Ja ja" nickte die Muhme, „Krankheit kommt mit Extrapost, und geht weg mit Krücken, — Schade um das schöne Weihnachtsfest."

„Nun, der Tannenbaum bleibt stehen bis sie wieder

munter sind, und dann sollen sie sich doppelt der Bescheerung freuen; gebe Gott, daß Keins dabei fehlt, wenn's
so weit ist," tröstete der Hausherr.

Das ernste Gesicht des Pastors hellte sich wieder
auf; „aber nun ist's genug davon," meinte er, sich zusammenraffend, „ich will Euch nicht auch noch die Festfreude verderben, gelt, Lieschen? Lach' nur wieder.
Sahst vorhin so strahlend aus. Was hattest Du denn
mit der Nelly? Dein Gesicht glänzte ja wie eitel Lust
und Freude."

Das junge Mädchen erröthete wie eine Purpurrose,
und die Augen senkten sich scheu auf den Teller.

„Nun, dort oben wird's wohl nicht gerad' zu strahlend
aussehen," fiel Herr Erving ein.

„Ach ja, da hat's auch sein bitteres Leid — es
ist wahr," seufzte der Pastor; „kleine Kinder, kleine
Sorgen, große Kinder, große Sorgen! Es ist so auf
der Welt."

„Du lieber Gott," meinte die alte Frau, „so ein
bischen Gottvertrauen gehört schon immer mit dazu;
um den Jungen, den Army, aber, da ist mir schon
gar nicht bange; so ein frisches junges Blut, dem wird
das bissel falsche Lieb' nicht gleich das Herz abdrücken,
dazu ist er ein zu stolzes Gemüth, und Liebesweh

ist neuer Liebeszunder, wird bald 'nen andern Schatz haben.“

„Nun, das wäre Nebensache, Muhme, aber die leidigen Verhältnisse sonst noch, und —“

Klapp, da war die Thür gegangen und das junge Mädchen verschwunden; verwundert schauten sich die Zurückbleibenden an.

„Und das liebe Geld!“ fuhr der Pastor fort, „der Schulden sind nicht weniger geworden seit dem Brautstande, das flotte Leben liegt einmal so im Blute; na, Du weißt ja, Friedrich, es heißt: das sind noble Passionen; wie's mit ihm werden wird, mag Gott wissen.“

„Wie?“ fragte der Hausherr mit dem Tone lebhaftester Theilnahme, „hat der auch schon so angefangen? der Tausend, wo hast Du das her?“

„Das habe ich ganz zufällig erfahren, Friedrich; Du weißt, ich war neulich in B., und besuche dann allemal den Grafen S., bei dem ich fünf Jahre lang Hauslehrer spielte. Da frug mich der Graf nach den Verhältnissen hier, — damals beunruhigten sich die Gemüther noch sehr über die räthselhaft rasch gelöste Verlobung und den armen geprellten Bräutigam, und bei dieser Gelegenheit erfuhr ich denn, daß er, wie man das in militärischen Kreisen nennt, auf der Kippe steht! Er wurde übrigens allgemein bedauert und das Benehmen der jungen Dame sowohl, wie des Herrn Vaters, scharf getadelt, und ich muß sagen —“

„Haben Sie etwas Näheres gehört?“ fragte Frau Erving theilnehmend.

„Nun ja — er soll ja rasend verliebt gewesen sein in den kleinen Rothkopf, und in seiner Verliebtheit Equipagen und alles Mögliche für die Braut angeschafft, und auf diese Weise ganz erhebliche Schulden gemacht haben. Unglücklicher Weise stirbt die Tante vor der Hochzeit, und bei der Testaments-Eröffnung findet sich, daß die Nichte die alleinige Erbin ist; — sofort kündigt sie ihm das Verhältniß, und er sitzt nun da mit seinen Schulden, und weiß nicht aus noch ein.“

Der Hausherr hatte mit den Fingern heftig auf die Tafel getrommelt: „daß Dich, — daß Dich —“ sagte er halblaut; „und was wird nun?“

„Was wird nun? Du lieber Gott, was aus allen Solchen wird, höchstwahrscheinlich geht er hinüber ——“

„Du meinst nach Amerika?“

„Ja, was denn sonst, Friedrich? Ich versichere Dich, ich kenne das; während meines Aufenthaltes in dem gräflichen Hause that ich so manchen Einblick in diese Kreise, — es ist ein heißer Stand, der Officierstand und,

Gott weiß wie es zugeht, das fängt so klein an mit einem Wechselchen, und in kurzer Zeit da sind ihnen die Schulden bis über die Ohren gewachsen. Die Wucherer, die Halsabschneider, — wen die einmal beim Wickel haben, der kommt nicht wieder los. Ja, ja, es ist eine schlimme Welt!" fügte er aufstehend hinzu, „nun muß ich aber doch an's Gehen denken, wie wird's nur drunten aussehen?"

„Das thut uns Leid, Pastor, wahrhaftig," sagte Erving, und half dem Fremde den langen Ueberrock anziehen, „die arme Frau da oben, die muß das Bittere vom Leben bis auf die Neige auskosten, — wenn sie das auch noch erleben sollte, den Jungen nach Amerika zu schicken!"

„Nun, nun, er kann sich ja ein ander Brod suchen im Lande, ist ein gescheuter Junge, was soll er in Amerika," fiel die Muhme ein.

„Ja, Muhme," unterbrach sie der geistliche Herr, und klopfte der alten Frau auf die Schulter, „das versteht Ihr nicht. So ein Herr, der den bunten Rock einmal angehabt hat — da ist's schon besser ganz und gar fort in ein fremdes Land, wo ihn Niemand kennt."

„Ei was," sagte die alte Frau ärgerlich, „Hoffarth ist allemal Sünde, sie habe ein Helmlein oder trage ein

Fähnlein; was man sich einbrockt soll man auch aus= essen, — er wird doch nicht Mutter und Schwester verlassen!"

„Na, es ist ja möglich, daß noch alles gut wird, hat sich schon manch' Einer gerettet auf wunderliche Weise, kriegt vielleicht noch ein reiches Mädel, ist ja ein hübscher Mensch. Gute Nacht, Frau Minna, gute Nacht, Friedrich, schlaft wohl, Muhme, — es giebt mehr Kummer in der Welt wie Glück, es ist das Leben aber auch nur eine Prüfungszeit, na — nochmals gute Nacht."

„Schlaf wohl, Pastor, und gute Besserung daheim! rief der Hausherr, und begleitete den Scheidenden bis zum Mühlensteg; dann kehrte er kopfschüttelnd zurück, und durchmaß das Zimmer mit großen Schritten. „Schade um den Jungen, Himmelsacrament!" sagte er halblaut; „Gott sei Dank, daß ich Keinen habe, na, das könnte mir passen, gelt Muhme?" fragte er die alte Frau, die eben spähend zur Thür hinein schaute; „Mädels sind besser wie Jungens, es ist gut, daß die Liesel kein Bub' ist."

„Schon wahr, Friedrich, aber weißt, es ist auch so ein Ding mit den Mädeln, Deine selige Großmutter die sagte immer: Töchter sind wie fahrende Habe, und das ist wahr, heute noch Dein, — morgen eines fremden

Mannes. Aber haft die Liesel nicht gesehen? Die Minnachen hab' ich zu Bette geschickt, sie klagte ein wenig über Kopfschmerzen, aber wo steckt nur das Mädchen?"

15.

Die Muhme suchte ihr Liesel allenthalben. In der Wohnstube war sie nicht, in der Weihnachtsstube auch nicht, und nun öffnete sie vorsichtig die Thür zu dem Zimmer des Mädchens; es war faft dunkel drinnen, aber dort am Fenster stand eine schlanke Gestalt und schaute unbeweglich in die schweigende schneehelle Nacht.

„Liesel!" rief die alte Frau leise.

„Muhme," klang es beklommen zurück.

„Sag' Kind, was ist Dir denn? Hast doch nicht Kopfweh, bist doch nicht krank?"

Aber statt aller Antwort umschlangen sie die weichen Mädchenarme; ein glühendes Gesicht barg sich an ihrem Hals, und die Gestalt, die sich an sie schmiegte, bebte in verhaltenem Schluchzen.

„Kind, Liesel, was ist's denn?" fragte die alte Frau erschreckt, „hat Dir Jemand was gethan?"

Sie schüttelte den Kopf.

„Was ist's denn, mein Herzel? Sag's doch," und

sie zog die Widerstrebende zum Sopha, setzte sich neben sie und hielt sie fest umschlungen.

„Ach Muhme, liebste, beste Muhme —"

„Was denn, mein Herzpünktchen? Nun? Du lachst wohl gar?" fragte sie gleich darauf, „Du närrisches Ding, was soll das heißen?"

„Ach, ich möchte lachen und weinen und — ich weiß nicht was Alles," flüsterte sie; „schließ' die Augen, Muhme! Ich will Dir sagen, weshalb — ach, ich habe solche Angst vor Dir —"

„Angst vor mir? Ja, das muß ich sagen: das sieht Dir ähnlich — na fix, fix — was hast Du begangen?"

„Ich — ich — bin eine Braut geworden, Muhme," kam es leise und stockend von ihren Lippen, „hast Du mir es nicht gleich angesehen?"

„Eine Braut? Kind!" Der alten Frau stand der Athem still.

„Ach Muhme, ich bin ja glücklich, so glücklich — der Army —"

„Der Army!" stöhnte die alte Frau, und die Zähne schlugen ihr vor Schreck zusammen. „Der Army? Du eine Braut?" wiederholte sie tonlos. „Also doch, also doch!"

„Muhme!" rief nochmals die geängstigte Stimme

„Muhme, haſt Du denn kein freundlich Wort? Ich weiß, Du ängſtigſt Dich vor der Großmutter, ich hab' auch eben daran gedacht, ich fürchte mich aber gar nicht, und wenn der Army hundert Großmütter hätte! Wir haben uns ja ſo lieb, ſo lieb!“

„Lieb? Er hat Dich lieb?“

„Aber, Muhme, wie Du fragſt!“ klang es ſtolz und verletzt zurück. „Würde er mich ſonſt zu ſeiner Braut haben wollen?“

„Barmherziger Gott!“ ſchrie es auf in der Seele der alten Frau, „das arme thörichte Kind! Sie glaubt ſich geliebt, und er — er will nur ihr Geld, um ſich zu retten.“ Freilich, ihr Geld; hatte ſie doch eben erſt gehört, wie es um ihn ſtand. Aber der Mund ſchwieg; in ſtummer Angſt taſtete ſie mit der kalten Hand nach der des Lieblings, die wie Feuer glühend in der ihren lag, und da flüſterte ſchon wieder die ſüße Stimme an ihrem Ohr; war's nicht juſt ſo ſeliges, ſo thörichtes Zeug wie damals, als ihr die Liſett ihre junge Liebe vertraute?

„Denk doch, Muhme, ich kann ihm wieder das Leben froh machen; um meinetwillen wird er es wieder lieben lernen, wie ſchön das iſt! Ich ſoll das können, Muhme, iſt es denn wirklich wahr? Ach, Muhme, da draußen unter der alten verschneiten Linde, wo ich ihn vor drei Jahren noch einmal sah, da hat er mich gefragt. Und nun — nicht wahr, Du sagst es Vater und Mutter? Ich sterbe ja vor — vor Scham, wenn ich bekennen soll, daß ich einem fremden Manne gut bin; ich kann es nicht — thu' Du es doch! Wenn es hier nicht dunkel wär', ich hätte es Dir nimmer sagen können. — Muhme, so sprich doch, so gieb mir doch einen einzigen Kuß —"

„Lisett — Lisett — war sie es denn nicht, die da eben flüsterte? „O Herr Gott!" und es regte sich qual-voll in dem alten treuen Herzen, „ist dies das Glück, um das ich Dich gebeten für das Kind, allabendlich und jeden Morgen? Hat sie nicht tausendmal was Besseres verdient, als dieses Loos?" Und doch beugte sie sich und küßte die großen blauen Augen, an denen die seligsten Thränen hingen, die je geweint werden im Leben einer Frau.

„Liesel," sagte sie endlich gepreßt, „Du weißt nicht, was Du gethan hast, Du weißt nicht, was Dir bevor-steht, wenn diese unselige — sei mir nicht böse, aber ich muß so sprechen — diese unselige Verlobung wirk-lich zu Stande kommt. Du kennst die alte Baronin nicht, wie ich sie kenne; sie wird Dich elend machen, wie meine arme Lisett, die sie auf dem Gewissen hat, und ich mein', daß auch mein Gewissen nicht rein wär', wenn das Unglück doch geschieht und ich hätt' Dich nicht gewarnt jetzt, wo es noch Zeit ist und wo noch Niemand von Eurer Lieb' was weiß, als Ihr Zwei und ich. Sei still!" — wehrte sie, als Lieschen sie unterbrechen wollte — „thu' der alten Muhme und Dir selber den Gefallen! Was ich Dir erzählen will, das schmeckt bitter, aber es ist eine Arzenei und Gott geb's, daß sie Dir eingeht und hilft! Es ist die Ge= schichte der Lisett, — gelt, Du weißt noch, daß ich sie Dir erzählen wollt' im Frühjahr, weil ich Deine Liebe kommen sah, aber ich brachte es damals nicht über die Lippen — hätte ich es nur gethan!"

Das junge Mädchen kauerte sich wortlos zu ihren Füßen; kein Laut von ihren Lippen verrieth, wie das junge kaum erblühte Mädchenglück im Herzen schauerte, als sei plötzlich ein Strom von Eisluft in den lachenden Frühling gebrochen.

„Also der Baron Fritz," begann die alte Frau zögernd, „der Bruder des Großvaters von Nelly und Anny, war der Lisett ihr Bräutigam; sie hatten sich heimlich versprochen; Niemand wußte es außer mir. Ter Baron Fritz wollte erst, wenn er mündig sei, mit seiner Werbung vor Lisett's Eltern treten und mit seinem

Bruder sprechen, und dann wollten sie sich ein Gut kaufen; es war ein glückliches Paar, Liesel, und ein schönes dazu, und sie hatten sich so sehr lieb; es war eine Lust, sie zusammen zu sehen dort unten in der alten Laube am Wasser. Baron Fritz stand nicht weit von hier als schmucker Husarenoffizier in einer kleinen Stadt; er kam oft herüber, und wenn es um die Zeit war, daß er eintreffen mußte, dann stand Lisett droben in ihrem Stübchen am Fenster und sah zu dem Thurm hinüber, und dann flammte wohl bald ein Licht dort oben auf; das war das Zeichen, daß er zu ihr kam. Dann jauchzte sie vor Freude und schlug die Hände zusammen und lief ihm ein Stückchen in den Wald entgegen."

„Und dann — an einem Sonnabend — hielt des Bruders junges schönes Weib, Nelly's Großmutter, ihren Einzug in das alte Schloß. Die Lisett und ich waren hingelaufen sie zu sehen;' das ganze Schloß war erleuchtet und die Diener warteten mit Fackeln an der großen Freitreppe, auch Baron Fritz stand da mit seiner alten Mutter, und dann kam das junge Paar gefahren. Das mußte wahr sein: schön war die junge Frau, aber es lag Stolz in ihrer Haltung, Stolz auf dem blassen Gesicht, und Stolz blitzte aus den großen schwarzen

Augen. Die Lisett war ganz bleich geworden, als sie ihr nachschaute.“

„‚Die wird meine Freundin nicht, Marie,‘ sagte sie zu mir.“

„Und sie hat Recht gehabt. Gott weiß, wo die stolze junge Frau erfahren hat, daß der Baron Fritz der Lisett gut sei, und wer ihr den teuflischen Plan eingab, die Beiden zu trennen. Ich weiß nur das Eine, daß es ihr gelang. Und wie — ja wie ist es ihr gelungen!“

„Es war im Herbst, und das Schloß voller Jagd= gäste; man konnte deutlich das Halali aus den Wäldern hören, und allabendlich flammten die Fenster des Schlosses in hellem Lichte auf; das tolle Leben begann da oben, das die Schloßherrin so liebte und mit dem sie ihre Familie beinahe an den Bettelstab gebracht hat. Baron Fritz aber nahm Abschied von der Lisett; er konnte längere Zeit nicht wieder kommen, und sie schenkte ihm ein kleines goldenes Herzchen, das sie immer auf der Brust trug; ich hörte noch, wie sie sagte: ‚Da Schatz, thue die Locke von mir hinein und denk an mich!‘ Sieh, Lieschen, dies goldene Herz, das war der Lisett ihr Tod. Doch höre weiter! Der Baron Fritz reiste ab, und es vergingen so vierzehn

Tage; schreiben konnten sich die Liebesleute nicht, denn sonst wär' Alles offenbar geworden; damals war man auch noch nicht so gar arg auf's Schreiben, wie heut zu Tage, aber denken thaten sie desto mehr an einander, und das mag jetzt manchmal umgekehrt sein. Nun also, der Fritz war abgereist, und die Lisett stand allabendlich aus alter Gewohnheit am Fenster und guckte nach dem Thurmstübchen hinüber, denn dort wohnte Baron Fritz stets, wenn er hier war. Aber es blieb jeden Abend dunkel, und es war ja auch nicht anders möglich, denn vor vier Wochen konnte er nicht wieder hier sein, und jetzt waren erst vierzehn Tage verflossen. Da, eines Abends, schreit die Lisett hell auf und rennt auf mich zu, die ich eben mit dem Strickstrumpf ein wenig zu ihr schwatzen komme."

„‚Jesus!‘" ruft sie, ‚er ist da; es ist Licht im Thurm,‘ und richtig, da schimmert das erleuchtete Bogenfenster herüber. Sie nahm nicht einmal ein Tuch um, als sie aus dem Hause flog. Nach einer Weile kehrte sie zurück. ‚Er kam nicht,‘ sagte sie, ‚was soll das nur bedeuten?‘ Ich schüttelte den Kopf. ‚Na, wart Lisettchen! Ich frag' den Christian morgen.‘ Aber wer nicht kam, war der Christian, und um Mittag bringt mir ein Junge den Bescheid, ich sollte nicht auf ihn warten, er sei für die Herrschaft verreist, um ein neues Pferd für die Frau Baronin zu holen.“

„Na, die Lisett war in einer Unruhe, die sich gar nicht beschreiben läßt. Sobald es dämmerte, stand sie am Fenster, und wieder sah man das Licht drüben. Abermals lief sie in's Freie, und kam blaß zurück und warf sich weinend in's Sopha. Gott weiß, sie mußte schon eine Ahnung haben von dem, was ihr bevorstand, denn sie wollte von keinem Trost etwas wissen. ‚Er ist da, und kommt nicht, er liebt mich nicht mehr,‘ schluchzte sie, ‚ach ich sterbe, wenn es so ist.‘

„Am dritten Abend dieselbe Geschichte; die Lisett sah aus, wie der Kalk an der Wand. Dann blieb es dunkel im Thurmstübchen. —“

„Ungefähr vier Tage darauf sitzen wir, die Lisett und ich, im Mittagssonnenschein vor der Hausthür und rupfen Krammetsvögel, und sie schaut so den Federn nach, die in der Luft umherfliegen, während ein banger Seufzer nach dem andern über ihre Lippen geht; da kommt über den Mühlsteg ein Mädchen gegangen. Zuerst kannten wir sie nicht, denn ihr neuer rother Rock mit den schwarzen Streifen blendete ordentlich in die Augen, dann aber sagte die Lisett: ‚Das ist ja die tolle Fränzel, was will die hier?‘ Richtig, sie war's,

und kam gerade auf uns zu getänzelt mit ihren zierlichen Füßen, die in kleinen Spannbänderschuhen und
schneeweißen Strümpfchen steckten. Sie hatte ein
schwarzes Kamisol an, und ein Paar lange ebenso
schwarze Zöpfe hingen ihr auf den Rücken herunter;
das Gesicht mit den funkelnden Augen und der kleinen
Nase sah die Lisett an, als wär' sie eitel Freundlichkeit.
Nun mußt Du wissen, Liesel, die tolle Fränzel war
mit uns zur Confirmation gegangen, und ein wilder
Kind hat's wohl nimmer gegeben; Zigeuner hatten sie
einst hinter dem Kirchhofszaun liegen lassen, als sie
kaum erst acht Tage alt war, und sie ist im Armen-
hause groß geworden. Ein leichtsinniges, arbeitsscheues
Blut war sie von jeher, das Aergerniß der ganzen
Gemeinde, der Frau Baronin aber gefiel sie, als sie
einst mit einem Körbchen Beeren auf das Schloß kam.
,Sie erinnere sie an ihre Heimath,‘ hatte sie gesagt,
und so kam Fränzel in den Dienst der gnädigen Frau
und ging einher so bunt geputzt, als wären unseres
Herrgotts christliche Tage eitel Mummenschanz.“

„Wir hörten aber auch bald, daß sie noch immer die
tolle Fränzel sei; da verkehrten so viele fremde Cavaliere
im Schloß und hübsch war ja die Fränzel, zu hübsch,
und sie hätt' gewiß 'nen braven Burschen gefunden, der

sie als seinen ehrlichen Schatz hätt' küssen mögen, aber sie war leichtfertig als der Schlimmsten Eine, und — Gott sei Dank! — noch galt ja Zucht und Ehrbarkeit bei uns daheim."

„Und so kam sie denn daher; in den kleinen Ohren hingen große glänzende Goldreifen, und einen Ring hatt' sie auch an der Hand, mit der sie so recht auffällig an der schneeweißen Schürze bändelte."

‚Guten Tag!‘ rief sie uns entgegen, und die Lisett sagte wieder:

‚Guten Tag!‘ und fragte: ‚Was soll's, Fränzel?‘

‚Nun Jesses, ich sah die Mamsell hier drüben sitzen und wollt' mal sehen, wie's bei Euch ausschaut. Ihr braucht Euch ja meiner nicht zu schämen, sind wir doch zusammen confirmirt worden — oder bist Du stolz geworden?‘

‚Nein,‘ erwiderte die Lisett, ‚ich bin nicht stolz, aber wenn Du kommst, so hat's was zu bedeuten — sag' mir rasch, was Du willst!‘

‚Gar nichts, du meine Güte!‘ erwiderte sie und that wie beleidigt, ‚brauchst Dich meiner nicht zu schämen; betteln thu' ich nicht mehr; hab' mein Brod übrig genug,‘ und dabei lachte sie, daß man alle die weißen Zähne sah, und drehte sich auf dem Fuße herum, daß der rothe Rock und die Zöpfe nur so flogen. ‚Siehst so blaß aus,‘ sagte sie dann plötzlich und fixirte das Gesicht der Lisett, ‚hast Liebeskummer, he?‘

„Lisett erröthete über und über. ‚Was geht's Dich an, wie ich aussseh?‘ erwiderte sie kurz und erhob sich so rasch, daß die feinen Federn aus ihrer Schürze nur so in der Luft herumwirbelten.“

„Hei!“ jauchzte die Fränzel und sprang empor, mit den Händen dazwischen schlagend, „Hei, wie das fliegt! Möcht auch ein Vöglein sein, und so fliegen können bis ich zu meinem Schatz käm!“ Und dabei sprang und lachte sie wie toll.“

„Auf einmal sah ich, daß ihr die Augen schier aus dem Kopfe traten und daß sie sich leichenblaß mit der Hand nach dem Herzen faßte und auf die Bank nieder sank, und als meine Blicke den ihrigen folgten, da fielen sie auf ein kleines goldenes Herz, das sich aus dem Busentuch der Fränzel geschoben, und an dem goldenen Kettchen all' die tollen Sprünge des Mädchens mit- machte.“

‚Allmächtiger Gott!‘ schrie die Lisett — dann aber war sie mit einem Sprunge neben der Fränzel, hatte sie an der Schulter gepackt und fragte mit einer Stimme, die mir durch Mark und Bein ging — so voll schriller

Herzensangst war sie —: „Woher hast Du das Herz, Fränzel?“

„Einen Augenblick blieb Alles still nach dieser Frage, und die Beiden schauten sich an. Die Lisett wollte mit den großen geängstigten Augen der Fränzel die Worte von den Lippen lesen, und diese hatte den Kopf weit zurückgebogen und sah mit funkelndem Blick zu ihr hinüber; sie stand mit übereinander geschlagenen Armen, und nach und nach legte sich ein höhnisches Lächeln um ihren Mund.“

‚Was geht's Dich an?‘ fragte sie und wollte sich los machen.

‚Was es mich angeht? Gütiger Jesus, sie fragt, was es mich angeht! Marie, so hilf mir doch!‘ rief Lisett, ‚ich muß es wieder haben; es ist ja mein — nein, sein — Herr Gott, ich hab' es ihm ja geschenkt.‘

„Ich trat näher, ganz starr vor Schrecken. ‚Gieb das Ding her, Fränzel!‘ sagte ich. ‚Gelt, Du hast es gefunden?‘

‚Was meint Ihr denn?‘ rief diese und schüttelte die Hand Lisett's ab, die schwer auf ihrer Schulter lag; ‚mich wundert, daß Ihr nicht sagt, ich hätt's gestohlen. Es ist mein Eigenthum; ich laß' mir's nur von dem nehmen, der mir's geschenkt, und nun rührt mich nicht an! Ich sollte meinen, Ihr wißt noch von früher, daß ich kratzen kann.' Sie trat zurück; ihre Hände hatten sich geballt; dann wandte sie sich rasch zum Gehen."

„Halt!' rief Lisett und faßte sie wieder am Arm, ‚ich frage Dich im Namen Jesu: Wer gab Dir das Herz?' Sie stand hochaufgerichtet vor dem Mädchen und hielt wie beschwörend die Hand empor, aber diese Hand zitterte und durch ihre schlanke Gestalt ging ein merkliches Beben. Den Augenblick werd' ich nimmer vergessen, Lieschen. Ich wollt' zu ihr hin, um sie zu stützen, aber ich mußte stehen bleiben und sie ansehen, so schön war sie; durch die entlaubten Zweige der Linden fiel ein Strahl der Herbstsonne und spielte auf ihrem braunen Haar, daß es wirklich aussah wie ein Heiligenschein, und wie ein Heiligenbild stand sie auch da, wie ein Engel vor einer Verlornen."

„Der Fränzel ihr braunes Gesicht war ganz blaß geworden, als sie den Augen der Lisett begegnete, dann aber riß sie sich los und sagte: ‚Warum willst Du das wissen? Hab' ich Dich schon einmal danach gefragt, wer Dir das goldne Ringel gab, das Du neulich so heiß geküßt hast in der Laube? Ja, ja, das hab' ich wohl gesehen,' lachte sie, ‚und kann ich nicht auch heimlich 'nen Liebsten haben? Denkst Du, weil Du des reichen

Lumpenmüllers schöne Lisett bist, die tolle Fränzel ge=
fällt Keinem? Leb' wohl, Lisett, und thu' nicht so ver=
wundert! Weiter sag' ich nichts —' sie lachte spöttisch
auf und rannte über den Mühlensteg, daß der rothe
Rock in dem grellen Sonnenlicht schier die Augen
blendete."

„Die Lisett aber stand bleich und starr und sah ihr
nach, und als ich hinging zu ihr und sie trösten wollte,
da stieß sie mich hastig zurück, und dann ging sie hinauf
in ihre Stube. — Ich wußte nicht, was ich machen
sollte, Kind, ob ich ihr folgen sollte oder nicht; das
Herz klopfte mir zum Zerspringen, und wie ich noch
so dastand, kam der Lisett ihre Mutter und gab mir
einen Auftrag und schalt, daß die Federn da alle so
zerstreut lagen auf dem Platze. Ich besorgte, was sie
mir befohlen, aber die Thränen dräugten sich mir aus
den Augen um der armen Lisett ihren schweren Kummer
— Herr Gott, wer hätte das gedacht? Sollte es denn
wirklich wahr sein, daß er das Andenken von seinem
Schatz an die leichtfertige Dirne vertändelt? Aber
freilich, woher sollte sie es haben? Und dann: das
Licht drei Abende hinter einander im Thurmstübchen!
O, du einziger Heiland, dachte ich, was soll nun werden?
Und sobald ich konnte, lief ich hinauf zu der Lisett, und

da stand sie am Fenster und sah hinüber zum Schloß, und als ich an sie heranging und wollt' meinen Arm um sie legen, da sagte sie ganz leise:

‚Laß gut sein, Mariechen! Womit wolltest Du mich auch trösten? Geh' nur hinunter, geh nur! Ich werde schon allein fertig.‘

„Ich schüttelte den Kopf und ging; ich konnt' ja vor Weinen kaum sprechen, aber als ich eben die Stubenthür wieder schließen wollt', da schrie sie auf, so furchtbar, so gellend, und als ich erschreckt zurücklief, da schüttelte es sie wie im Krampf und dann sank sie zu Boden. — Ich wollte sie aufheben, aber sie lag schwer in meinen Armen wie eine Todte, und da kam auch schon die Mutter die Treppe herauf, und —"

„Du lieber Gott, Kind, was soll ich Dir das aus=malen? Es ist mir selbst nur wie ein dumpfer unheim=licher Traum. Die Lisett war schwer krank geworden; der Doctor gab keine Hoffnung. Die Eltern waren trostlos, und wer sie kannte sorgte, trauerte mit; ich saß Tag und Nacht an ihrem Bette und horchte auf die bangen Phantasien, und das planderte so süß und erzählte sich Etwas mit dem Liebsten, daß mir das Herz beinah stillstand vor Schmerz und Wehmuth; die Mutter erfuhr erst durch die wirren Fieberreden von ihres Kindes Lust und Schmerz — ich mußt' ihr Alles erzählen. Sie warf einen langen kummervollen Blick auf das liebliche Geschöpf, das so jäh aus seinem Himmel geschleudert war, der Vater aber tobte, und fluchte über den Treulosen; nur Lisett's Bruder sagte:

‚Da steckt eine bübische Teufelei dahinter; ich kenne den Fritz; es ist kein falsches Haar an ihm.‘

„Ach, Kind, was ist damals hier gebetet und geweint worden in dem kleinen Stübel! Die Hände haben wir uns wund gerungen um das junge Leben, aber der liebe Gott läßt sich seine Uhr durch keinen Menschen stellen, und am neunten Tage, als gerad' das Abend= roth so recht golden verglühte, da fiel sein Schein auf ein bleiches Gesicht und die blauen Augen waren ge= schlossen für immer. — So friedlich lag sie da, so still, so fern von allem Herzeleid. Ich aber hab' mich da drüben niedergeworfen und hab' geschrieen vor über= großem Schmerz und Weh —"

Die alte Frau hielt inne und wischte sich die Augen. Lieschen aber hatte den Kopf in ihren Schooß geborgen, und schluchzte leise.

„Denselben Abend," fuhr die Muhme endlich fort, „wie die Lisett gestorben war, da lief ich in den Garten, gerad' als man unten im Dorf die Todtenglocke für sie läutete, denn ich hatte nicht Ruh noch Rast auf einer Stelle, und wie ich da so steh', da blitzt auf einmal drüben im Thurm ein Licht auf —. Ich war erschrocken, und dann brachen meine Thränen von Neuem hervor, denn sie, die nun so still da lag, sie konnt's ja nicht mehr sehen — und so lehnte ich mich denn an die Wand des Hauses und weinte so recht aus Herzens= grund. Von drinnen aus der Wohnstube da hört' ich den Schritt des Müllers — der ging ruhelos auf und ab — und dann wieder der Mutter banges Schluchzen und des Sohnes tröstende Stimme; sonst war es still ringsum, todtenstill. Das Geläut war nun auch ver= stummt; die Räder der Mühle standen schon den ganzen Tag, und die Knechte und Mägde da drüben im Hause, die schlichen so leise umher und flüsterten nur mit einander, als wollten sie die Ruhe unserer Lisett nicht stören."

„Und da auf einmal hör' ich von drüben Jemand kommen, so einen rechten festen raschen Tritt. Jesus! mein Christian! dacht' ich, aber in demselben Augen= blick tritt's auch schon auf den Mühlensteg, und eine kecke Stimme fängt an, so recht laut und vergnügt ein Lied zu trällern — mir ging's durch Mark und Bein — Herr des Himmels, das war des Baron Fritz'

Stimme! Und ehe ich es versehe – denn ich war wie gelähmt vor Schreck — ist er im Hause drin, und wie ich dann nachkomme, hatte er schon die Stubenthür geöffnet und stand dem Müller gegenüber: sein glückliches Gesicht und die blitzenden Augen suchten in allen Winkeln herum nach der Lisett.“

„Die Frau sank mit einem Schrei in den Sessel zurück, als sie ihn erblickte, der Müller aber stürzte auf ihn zu, und mit dem Ausruf:

‚Verfluchter Bube, willst Du mich auch in meinem Schmerz noch äffen?‘ riß er ihn in’s Zimmer hinein.“

„Der Müller war ein jähzorniger Mann, aber Lisett’s Bruder sprang zwischen die beiden Ringenden und rief:

‚Erst frage ihn, ob er schuldig ist, Vater!‘

„Der alte Mann jedoch stellte sich vor ihn hin und schrie:

‚Die Lisett! Sie suchen wohl die Lisett, Herr Baron? Da droben liegt sie; gehen Sie hinauf und sehen Sie sie an!‘ Dann schlug er sich die Hände vor’s Gesicht in heißem, wildem Schmerz.

‚Komm, Fritz!‘ sagte unser junger Herr und zog den Erschrockenen in das Nebenzimmer, ‚komm her! Ich will Dir Alles sagen, was Trauriges über uns hereingebrochen ist.' Und dann schloß sich die Thür hinter ihnen, und ich blieb allein mit den weinenden Eltern."

„Nebenan hörte man kein Wort, nur einmal ein schmerzliches Aufstöhnen — das war Alles; wie in endloser Pein vergingen die Minuten. Ich saß am Fenster und schaute in die Nacht hinaus, plötzlich aber schrak ich zusammen, denn draußen an die Scheiben hatte sich ein Gesicht gepreßt und blickte mit ein paar großen dunklen Augen, aus denen Angst und Entsetzen leuchtete, in's Zimmer hinein, und dann winkte mir eine Hand, und das Gesicht war verschwunden. Ich hatte es erkannt — es war die tolle Fränzel."

‚Gott behüt' uns!' dacht' ich, was will Die wieder?' Aber ich ging leise hinaus, und da stand sie und klammerte sich mit beiden Händen an die Pfosten der Hausthür, und der schwache Lichtschein der Lampe im Flur zeigte ein vor Angst fast verzerrtes Gesicht, über das die schwarzen Haarsträhne aufgelöst hingen, das Schreckliche ihrer Erscheinung noch vermehrend. Sie zitterte so, daß sie sich kaum aufrecht zu erhalten vermochte, und als ich sie fragend und verwundert ansah, da bewegte sie ihre blassen Lippen, ohne daß ein Wort herüber kam."

‚Die Lisett —' fragte sie dann mit völlig klangloser

Stimme, ‚ist’s wahr, was die Leute sagen, hat’s vorhin um die Lisett geläutet?‘

‚Sie liegt droben im ewigen Schlaf,‘ erwiderte ich.

‚Heiliger Gott!‘ schrie das Mädchen auf, ‚ist’s wahr, ist’s wirklich wahr?‘ Und dann sank sie zusammen und faßte mit der Hand in die wilden Haare und geberdete sich schier wie eine Verzweifelte.“

„In dem Moment kam Baron Fritz aus der Nebenthür, hinter ihm unser junger Herr, der ein Licht in der Hand trug. Er war blaß wie der Tod und die Augen glühten ihm förmlich im Kopfe; offenbar wollte er in’s Sterbezimmer hinauf. Da fielen seine Blicke auf die Gestalt an der Erde, und sie erkennend, blieb er stehen.

‚Der sollte ich das Andenken an meine Braut geschenkt haben?‘ sagte er unheimlich ruhig, während seine Augen mit verächtlichem Ausdruck auf ihr hafteten, ‚Friedrich, glaubst Du das? Sprich, Du Geschöpf,‘ rief er dann mit zitternder Stimme. ‚Du hast das goldne Herz ge=stohlen, das ich im letzten Augenblick meiner Abreise von hier vermißte!‘

„Das Mädchen hob die Hände zu ihm empor. ‚Nein, o nein, Herr Baron —‘

‚Wirst Du gestehen, nichtsnutzige Dirne!‘ rief er

und hob die Reitpeitsche, die er in der Hand hielt, zum Schlage.

‚Schlagt zu, Herr!‘ rief sie, ‚ich hab's verdient, aber ich habe es nicht gestohlen, beim ewigen Gott nicht! Man hat es mir gegeben, so wahr ich hier liege; ich hätt's ja nimmer zum Spaß umgehängt, hätt' ich gewußt, wie's auslaufen thät'.‘

„Baron Fritz ließ den erhobenen Arm sinken. ‚Hinaus mit Dir!‘ rief er und wies ihr die Thür, ‚Du sollst wenigstens nicht die Ruhe hier im Trauerhause stören; ich fasse Dich doch noch.‘

„Sie raffte sich auf. ‚Erbarmen, Herr!‘ rief sie, ‚vergeben Sie mir; ich bin ein eitles dummes Ding, aber schlecht bin ich nicht — o Herr Baron, ich wollt' ja gern sterben, könnt' ich die Lisett wieder lebendig machen.‘

„Sie sah so zerknirscht, so wahrhaft jammervoll aus als sie vor ihm stand, die Hände gefaltet, mit den verweinten dunklen Augen, daß unser junger Herr den Baron Fritz bat: ‚Frage sie, wer ihr befahl, das kleine Herz zum Spaß umzuhängen! Vielleicht sagt sie's.‘

‚Wer hat Dir befohlen, daß Du das goldene Herz umhängen solltest?‘ wiederholte der Baron mechanisch die Frage, und in seinen Augen blitzte es auf einmal auf wie die Ahnung von etwas Entsetzlichem. Er wiederholte hastig dieselbe Frage als sich das Mädchen nicht rührte, sondern ihn nur starr und wie abwesend ansah.“

‚Sag's, Fränzel,‘ redete ihr der junge Herr leise zu, ‚sag's, wenn wir es glauben sollen, daß Du wirklich nichts Böses im Sinne führtest, als Du —‘

‚Nein, wahrhaftig! schrie sie auf, ‚ich hab' nichts Böses gedacht, ich wollt' nur die Lisett einmal ärgern, weil sie immer so stolz that gegen mich, und ich konnt' ihr doch nichts anhaben, und deßhalb war ich gleich dabei, als sie mir sagte, ich sollte — Nein, ich verrath's nicht, Jesus! ich darf nichts verrathen.‘ —

„Sie zitterte am ganzen Leibe.

‚Geh!‘ sagte Baron Fritz plötzlich, ‚ich will es jetzt nicht wissen; es ist ein Bubenstück ausgeübt worden, ein teuflisches Bubenstück.‘

„Er wies mit dem Arm hinaus, und das Mädchen lief schluchzend in die finstere Nacht hinein; ich trat vor die Thür und schaute ihr nach, ich konnt' gerade noch die Gestalt über den Mühlsteg fliehen sehen, dann verschwand sie in der Dunkelheit. Draußen aber war es eine unheimliche Nacht geworden, und es ging ein Sausen und Brausen durch die Luft, ein fremdartig schrilles

Pfeifen und Heulen; der Himmel hatte sich bezogen; kein einziges Sternlein blitzte mehr hernieder, und die Aeste der alten Linden ächzten und bogen sich unter gewaltigen Windstößen; es war zum Fürchten unheimlich geworden da draußen, und doch blieb ich stehen. Wenn so ein plötzlicher Sturm daher rast, so sagt man bei uns auf dem Lande, es habe sich ein verzweifeltes Menschenkind selbst das Leben genommen, und man betet für seine arme Seele ein Sprüchlein, wenn man gleich nicht wissen kann, wer es sei, und ich faltete auch die Hände und wollt' ein Gebet sprechen, da fiel mir's schrecklich auf's Herz, — Herr Gott im Himmel, wenn die Fränzel —? Im ersten Augenblick wollt' ich ihr nach; dann blieb ich stehen — wo sollt' ich sie auch suchen?"

„Der Wind riß und zerrte an meinen Kleidern und flog durch den Wald, so daß sein Brausen und Heulen das Rauschen des Wassers übertönte, und immer klang es mir wieder deutlich vor den Ohren, was Baron Fritz eben so ruhig gesagt: „Es ist ein Bubenstück verübt, ein schändliches Bubenstück!" Nein, gewiß, Baron Fritz war unschuldig, aber wer? — Und da tauchte wie ein Blitz das Bild der schönen Schloßherrin vor mir auf. Ich schüttelte den Kopf, was sollte das? —

aber unabweisbar traten diese stolzen hofffährtigen Züge wieder vor meine Augen, und eine ganze Reihe von Gedanken und Möglichkeiten schloß sich daran."

„Drinnen im Zimmer hatte wieder das ruhelose Wandern des Müllers begonnen, und wieder scholl der Mutter Schluchzen, des Sohnes Trösten dazwischen, aber wo war Baron Fritz? Noch immer am Todtenbett? Drüben im Dorfe schlug es zehn Uhr; da hörte ich einen Schritt die Treppe herabkommen, so langsam und schleppend, als gehe ein alter Mann. Ich schaute in den Hausflur — da stand er am Treppengeländer; leichenblaß sah er aus; kaum wieder zu erkennen war das hübsche, lebenslustige Gesicht. Er sah noch einmal hinauf und schritt dann langsam auf die Wohnstubenthür zu; als er dicht davor stand, schauderte er zusammen, wandte sich rasch um und ging an mir vorüber, ohne mich zu sehen, in die finstere Nacht hinaus, wie ein armer gebrochener Mensch. Es war das letzte Mal, daß ich ihn gesehen, er soll dann ein wildes, tolles Leben geführt haben — wie mochte sein Herz im lauten Jammer schreien! In Derenberg ist er nie wieder gewesen, und jetzt wird er lange todt sein. Möge Gott ihm eine sanfte Ruhe schenken!

„Die tolle Fränzel aber war auch verschwunden;

Niemand wußte, wohin. Und auf dem Schlosse und im Dorfe sagten sie Alle, der junge Baron sei mit ihr auf und davon, und da hab' ich auch noch einmal gezweifelt an seiner Treue. Aber dann, als die Lisett begraben war, da ging ich gegen Abend mit meinem Christian auf den Kirchhof zu dem frischen Grabe, und wie ich dort stehe und weine und die Kränze all zurecht lege, die ihr die Leute geschickt hatten, da sagte Christian: ‚Guck, Mariechen, dort liegt was Weißes wie ein Zettel,‘ und richtig, es war auch ein Steinchen darauf gelegt, damit es nicht wegfliegen sollt', und wie ich ihn auseinander falte, da steht darauf in großen ungelenken Buchstaben: ‚Es ist nicht wahr, was sie sagen; er hat mich niemals angeschaut; ich weiß nicht, wo er ist, und er nicht, wo ich bin. Mich sieht nimmer Einer wieder von Euch — denkt nicht zu schlecht von mir! Das goldene Herz hab' ich umgehängt, weil es meine Herrin befohlen; sie sagte, es gelte nur einen Spaß mit der Lisett. Die Sanna war dabei — Ihr könnt sie fragen. Gott soll mir vergeben; ich hab' nicht wollen so Böses thun.   Franziska.‘

„So hat sie es damals gemacht, sie da droben, um des Lumpenmüllers Lisett nicht in ihre stolze Familie zu bekommen, und Kind —“ die alte Frau streichelte weich das Haar des tief erschütterten Mädchens zu ihren Füßen — „Du, unser Einziges, thu' Dir und uns das nicht an, laß uns nicht ein zweites Mal solch' Unglück erleben. Sieh', mein armes Herzel, wenn's mir auch bitter weh um Dich ist, ich kann Dir nur eines sagen: suche es zu vergessen, was Du heute erlebt hast."

Das junge Mädchen schüttelte den Kopf; „Nein, nein Muhme," sagte sie angstvoll, „das kann nicht Dein Ernst sein, wie möcht' ich das jemals vergessen! die Geschichte von der Tante Lisett ist sehr traurig, aber wenn ich sie dem Army erzählt haben werde, wird er gewarnt sein. Sei barmherzig, Muhme, und rede mir nicht ab," fügte sie nach kurzer Pause in ausbrechender Leidenschaft hinzu, indem sie die Kniee der alten Frau umschlang. „Wir haben uns ja so lieb, so lieb — hilf' uns, daß wir glücklich werden! Sag' es dem Vater und der Mutter und rede ihnen zu, — nicht wahr? Du thust es' liebe gute Muhme, nicht wahr?" Und die feuchten Augen des gequälten Mädchens blickten flehend zu ihr empor.

„Mein Gott" — klang es im Herzen der alten Frau, „es hat nichts geholfen; es ist die Lieb' wie sie immer war, die niemals klug wird, außer durch eigenen Schaden und er hat sie doch nicht lieb; es ist nicht wahr; wenn ich nur das Herz hätte, ihr das zu sagen! — und der Friedrich wird's nie zugeben —"

„Willst Du mit den Eltern sprechen, Muhme?" flüsterte es so wehmüthig und schmeichelnd zugleich zu ihr herauf.

„Ja, mein Herzchen! Ich seh's schon, es hilft nichts — aber schlaf nur ruhig heut! Morgen, morgen —"

„Nein, heut, gleich jetzt! Morgen kommt er ja," flehte sie, „Vater muß sich in der Nacht doch überlegen was er ihm sagen will, — bitte, bitte, Muhme!"

„Hast recht, mein Kind, es ist besser gleich," bestätigte die alte Frau und die Stimme klang so eigenthümlich gepreßt, „laß mich aufstehen! Ich will hinunter, Du aber schlaf süß! Morgen früh erfährst Du zeitig genug, was sie sagen, mein Liebling."

„O Himmel, wie könnt' ich schlafen, Muhme!" rief sie aufspringend und legte die kleine zitternde Hand auf die Schulter der alten Frau.

Die alte Frau antwortete nicht; sie öffnete hastig die Thür und ging hinaus. Lieschen folgte ihr in den dämmerigen Vorsaal und bog sich über das Treppen= geländer; da schritt sie die breite gewundene Stiege hin= unter, aber wie langsam ging es! Die alten Füße konnten doch sonst noch so flink trippeln, heute wollten sie gar nicht vom Fleck; langsam — langsam, Stufe um Stufe ging es, die Treppe ächzte ordentlich unter den schweren Tritten und ihre Hände faßten so fest das geschweifte Geländer — und nun verschwand die Gestalt den Blicken Lieschens, die schleppenden Tritte über den steinge= pflasterten Flur tönten in ihr Ohr, und jetzt — jetzt — das war die Thür der Wohnstube; jetzt stand sie vor Vater und Mutter.

„Ob man das Sprechen hier oben hören kann? Was werden sie sagen?"

Athemlos stand sie so über das Geländer gebeugt; kein Laut drang zu ihr hinauf — nur ein paar Mal hörte sie Törtens Stimme leise vor sich hin singen und Klappern von Tellern und Geschirr aus der Küche — dann war's ruhig wie zuvor.

„Aber jetzt — das war der Vater; ob er böse ist? Er sprach so laut, und nun die Muhme." Lieschens Herz fing an gewaltig zu klopfen: sie preßte beide Hände darauf. „Wie, wenn der Vater nicht einverstanden wär'? Aber das ist ja unmöglich, rein unmöglich; der Army ist's ja, der sie liebt." Das war ein Durcheinander= sprechen dort unten — jetzt der Muhme Stimme, das klang so besänftigend, und jetzt wieder der Vater — deutlich schallte es herauf, und wie betäubend drang es in ihr Ohr:

„Nein, nein und tausendmal nein, sage ich, und wenn Ihr allesammt vor mir auf den Knieen liegt, ich weiß allein, was ich zu thun habe."

Einen Augenblick sahen die großen blauen Augen wie verständnißlos in's Leere hinaus; dann flog sie die Treppe hinunter, und im nächsten Momente stand sie mitten in der Wohnstube; über ihr Gesicht flog bald eine glühende Röthe, bald überzog es tiefe Blässe. „Vater!" bat sie.

Er blieb stehen und sah sie an; auf seiner breiten weißen Stirn ringelte sich blau eine kleine Ader, sie kannte es wohl, das Zeichen der höchsten Erregung bei ihm, und seine Augen leuchteten förmlich Blitze zu ihr hinüber. Die Muhme aber hatte ein so tief bekümmertes Gesicht, als sie jetzt zu dem jungen Mädchen trat! „Komm, Liesel, geh' hinauf!"

„Nein, Muhme, laß mich! Ich will wissen, was der Vater sagt."

„Was der Vater sagt?" tönte jetzt seine Stimme in ihr Ohr; „der sagt, daß Du ein thörichtes, dummes Ding bist, dem zu viel Willen und zu viel Freiheit gelassen wurde, aber das Versäumte wird jetzt nachgeholt werden —- verlaß Dich darauf!"

„Friedrich! Friedrich!" bat die Muhme.

„Glaubst Du etwa, Du kannst mich überreden?" brauste er auf, „bis jetzt habe ich mich immer Euren Wünschen gefügt, wohin es führte — das sehen wir jetzt; ich wiederhole es Dir, — diesmal bleibt es bei meinem Willen."

„Das heißt, ich soll nicht Army's Braut werden, Vater?" Sie stand plötzlich dicht vor ihm und sah ihn fest an.

„Nein, mein Kind, zu Deinem Besten nicht."

„Ich habe ihn so lieb, Vater!" Sie senkte den Blick, und wieder flog das glühende Roth über ihr Gesicht.

„Du ihn? So! damit ist's mir aber nicht genug; ich verlange von meinem zukünftigen Schwiegersohn, daß er meiner Tochter auch ein ganzes Herz voll Liebe mit-bringt, — daß sie nur aus Speculation geheirathet wird, das gebe ich nicht zu, verstehst Du?"

„Aber Friedrich, aber Friedrich!" rief die alte Frau und schlang ihre Arme um das junge Mädchen, die blaß wie der Tod vor dem Vater stand.

„Aus Speculation?" fragte sie, und strich mit der Hand über die Schläfe.

„Kein Wort weiter, Friedrich!" Die alte Frau warf einen so befehlenden Blick zu dem großen Manne hinüber, daß der bereits geöffnete Mund verstummte, und er sich langsam umwandte.

„Ich weiß nicht, was Du meinst, Vater," sagte das junge Mädchen leise, und trat dicht zu ihm, — „Du glaubst vielleicht, Army hat mich nicht lieb, — das ist ja möglich; aber wenn er mich auch wirklich nicht so liebt, wie ich ihn, das darf für mich nicht in Betracht kommen; ich weiß, daß er sich nach einem Herzen sehnt, das ihn versteht, weiß, daß das Leben erst wieder Werth für ihn haben wird, wenn er — —"

„Seine Schulden bezahlt hat, mein Kind. Hör' auf mit Deinem sentimentalen Krimskrams; Du wirst mein gutes verständiges Töchterchen sein, das seinem Vater so viel Erfahrung und Menschenkenntniß zutraut, um zu wissen wie er in diesem Falle handeln muß. Und nun beruhige Dich, wir sprechen morgen weiter. Siehst Du, Du bist aufgeregt und Deine Hand zittert; Geh' zur Ruhe."

„Muhme" wandte sich das junge Mädchen zu der alten Frau, „Muhme, glaubst Du das von dem Army, daß er mich nur aus solchen Ursachen nehmen will? Nicht wahr, dazu kennst Du ihn besser?"

Es klang so ruhig, so überzeugend, als sie diese Worte sprach; der alten Frau schossen die hellen Thränen in die Augen.

„Komm, komm, mein Liesel!" flüsterte sie; „der Vater ist böse und aufgeregt; morgen wird er ruhiger sein."

„Nein, nein, Muhme, Du mußt es dem Vater sagen, was Du denkst; er giebt so viel auf Deine Meinung."

Die alte Frau stand in peinvollster Verlegenheit; die Thränen rannen ihr über die gefurchten Wangen, und ihre Hände fuhren hastig an dem Schürzensaum hinunter.

„Du glaubst auch, Muhme —?" Es klang wie ein Aufschrei, aber noch kam keine Thräne in Lieschen's Augen.

„Vater, ich weiß, daß es nicht so ist; es ist nicht möglich, nein, es ist nicht möglich —!"

„Ich begreife Deinen Schmerz, Lieschen," sagte er ruhiger, „aber wie konntest Du so thöricht sein und an eine plötzlich erwachte Neigung glauben? Du bist sonst ein so vernünftiges kluges Mädchen; sieh, er kennt Dich schon lange und zog doch eine Fremde Dir vor; er hat niemals daran gedacht, Dich zu lieben, Dich heirathen zu wollen; es waren Kinderspiele, die Euch einst zu ein= ander führten, weiter nichts, und jetzt, jetzt, wo er nicht aus noch ein weiß, erinnert er sich des kleinen Mädchens, das ja Vermögen besitzt, und verlangt ihre Hand, um sich zu retten, und sie ist so thöricht, dies für Liebe zu halten. Muß ich erst an Deinen Mädchenstolz appelliren, Lieschen?“

Sie antwortete nicht; nur ihre Augen sahen mit beinahe irrem Ausdrucke zu dem Vater hinüber.

„Die Mutter Nelly's ist auch so ein Opfer geworden, mein Kind! Ist sie Dir jemals beneidenswerth erschienen? Muß sie sich nicht stets grenzenlos gedemüthigt vorgekommen sein, ihrem Gatten gegenüber, der sie nur als lästige Zugabe zu ihrem Vermögen betrachtete? Weil er die Frau nicht liebte, führte er ein wildes tolles Leben, und als ihre Mitgift verschwendet war, da erschoß er sich — ist das nicht namenloses Elend? Lieschen, Kind, und würdest Du verlangen, daß ich Dich in einen solchen Abgrund stürzen lasse? Die stolze Großmutter obendrein, die sich schon einmal mit allen Mitteln gegen eine Verbindung ihres und unseres Hauses sträubte, die uns stets feindselig gegenüber stand, — schon sie allein wäre ein Grund meine Einwilligung zu versagen. Wie würde sie Dich behandeln, selbst wenn sie aus Noth gezwungen ihre Zustimmung gäbe? Und wie würdest Du es ertragen, ohne daß Dich die Liebe des Gatten schützt?“

Da lösten sich die gefalteten Hände von Lieschen's Brust; sie faßten nach dem Tische, an dem sie stand; die blassen Lippen bewegten sich leise, als wollten sie sprechen, aber kein Wort kam hervor. Nur die Tassen auf dem Tische klirrten hörbar von dem heftigen Zittern des Mädchens.

„Liesel! Um Gotteswillen!“ rief die Muhme und umschlang sie mit den Armen, aber sie riß sich los.

„Ich danke Dir, Vater,“ sagte sie tonlos, „ich — ich werde Dir gehorchen.“ Sie wandte sich und schritt langsam nach der Thür; wie in schwindelndem Kreise wirbelte es vor ihren Augen; sie hörte noch die Stimme der Muhme; dann fiel die Thür hinter ihr zu. Sie wankte die Treppe hinan; sie mußte sich schwer auf das Geländer stützen, und endlich, endlich war sie oben in ihrem Stübchen und sank auf das kleine Sopha.

Die Mutter kam herauf und streichelte ihr die Wangen und nannte sie ihr gutes verständiges Kind, das noch einmal sehr glücklich werden würde. Die Muhme setzte sich neben sie und weinte still vor sich hin, und dann und wann kam ein gutes Wort des Trostes über ihre Lippen; Lieschen hörte Alles wie aus weiter Ferne, nur das Eine wiederhallte laut und deutlich in ihrer Seele: „Er liebt mich nicht; er hat mich nicht gewollt, nur meine irdischen Güter — aus Noth.“ War es denn wirklich erst ein paar Stunden her, seit sie unter der alten Linde ihren Kopf an seine Brust gelegt und den Worten gelauscht hatte, die er ihr zuflüsterte? War es nicht schon eine Ewigkeit, eine lange Ewigkeit, und lag nicht zwischen jetzt und vorhin ein ganzes Meer von Leid und Weh?

Sie stöhnte laut auf und preßte die Hände gegen die Brust. Ach, ihre kurze Seligkeit, ihr süßer Liebestraum — vorbei, vorbei für ewig! Glühend stieg ihr das Blut in die Wangen, als sie daran dachte, daß sie ihm so vertrauensvoll gestanden, wie sehr sie ihn liebe; es war ihm ja ganz gleichgültig, konnte ihm nur gleichgültig sein; er wollte ja nicht ihre Liebe; er wollte ihr Geld. Wo sollte sie sich nur hinverbergen, damit sie Niemand sähe? Sie schloß die Augen und dachte: wenn er nun kommen und der Vater seinen Antrag zurückweisen würde. Das schöne stolze Gesicht, wie würde es anzuschauen sein in jenem Moment? Und dann wird er gehen, dachte sie. Sie sah ihn im Geiste aus des Vaters Zimmer treten und durch die Hausflur schreiten, die hohe Gestalt stolz aufgerichtet; er wird sich nicht umwenden nach ihren Fenstern; er wird gehen — gehen auf Nimmerwiedersehen. Auf Nimmerwiedersehen — ein bitteres, hartes Wort, ein Wort, das namenlos Weh birgt!

„Ach Muhme," stöhnte sie in ihrer Qual, und die alte Frau beugte sich hernieder zu ihr:

„Weine Dich aus mein Herzel, weine Dich aus! Es wird besser darnach."

„Ach, wenn Morgen nur erst vorüber wäre!" flüsterte sie.

„Es gehen auch die schwersten Stunden vorüber, wenn man nur beten kann."

„Ich kann nicht beten, Muhme, ich kann nicht." — —

Und die Nacht verging, und der Tag brach an, wo er den Vater sprechen wollte. Auf Lieschen's Gesicht lag eine fast unnatürliche Ruhe heute früh, nur die Augen glühten fieberhaft; wie immer that sie ihre kleinen Pflichten im Haushalt, und dann setzte sie sich in ihr Zimmer und nahm ein Buch; die Muhme kam herauf und fing freundlich an zu sprechen von gleichgültigen Dingen; sie hörte es mit an und antwortete, und dann ging die alte Frau wieder ihren wirthschaftlichen Geschäften nach. Unaufhaltsam rückte der Zeiger der Uhr weiter, und jetzt stand er auf Elf, — da auf einmal flog ein dunkles Roth über ihr Gesicht, sie hatte seinen Schritt im Hausflur erkannt, und jetzt schallte des Vaters Stimme herauf. Sie machte eine Bewegung, als wollte sie zur Thür eilen, aber dann senkte sie wieder die Augen auf das Buch; die Blätter zitterten unter Ihrer Hand; sie legte das Buch auf den Tisch und beugte sich darüber. Unwillkürlich hafteten ihre Blicke auf einer Stelle und flüsternd las sie:

> „So laß mich denn, bevor du weit von mir
> Im Leben gehst, noch einmal danken dir!
> Und magst du nie, was rettungslos vergangen,
> Zu schlummerlosen Nächten heimverlangen.“

„Was rettungslos vergangen!“ wiederholte sie fast laut.

> Und wie viel Stunden dir und mir gegeben,
> Wir werden keine mehr zusammenleben.“

„Keine mehr.“ Das Buch fiel zur Erde. War es nicht unrecht von ihr, ihn gehen zu lassen in ein irres Leben, ohne Halt? Sie hätte ihn retten können vor Noth und Schande; es war ja doch der Armyn, der alte gute Spielkamerad, und jetzt ist es noch Zeit noch konnte Alles gut werden!

Sie lief aus dem Zimmer zur Treppe; dort blieb sie stehen. „Ach nein, — sie vergaß es ja; er liebte sie nicht; wieder mußte sie ihren Mädchenstolz anrufen, der vor der alten heißen Liebe geflüchtet war. Wie lange er beim Vater blieb! Horch, da ging die Thür — war's der Armyn? Sie beugte sich über das Geländer; da schritt er eben nach der Hausthür — sie sah sein dunkles Kraushaar unter dem Helm hervorquellen; wie aufrecht er dahin ging! Mit lauten gewaltigen Schlägen pochte ihr Herz; die Erinnerung an gestern überkam sie mit aller Gluth, mit aller Seligkeit, und jetzt, jetzt faßte er die Thür; wenn sie wieder in's Schloß fiel, dann war es vorbei — für immer — rettungslos vergangen. „Army!" schrie sie plötzlich auf und flog die Stufen hinunter, aber da schlug eben der eichene Flügel zu, und laut dröhnend klang die Schelle durch den hohen Flur. „Army!" wiederholte sie noch leise und streckte die Arme aus; ein heißer Thränen=strom quoll aus den Augen und langsam schritt sie wieder hinauf in ihr kleines Stübchen. Rettungslos vergangen! Wie öde war die Welt geworden, wie na=menlos öde!

16.

Die alte Baronin saß in ihrem Zimmer am Kamin und wartete in nervöser Ungeduld auf das Erscheinen ihres Enkelsohnes. Schon dreimal war Sanna bei den Damen unten gewesen und hatte nach ihm gefragt, und jedesmal war sie mit dem Bescheid zu ihrer Herrin zu=rückgekehrt, der Herr Lieutenant sei noch immer nicht von seinem Spaziergang heimgekommen.

„Gott steh' mir bei!" klagte die alte Dame und schritt zum Fenster, „was soll aus ihm, was aus uns werden? Da geht er in aller Seelenruhe spazieren, ohne daran zu denken, wie er den Zusammensturz seiner Existenz verhindern kann; von mir hat er wahrhaftig kein Tröpfchen Blut in seinen Adern — orribile!"

Vor ihren Blicken lag der weite Park in kalter, stummer Winterpracht, die Mittagssonne glitzerte auf dem Anhang der Bäume und beleuchtete blendend die weißen Plätze. Todtenstille und Einsamkeit ringsum. Kein lebendes Wesen weit und breit! Höchstens ein paar hungrige Vögel auf den kahlen Aesten! Und so einsam und verlassen war es nun schon seit Jahren um dieses alte Schloß. Unwillkürlich schauerte sie zusammen, es fiel ihr heute wieder einmal schreckensvoll auf die Seele. „Warum eigentlich?" fragte sie sich selbst; sie war es ja gewohnt so vergessen zu leben; sollte es daher kommen, daß sie in den letzten Tagen soviel längst vergangener bunter, luftdurchwehter Zeiten gedacht? Oder kam es daher, daß sie sich bereits wieder so vertraut gemacht hatte mit einem glänzenden reichen Leben, dessen Mittelpunkt sie sein würde? Und nun sollte sie weiter existiren in derselben trostlosen Weise, vielleicht noch jammervoller, wenn der Herzog von B. ihren Wunsch nicht erfüllte? Aber nein, das wäre ja unmöglich, er wird es thun, muß es thun, sie brauchte nothwendig Geld, — „Herr Gott, wenn er nicht — —" Sie ballte die feinen Hände. „O diese Schlange, diese Blanka!" flüsterte sie, und die großen Augen blitzten düster. Ihre Züge hellten sich auch nicht auf, als in diesem Moment die rothen Vorhänge sich theilten und Army in das Zimmer trat.

„Bist Du wirklich schon zurück von Deinem Spazier= gang?" fragte sie ironisch.

„Ich war nicht spazieren," entgegnete er scheinbar ruhig, aber die alte Dame hatte doch den tief aufge= regten Klang seiner Stimme vernommen; sie richtete forschend ihre Blicke auf ihn.

„Nicht? Wo warst Du denn? Ich habe be= reits drei= oder viermal nach Dir fragen lassen. Jedenfalls wäre eine Unterredung zwischen uns nöthiger gewesen als das, was Du gerade vorhattest. Aber es ist einmal nicht anders: Du besitzest den Charakter Deiner Mutter, Du bist indolent bis zum Aeußersten."

„Im Gegentheil, Großmama — ich habe eben ver= sucht, einen Deiner Rathschläge zu befolgen; leider miß= glückte das Experiment total." Er fuhr sich mit dem

Taschentuch über das erhitzte Gesicht und warf die Mütze auf den nächsten Tisch.

„Wie?“ fragte sie, „ich verstehe nicht — einen meiner Rathschläge?“

„Gewiß, ich wollte — — ich habe soeben versucht, eine reiche Heirath zu machen, aber wie gesagt —“

Die Baronin trat einen Schritt zurück und starrte ihn an.

„Du bist erstaunt, Großmama, das ist natürlich — ich wunderte mich noch heute früh, daß Du nicht selbst auf den Gedanken gekommen warst; jetzt freilich ahnt mir, daß Dir nichts ferner liegen konnte, als eine Heirath zwischen mir und Lieschen Erving.“

„Ich glaube, Du bist wahnsinnig, Army.“

„Wieso denn? Mein Gott, Du hast mir selbst gerathen, mich durch eine reiche Heirath zu retten, und sie ist reich genug, die Kleine, weiter bedarf es ja nichts nach Deiner Meinung.“

„Nimmermehr gebe ich das zu,“ rief die alte Dame außer sich, „ist es möglich, eine solche Idee zu fassen! Dieses unausstehliche Ding — Deine Frau? Es ist geradezu himmelschreiend.“

„Ich sagte Dir ja schon, daß das Experiment nicht geglückt ist,“ beruhigte er; sein Gesicht war plötzlich bleich geworden, er warf den Kopf zurück und fuhr mit der Hand spielend über den schwarzen Schnurrbart. „Ich habe einen Korb bekommen, Großmama, einen recht deutlichen Korb; ich möchte Dich jetzt aber bitten, nicht wieder von Indolenz zu reden." Es klang nachlässig, wie er diese Worte aussprach, und doch bebte ein tiefverletztes Selbstgefühl darin nach.

„Einen Korb?" fragte sie verwundert und ungläubig, „einen Korb sagst Du, Army?"

„Jawohl, Herr Erving erklärte mir erstens, daß er für sein Kind einen Mann beanspruche, der es liebe; er wolle sie nicht als lästige Zugabe ihres Geldes betrachtet wissen — das war deutlich, nicht wahr? Ich kann es dem Manne nicht übel nehmen, ich kam mir, als ich so vor ihm stand, doch verteufelt erbärmlich vor, wie nie in meinem Leben."

Die Großmutter wendete ihm achselzuckend den Rücken. „Ideale Phrasen!" sagte sie. „Unter tausend Heirathen wird kaum eine aus anderen Rücksichten geschlossen. Ich muß Dir offen gestehen, ich wundere mich, daß Dir der Herr   Herr Erving einen solchen Bescheid gab; diese Art Leute bezahlt gern noch dreimal mehr Schulden, wie Du sie hast, wird das Fräulein Tochter dafür Frau Baronin   jedenfalls steckt noch etwas

Anderes dahinter." Sie setzte sich in ihren Lehnstuhl am Kamin und versuchte gleichgültig in die Flammen zu sehen.

„Du hast ganz recht, Großmama; es steckt noch etwas Anderes dahinter. Ich sagte dem Vater zwar, daß ich mich bemühen, ehrlich bemühen würde, Lieschen hoch zu halten, sie zu schützen und zu behüten, wie nur ein Mann es könne, und das war keine Lüge, sondern meine redliche Absicht."

„Wirklich?" fragte sie ironisch.

Er wurde dunkelroth. „Wirklich!" erwiderte er. „Oder meinst Du vielleicht, ich würde das Mädchen, das mir vertrauensvoll ihre Hand reicht, fühlen lassen, daß mich nicht die Liebe zu ihr führte? Vor allen Dingen, wenn mir ein so volles, kindlich reines Herz entgegengebracht wird, wie das ihre?"

„Ei sieh, wo hat man solche Studien über ihr Herz gemacht?"

„Du vergißt, Großmama, daß wir zusammen auf= gewachsen sind und daß ich in letzter Zeit oft genug Gelegenheit hatte, sie zu sehen — sie hat im Herbst wochenlang Mama gepflegt —"

„Hast Du Dich vielleicht in die barmherzige Schwester verliebt? Freilich, die Deutschen finden ja eine Frau nie reizender und bezaubernder als am Krankenbette und in der Kinderstube; jedenfalls war es neu für Dich und ein ganz pikanter Gegensatz zu Blanka."

Der junge Mann runzelte finster die Stirn. „Ich bitte Dich, Großmama, laß das!" sagte er, „es ist vollständig unnütz, hier Vergleiche zu ziehen, aber — wir sind ganz von dem Gange unseres Gespräches abgekommen. Du sagtest, es stecke etwas Besonderes dahinter, daß ich Lieschen's Hand nicht bekam: nun wohl, dieses Besondere — Du entschuldigst wohl, daß ich es so unumwunden ausspreche — dieses Besondere sind Erfahrungen, die man einst dort unten in der Mühle bei einer ähnlichen Angelegenheit machen mußte, bittere harte Erfahrungen, die lange Zeit die Trauer an das alte Haus bannten; ich werde mich übrigens bemühen, Klarheit in diese Angelegenheit zu bringen."

Der junge Officier hatte die letzten Worte laut und deutlich gesprochen, und seine Augen ruhten unverwandt auf dem stolzen Gesichte ihm gegenüber. Es war ihm, als erbleichte es um eine leise Schattirung, aber kein Zug desselben veränderte sich.

„Gleichviel, welche Gründe den Müller veranlaßt haben, Dich zurückzuweisen," tönte es scharf zurück, „seine Familienchronik kenne ich nicht, und mir ist jeder Grund

willkommen, denn meine Einwilligung zu diesem hirnver-
rückten Project wäre nun und nimmermehr erfolgt."

„Dann wäre ich gezwungen gewesen, ohne diese zu
heirathen," sagte er gelassen. „Du begreifst, daß man
mit solchen Dingen nicht spielt; ich habe dem Mädchen
mein Wort gegeben, sie gab mir ihre Zusage, und das
ist genug. Es wäre nur dann etwas Anderes, wenn
sie selbst refüsirt hätte. Ich bin aber überzeugt, daß
ich dennoch ihre Hand erhalten haben würde, wenn nicht
jene traurigen Begebenheiten dazwischen ständen; die
Eltern wollen ihr Kind nicht in das Haus geben, in
welchem ihre alte Feindin wohnt — Du, Großmama!"

„Ich!" Die Baronin sprang heftig auf. „Lächerlich!"
sagte sie dann und ließ sich in den Sessel zurückfallen,
„mir sind die Leute stets in eminentem Grade gleichgültig gewesen, bis heute —"

„Du mochtest die Kleine nie leiden," beharrte er.

„Nein, weil ich es überhaupt für unpassend hielt,
daß sie mit Nelly verkehrt, wie mit Ihresgleichen."

Eine Weile blieb es still in dem Zimmer, die alte
Dame athmete wie erleichtert auf; der ängstliche Zug,
der sich während der letzten Reden ihres Enkelsohnes
um ihren Mund gelegt hatte, verschwand, und fast
freundlich bittend sah sie zu ihm hinüber.

„Ich wollte mit Dir sprechen, Army,“ sagte sie endlich, „wir müssen zusammen überlegen; ich habe an den Herzog geschrieben und bin überzeugt, daß das Geld kommt, ich bin jedoch genöthigt, einen Theil desselben für mich zu behalten, der andere bleibt für Dich; hoffentlich reicht er aus, um die schlimmsten Gläubiger zu befriedigen. Aber was dann? Und vor allen Dingen was — wenn die Hülfe wider alles Erwarten ausbleiben sollte?“

Er antwortete nicht gleich; die Falten auf seiner Stirn waren tiefer geworden. „An die Bereitwilligkeit des Herzogs glaube ich nicht,“ sagte er dann finster, „und wenn auch, es ist ein Tropfen auf einen heißen Stein. — Was ich thue? Mir bleibt nichts als — Amerika.“

Da fühlte er sich plötzlich an der Schulter erfaßt, und das leichenblasse Gesicht seiner Mutter beugte sich über ihn. „Army,“ fragte sie athemlos, „was sagst Du? Du wolltest fort — fort?“

Er schrak zusammen und ergriff ihre Hand; er wollte sie beruhigen, aber die entsetzten, verweinten Augen hingen so forschend an seinem Gesicht — er ließ die Hand fallen und wandte sich ab.

„Cornelie, Du weißt, ich kann dieses unhörbare

plötzliche Eintreten nicht leiden," schalt die alte Dame, aber jene hörte nicht; ihr Herz stand beinahe still vor dem einen schrecklichen Wort —: Amerika.

„Allmächtiger Gott! giebt es denn Niemanden, der uns helfen kann? Army, ich sterbe ja, wenn Du fortgehst!" flehte sie und hielt ihm die gefalteten Hände entgegen. „Das ist das Letzte, das Schwerste."

„Weine doch nicht, ängstige Dich nicht, Mama!" sagte er, ohne sie anzusehen, „ich, ich bleibe ja —"

„Nein, nein, ich weiß, was Du thun willst," rief sie, „Du wirst fortgehen, heimlich, ohne Abschied; ich werde eines Morgens aufwachen und keinen Sohn mehr haben; Army, kannst Du das? Kannst Du fortgehen, wo Du weißt, daß Du mich nimmermehr wiedersiehst?" Schneidend und herzzerreißend klang der Jammer aus diesen Worten.

„Es wäre ja nicht für immer," sagte er stockend, „ich käme ja einst wieder; wir schreiben uns; es —"

Sie ließ die Arme sinken. „Ich hätte mich todtgegrämt unterdessen," flüsterte sie, und ein paar große Thränen rollten über ihre Wangen.

Die alte Dame stand auf und schritt ungeduldig durch das Zimmer, Army verharrte regungslos in seiner Stellung. „Mamachen," bat die blasse Frau, und faßte nach den Händen der Schwiegermutter, „wissen Sie denn keinen Rath? Ist denn kein Ausweg mehr? Lassen Sie ihn nicht fort, ich ertrage es nicht!"

Der junge Mann fuhr sich plötzlich mit heftiger Geberde durch das Haar. „Mein Gott!" rief er, „ich bitte Dich, Mama, mache mir durch Deine Klagen die Sache nicht noch schwerer, überlege doch: ich habe massenhafte Schulden — das ist ein Factum; bezahlen kann ich sie nicht — das ist das andere Factum. Ich habe das Mögliche versucht, um einen Ausweg zu finden — es war umsonst. Zum neuen Jahre kommt die Angelegenheit zum Klappen; es sind Wechselschulden dabei; die Festung ist mir gewiß — ich kann nicht weiter dienen — was bleibt mir da Anderes —? Denkst Du, mir ist wohl dabei zu Muthe? Gewiß nicht. Aber wie gesagt, weine nicht und jammere nicht, das Bischen elende Leben ist wahrhaftig keiner Thräne werth!" Er schritt hastig aus dem Zimmer und warf die Thür dröhnend hinter sich zu.

Einen Augenblick hielt er zögernd den Fuß an; es war ihm, als habe er einen Schrei seiner Mutter gehört, dann zog er weitergehend einen Brief aus der Uniform und erbrach ihn. „Es ist richtig; der Tanz geht los," flüsterte er, die Zeilen überfliegend; er trat in sein Zimmer und warf sich in den Sessel, der vor dem alten Kamine stand.

Heute früh hatte ihm noch einmal ein Hoffnungs- strahl geleuchtet — Lieschen; die Worte, die gestern Abend so leise flüsternd sein Ohr trafen unter der alten verschneiten Linde, sie hatten wie eine Friedensbotschaft nach den letzten stürmischen Wochen geklungen; es waren so kinderreine einfache Worte gewesen, die aus einem seligen, jubelvollen Mädchenherzen kamen; wie Veilchen- hauch hatte ihn das süße verschämte Wesen der alten Spielgefährtin angemuthet; das war echte, wahrhaftige Liebe, die ihm da entgegenblühte! Und er hatte sich gelobt dieser Liebe würdig zu werden, an ihrer Hand ein neues Leben zu beginnen mit frischem Muth, mit ehrlichem festen Willen, ja bei Gott, er hatte diesen Vorsatz gehabt, und nun — er lachte spöttisch auf. „Echte Liebe? nein — die gab es wohl kaum noch. Sie fügte sich heute so willig dem Vater, als er ihr sagte: Du wirst unglücklich, laß von ihm! Nein, die vielgepriesene große Liebe des Frauenherzens, die durch Leid und Unglück folgt ohne zu wanken, die ist eine Sage, ein längst verklungenes Mährchen. Die Eine so, die Andere so, schwachherzige eitle Geschöpfe. Aber er konnte ihr kaum einen Vorwurf machen; der Vater

wird ihr gesagt haben: er liebt nur Dein Geld. Das
war schon genug, und dann? Was mochte das Andere
sein mit der Großmama? Baron Fritz und Lisett!
Herr Erving hatte sie genannt heute früh, als er von
den hauptsächlichsten Gründen seiner Weigerung sprach;
Gott weiß, was Alles da passirt sein mochte; er war
so vorsichtig in seinen Aeußerungen gewesen, aber bah
— es ändert ja doch nichts mehr. Wie bald wird es
in seiner Garnison heißen: „der Lieutenant von Deren=
berg ist alle geworden, um die Ecke gegangen — natür=
lich Schulden, tolle Schulden: es liegt so in der Familie;
der Vater hat sich ebenfalls erschossen; das passirt ja
alle Tage — kaum noch der Mühe werth, darüber zu
sprechen."

Freilich, alle Tage! Das blasse vergrämte Gesicht
seiner Mutter erschien ihm; er hätte ihr eine Stütze
sein sollen, ja — sie würde sterben wenn er ginge.
Und Nelly, das arme kleine Ding, — die lieblichen
dunklen Augen schauten ihn an — wie würde sie
weinen und jammern nach ihm, und wenn sie dann gar
allein bliebe — — wenn er eines Tages im fremden
Lande einen Brief öffnete, der ihm die Kunde brächte,
daß sich das Mutterauge für immer geschlossen, und er
hatte nicht an ihrem Bette gestanden, nicht den letzten

Blick erhalten, das letzte Wort gehört, das vielleicht eine Vergebung für ihn gewesen? — — Er sprang hastig empor und riß die Uniform auf; in der Mitte des Zimmers blieb er stehen und starrte nach der Wand; dort hatte das Bild der schönen Agnese Mechthilde gehangen, das er sich vom Ahnensaal geholt, weil es ihr so ähnlich sah; er hatte es herabgenommen damals, als sie ihm ihr Wort brach; es lehnte noch immer verkehrt dort an der Wand.

Er schritt hinüber, hob es empor und hing es an seinen Platz; das wundervolle Gesicht mit den tief traurigen Augen schaute ihn wieder so vertraut, so unwiderstehlich bezaubernd an — er stellte sich mit verschränkten Armen davor und betrachtete es lange. Sie waren schuld, diese röthlich goldenen üppigen Haare, daß er geworden, was er jetzt war, durch eine thörichte, unselige Leidenschaft. Einen Augenblick überkam es ihn wie heiße Sehnsucht; würde sie wohl einen Blick des Bedauerns haben, wenn sie erführe, wie weit es mit ihm gekommen? Er lachte fast laut. Nein, die kalten funkelnden Augen, sie konnten nicht mild blicken, wie diese; das Bild war nicht ähnlich, gar nicht, nur die Haare. Ein bitterer hohnvoller Zug lehnte sich um seinen Mund: „Sind sie aber ohne Tück," murmelte er „ohne Tück? — Keine Einzige, keine!"

Er hörte nicht, wie sich leise und zögernd die Thür seines Zimmers öffnete, wie ein blasses Mädchengesicht mit großen erschrockenen Augen hereinsah, wie eine schlanke Gestalt sich ihm leise und zögernd näherte. In der Mitte des Zimmers blieb sie stehen; ihre Blicke hafteten beinahe erstarrt auf dem goldhaarigen Frauenkopfe dort im Bilde, den der junge Mann noch immer unverwandt ansah; unwillkürlich machte sie eine Bewegung, als wollte sie fliehen — da wandte er sich.

„Lieschen!" stammelte er, „Lieschen, Du —?"

Sie antwortete nicht; sie sah ihn nur groß an, während das dunkle Roth auf dem Gesichte einer tiefen Blässe wich.

„Was willst Du, Lieschen?" sagte er, „suchst Du Nelly? Sie — ich weiß nicht, ob — —"

„Nein," antwortete sie, „ich komme zu Dir."

„Zu mir?" fragte er leise.

„Ja, ich — mich trieb die Angst, Army. Deine Mutter war bei uns und sagte, Du wolltest — O, geh' nicht fort, Army, geh' nicht fort! Ich überleb' es nicht." Das Letzte klang wie ein Aufschrei; sie schlug die Hände vor das erglühende Gesicht.

„Du bittest mich, Lieschen, und Du hast mich doch heute früh gehen lassen?" fragte er bitter.

„O, es that mir so weh, als Du fortgingst, Army, so weh, aber noch viel mehr, noch tausend Mal mehr schmerzt es, daß Du mich nicht lieb hast, daß Du mich nur willst um — —"

„Das hat Dir Dein Vater gesagt, Lieschen!"

„Ja! Und ist es nicht wahr, Army? Und wenn ich noch gezweifelt hätte — als Deine Mutter vorhin in unser Haus trat, um Hülfe zu suchen bei dem Vater, damit Du nicht fort brauchtest in die weite Welt, da mußte es mir klar werden, mußte ich glauben, wogegen sich mein Herz sträubt mit aller Gewalt."

„Sie hat bei Deinem Vater gebettelt für mich?" fragte er laut und heftig und trat näher zu ihr. „Das ist stark."

„Sie hat Dich so lieb, Army, und sie wußte ja nicht, daß Du mich — daß der Vater —" sie hielt inne und sah angstvoll flehend zu ihm auf. „Geh' nicht fort, Army, geh' nicht fort!" bat wieder der kleine blasse Mund, „es muß ja so schrecklich einsam sein da draußen in der weiten fremden Welt, wo Dich kein Mensch lieb hat. — Ich bin fortgelaufen vom Hause, als ich Deine Mutter das schreckliche Wort „Amerika" aussprechen hörte, in blinder Hast mit der heimlichen Todesangst, ich könnte Dich nicht mehr finden. Und ich wollte Dich doch noch einmal bitten, um Alles was Dir lieb und theuer ist im Leben, um Deiner Mutter — — Deiner Schwester willen, Army — geh' nicht fort! — —"

Da stand sie vor ihm, so reizend und einfach in dem dunkelblauen Wollkleide, die Wimper tief gesenkt in mädchenhafter Verwirrung, die Brust stürmisch wogend vor Angst um ihn, vor Aufregung über den Schritt, den sie gethan: die eine der langen Flechten hatte sich von dem eiligen Laufe gelöst und hing ihr über die Schulter; sie merkte es nicht; sie streckte die zitternden Händen, eng in einander gefaltet, ihm bittend entgegen, und er wagte nicht sie zu ergreifen.

Das war sie ja, in holdester Gestalt verkörpert: die große, Alles überwindende Liebe eines Frauenherzens, an der er noch eben gezweifelt!

„Sei nicht stolz, Army," rang es sich endlich von ihren Lippen, „um Deiner Mutter und — — um meinetwillen. Ich wäre ja elend ein ganzes Leben lang mit dem Bewußtsein, Dich nicht gerettet zu haben. Wir wollen Cameraden sein, gute Cameraden, wie einst, Army — —"

Eine lange Pause trat ein; er hatte das Gesicht abgewandt und sah zu Boden, die Arme fest über einander geschlagen. Sie blickte fragend zu ihm hinüber, nach und nach aber flog wieder ein dunkles glühendes Roth über ihr Gesicht, die verschlungenen Hände löften sich und ein paar große Tropfen quollen unter den Wimpern hervor. Ein brennendes Schamgefühl stieg siedend heiß, erstickend in ihrer Brust auf, sie wandte sich und ging zur Thür. Da hörte sie Schritte draußen, eilige, wohlbekannte Schritte. Angstvoll irrten die großen Augen im Zimmer umher und hafteten an den seinen: fassungslos blieb sie stehen. „Die Muhme," flüsterte sie, „sie kommt, mich zu suchen."

Aber in demselben Moment stand Army neben ihr und zog sie schützend an sich; verwirrt und angstvoll senkte sich ihr Kopf auf seine Schulter; sie meinte, man müsse den lauten vollen Schlag ihres Herzens hören können; jetzt wurde die Thür geöffnet; unwillkürlich schmiegte sie sich fester an ihn, jeden Augenblick erwartend, eine wohlbekannte Stimme zürnend und vorwurfsvoll reden zu hören. Aber es blieb still; die alte Frauengestalt dort auf der Schwelle stand regungslos, nur die Augen ruhten schmerzlich staunend auf dem Bilde vor ihr; dort in dem hohen halbdunklen Gemach gerade unter dem großen Kronleuchter aus Hirschgeweihen, dort stand ein junges Paar; er hatte den Arm um die schlanke Gestalt gelegt, er hielt sie an sich gepreßt und sah finster zu der alten Frau hinüber, als sei er böse auf die Störerin; so standen die Beiden, ein Bild des süßesten Glückes.

„Also doch! also doch! Gegen die Liebe und den Tod, da ist kein Kraut gewachsen." Sie hatte es geahnt, als Lieschen so eilig das Haus verließ; sie war ihr nachgeeilt, aber wer kann noch mit fünfundsechszig Jahren laufen wie ein junges leichtfüßiges Ding, und sie kam zu spät! zu spät! „Das arme Kind war mit offenen Armen in sein Unglück gerannt!"

„Lieschen!" rief sie vorwurfsvoll.

Und da blickte sie auf und machte sich los aus seinen Armen.

„Ach, schilt nicht," bat sie leise, „ich konnte nicht anders, Muhme," und streckte ihr die Hände entgegen. Sie versuchte dabei zu lächeln, aber es ging nicht — die Thränen drängten sich ihr mit aller Gewalt in die Augen; fast leidenschaftlich schlang sie die Arme um den Hals der alten Frau, und unter Schluchzen wiederholte sie: „Ich konnte ja nicht anders, Muhme — ich konnte ja nicht anders!"

17.

Der folgende Tag brachte schlechtes Wetter; es thaute, und die leuchtende Schneedecke war plötzlich verschwunden, die nassen braunen Aeste der Bäume streckten sich kahl gegen den grauen Himmel, und dazu stürmte und toste es in der Luft, und die Ellern am Mühlbach schwankten und bogen sich im Winde.

Auf der Mühle herrschte eine gedrückte Stimmung; die Mädchen in der Küche sprachen leise mit einander, und der Kutscher, der sich hinzu geschlichen, kratzte sich ein paar Mal mit vielsagender Miene hinter den Ohren. Aus der Wohnstube drang des Hausherrn Stimme bis hier herüber. Der junge Baron war bei ihm. Gestern war er schon einmal da gewesen, und Lieschen sah seit dem so blaß aus wie der Kalk an der Wand. Da mußte Etwas nicht richtig sein; das war ja sonnenklar, und die Muhme machte auch ein Gesicht wie der pure Essig — und nun gar der Herr!

Jetzt klappte die Thür der Wohnstube, und die alte Frau schritt über den Flur die Treppe hinauf, wie Dörte bemerkte, die an dem Thürspalt lugte.

„Paß auf, Mine, unser Fräulein hat's durchgesetzt," flüsterte sie, „die Muhme holt sie herunter; na — im

Grunde, warum denn nicht? Er ist ein hübscher Mann und ein Vornehmer, und gut waren sie sich ja schon, als er noch als Cadettensoldat auf Urlaub kam.“

Peter fuhr wieder mit der Hand hinter die Ohren.

„Na, denn man zu!“ meinte er, „wenn ich der Herr wäre, ich sagte Nein! von wegen der Alten auf dem Schlosse.“

„Pst!“ wisperte Dörte, „wahrhaftig, sie kommt die Treppe herunter; jetzt gehen sie in's Wohnzimmer, Juchhe! ein Verlobungsschmaus — das wird eine Lust.“

Im nächsten Moment stand sie aber schon wieder am Küchentisch bei ihren Tellern und Tassen, denn die Muhme näherte sich der Küche, und gleich darauf trat sie ein. Das alte Gesicht hatte einen sorgenvollen Zug, und die Augen sahen aus, als hätten sie recht inbrünstig geweint; so dachten wenigstens die Mädchen. Sie stand einen Augenblick wie in Gedanken verloren, dann hakte sie das Schlüsselbund von der Schürze und schritt zur Speisekammer.

„Gläser, Dörte!“ befahl sie, als sie mit einigen Flaschen Wein wieder heraustrat, „und binde Dir eine weiße Schürze vor, wenn Du sie hineinbringst!“

Sie stellte die Flaschen auf den Küchentisch und ging, sich über die Augen wischend, wieder hinaus.

„Mein Gott!" rief das Mädchen, als sie aus der Wohnstube zurückkehrte und das leere Präsentirbrett heftig auf den Tisch setzte, „das soll eine Verlobung sein? Die ganze Gesellschaft macht ein Gesicht wie bei einem Leichenschmaus; der Herr beißt sich auf die Lippen, als wollt' er sich das Weinen verjagen, die Frau weint, wie wenn das Liesel gestorben wär', und die Muhme dazu; der Herr Baron steht neben unserm Fräulein wie ein Stock, richtig wie ein Stock; ich sah gerade, wie er ihr die Hand küßte, als ob nicht zu einer Ver= lobung ein richtiger ordentlicher Kuß gehörte, und unser Liesel sieht aus — daß Gott erbarm' wenn das eine glückliche Braut sein soll!"

Nach ungefähr einer halben Stunde schritt ein junges Brautpaar über die Schwelle des alten Hauses; am Fenster stand die Muhme und schaute ihnen nach, und unter der Linde da wandte sich ein blasses Gesichtchen noch einmal zurück zu den Fenstern; es lag nichts von einem strahlenden süßen Glück darin, nichts von der verschämten knospenhaften Wonne einer jungen kindlichen Braut; um den Mund spielte ein schmerzlicher herber Zug, und die Augen blickten unter den langen Wimpern hervor wie im tiefsten Weh. Der Bräutigam hatte ihren Arm genommen und in den seinen gelegt; so

schritten sie vorwärts, und der Schleier des Pelz
mützchens, das die Braut trug, wirbelte im Winde hoch
auf. Keines von Beiden sprach ein Wort. Da waren
sie wieder an der alten Linde; die Hand des jungen
Mädchens zuckte leise, und eine dunkle Röthe flog einen
Moment über ihr Gesicht.

„Du bist müde, Lieschen? Ich ging zu rasch.“

„O nein; aber ich — ich fürchte mich so vor
Deiner Großmutter.“

Er biß sich auf die Lippen, aber blieb stumm; war
er doch selbst in keineswegs angenehmer Spannung,
und er kannte seine Großmutter genug, um zu wissen,
daß sie zu einer rücksichtslosen Handlung fähig sei.
Wieder schritten sie vorwärts, und nun bogen sie in die
Lindenallee ein; der Wind heulte durch die lange
Baumreihe und schlug die Aeste prasselnd zusammen,
und das hohe Portal mit seinen alten Sandsteinbären
sah feucht und dunkel aus. Unwillkürlich schweiften die
Augen des jungen Mädchens über das imposante
Thor.

„Was heißt das?“ fragte sie plötzlich und deutete
auf den Wappenspruch.

„Nunquam retrorsum! Niemals zurück!“ erwiderte er.

„Das ist gut," sagte sie, tief Athem schöpfend; dann beschleunigte sie ihren Schritt.

Und nun standen sie vor dem Thurmpförtchen: einen Augenblick kam es wie Schwäche über sie. „Werde ich es ertragen, wenn sie mich beleidigt?" fragte sie sich, und eine namenlose Angst vor der stolzen Großmutter quoll erstickend in ihrer Brust auf; es war als müsse sich der Fuß wenden, als müsse sie noch fliehen, noch — ehe es zu spät war; sie kam sich so hülflos vor, so ohne Schutz, denn er, er liebte sie ja nicht.

„Lieschen!" jubelte da eine helle Stimme, und in Thränen ausbrechend schlang Nelly die Arme um ihren Hals. „Lieschen! Schwester Lieschen!"

Sie duldete die Küsse; es flog wie ein flüchtiger Sonnenstrahl über ihr Gesicht, und dort oben, auf der Schwelle der alten traulichen Wohnstube breiteten sich ein Paar Arme nach ihr aus und umschlossen sie fest und fester, und innige Liebesworte tönten in ihr Wort.

„Meine liebe Mutter," flüsterte sie und beugte sich auf die schmale Hand, „ich will Dir gewiß immer eine gehorsame Tochter sein und — und dem Armin eine treue Frau." Das Letzte klang stockend und leise.

Da stand sie nun wieder in dem hohen Gemach,

das sie vor zwei Tagen verlassen als lustiges glückliches Mädchen, da stand sie neben ihm, seine Braut! Und in dieser kurzen Spanne Zeit, da hatte das junge Herz die höchste Seligkeit erlebt, um gleich darauf im größten Weh zu erzittern. — Dort saß die Mutter des Bräutigams, und ihre thränenfeuchten Augen ruhten so mitleidig auf der Braut des Sohnes; freilich, sie wußte ja auch, weßhalb er ihre Hand begehrt, ihr war es ja ebenso ergangen. Nur Nelly war unbefangen, sie glaubte an seine Liebe zu der Freundin. Ach, wenn sie es doch auch könnte, dieser Glaube war so süß, so wundervoll.

„Du verzeihst einen Augenblick, Lieschen, ich will Großmama unseren Besuch anmelden lassen," sagte Armin.

Sie neigte bejahend den Kopf, und er ging, um gleich darauf schweigend zurückzukehren. Das Herz pochte ihr stürmisch; unwillkürlich faltete sie die Hände, während sie in jähem Wechsel erröthete und bleich wurde, und mit einem Male stand Alles, was die stolze alte Frau ihr angethan, wie mit Flammenschrift vor ihrer Seele, und dann tauchte ein holdes Bild vor ihren Augen auf — Großtante Lisett, und ein frühes Grab auf dem Kirchhof da drüben.

„Die Frau Baronin bedauern; sie haben Kopf=
schmerzen heute und können Niemand annehmen,“
schreckte Sanna's Stimme das junge Mädchen aus
ihren fieberhaften Gedankengängen.

„So lasse ich bitten, mir für morgen eine Stunde
zu bestimmen, wann ich mit meiner Braut einen Besuch
machen darf.“ Das klang scheinbar ruhig, und doch
blitzten Army's Augen drohend zu dem alten Mädchen
hinüber, deren Blick beinahe gehässig auf der jungen
Braut ruhte. Diese hatte sich unwillkürlich höher auf=
gerichtet, und Nelly ergriff ihre Hand und streichelte
leise ihre Wangen.

„Mama,“ begann Army und nahm in dem Sessel
neben seiner Braut Platz, „mein Schwiegervater läßt
Dich um eine Unterredung bitten, und es wäre sehr
liebenswürdig von Dir, wenn Du heute Abend mit
Nelly zur Mühle kämst, und gemeinschaftlich unsere —“

„Gewiß, Army, gewiß! Ich wäre so wie so heute
noch mit Nelly gekommen, vorausgesetzt, daß das Wetter
es erlaubt.“

„Die Frau Baronin können durchaus keine Zeit
bestimmen, lassen aber den Herrn Lieutenant heute Abend
auf einen Augenblick zu sich bitten,“ lautete der Bescheid,
den die alte Dienerin jetzt überbrachte.

„Es thut mir leid, Sanna, ich bin heute Abend begreiflicher Weise nicht disponibel, da wir unten in der Mühle unsere Verlobung feiern — hörst Du, Sanna, in der Mühle unten! Es thäte mir ferner leid, Sanna, daß die Frau Baronin Kopfschmerzen hat und wir somit ihrer Gegenwart bei der Feier entbehren müssen; im Uebrigen lassen wir — das Brautpaar — uns empfehlen und gute Besserung wünschen."

„Si Signor!" zischte die Alte und verschwand.

Es blieb still; Army schritt im Zimmer auf und ab; seine Mutter hatte das junge Mädchen neben sich auf's Sopha gezogen und hielt ihre Hände fest in den ihren. Ach großer Gott! Es war doch furchtbar schwer, — das Bewußtsein ihrer drückenden Stellung überkam sie plötzlich mit der ganzen Wucht, sie meinte erliegen zu müssen. Und nun gar wenn der Vater erführe, daß die Großmutter ihres Bräutigams sie nicht einmal hatte sehen wollen, und die Muhme! Doch sie hatte es nicht besser gewollt: sie würde nie klagen, hatte sie versprochen. Ja, wenn er sie wenigstens lieb hätte, dann — —

„Ich muß nach Hause," sagte sie aufstehend; es war ihr zum Ersticken schwül zu Muthe.

„Warum so eilig?" fragte Army

„Ich — ich möchte zu Hause Bescheid sagen, daß

Mama und Nelly kommen," stammelte sie. Er nahm ohne Weiteres seine Mütze.

„Bleib' doch noch hier!" bat sie ängstlich, „ich kann ganz gut allein gehen; komm doch nachher mit Deiner Mutter!"

Er zuckte ungeduldig die Schultern. „Adieu Mama, auf Wiedersehen, adieu Nelly!" rief er, während Lieschen, den Schleier vornehmend, mit abgewendetem Gesicht ihnen die Hand reichte.

Draußen toste noch immer das Wetter, und wieder gingen sie schweigend neben einander. Der Wind zerrte an den Kleidern des Mädchens und ließ sie fröstelnd zusammenschaudern.

„Du bist zu leicht angezogen," sagte Army und nahm den Mantel ab, um ihn ihr über die Schultern zu hängen.

„Nein, mich friert gar nicht — ich danke wirklich." Er hing den Mantel über den Arm und schritt neben ihr weiter.

„Der Weg ist beinahe grundlos," begann er nach einer Weile, „wir müssen übrigens gleich an die Stelle kommen, wo der Mühlbach etwas übergetreten ist — warte! Da sind wir schon; ich möchte sehen, ob nicht ein Pfad dort drüben durch das Gebüsch führt."

Das junge Mädchen stand gehorsam still, sie sah in der grauen Dämmerung seine schlanke Gestalt, die suchend jenseits des Weges ging; dann kam er zurück.

„Es geht nicht; das Wasser steht zu beiden Seiten beinahe schuhtief; ich trage Dich hinüber.“

„Nein,“ rief sie zurücktretend, „nimmermehr!“

„Warum nicht?“

„Weil ich nicht will, daß Du Dich um meinetwillen im Geringsten bemühst; mir schaden nasse Füße nichts, gewiß nicht; wir sind ja gleich zu Hause.“

Er antwortete nicht, und die Dunkelheit verbarg seine aufflammende Röthe, sie fühlte sich aber gleich darauf von starken Armen emporgehoben und hinüber= getragen.

„Verzeih,“ klang es kühl und bitter in ihr Ohr, als sie wieder auf festem Boden stand. „Eine Dame kann unmöglich diese Stelle ohne Hülfe passiren.“

Der Rest des Weges wurde schweigend zurückge= legt. Als sie in den Hausflur traten, lugten die neu= gierigen Gesichter der Mädchen aus der Küche, und die Muhme kam ihnen entgegen. „Ist das ein Wetter!“ meinte sie freundlich und öffnete ihnen die Thür zur Wohnstube.

„Guten Abend, Muhme,“ sagte Army und faßte

nach ihrer Hand, aber die alte Frau zog sie merkwürdig eilig zurück.

„Gehen Sie immer hinein, Herr Baron!" bedeutete sie kühl, „Lieschen kommt schon nach; ich hab' ihr erst noch etwas zu sagen, und Sie werden ja noch so mancherlei mit Ihrem Herrn Schwiegervater zu sprechen haben." Sie zog das junge Mädchen an der Hand fort in ihr Stübchen.

„Wir bekommen Besuch, Muhme," sagte diese; „Peter soll Army's Mutter und Nelly mit dem Wagen abholen."

„Schön, werd' es bestellen."

Die alte Frau ging hinaus, und als sie wieder ein= trat, fiel der flackernde Schein der Lampe, die sie trug, auf ein ganzes verweintes Gesicht, das vorhin die Dämmerung verdeckt hatte.

„Du hast geweint, Muhme?" fragte Lieschen und beugte sich zu ihr hinunter.

„Nun ja, Kind, das kommt so — laß' nur! Ich wollte Dir heute Abend ein paar Worte sagen, weil doch Dein Verlobungstag ist." Sie stellte die Lampe auf den Tisch und trat zu dem jungen Mädchen. „Sieh, Lieschen, ich hab' immer gemeint, er würde einmal fröh= licher werden, dieser Tag, und hab' gemeint, Du würdest

einmal eine weniger blasse Braut sein. Es ist Dein
Wille, Kind, Du sagst ja auch, Du bist glücklich, und
hast den Eltern die Einwilligung auf den Knieen ab=
gebettelt, aber mich, Lieschen, mich kannst Du nicht
täuschen; ich weiß es ganz genau, wie es in dem
armen kleinen Herzen da aussieht, und das thut mir
so jammervoll weh; ich könnte schier vergehen vor
Herzeleid."

Sie wandte sich um, ging zur Kommode, und zupfte
die Decke zurecht und schob die Kasten auf und zu, und
dabei liefen ihr die Thränen aus den Augen und fielen
auf die alten Hände; Lieschen stand noch schweigend
mitten im Zimmer.

„Daß Du so still bist, Kind, und so starr," sagte
die Alte und trocknete sich die Augen, „das kann mich
so angst machen; sprich doch, mein Herzel! Es wird
Dir leichter darnach."

„Was soll ich denn reden, Muhme? Ich habe ja
nichts, wovon ich gern sprechen möchte," erwiderte sie.

„Komm einmal her zu mir, Liesel!" bat die alte
Frau, und zog die schlanke Gestalt an sich, „versprich
mir eins! Wenn er jemals vergessen sollte, was Du für
ihn gethan, wenn er jemals unfreundlich zu Dir ist und
ich lebe noch, Kind, dann komme zu mir! Dann werde

ich mit ihm reden, und zum zweiten Male versucht er es nicht."

Sie lächelte nur. „Aengstige Dich doch nicht, Muhme!"

„Und die alte Baronin, Kind, hast Du sie gesprochen?"

„Nein, Muhme, ich glaube sie will mich nicht sehen."

Die alte Frau fuhr heftig auf, und ihr gutes Gesicht sah einen Augenblick unbeschreiblich bitter aus; sie hatte eine derbe Rede auf den Lippen, aber ein Blick auf das bleiche Mädchen vor ihr ließ sie verstummen. „Lieber Gott!" murmelte sie nur, „und das Alles ohne Liebe!" Und wieder füllten sich ihr die Augen mit Thränen.

Draußen fuhr eben der Wagen dröhnend über die Brücke, der die Damen von dem Schlosse holen sollte, zu gleicher Zeit aber wurde auch die Hausthür geöffnet; lautes Sprechen erschallte, und dann Dörte's bedauerlicher Ausruf:

„Ach du lieber Gott! Ach Jesses!"

„Das war doch der alte Thomas aus der Pfarre," sagte die Muhme und öffnete die Thür. Richtig, da stand der alte krumme Mann, und die Mütze, die er in der Hand hielt, triefte vom Regen, und Dörte rief der Muhme entgegen:

„Ach hören Sie doch nur, das Karlchen von Pastors ist gestorben, vorhin; ach Gott, wie mir das doch leid thut!"

„Der Karl?" fragte Lieschen und stand plötzlich neben dem alten Boten, „der Karl?"

„Ja, Fräulein, um sechs Uhr ist er eingeschlafen; ach, Fräulein Liesel, die arme Mutter und der Vater! Es war so ein prächtiger Junge; Gott, ist das ein Jammer da unten! Sie glauben's gar nicht."

Das junge Mädchen war noch in Mantel und Hütchen. Ohne sich zu besinnen, schritt sie der Hausthür zu.

„Wo willst Du hin, Kind? Kind, bei diesem Wetter!"

„Ich gehe zu Onkel Pastor, Muhme, laß mich — bitte!"

Und schon stand sie wieder in dem tosenden Wetter und kämpfte gegen den Wind, um vorwärts zu kommen. Die Rufe der alten Frau verhallten im Sturme, und über ihr bogen sich die Zweige der Erlen am rauschenden Mühlbach in wildem Kampfe. Da kam ihr ein Wagen entgegen; sie trat zur Seite und ließ ihn vorüber, und dann setzte sie desto rascher den Weg fort. Ihr schien es eine Wohlthat, dieses tobende Wetter, es war ja eine Qual, im geschützten Zimmer zu sitzen neben ihm; es sah aus wie ein Bild des süßesten Glückes, und es war doch kein Schatten davon; er liebte sie nicht; er hatte sie nur ihres Geldes wegen begehrt! Das Gefühl freudiger Aufopferung, mit der sie ihm ihre Hand geboten, verschwand vor dem Demüthigenden, was sie erlitten, und er selbst, der das Opfer angenommen hatte, was that, er um die Demüthigungen zu versüßen? War es denn so schwer, ihr guter Camerad zu sein?

Wie wild die alte Linde ihre Aeste schüttelte, und wie rasch die Wolken dahin jagten am dunklen Himmel! Und dort unten im Dorfe, im Pfarrhause, da wurden Thränen geweint, bittere, heiße Thränen — wer doch auch weinen könnte! Aber sie wollte nicht, sie wollte ja nicht, daß die Leute sie so mitleidig ansähen, Vater und Mutter und gar die Muhme, selbst Dörte und Mine — nein, das war schrecklich, das konnte sie nicht ertragen.

Tönten da nicht eilige Schritte hinter ihr? Ja, und jetzt der Ruf: „Lieschen! Lieschen!" Sie stand still, das war ja seine Stimme, wenn sie jetzt ihm entgegen gehen, sich an seinen Arm hängen könnte, wenn er sagte: „Ich habe mich um Dich geängstigt, deshalb komme ich," aber nein, gewiß hatte ihn der Vater nachgeschickt, oder er wäre vielleicht Jeder Andern gefolgt, denn eine

Dame kann doch unmöglich allein gehen in diesem Sturm.

„Aber Lieschen, ich bitte Dich," klang jetzt seine Stimme, „wie kannst Du in solchem Wetter ausgehen! Die Eltern ängstigen sich halb todt um Dich; hier ist ein Tuch von der Muhme, und warte, der Wagen muß gleich kommen; ich habe gesagt, daß er unverzüglich nachgeschickt wird. Bist Du noch immer die kleine leichtsinnige Liesel, deren gutes Herz in lichtlohen Flammen steht bei fremdem Unglücke?" fragte er, ihr das Tuch umwerfend.

Sie lächelte bitter. „Pastors sind keine Fremden für mich; sie gehören ja wie zu unserer Familie."

Er erwiderte nichts auf den herben Ton, und jetzt kam auch schon der Wagen heran und hielt dicht vor ihnen.

„Darf ich Dich begleiten?" fragte er, ihr beim Einsteigen helfend, „oder ziehst Du es vor allein zu fahren?"

Sie wollte das Letztere bejahen, aber dann fiel ihr Blick auf ihn: er war nur im Waffenrock ohne Paletot.

„Ich will nicht, daß Du Dich meinetwegen erkältest," sagte sie tonlos, „bitte, nimm Platz!"

Nach kurzer Fahrt hielt der Wagen; Lieschen stieg

eilig aus und trat in die Pfarre; es war dunkel im Flur und still rings umher; sie tappte sich zur Thür der Wohnstube und klopfte. Fast unheimlich laut hallte es wieder, aber kein freundliches Herein! ertönte. Ein unerklärliches Bangen überkam sie hier im Hause des Todes, aber muthig tastete sie sich vorwärts. Da war die Treppe und jetzt, hier oben rechts, das Studir= stübchen: leise klopfte sie; wieder keine Antwort, aber durch den Spalt schimmerte Licht — sie öffnete die Thür und lugte hinein; da saß der Onkel Pastor am Tische, das Gesicht in den Händen geborgen, und vor ihm lag die aufgeschlagene Bibel.

„Onkel Pastor! Onkel Pastor!“ rief sie aufschluchzend und barg den Kopf an seiner Schulter.

„Liesel, Du gutes Kind! Ja, es ist schwer über uns gekommen,“ sagte er ernst und strich ihr über die feuchten braunen Flechten, „und Du bist in dem Wetter hergegangen? Wie gut das von Dir ist! Nicht wahr, — unser Karl, Lieschen, unser hübscher wilder Junge — o, es ist schwer, nicht zu murren gegen Gott. Meine arme Rosine! Er war ja ihr ganzer Stolz.“

„Ach Onkel, Onkel!“ schluchzte sie in heißem Schmerz, „wie ist das Leben doch so traurig, so schwer!“

„Ja, es ist schwer!“ sagte jetzt die kleine Frau, die

eingetreten war, „es ist recht schwer.“ Und aus den vom Weinen geröatheten Augen brach von Neuem ein heißer Thränenstrom. „Du hättest nicht kommen sollen, gutes Kind, es regt Dich auf, und Du könntest krank werden.“

„Soll ich den Karl nicht noch einmal sehen? Bitte Tante!“ sagte sie noch immer schluchzend.

Und nebenan in der Kammer, da lag ein blasses Knabengesicht in den schneeweißen Kissen; leise trat sie hinzu und sah in die lieben wohlbekannten Züge — wie oft hatte der Mund da „Tante Lieschen“ zu ihr gesagt, wie oft die großen Augen sie lachend angeschaut und nun so still, so stumm! Die kleine Frau preßte wieder das Gesicht in die Kissen des Bettchens, und der Vater stand auf der anderen Seite und schaute auf das, was ihm noch geblieben von seinen stolzesten Zukunftsträumen. Lieschens Thränen aber hörten auf zu fließen; es webte so ein wundervoller Friede um des Kindes Antlitz vor ihr — wie schön mußte es sein, so süß zu schlafen, mit solch glücklichem Lächeln, ohne das Weh des Lebens erfahren zu haben!

„Weine nicht, Tante! Er schläft so ruhig; er sieht so glücklich aus.“ Dann wandte sie sich langsam zum Gehen.

Im Stübchen blieb sie stehen. „Onkel,“ sagte sie

leise und legte die kleine Hand auf seinen Arm, „darf ich Dir wohl in dieser Stunde mit einer Frage kommen?"

„Zu jeder Zeit, auch jetzt, mein Lieschen! Ahne ich recht, wenn ich meine, es handelt sich um Dich und Army? Es ist mir heute etwas davon zu Ohren gekommen."

„Ja, Onkel, und ich kann nicht so fortgehen, ohne daß Du mir gesagt hast, wie ich handeln muß." Sie setzte sich auf das kleine Sopha. „Der Vater verweigerte sein Jawort," fuhr sie fort, „und die Muhme sagte, die Verbindung mit Army sei mein Unglück, Onkel, weil er nicht an mich, weil er nur an mein Geld dabei denke, und der Vater rief meinen Mädchenstolz an. — Zuerst fügte ich mich ihm; es war ein so furcht= bares Gefühl das zu erfahren, ich wollte auch stark sein, Onkel, aber dann — dann kam seine Mutter und jammerte, er wolle fort nach Amerika, und da, Onkel, da trieb es mich hin zu ihm, und ich bat ihn, nicht fortzugehen; ich war halb wahnsinnig vor Angst und Schmerz. Er sollte mich doch als guten Cameraden betrachten, habe ich ihm gesagt. Und dann hat der Vater eingewilligt, weil ich ihn so sehr bat; auf den Knieen habe ich gelegen, Onkel — ich wäre ja gestorben, hätte Army fortgemußt nach Amerika, und ich hätte nicht Alles versucht ihn zu retten; Army weiß nicht einmal, welche Kämpfe es gekostet hat. Und jetzt wird es mir so namenlos schwer, wenn ich neben ihm stehe; bei jedem Schritt an seiner Seite thut mir das Herz weh, und da regt sich der Stolz in mir, daß ich zwar seine Braut bin, aber die ungeliebte. Ach, Onkel, ich bin so unglücklich!"

Sie brach in Thränen aus, und barg den Kopf in die Kissen des Sophas.

„Liebes Kind," sagte der geistliche Herr und strich ihr leise über das volle Haar, „Du hast geglaubt, es wäre leicht sich selbst zu verleugnen, — ach nein, das bringt mehr Rosen als Dornen; mir fällt da ein Sprüchlein aus dem Stammbuch meiner Rosine ein; ihre alte Großmutter schrieb es ihr hinein, da sie, ein junges Mädchen, aus dem Vaterhause ging um in der Fremde als Erzieherin ihren Lebensunterhalt zu erwerben .Wenn Du einmal im Zwiespalt bist mit Deinen Gefühlen, mein geliebtes Kind, und Gekränktsein und verletzte Eitelkeit kämpfen mit der Neigung zum Verzeihen, zum Lieben, dann laß die Liebe triumphiren, selbst um den Preis gedemüthigt zu erscheinen! Das Herrlichste, das Schönste, was eine Frau zu thun vermag, ist zu lieben, immer zu lieben, ob ihr gleich weh geschah.‘ „Habe Geduld, Kind!" fügte er hinzu, als das

Mädchen ihn mit thränenerfüllten Augen anblickte, „er hat erst eben eine bittere Enttäuschung erlebt, und das Bewußtsein, einen Schritt zu thun, der von keiner Seite zu seinen Gunsten ausgelegt werden wird, mag Marterndes genug für ihn haben. Er wird das über= winden. Nimm an, daß nicht nur seine äußerst be= drängte Lage ihn zu Dir geführt hat, sondern das wirkliche Bedürfniß nach einem Herzen voll Liebe; — ich habe nie einen unedlen Zug in seinem Gemüthe ent= deckt. Vorläufig wird er Dich hochachten, er wird Dir dankbar sein, daß Du ihn vor Noth und Schande ge= rettet hast, und später, mein Kind, da entdeckst Du vielleicht, eh' Du es gedacht, ein kleines Fünkchen von Liebe für Dich in seinem Herzen, das, mit Demuth und Schonung, mit nimmermüdem Freundlichsein gehegt und gepflegt, dereinst noch zur hellen Flamme auflodert. Aber hüte Dich, daß Du den schwachen Funken nicht erstickst durch Empfindlichkeit, gehe mit ihm um wie mit einem kranken Kinde!“

Lieschen war aufgestanden.

„Ich danke Dir, Onkel,“ sagte sie leise, „und nicht wahr, Du beruhigst auch die Eltern, daß ich noch glücklich werden kann, und die Muhme? Ich will freundlich zu Army sein und nachsichtig, und will meine

Empfindlichkeit bekämpfen. Aber Onkel, sage mir nur noch das Eine, war es Unrecht von mir, daß ich dem Vater nicht folgte? Sieh, er meinte ich hätte ihn nicht lieb, sonst würde ich ihm den Kummer nicht machen auf meinem Willen zu bestehen; und die Muhme, — die weint immer zu. Ach Onkel, mach' doch daß mein Vater mich wieder freundlich ansieht."

„Es ist schwer für ihn, Kind, die Sorge fahren zu lassen; Du bist seine einzige Tochter, und er hat Angst um Dich. Es war seine Pflicht Dich zu warnen, Dir den Weg scharf zu beleuchten, den Du gehen willst, Du trittst in so verwickelte Verhältnisse, in eine ganz andere Sphäre; mach' ihm keinen Vorwurf wenn er die Stirn in Falten zieht, und ebenso wenig der Muhme, die alte Frau hat Dich so lieb. Aber sie werden auch wieder heiter blicken, wenn sie Dich zufrieden sehen an Army's Seite, und das liegt in Deiner Hand. Du liebst ihn, sagst Du, und Du weißt: Die Liebe duldet Alles, sie erträgt Alles und sie hoffet Alles —."

„Ich danke Dir noch einmal, Onkel," wiederholte sie, „Du findest immer das rechte Wort. Ich war auf dem Wege empfindlich und kühl zu ihm zu werden, ich will es anders machen jetzt. Leb' wohl, Onkel, ich

komme morgen wieder, und weine nicht, Onkel, dem
Karl ist soviel Schmerz erspart geblieben."

Langsam ging sie die Treppe hinunter; der Wagen
hatte umgewendet und hielt vor der Hausthür; Army
stand am Schlage und wartete, er half ihr einsteigen
und nahm Platz neben ihr, und wieder fuhren sie
schweigend in die Nacht hinaus.

„Army," sagte sie plötzlich, und legte ihre Hand
auf seine Schulter, „ich war wohl verstimmt und unfreundlich? Verzeihe mir, ich komme eben aus einem
Sterbehause —."

Er nahm ihre Hand in die seine, und wandte sich zu ihr.

„Ich habe eine Bitte an Dich," fuhr sie fort ehe
er antworten konnte, „Du weißt, mein Vater gab nur
schweren Herzens die Einwilligung zu unserer Verbindung,
er hat Angst, ich könne nicht glücklich werden; — Verzeih'
ihm, Army, ich bin sein einziges Kind, hilf Du mir die
Wolken von seiner Stirn zerstreuen, und versuche ein
wenig so zu thun als ob Du mich lieb hättest, als ob
Du glücklich wärst. Ich will es auch, — ich bin es
ja auch," setzte sie leise hinzu. „Sei nicht böse, aber
Mutter, die könnte sich wundern, und die Muhme, und
ich möchte so gern daß sie uns freundlich anschauen,
und nicht mit Angst —."

Er antwortete nicht.

„Willſt Du, Armin?“ fragte ſie zögernd.

Schon rollte der Wagen über die Mühlenbrücke und an dem Geſchäftshauſe vorbei, er fuhr um die kahlen Linden, und hielt jetzt vor der Hausthür. Lieschen ſah geſpannt zu ihm hinüber, und er hatte den Kopf abgewandt, und blickte zum Fenſter hinaus. Die Dörte mit der Laterne kam eben aus der Thüre, und riß den Wagenſchlag auf; er ſprang hinaus, und bot Lieschen die Hand zum Ausſteigen; es lag ein Zug tiefſter Rührung auf ſeinem Geſichte. So thun ſollte er, als ob er ſie liebt? Wie traurig dieſe Bitte war! Und wenn er ihr jetzt ſagte: „Wozu Verſtellung? Ich liebe Dich wirklich, mit Deinem reinen Gemüth, Deiner holden Weiblichkeit, — mit Dir allein kann ich glücklich werden, Du allein giebſt mir den Frieden wieder!“ Würde ſie es glauben? Das war ja aber das Elend, — er hatte ihr Vertrauen verloren — —.

Er ſah zu ihr auf, er wollte ihr antworten, Was? Ja, das wußte er ſelbſt nicht. Und da bog ſich in dem ſchaukelnden Lichte der Laterne ein reizender Kopf aus dem Wagen, die kleine Pelzmütze ſaß etwas ſchief gerückt auf den üppigen braunen Flechten, das ovale Geſichtchen war noch geröthet vom Weinen; es lag ein leiſes ver=

schämtes Lächeln um den seinen Mund, ein erzwungenes Lächeln, aber es vertiefte doch zwei reizende Grübchen in den Wangen, die Augen aber, die sahen wie um Antwort bittend in die seinen, und ließen ihn fast betroffen zurückweichen; er kannte sie ja, diese Augen, so träumend schauten sie ihn an, so leidversunken als suchten sie ein verlorenes Glück —! Beinah stürmisch zog er sie an sich, und blickte hinein in die großen Sterne.

Der Wagen war fortgefahren, und Dörte lief aus dem Sturm in die schützende Hausflur. Es war dunkel geworden um die beiden jungen Menschen da draußen; er wollte sprechen, aber die Lippen schlossen sich wieder. „Sie würde Dir doch nicht glauben," sagte er sich; und sie wagte nicht noch einmal zu fragen, als er ihre Hände langsam aus den seinen ließ. „Er will nicht lügen," dachte sie, und trat über die alte Schwelle; „Er will nichts versprechen, was er nicht halten kann, — er liebt mich ja nicht!"

18.

„Und Du sagst, Heinrich, meine Großmutter habe die Beiden zusammengesehen?"

„Die Fränzel hat es mir anvertraut, Herr Lieutenant, den Abend, ehe sie verschwand."

Der junge Officier saß in einem der großen Lehnstühle seines Zimmers und sah forschend und mit regem Interesse zu dem alten Mann hinüber, der in ehrerbietiger Haltung nicht weit von ihm stand und in dessen Zügen eine leichte Verlegenheit sich kennzeichnete. Armn hatte ihn noch zu später Stunde rufen lassen, er wollte wissen, welche Motive seine Großmutter leiteten und worin der Haß wurzelte, der sich auch heute wieder in der geringschätzigen Behandlung seiner Braut offenbarte; aus unparteiischem Munde wollte er hören, auf was die Andeutungen seines künftigen Schwiegervaters zielten, und der alte Mann hatte in der That auf seine Fragen stockend und verlegen zu erzählen begonnen von dem Baron Fritz, der die schöne Lisett dort unten in der Mühle so gar lieb gehabt.

„Zu jener Zeit," fuhr der Alte fort, „da kam eines Abends der Baron Fritz geritten, so recht lustig; ich nahm ihm seinen Paletot ab, denn es war kalt, und dann schloß ich ihm das Thurmstübchen auf und machte Feuer im Kamin an —"

„Das Thurmstübchen?" unterbrach der junge Officier den Erzähler hastig.

„Jawohl, Herr Lieutenant. Der Baron Fritz wohnte dort immer; ich weiß auch warum; er konnte von dort oben die Fenster seiner Liebsten sehen, — also ich machte Feuer an, holte ihm eine Flasche Madeira und half ihm die Kleider wechseln, denn Sie müssen wissen, Herr Lieutenant, die Bedienung bei ihm ließ ich mir nicht nehmen, er war ein gar so frischer lieber Herr, und wer ihn ansah, mußte ihm gut sein. Und da fragt er nun nach Allem, was passirt, und ob sein Bruder schon wieder zu Haus wär', und ich antworte ihm auf Alles und sage ihm, daß der Herr in drei Tagen zurück erwartet würde, na, und dann, was die Frau Mutter macht und die Frau Schwägerin und so weiter, und dabei kramte er immer in den Schubladen des Schreib= tisches herum, und endlich fragte er ganz ängstlich „Heinrich, hast Du hier aufgeräumt, als ich neulich so eilig ab= gereist bin?‘, Jawohl, Herr Baron,‘ sag' ich. „Hast Du nicht ein kleines goldenes Herz gefunden?‘ ‚Nein!‘ und er fuhr fort zu suchen, und ich suchte mit, aber es fand sich nichts; endlich gab er sich zufrieden, aber er sah sehr traurig aus. ‚Weißt Du, Heinrich,‘ meinte er dann, ‚das ist mir ein recht harter Verlust; fünfzig Thaler gebe ich Dir, schaffst Du mir das Herzchen wieder,‘ und dann nahm er den Hut und Stock, denn er trug immer Civil, wenn er hier war, und sagte, er habe noch einen Gang vor in den Park, ehe er den Damen seine Aufwartung mache; na, ich wußte ja schon, wo er hin wollte."

„Mir gingen nun die fünfzig Thaler im Kopf herum, Herr Lieutenant, und so fing ich denn wieder an zu suchen und zu suchen, aber es war nichts, und dann nahm ich das Licht und ging in die anstoßende Schlaf= stube, und wie ich drinnen bin, da ist's mir, als ob ich nebenan die Thüre gehen höre, so leise und sacht, wie nur möglich, und wie ich rasch wieder hineintrete in die Wohnstube, da pralle ich zurück, denn da steht die Sanna drinnen und schrickt zusammen."

„Wissen Sie, Herr Lieutenant, ich bin jetzt alt ge= worden und ruhiger, aber damals konnte ich das hagere Weibsbild mit den kalten grauen Augen, dem schwarzen Haar und der gelben Gesichtsfarbe nicht ausstehen; es war immer ein falsches Geschöpf, und darum fuhr ich sie in drei Teufels Namen an und fragte, was sie hier zu suchen habe. ‚Die gnädige Frau wollen wissen,‘ sagte sie, ‚wann Baron Fritz zurückkehrt?‘ Sie nannte mich immer Enrico dazumal; denn sie war stolz auf ihre italienische Abkunft. ‚Wo ist der Herr Baron?‘ forschte sie noch einmal. ‚Scheeren Sie sich zum Kukuk!‘ schrie ich sie an, ‚und spioniren Sie nicht! Ich weiß nicht, wo er ist,‘ und damit wollte ich sie hinausschieben. ‚Horch!‘ sagte sie, und wie ich still bin, da hören wir vom Dorfe drunten die Glocken läuten, daß wer gestorben ist; sie fing an sich zu bekreuzigen und ein Ave Maria zu sprechen, ich schob sie aber doch hinaus: ‚Machen Sie das draußen ab! Verstehen Sie?‘ und da drehte sie sich vor der Thür um und sagte: ‚Wissen Sie, Enrico, wer da gestorben? Des Lumpenmüllers Lisett ist's.‘

„Lumpenmüllers Lisett! Ich erschrak, daß ich zitterte; heiliger Jesus, was wird Baron Fritz sagen? war mein erster Gedanke; er ging so lustig, so glücklich zu ihr — und nun todt, das schmucke junge Blut! Es war eine Pracht, Herr, wenn man das Mädel sah; ob Sie jetzt des Lumpenmüllers Lieschen, wollt' sagen des Herrn Barons Braut, ansehen oder ihre Großtante, es ist just dasselbe, wie aus den Augen geschnitten ist Lieschen ihr. Und wie ich noch so dastand, zog ein Sturm heran, daß sich die Bäume bogen, und um die alten Mauern krachte es und heulte es in allen Tonarten. Baron Fritz kam nicht und kam nicht, und mittlerweile wurde das Wetter immer schlimmer und schlimmer, und es war gerad', als ob der Orkan den Thurm umreißen wollte; das Auge konnte in der Dunkelheit keinen Gegenstand unterscheiden, so sehr ich mich auch anstrengte und das Gesicht an das Fenster preßte. Die Schloßuhr hatte schon Zehn geschlagen, und immer noch kehrte er nicht zurück. Herr, es war eine furchtbare Nacht! Auf einmal flog die Thür auf, und als ich mich umwandte, da sahen meine entsetzten Augen den Baron Fritz — er stand schon mitten im Zimmer, und zu seinen Füßen lag bleich und zerzaust die tolle Fränzel und hielt die Hände zu ihm empor in angstvollem Flehen."

‚Bitte meine Schwägerin, Heinrich,‘ sagte er mit tonloser Stimme, ‚sie möge einen Augenblick sich herbemühen!‘ Ich flog zur Thür, Herr Lieutenant, ich wußte es war etwas Schreckliches geschehen, als ich die gebrochene Gestalt des Mädchens sah, und als ich die Thür aufriß, da stand die Frau Baronin — Ihre Frau Großmutter — draußen und wollte herein. Sie wich zurück, als sie ihren Schwager erblickte; einen Augenblick zuckte es wie jäher Schreck durch ihre Glieder und sie verbarg rasch etwas in der Tasche ihres Kleides, aber dann schritt sie scheinbar ruhig in das Zimmer hinein."

„Herr Lieutenant, eine schönere Frau hat's wohl kaum gegeben, wie sie war; und als sie so dastand in dem langen weißen Nachtkleide, die schwarzen Locken halb aufgelöst, und mit ihren großen dunklen Augen in dem blassen Antlitze, da sah sie aus wie ein Engel der Unschuld gegen das arme winselnde Geschöpf an der Erde.“

‚Mio caro amico,‘ rief sie dem Baron zu, ‚was soll das?‘ und zeigte wie verwundert mit der Hand auf die Fränzel.“

„Kommen Sie herein, Frau Schwägerin!“ erwiderte er rauh. „Geh’, Heinrich, und schließ’ die Thür!“ — Jetzt erst wendete er mir das Gesicht zu — Herr, ich war damals ein strammer wilder Bursch, aber ich habe gezittert, so sah er aus — die Augen schienen einge= sunken; das junge blühende Gesicht war alt und ver= fallen im wahnsinnigen Schmerze, und um den Mund zuckte es wild wie in furchtbarem Zorne. In meinem Leben vergesse ich nie den Anblick und die Todesangst, die ich empfand, als ich die Thür hinter der Baronin schloß; mir klapperten die Zähne vor Aufregung, und ich blieb wie gebannt auf dem Corridor stehen. Die Sanna schlich auch herzu, und so standen wir Beide da und wagten nicht zu athmen. Zuerst war es un= verständlich, was sie da drinnen sprachen, man hörte nur die weiche Stimme der gnädigen Frau und da= zwischen das Schluchzen der Fränzel, aber dann ging es los: die Donnerworte des Herrn Barons vernahmen wir deutlich draußen, es waren schreckliche Worte, die gnädige Frau rief manchmal dazwischen, und die Fränzel jammerte und schrie; die Sanna aber warf sich auf die Kniee, und begann zu weinen und zu beten, und ihr Gesicht war aschfahl."

„Nun trat eine Pause ein, eine kurze Pause, dann sagte die Frau Baronin einige Worte, und jetzt brach wie ein Sturm das Entsetzliche los. Der Baron, Gott habe ihn selig — Herr Lieutenant, es war schrecklich was er da mit überlauter Stimme schrie, es war der Ausbruch eines grenzenlosen Schmerzes, eines verzweifeln= den Herzens das sich in Flüchen Luft machte; er fluchte seinem Hause, der Frau seines Bruders und nannte sie Mörderin. O Gott, Herr, ich weiß es selbst nicht mehr, ich stand stumm und starr, und dann flog die Thür plötzlich auf, und die Baronin stürzte hinaus und floh wie ein verfolgtes Wild den Corridor entlang und die Treppe hinab; schrecklich sah sie aus, und da unten schlang sie, wie nach einem Halt suchend, die Arme um die Säule und glitt bewußtlos zu Boden; ich sehe sie noch vor mir, die weiße zusammengesunkene Gestalt, und wie Sanna ihr schreiend folgte und sie auf ihren Armen davontrug. Und fast in demselben Momente wurde die Fränzel hinausgestoßen und der Herr Baron stand in der Thür: ‚Mein Pferd!‘ befahl er mit heiserer Stimme, und als ich hinunter eilte, da lief eben die Fränzel aus der Halle, die Hände vor dem Gesichte, in die Nacht und das Sturmtoben hinaus. Ich führte dem Herrn Baron das Pferd vor; er schwang sich hinauf mit seinem bleichen verzerrten Gesichte — das arme Thier; es bäumte sich hoch auf — so preßte er ihm die Sporen in die Seiten, dann sauste er davon, daß ich meinte, es müsse ein Unglück werden. Und da kam er plötzlich zurück; ich stand noch in Wind und Wetter auf den Stufen der Freitreppe und horchte, wie das Trappeln des Pferdes näher kam.“

„Höre, Heinrich,‘ sagte er, „geh’ Du zu meiner alten Mutter und ich lasse ihr Adieu sagen; mich sieht sie nimmer wieder — ich will ihr den Anblick eines Unglücklichen ersparen.‘ Das Letzte verstand ich kaum noch, der Sturm verwehte es wohl, oder brach seine Stimme in Weinen, ich weiß es nicht; er gab mir die Hand, und dann war er fort, Herr, und ist nie mehr wieder= gekommen. —“

„Die Fränzel aber, die sah ich noch einmal; sie lag dort drüben auf dem Platze unter den alten Bäumen auf den Knieen, und als sie ihn fortreiten hörte in die finstere unheimliche Nacht, da schrie sie so gellend auf, daß ich hinüber lief. Und da, Herr, fand ich eben ein armes unglückliches Geschöpf, das sich in Reue und Leid verzehren wollte, und da merkte ich auch, daß sie nicht so schlecht war, und ich tröstete sie in ihrem Jammer — nun, und damals hat sie mir erzählt, daß der Baron Fritz und die schöne Lisett hatten getrennt werden sollen, und daß sie gestorben, weil sie hat glauben müssen, er sei ihr untreu, und — das ist Alles, was ich weiß."

„Noch eins," begann er nach einer Pause, während welcher der junge Mann vor ihm schweigend verharrte mit finster gefalteter Stirn, „das gehört auch noch dazu: Als ich an jenem Abend noch einmal die Treppe hinabschritt, da blitzte mir just auf derselben Stelle, wo die Frau Baronin zusammengebrochen war, etwas goldiges entgegen; ich hob es auf und beschaute es beim Schein der großen Lampe die da im Treppen=hause brannte, — es war ein kleines goldenes Herzchen und darauf stand eingravirt L. E. Ich drehte das Ding nach allen Seiten, da war es ja, was der Herr Baron so eifrig gesucht, — aber wie kam es hierher? Doch ehe ich noch überlegen konnte, stand die Sanna neben mir und guckte mir über die Schulter, und in demselben Moment hatte sie mir auch schon mit den spindeldürren Fingern das Dingelchen entrissen, und lief damit fort. Ich ärgerte mich, und eilte ihr nach bis zu den Zimmern der Frau Baronin, da, wie der Wind huschte sie hinein, und der Riegel wurde innen vorgeschoben; ich hörte nur noch mehrere lebhafte italienische Ausrufe die sehr freudig klangen, und gleich darauf die Stimme der gnädigen Frau, dann blieb es still."

„Ich wußte mir damals keinen Vers darauf zu machen, Herr, so nach und nach aber, da wurde mir Alles klar, und nach und nach da ging auch das in Erfüllung, was der Baron Fritz in seinem Schmerz um die todte Liebste auf dieses Haus herabgewünscht hat; — es sind schreckliche Zeiten gekommen, Herr, schreckliche Zeiten, das Thurmstübchen aber, das ist verschlossen geblieben bis auf den heutigen Tag, und der es einst bewohnte, ist nicht wiedergekehrt. — Es war Schade um ihn, Herr Lieutenant, jammerschade, er ist so um all' sein Glück betrogen worden —"

„Du meinst, Heinrich, daß meine Großmutter wirk= lich —" Die Stimme des jungen Mannes klang gepreßt.

„O Herr, mir kommt es nicht zu, etwas Böses von meiner Herrschaft zu glauben; ich habe ja keine Be= weise, daß Baron Fritz ein Recht hatte zu den schreck= lichen Flüchen, aber das weiß ich genau, daß die Frau Baronin mit ihm schon längere Zeit nicht gut stand, weil — nun, er hatte sich einmal in ihre Angelegen=

heiten gemischt; dann war sie auch grausam stolz; sie hätt' um keinen Preis des Lumpenmüllers Lisett als Schwägerin anerkannt, und darum — Herr Lieutenant — nichts für ungut! Ich darf es ja wohl sagen: ich habe Sie ja in der Wiege liegen und Sie heranwachsen sehen. Nehmen Sie es mir nicht übel — die Lieschen —"

„Ist meine Braut, Heinrich —"

„Herr, ich weiß es, und hab' mich gefreut, als ich Sie Beide sah, wie ich nicht geglaubt hab', daß ich mich noch einmal freuen würde — ach, Herr, halten Sie Ihre Braut hoch und lassen Sie sie nicht aus den Augen! Es kann Einem angst werden um so ein junges Menschenkind hier oben im Schlosse; verzeihen Sie mir, Herr Baron! Es hat mir beinah' das Herz abgedrückt, Ihnen dies zu sagen; sie hat so viel Aehnlichkeit mit der Lisett, besonders ganz dieselben Augen, just so blau und tief und klar, und ganz denselben Ausdruck darin. Solche Augen, die vergißt man nicht. Gott schenk' ihnen nur Freudenthränen!"

Die Stimme des Alten war bewegt, als er nun hinausschritt, und das „Gute Nacht" klang nur noch undeutlich in die Ohren Army's; er achtete auch nicht darauf — vor seiner Seele standen sie eben auch, diese blauen Kinderaugen, aber so schmerzlich, so bang und unsagbar traurig, wie er sie heute Abend gesehen.

„Dieselben Augen,“ wiederholte er halblaut, „derselbe Ausdruck!“ aber er sah zu dem Bilde der schönen Agnese Mechthilde hinüber. Das Licht war tief herabgebrannt; es flackerte nur dann und wann noch unsicher auf und die rothen üppigen Haare verschwammen in der matten Beleuchtung, nur die zwei dunklen traurigen Augen schauten aus dem blassen Gesichte unverwandt zu dem jungen Manne herüber, so leidverfunken, so bang, als suchten sie ein verlorenes Glück.

* * *

19.

Am folgenden Morgen ging Army nach der Mühle; sein Schwiegervater hatte eine Unterredung mit ihm gewünscht. Lieschen sah er nicht; die Muhme, die aus der Küche kam und ihm die Thür zu des Hausherrn Zimmer öffnete, antwortete ihm auf seine Fragen, daß das junge Mädchen noch schlafe, und ein Bischen Ruhe würde wohl nöthig sein und gut thun, wenn Eins so die ganze Nacht geweint habe.

Auf seinem Gesicht lag ein tiefer Schatten, als er

in das Zimmer seines Schwiegervaters trat; er hatte sich gesehnt nach Lieschen's Anblick seit dem gestrigen Abend, und der Gedanke, daß sie die ganze Nacht geweint, fiel ihm schwer auf's Herz. Er mußte einige Augenblicke warten. Herr Erving war drüben im Comptoir, und unwillkürlich flogen seine Blicke durch den Raum; es war ein behagliches Gemach mit seinen dunklen Tapeten, den grünen Möbeln und Vorhängen; auf einem massiven Schreibtische stand ein Portrait; es war eine Photographie Lieschen's aus der Kinderzeit; das liebliche Gesichtchen blickte so naiv schelmisch in das Leben hinaus, so hatte er sie gekannt; die braunen langen Zöpfe, da waren sie wieder. Er nahm das Bild empor, um es genauer zu besehen, und hielt es noch in der Hand, als jetzt Herr Erving eintrat.

In dem Gesichte des stattlichen Mannes lag ein Ausdruck, den es sonst nicht bot, von Sorge und Abgespanntheit; er mochte kaum geschlafen haben diese Nacht. „Verzeihen Sie, daß ich Sie warten ließ!" begann er das Gespräch, dem jungen Mann die Hand reichend. Ich fand etwas angehäufte Geschäftssachen vor, weil ich gestern wohl zum Erstenmale nicht pünktlich drüben sein konnte. „Nehmen Sie Platz!" bat er, „und lassen Sie uns gleich zu unserer Angelegenheit übergehen, je früher daran, um so besser. — Ich werde nicht viel unnütze Worte machen," fuhr er dann fort und schob sich einen Sessel an den Tisch. „Zuvörderst denke ich, wir reisen Beide in Ihre Garnison, um dort die Angelegenheiten zu arrangiren; alsdann reichen Sie das Abschiedsgesuch ein — Sie dürfen es mir nicht verdenken, daß ich dies so bestimmt verlange! Sie ist mein einziges Kind" — seine Stimme bebte bei diesen Worten — „und ich will sie wenigstens in meiner Nähe, unter meinem Schutz behalten."

Armin verbeugte sich zustimmend, aber das Blut stieg ihm siedend heiß in die Wangen.

„Es wird Ihnen schwer?" fragte Herr Erving.

„Nein!" erwiderte der junge Mann fest.

„Ich verlange nichts Unbilliges," fuhr Jener fort. „Sie wissen, daß meine Familie in früheren Zeiten von der Ihrigen einen ansehnlichen Theil der umliegenden Ländereien käuflich erworben hat. Nun ist Lieschen unser einziges Kind, und ich habe mit meiner Frau überlegt, daß es das Beste scheint, Sie werden wieder, was Ihre Väter waren, nämlich Herr auf Derenberg. Ich habe bereits heute früh an Hellwig geschrieben, wie die Dinge stehen, und ihn zu einer Conferenz mit mir nach S. bestellt, hauptsächlich zu dem Zwecke, um zu versuchen, wie viel wir von den Ländereien Ihres Stammgutes, die ohnehin in keineswegs guten Händen sind, wieder erwerben können, um sie dem Ganzen hinzuzufügen; hoffentlich wird es zum größten Theile gelingen. So, das ist was ich zu thun beabsichtige. Von Ihnen erwarte ich dafür, daß Sie sich — —" er brach plötzlich ab; dann trat er zum Schreibtische und suchte zwischen Papieren umher.

„Ich habe nicht leichten Herzens mein Jawort gegeben," wandte er sich wieder zu dem jungen Manne und seine Stimme klang weich und leise, „denn ich fürchte, daß meine Tochter vielen Demüthigungen entgegen geht, aber sie wollte es nicht anders und ich weiß, sie wäre elend und krank geworden, wenn Sie von uns gingen. — Ich kenne Sie eigentlich nur aus Ihrer Kindheit, denn als junger Mann haben Sie mein Haus nicht mehr betreten, aber das Wenige, was ich von Ihnen weiß, ist nicht gerade der Art, Ihnen mein Vertrauen rückhaltlos zu schenken. Sie sind bis jetzt getreulich in die Fußtapfen Ihrer Frau Großmutter getreten, die in Leuten meines Standes tief untergeordnete Geschöpfe sieht; Ihre Vorfahren — das weiß ich — dachten anders. Ich habe Ihnen jetzt das

Liebste gegeben, was wir, meine kränkliche Frau und ich, auf der ganzen Welt besitzen, und dafür fordere ich, daß Sie mein Kind beschützen und hoch halten; ich will nicht, daß es von Ihrer Frau Großmutter so behandelt wird, wie Ihre unglückliche Mutter; dieses Versprechen kann ich von Ihnen verlangen, und Sie sollen es mir jetzt geben; sobald ich Thränen in den Augen meines Kindes sehe, mache ich Sie verantwortlich dafür. Werden Sie es versprechen können, Alles thun zu wollen, um mein Kind vor dem Hochmuthe jener Frau zu schützen?" Er hielt ihm die Hand hin.

Der junge Officier stand regungslos und sah zu Boden; er hatte das Gefühl, als müsse er dem Manne, der ihm so großmüthig sein Liebstes auf der Welt gab, der so gütig zu ihm sprach, um den Hals fallen, und wie einen Vater umarmen. Und doch lag etwas tief Demüthigendes, wie ein drückender Alp, auf seinem Herzen.

„Lieschen soll es nie bereuen, daß sie mich vor einer dunklen Zukunft rettete," sagte er als er die Hand erfaßte, und das Beben seiner Stimme verrieth, wie tief ihn die Worte des älteren Mannes ergriffen hatten; „ich werde sie zu schützen wissen in jeder Weise — auch vor meiner Großmutter, ich bin ja gewarnt."

„Ich glaube Ihnen," sagte Herr Erving, „und somit hätten wir uns augenblicklich nichts weiter zu sagen; ich bin überdies sehr beschäftigt, da wir heut' Abend reisen müssen."

„Ich werde bereit sein," versetzte Army, „auch ich habe noch Wichtiges mit meiner Großmutter zu besprechen."

Ein rascher, forschender Blick Erving's glitt über das Gesicht des jungen Mannes vor ihm: dieser schien ruhig, nur seine Augen blitzten erregt.

„Lassen Sie sich nicht fortreißen!" ermahnte ihn Herr Erving und legte die Hand auf die Schulter Army's, „sie ist und bleibt die Mutter Ihres Vaters und das Alter soll man ehren. Ich verlange weiter nichts, als daß sie meinem Kinde nicht weh thut, im Uebrigen mag sie handeln wie sie will. Also Ruhe, Army, hören Sie wohl? Sie ist eine alte Frau."

Es war das erste Mal, daß er den jungen Officier beim Vornamen anredete. Fast gerührt sah dieser zu ihm auf; das war der Mann, von dem er einst in thörichtem Stolze gesagt hatte, er könne nicht unter seinem Dache verkehren, und jetzt sorgte er für ihn wie ein Vater; ihm verdankte er jetzt Alles, Alles, seine ganze Zukunft.

„Gehen Sie jetzt, Army!" mahnte er, als dieser seine Hand ergriff und sie wortlos drückte, „und heute Abend reisen wir. Gehen Sie — und noch einmal — Mäßigung."

Er ging wie im Traume; dort oben am Ende der Allee tauchte das Schloß auf und das mächtige wappengeschmückte Portal. Er heftete einen Moment seine Blicke darauf um sie gleich wieder loszureißen; er kam sich heute so klein vor, so erbärmlich.

Er richtete den Kopf hoch, und ein Zug von Entschlossenheit lag auf seinem Gesicht, als er jetzt die Stufen der Treppe emporschritt, die zu dem Zimmer seiner Großmutter führte. Da kam ihm Nelly entgegengelaufen; ihre Augen leuchteten wie Sonnenschein.

„Wie geht es Lieschen, Army?" fragte sie und schlang, auf einer Stufe stehend, beide Arme um seinen Hals. Er schaute ihr in das lachende Gesicht, sie war so glücklich über ihre neue Schwester.

„Willst Du mir einen Gefallen thun, Kleine?" fragte er, und strich ihr die Locken aus der Stirn. Sie nickte eifrig.

„Dann geh' zu ihr — ja? Aber bald, gleich, und sage ihr, ich lasse sie grüßen und sie soll nicht mehr weinen, ich ließe sie sehr bitten darum — hörst Du?" Er machte eilig ihre Händchen los und wandte sich ab, als er einen erstaunten, fragenden Ausdruck in ihren Zügen las; „Geh' nur bald!“ rief er zurück, „und bleib ein wenig bei ihr! Ich habe jetzt mit der Großmama zu sprechen.“ —

Auf dem Corridor huschte Sanna an ihm vorüber; ihr Gruß war etwas schnippisch.

„Kann ich die Großmama jetzt sprechen?“ fragte er.

„Ich war schon zweimal in Ihrem Zimmer, Herr Baron,“ erwiderte sie, „die Frau Großmama wartet mit Ungeduld.“

Er ging rasch an ihr vorüber und trat ein. Die alte Dame saß auf ihrem gewöhnlichen Platze am Kamin; sie grüßte flüchtig mit dem Kopfe und wies auf einen Sessel. „Du hast mich lange warten lassen,“ sagte sie.

„Ich hatte eine nothwendige Unterredung mit meinem zukünftigen Schwiegervater,“ erwiderte er, Platz nehmend, „er war so gütig, mir die Pläne für unsere Zukunft mitzutheilen.“

„Das Experiment ist also doch geglückt?“ fragte sie, seine eigenen Worte gebrauchend. „Nun, jedenfalls habt Ihr die Ringe noch nicht gewechselt; es läßt sich also über die Sache noch reden.“ Er machte eine ungeduldige Bewegung. „Du erlaubst doch, daß ich Dir noch ein paar Worte sagen darf?“ fragte sie.

Army verbeugte sich leicht und heftete seine Blicke plötzlich auf ein Briefblatt, das die schlanken Finger seiner Großmutter hielten; er kannte dieses starke crêmefarbige Papier, und auf einmal schoß ihm das Blut siedend heiß zum Herzen.

„Zuerst," begann die alte Dame und nahm von dem neben ihr stehenden Tischchen ein zweites Blatt, „ist hier ein sehr liebenswürdiges Schreiben des Herzogs v. R.; er wünscht Deine Verhältnisse kennen zu lernen und verspricht mir, in jeder Weise sich für Dich zu interessiren; es ist das ein Versprechen, dessen Tragweite Du hoffentlich zu würdigen verstehst; Deine Stellung als Officier ist gesichert, Deine Carrière zweifellos." — Sie sah ihn forschend an. „Mein Rath ist der, Du endigst diese lächerliche Farce da unten in der Mühle und reisest sofort nach B. ab."

„Großmama," erwiderte er ruhig, „das kann unmöglich Dein Ernst sein."

„Er ist es — gewiß!" versicherte sie; „Du bist mit vollen Segeln in die obscursten Verhältnisse hinein gerannt, und ich möchte Dich daraus in standesgemäßere retten."

„Standesgemäßere?" fragte er, „schwerlich; die Verhältnisse, in die ich trete, sind die besten, die es giebt."

„Vielleicht als Compagnon des Herrn Schwieger=
vaters — Lumpenmüller Numero Zwei! Nicht wahr?“

„Bitte Großmama, brechen wir das Capitel ab!
Ich werde nie mein Wort zurücknehmen, selbst wenn
mich Dein Vorschlag verlocken könnte — um so weniger
aber, da ich ganz und gar keine Lust verspüre, zurück=
zutreten.“

„Dann gehe ich aus dem Hause!“ rief sie gereizt,
„noch ehe Deine Frau den Fuß hineinsetzt.“

„Es sollte mir leid thun, Großmama. Du könntest
mit ein wenig Güte und Freundlichkeit so Vieles gut
machen; freilich, wenn Du Dich so stellst zu der Familie
meiner Braut und zu ihr selbst, wie Du gestern ange=
fangen hast, so ist es — —

„Besser daß ich gehe?“ fragte sie. „Gut, Army,
ich will es auch: sieh hier, da ist ein Ausweg.“

Sie hielt ihm den crêmefarbenen Brief vor die
Augen; er erkannte die zierlichen Schriftzüge seiner
treulosen Braut, unwillkürlich trat er zurück. „Blanka?“
fragte er tonlos, „sie schreibt an Dich?“

„Weißt Du, was sie mir schreibt? Sie bittet mich,
sie auf einer Reise nach Italien zu begleiten, weil der
Oberst dienstlich verhindert ist, mitzugehen. Am liebsten
würde ich ihr diesen Wisch mit den süßschmeichelnden

Worten in's Gesicht schleudern, aber unter diesen Ver=
hältnissen giebt's keinen andern Ausweg; ich nehme ihr
Anerbieten an."

„Du wolltest — Du könntest das? Du könntest
zu ihr gehen, die mich betrogen hat, Großmama?"
fragte der junge Mann und faßte nach ihrer Hand.

„Es bleibt mir nichts Anderes übrig; ich mag nicht
mit jenen Leuten dort unten Gemeinschaft haben; ich
will es nicht, und ich thue es nicht," beharrte sie.

„Dann ist es freilich besser, Du gehst," sagte er
leise und wandte sich um.

„Das ist also der Dank für all meine Liebe! Das
ist die Erfüllung aller Hoffnungen, die ich auf Dich
gesetzt hatte!" stieß sie hervor. „Incredibile! Wenn
ich mir denke, Du dort unten im Comptoir auf dem
Schreibstuhl des Herrn Schwiegervaters!" fuhr sie
athemlos fort, „schreibend und Geschäftsbücher führend,
Du, der Du die Aussicht auf eine glänzende Carrière
so unsinnig um die Ohren schlägst —"

„Ich müßte auch zufrieden sein, hätte mir mein
Schwiegervater den Schreibstuhl angewiesen, aber er hat
es besser mit mir gemacht, Lieschen bringt mir als
Mitgift unser altes Familiengut zu, ich werde wieder
Herr auf Derenberg sein."

Er hatte langsam gesprochen und jedes Wort betont.

Sie wandte sich mit einem Ruck herum; ihre großen Augen sahen wie verschleiert zu ihm herüber, als glaube sie seinen Worten nicht. „Theuer genug erkauft!" stieß sie dann mühsam hervor.

„Wieso?"

„Weil Du unaufhörlich an eine Frau gekettet sein wirst, die Deine Standesgenossen über die Achsel ansehen, und endlich, die Du nicht liebst, nie lieben wirst!"

„Wer sagt Dir das?" fragte er, und ein feines Lächeln spielte um seinen Mund, „sollte das Letztere so unmöglich sein? Ich dächte, Du wüßtest es aus eigner Erfahrung, daß solches nicht außer dem Bereiche der Möglichkeit liegt. Denke doch an den verschollenen Großonkel Fritz und die schöne Lisett! —"

Die alte Dame antwortete nicht; sie setzte sich mit einer heftigen Bewegung in den Lehnstuhl zurück, und ihre Finger zerknitterten den Brief Blanka's, aber ihr Gesicht war bleich geworden, so bleich, wie die Spitzen ihrer Haube.

„Mein Schwager hat nie daran gedacht, jenes Mädchen zu heirathen," sagte sie endlich, „darauf hin muß ich ihn in Schutz nehmen; es war so eine Liebschaft, wie Cavaliere sie zu Dutzenden zu haben pflegen; die Kenntniß dieser Geschichte sollte Dich erst recht von dem unsinnigen Gedanken abhalten, ein Mädchen aus jenem Hause zu Deiner Frau zu machen!"

„O nicht doch, im Gegentheil! Wenn mich etwas in meinem Beschluß noch bestärken konnte, so war es dies, ich mache dadurch in Etwas gut, was sinnloser Hochmuth und unedle Rache einst verbrachen."

„Diese dunklen Andeutungen sind mir gänzlich unverständlich," unterbrach sie ihn, und erhob sich erregt; „der Bruder Deines Großvaters war ein Mensch, der keine Direction über sich besaß, der ein lockeres, leichtsinniges Leben führte — er ist verkommen, Gott weiß wo? Er war ein Heuchler, der seine frivolen Gesinnungen unter der Maske eines biederen, ehrenwerthen Exterieurs vortrefflich zu verbergen wußte; es thut mir leid, daß Du Dir eine Legende aufbinden ließest, in welcher dieser moralisirende Husarenofficier sammt jener Lisett die Rolle der Heiligen spielen. — Aber deshalb gerade, weil bereits einmal solch unpassende Beziehungen angeknüpft waren zwischen uns und Jenen dort unten, Beziehungen, die — Gott sei Dank! — durch ein höheres Einsehen zerrissen wurden, deshalb wiederhole ich Dir, werde ich nun und nimmermehr das Mädchen als Deine Braut betrachten, nun und nimmermehr ihr je meine Hand reichen, und bestehst Du auf Deinem Willen — gut, so gehe ich — ich weiß jetzt wohin"

sie hob den Brief Blanka's empor; „und obgleich es mir schwer wird, diesen Schritt zu der zu thun, die Dich betrog, ich ziehe ihn doch vor gegenüber der Aussicht, mit dieser Person in einem Hause zu leben."

Ihre Lippen bebten, und ihre Augen funkelten im Zorn.

„Gut, so geh', Großmama! Es thut mir leid, daß es so kommt, aber Du hättest das vollste Recht zu sagen, ich sei kein Mann, ich sei ein weichlicher Träumer, dem das bischen Unglück den Arm gelähmt hat — wenn ich meinen Entschluß änderte; ich kann es nicht als Mann von Ehre, ich will es aber auch nicht, weil ich nicht so thöricht sein werde, eine ganze Zukunft voll Glück von mir zu werfen." Aus seinen Augen leuchtete bei den letzten Worten ein Strahl, der den finstern Ausdruck, mit dem er zu der alten Dame hinüberge= sehen, vollständig verdrängte.

„Du selbst heißest mich gehen?" fragte die alte Dame athemlos.

„Nein, Großmama, am liebsten sähe ich, daß Du in meinem Hause friedlich weiter lebtest, aber da Du

mich vor die Wahl stellst: Dich oder sie — so kann
ich nur aus vollster Seele sagen: „meine Braut!"'

„Gut," erwiderte sie, „ich gehe, und wenn Du auf
den Knieen vor mir lägest und Ihr Alle zusammen
händeringend flehtet, ich sollte bleiben, ich werde dennoch
gehen! Es ist schändlich; es ist unerhört eine alte
Frau aus ihrer Heimath zu jagen!" Sie riß mit
zitternder Hast an der Glockenschnur und begann ver=
schiedene Fächer ihres Schreibtisches aufzuziehen; Briefe,
Kästchen, kleine Schachteln flogen in wirrem Durchein=
ander hinaus.

„Ich bitte Dich, Großmama, wer weist Dich
hinaus?" fragte er ruhig. „Ich wiederhole Dir, daß
es mir das Liebste ist, Du bleibst; wir Alle werden
uns bemühen Dir das Leben angenehm zu machen, es
steht ganz in Deiner Macht zu bleiben; meine Braut —"

„Sprich nicht das Wort aus!" rief sie ihm zu, und
trat mit dem Fuße auf, „ich will es nicht hören! Mich
hat hier Niemand geliebt, ich bin nie verstanden
worden, und Du, auf dem meine ganze Hoffnung ruhte,
Du bist wie die Anderen Alle, erbärmlich spießbürger=
lich, nicht werth einen alten Namen zu tragen!"

Das heiße südliche Temperament brach in unge=
zügeltem Maße hervor, und dabei wühlten die Hände

krampfhaft in den Schubfächern, und rafften in eiligster
Hast Alles zusammen, als gelte es vor einer Feuers-
brunst zu retten.

„Meine Reisekoffer,“ befahl sie der eintretenden
Sanna, „pack' Deine Sachen auch! Wir reisen.“

In diesem Moment flog ein kleiner blitzender Gegenstand über den Teppich und blieb zu Army's Füßen
liegen; er hob ihn auf und betrachtete ihn — es war
ein kleines goldenes Herz, zerkratzt und blind, und
darauf standen die Buchstaben L. E. eingravirt. Er
sah lange starr darauf hernieder. Die erregte Frau
dort merkte es nicht; sie ordnete mit fieberhafter Hast
die Briefe; neben ihr lag bereits eine ganze Menge
zusammengeballten Papieres, und immer wieder zer-
drückten die zitternden Hände Briefblätter und Bogen,
und warfen sie hinzu. Ihm war es nicht möglich, ein
Wort zu sagen; er trat nur zu ihr und hielt ihr das
kleine goldene Herz entgegen. Sie heftete die Augen
darauf, dann stützte sie sich plötzlich fest auf die Platte
des Tisches, die Röthe verschwand von ihren Wangen,
und eine fahle Blässe breitete sich über das Gesicht.
Kein Laut unterbrach die Stille, nur die kleinen Figuren
auf dem Schreibtische klirrten leise; so fest lehnte sich
die bebende Gestalt der Baronin darauf.

„Ich habe kein Recht, Dir Vorwürfe zu machen," sagte er endlich und zog die Hand, die den kleinen Gegenstand hielt, zurück. „Du bist die Mutter meines Vaters, und — es wäre auch nutzlos. Aber ich werde mich doppelt bemühen, an meiner Braut wieder gut zu machen, was Du einst verbrochen an einem jungen, liebreizenden Geschöpf; wollte Gott, daß es mir gelinge!" Er wandte sich, um hinauszugehen.

Da trat ihm Sanna in den Weg. „Was wollen Sie von meiner Herrin?" rief sie, „ich habe das goldene Amulett dem Baron Fritz genommen; ich allein that es; meine Signora ist unschuldig. Jagen Sie mich fort, Herr, aber nehmen Sie ihr nicht die Heimath, den einzigen Platz, wo sie ihr Haupt niederlegen kann!" Das alte Mädchen war zur Erde geglitten und streckte ihm flehend die Hände entgegen, und in den kalten, grauen Augen schimmerte eine Thräne.

„Ich weise Deine Gebieterin nicht fort," sagte der junge Mann, gerührt von der Treue der alten, harten Person, „im Gegentheil, ich —"

„Steh auf!" befahl die Baronin erregt, „und thu', was ich Dir geheißen — kein Wort weiter. Ich gehe noch heute!"

„Misericordia!" schluchzte die Alte in ihrer Todes=
angst, und ergriff die Falten des schwarzen Kleides
ihrer Herrin, „lassen Sie mich mitgehen, Signora
Eleonora! Ich sterbe ohne Sie."

Er sah schmerzlich zu der gebietenden Gestalt hinüber,
die da mitten im Zimmer stand, den Kopf stolz zurück=
geworfen; scharf und feindselig blickten ihn die schwarzen
Augen an, als stände ein fremder Bettler vor ihr, den
sie hinausweisen wollte. Er hatte sie immer so ge=
liebt, so bewundert, seine schöne Großmutter: selbst
jetzt, da der Nimbus, mit dem sein Herz sie einst um=
gab, geschwunden war, selbst jetzt blieb diese Liebe
Siegerin; er vergaß ihre Herrschsucht, ihre Schroffheit;
er sah nur noch die stolze, imponirende Frau, die ihn
einst mit abgöttischer Zärtlichkeit erzog.

„Großmama!" bat er, und trat ihr einen Schritt
näher, „laß es vergessen sein, was einst geschehen! Ich
biete Dir die Hand, nichts soll Dich hier an Ver=
gangenes erinnern —."

„Geh'!" bedeutete sie kurz, und ihre Hand winkte
ihm, in ihrer stolzen und doch so graziösen Weise, den
Abschiedsgruß; „geh'! Ich will allein sein; ich habe
noch viel zu ordnen."

Er trat zu ihr. „Leb' wohl!" sagte er, „und wenn

Dich jemals das Heimweh treibt, so komme! Du wirst —"

„Adieu!" fiel sie ein und entzog ihm die Hand, die er an den Mund führen wollte, „Du hast gewählt." Sie wandte ihm den Rücken.

„O der Fluch, der Fluch! O dio mio!" schluchzte das alte Mädchen, das noch immer, die Hände ringend, am Boden kniete.

„Thörin!" hörte er noch seine Großmutter sagen; dann fiel die Thür zwischen ihm und ihr in's Schloß.

20.

Der letzte Tag im alten Jahre! hat er nicht etwas feierlich Wehmüthiges? Es ist Abschiedsstimmung, die das Menschenherz erfüllt, und ein banges Zurückdenken und Fragen: was gab uns das alte Jahr, wie viel nahm es uns, und was wird das neue bringen? Freude oder Schmerz, Glück oder herben Verlust?

Es giebt eine Zeit, in der man solche Fragen noch nicht stellt, eine Zeit, in der man glaubt, die Zukunft müsse schöner werden mit jedem Tage, wo der Garten unserer Träume stolze Blüthen in Menge trägt und man

in seliger Ungeduld auf das Brechen der Knospenfülle
wartet, um sich an einer märchenhaften Blüthenpracht
zu berauschen; aber die Zeit vergeht, Knospe um Knospe
fällt welk zur Erde, und nur wenige erblühen vereinzelt
und zittern, daß auch sie der rauhe Hauch zerstöre, der
ihre Schwestern traf. Und wer erst solche Blüthen
fallen sah, der steht mit traurig fragendem Herzen an
der Pforte eines neuen Jahres und faltet bang die
Hände und fragt unwillkürlich: was wird die Zukunft
mir bringen? Werden die Knospen unsrer Hoffnungen
welken oder erblühen? Es ist traurig, wenn junge
Herzen schon diese Frage thun müssen, wenn ein Reif
im Frühling all' diese sonnige, glückverheißende Blüthen=
pracht zerstört.

Es war Nachmittags gegen vier Uhr, als Lieschen
die Unruhe nach dem Schlosse trieb; seit vier Tagen
war Army mit dem Vater schon fort, und sie hatte noch
keine Nachricht von ihm erhalten. Sie schrak jedesmal
zusammen, wenn der alte Postbote auf das Haus zu=
schritt, und wartete mit herzklopfender Angst, daß die
Mine einen Brief in ihre Hände legen sollte, und jedes=
mal hatte sie vergebens gehofft und senkte traurig den Kopf,
— was sollte er auch schreiben, er liebte sie ja nicht —.

Und heute war Sylvester, ein Tag, der sonst ein so

frohes Gepräge im elterlichen Hause getragen, liebe Gäste, Scherz und Ernst, Erinnerungen und Zukunfts= träume, — und heute? Der Vater nicht zu Hause, die Mutter so still, die Muhme traurig, und Onkel und Tante Pastor in tiefem Leid um ihren Liebling. Und sie?

Da schritt sie wieder die Allee zum Schlosse hinauf, sie mußte fragen, ob seine Mutter oder Nelly vielleicht Nachricht von ihm hatten? Der Brief des Vaters war so kurz gewesen; es habe sich Alles viel verwickelter herausgestellt, als er geglaubt, schrieb er, und wann er zurückkäme, sei noch unbestimmt — kein Gruß von ihm — kein Wort für sie!

Sie mußte heute etwas von ihm hören. — Sie schaute während des Gehens durch das kahle Geäst der Bäume und die Allee hinauf zu dem Portal, das eben auftauchte. Am Himmel hingen schwere, graue Wolken, und eine unangenehm warme Luft zog ihr entgegen; bei der falben Beleuchtung sah das alte Schloß fast unheimlich düster aus, so leer, so verlassen, ein rechtes Unglücksnest, wie die Muhme sagte. Wie viel Jahre sind gekommen und gegangen über diese alten Dächer, und wie viele werden noch kommen und gehen, und was werden sie bringen? Es kehrt nimmer wieder, was man

einmal verloren, und sie, sie hatte so unendlich viel ver=
loren, den ganzen wundervollen Liebesfrühling! Von
all' den schimmernden Blüthen waren nur die Dornen
geblieben, die sich in ihr wundes Herz gedrückt; kein
süßes Glück an der Seite des geliebten Mannes, nur
ein Leben in nimmermüdem Freundlichsein, in stetem
Selbstvergessen, nur schmerzliches Lächeln, aber keine
Liebe für sie. Und deshalb auch kein Brief.

Was sollte er ihr auch schreiben? Sie erinnerte
sich, ihre Mutter einst gesehen zu haben, wie sie mit
glücklichem Lächeln ein Päckchen alter Briefe öffnete,
die in einem Kästchen sorgsam verwahrt lagen. „Die
Briefe Deines Vaters," hatte sie gesagt, als das junge
Mädchen sie fragte, „aus der Zeit, da wir noch Braut
und Bräutigam waren." Welche Seligkeit dabei aus
den Augen der Mutter leuchtete! Das würde sie nie
kennen lernen; sie preßte die Hände zusammen auf der
Brust, und schritt rasch weiter.

Jetzt trat sie aus der Allee und lenkte ihre Schritte
über den freien Platz; da hielt ein Wagen vor der
Seitenpforte. „Ein Wagen, wie kam ein Wagen hierher?
Sollte Army —? Aber nein, dann wäre ja auch der
Vater gekommen."

Sie schüttelte den Kopf, als sie um das Gefährt

herum ging; es war ein jammervoller alter Kasten, der Kutscher in schlechtem geflicktem Rock, ein paar schwere Ackerpferde, die wohl kaum zu traben vermochten, jedenfalls ein Fuhrwerk aus dem Dorfe.

Sie ging in's Schloß und blieb im Corridor plözlich stehen; es schien ihr, als höre sie Stimmen und Tritte. In dem langen gewölbten Gange dunkelte es bereits, nur auf die breite Treppe, die nach oben führte, fiel ein mattes Licht durch die Fenster des Treppenhauses, das mit der großen Halle in Verbindung stand; wieder schritt sie zögernd weiter.

„Ihr habt es ja nicht anders gewollt," hörte sie die etwas scharfe Stimme der alten Baronin sagen, „Thränen finde ich jetzt bei Gott gänzlich überflüssig, Cornelie."

Das junge Mädchen vernahm gleichzeitig ein Rauschen von Kleidern und leichte Tritte; auf der obersten Stufe erschien eben die alte Baronin, sich halb zurückwendend zu ihrer Schwiegertochter und Nelly. Sie war in einen ehemals gewiß kostbaren Sammetpelz gehüllt, und das stolze Gesicht schaute marmorbleich aus einem schwarzen Spitzenshawl, den sie sich um den Kopf gewunden hatte.

„Es ist die Sorge um Sie, Mamachen," sagte die jüngere Baronin, „bei diesem Wetter! Und Sie

sind so von den Unbequemlichkeiten des Reisens ent-
wöhnt."

Reisen? Sie wollte reisen? Einen Moment zog
ein helles Gefühl der Freude in Lieschen's Herz.

„Die nothwendigen Consequenzen Eurer Handlungsweise, Cornelie," ertönte es wieder, „indeß
sorge Dich nicht! Noch bin ich nicht so gebrechlich,
daß ich — —"

„Es ist zu schnell gekommen, Mama, zu schnell."

„Zu schnell? Ich habe mit Ungeduld die Augenblicke
gezählt; ich wäre am liebsten noch in derselben Stunde
abgereist."

„Es wird mir namenlos schwer, Sie ohne eine
Verständigung scheiden zu sehen."

„Ohne eine Verständigung?" fragte die alte Dame
zurück. „Ich meine, die Verständigung habe ich am
meisten gesucht, man wollte mich aber nicht verstehen.
Denkst Du, mir wird es leicht zu gehen? Ich fühle
das Traurige in diesem Moment mit aller Gewalt, so
jammervolle Zeiten ich auch hier verlebt habe. Aber
bleiben unter den Bedingungen, die mir der zukünftige
Herr auf Terenberg stellte, bleiben, um ein Leben zu
führen, wie er es mir bot, um den Preis, meine Grund-
sätze seinen neuen durchaus nicht aristokratischen Ge-

sinnungen zum Opfer zu bringen — nimmermehr! Ich bin noch aus der alten Schule: Noblesse oblige!‟

„Sie geht meinetwegen,‟ flüsterte das junge Mädchen „sie geht um —‟

„Ich glaube, Army reiste ab, in der sicheren Hoffnung, Sie noch wieder zu finden, Mama,‟ bat die Schwiegertochter.

Die alte Dame lachte laut auf. „Dio mio! Du bist classisch, Cornelie! Das sagst Du mir jetzt, wo ich im Begriff bin, den Wagen zu besteigen? Die ganzen Tage hindurch hast Du Dich merkwürdig consequent bemüht, von Army keine Silbe zu erwähnen? Er weiß sehr wohl, daß er mich nicht mehr findet, und es ist gut so, ich will ihn nicht wiedersehen. Wozu auch noch einmal den Kampf erneuern? Er hat mit seinen corrupten Ideen mir vollständig die Lust be=nommen hier weiter zu leben; ein Mensch, der ein An=erbieten von sich weist, das ihm die Pforten zu einer glänzenden Carriòre öffnet, zu Allem was ein junger ehrgeiziger Mann nur wünschen kann, der verdient, daß man ihn aufgiebt.‟

„Ich weiß, der Herzog, Mamachen, aber —‟

„Du bist so thöricht wie er, Cornelie; kein Wort mehr, diese Erörterungen sind überhaupt jetzt, im Augen=

blicke des Abschieds, zu spät." Sie schritt vollends die Stufen hinunter.

„Bleiben Sie, Frau Baronin! sagte da eine bebende Stimme, und ein blasses Mädchengesicht beugte sich aus der Dämmerung zu ihr hinüber. „Bleiben Sie, es ist noch nicht zu spät; wenn es so steht, so — so gebe ich Army die Freiheit zurück; ich wußte ja nicht, daß sich noch ein Weg zu seiner Rettung aufgethan — —" Sie verstummte und griff mechanisch nach dem geschweiften Geländer der Treppe. Die dunkle Gestalt der alten Dame vor ihr wich erschrocken zurück, Nelly aber war mit einem Sprunge neben der Braut ihres Bruders und ergriff ihre Hand.

„Was sprichst Du da, Lieschen?" fragte sie, „was willst Du thun?"

„Das hätten Sie sich früher überlegen sollen, mein Kind," sagte die alte Dame scharf, „jetzt dürfte Ihre bessere Einsicht zu spät kommen."

„Ich habe ihm helfen, ihn retten wollen," erwiderte sie tonlos, „aber niemals wollte ich seinem Glücke im Wege stehen."

„O, noch ist es gewiß nicht zu spät, Frau Baronin!" rief sie flehend, als die alte Dame mit dem unnachahm= lich stolzen Zurückwerfen des Kopfes an ihr vorüber=

schreiten wollte. „Bleiben Sie, bis er kommt, gnädige Frau, sagen Sie ihm, er habe keinerlei Verpflichtungen gegen mich! Ich selbst gebe ihn frei, damit er anderswo das Glück finde, das ich ihm ja doch nicht geben kann. — O, bleiben Sie, bleiben Sie!" Die zitternden Hände faßten in den Sammt des Mantels, — „ich weiß es ja, er liebt mich nicht!" Klagend hallte die süße Stimme zurück von den hohen Wänden.

Die alte Dame schüttelte die kleinen bebenden Hände nicht ab, sie stand wie angezaubert und sah in das schöne Gesicht, das so verstört zu ihr aufblickte in der dämmerigen, unheimlichen Beleuchtung des vergehenden Wintertages. Ihre Züge veränderten sich nicht; nicht eine Spur von Mitleid mit dem geängstigten Kinde leuchtete aus den schwarzen Augen, nicht ein Wort kam über ihre Lippen; sie ließ sie die Angst auskosten bis auf den letzten Tropfen.

„Er liebt mich ja nicht!" wiederholten die blassen Lippen noch einmal, und die Hände glitten hernieder. „Bleiben Sie, bleiben Sie'"

Da schallte ein eiliger, wohlbekannter Tritt durch die Halle, und dort unten in der Dämmerung des Ganges erschien eine schlanke Männergestalt. Das junge Mädchen sah ihr mit trockenen brennenden Augen entgegen —

er kam noch? Sie sollte ihn noch hier finden? Mußte
ihr denn diese Stunde noch schwerer gemacht werden?
Als wollte sie Nichts mehr sehen, um stark zu bleiben,
schlug sie die Hände vor das Gesicht.

„Was geht hier vor?" tönte jetzt seine Stimme
hastig und wie aufgeregt in ihr Ohr, „meine Braut
weint?"

Seine Braut! Wie namenlos weh ihr dieses Wort
that — wäre sie doch fort von hier, tausend Meilen
weit, um dieser Qual zu entgehen!

„Sie ist vernünftiger als Du," erwiderte die alte
Dame, „noch einmal stehst Du am Scheidewege, denn
sie ist bereit zurückzutreten ---"

„Weil Du es ihr plausibel gemacht hast?" klang es
grollend zurück, „weil Du ihr wahrscheinlich angedeutet
hast, ich werde mit ihr unglücklich sein? Ich konnte
mir denken, daß Du keinen Moment unbenützt lassen
würdest, um noch einmal dasselbe zu versuchen, was Du
einst mit so vielem Erfolg in Scene zu setzen wußtest!"

„Nein, Army," unterbrach ihn seine Mutter, „Lieschen
hörte zufällig, daß Großmama —"

„Was hast Du gehört, Lieschen?" fragte er, den
Arm um sie legend und sich zu ihr niederbeugend; wie
weich auf einmal seine Stimme klang! „Will man denn

durchaus behaupten, daß wir so gar nicht glücklich zusammen werden könnten?"

Sie antwortete nicht, aber die Thränen rollten ihr
jetzt aus den Augen und flossen über die schlanken
Finger herab, die noch immer das Gesicht bedeckten.
Sie sah nicht, wie ängstlich er sie anschaute, sie hörte
nicht, wie die alte Dame mit einem Achselzucken weiter-
schritt, und seine Mutter und Nelly ihr folgten, sie
fühlte nur wieder den heißen brennenden Schmerz, daß
sie ihn doch noch lassen müsse, daß selbst ein Leben
ohne Liebe an seiner Seite noch ein Paradies sei gegen
die Leere, die ihr entgegen starrte, wenn sie ihm
entsagte.

„Lieschen," bat er, „Du könntest wirklich so — so
vernünftig sein, wie die Großmutter eben behauptete?"

Sie nickte.

„Ja, ja!" schluchzte sie, alle Selbstbeherrschung zu-
sammennehmend, „ich wußte ja nicht, daß der Herzog
Dir helfen wollte, sonst — ach, sonst wäre ich ja
niemals hierher gekommen, um — ich glaubte — ich,
ich allein könnte Dich retten."

„Das kannst Du auch," sagte er leise, „Du allein
kannst es, kein Mensch weiter auf der ganzen weiten
Welt."

Er nahm ihr die Hände vom Gesicht und schaute in ihre verweinten Augen.

„Lieschen, wenn Du wüßtest, wie viel ich um Dich gesorgt —"

Sie schüttelte den Kopf.

„O doch, o doch, mir schwebten ja beständig ein paar traurige blaue Augen vor, und eine längst vergangene traurige Geschichte von zwei eben solchen blauen Augen, die vor Kummer und Herzeleid gestorben sind; es packte mich mit Entsetzen, dachte ich daran, und meine Angst, meine Ahnung war doch nicht grundlos, beinah wäre ich zu spät gekommen — nicht wahr?"

„Nein, nein, Armh; es ist Mitleid von Dir; Du weißt nicht was Du hinwirfst, ein glänzendes Leben, eine stolze Carrière — laß' mich! Noch ist es nicht zu spät," flehte sie ängstlich.

„Du thörichtes Kind, ich weiß ganz genau, was ich aufgebe, ich weiß aber auch, was ich dafür gewinne — das Beste, das Edelste, das Reinste, was die Welt hat."

Es war still geworden in dem alten gewölbten Treppenhause, still und dunkel; unten fuhr eben polternd ein Wagen über das Steinpflaster des Schloßhofes, dann war es wieder still; nur noch ein heimliches Flüstern —. Der letzte Tag des Jahres ging zu Ende, was wird das neue bringen?

21.

Die Erde stand im vollsten Frühlingsglanz. Das erste junge Grün schmückte Bäume und Sträucher, in Erving's Garten blühten Narcissen und Flieder, der Goldregen bog sich über den Zaun, und der Rothdorn hing seine rosa geschmückten Zweige schwer hernieder unter all' der Blüthenpracht; im Parke aber wiegte der laue Wind die jungen Blätter der Lindenbäume und küßte jedes Gräschen auf den weiten smaragdgrünen Rasenflächen, als wolle er ihnen erzählen von neuer Lust und neuem Leben. Und neue Lust und neues Leben verkündete auch der Wasserstrahl, der aus dem alten Sandsteinbecken crystallhell emporstieg, um rauschend und sprühend wieder herabzufallen. Wie einst vor langer Zeit, stand das Portal weit geöffnet, seine massiven gewaltigen Flügelthüren weit aufgethan, als wisse es, daß bald, in wenig Wochen, der glückliche Schloßherr sein junges schönes Weib über die alte

Schwelle des väterlichen Hauses führen werde; von den Stufen der Treppe war der grüne Moosteppich verschwunden, und die beiden alten Bären schauten wunderlich trotzig unter ein paar mächtigen grünen Eichenkränzen hervor, die eine neckische Hand ihnen auf die ehrwürdigen Häupter gesetzt hatte.

Die langen Fensterreihen des Schlosses waren geöffnet, nur einige verhüllten dichte Vorhänge; die Zimmer bedurften nicht der Frühlingssonne, denn ihre Bewohnerin fehlte; sie war fort, wirklich fort. Keine Wimper hatte gezuckt in dem stolzen Gesichte, als sie an jenem Sylvesterabend den elenden Wagen bestieg, der sie wegführte aus dem Orte, der Jahre lang ihre Heimath gewesen. Kalt und flüchtig hatten ihre Lippen auf der Stirn der Schwiegertochter und Enkelin geruht, wußte sie doch, daß dort oben im dämmerigen Corridor ihr Enkelsohn sich noch im letzten Augenblicke ein Glück gerettet, gegen dessen Schein alles Andere verblich und der ihre Augen blendete — und so schloß sie denn diese einst vielbewunderten Sterne, als sie an dem alten Portale vorüberfuhr, und ballte die feinen Hände, während sich Sanna aufschluchzend aus dem Wagen bog — vorbei, vorbei! Was wird ihr das kommende Jahr bringen?

Und nun wurde der junge Herr jeden Tag zurück-
erwartet. Er war bis zur Uebernahme des Gutes auf
der Besitzung eines Freundes gewesen, um ohne Zeit-
verlust sich mit seinem neuen Berufe vertraut zu machen.
Da oben in dem kleinen so lange verschlossenen Thurm-
zimmerchen stand Nelly mit dem alten Heinrich; die
beiden runden Fenster waren ebenfalls weit geöffnet,
und sie schaute mit glücklichem Lächeln hinaus über den
Park, und ihre Blicke blieben an den im Sonnenlichte
flimmernden Fenstern der Papiermühle haften, die wie
in Blüthenpracht vergraben dalag.

„Schau, Heinrich!" rief sie, „nun weiß ich auch,
warum mein Bruder schrieb, wir sollten ihm gerade
dieses Zimmerchen in Stand setzen."

„O ja, hier ist eine gar schöne Aussicht," sagte der
alte Mann mit einem verständnißvollen Lächeln in dem
gefurchten Gesichte, „der Herr Baron wird gar nicht
wieder hinaus wollen, wenn er erst einmal drinnen
wohnt."

„Es ist ja aber auch zu wunderhübsch hier!" rief
das junge Mädchen sich in dem kleinen runden Gemache
umschauend, „wie gemüthlich! Und die Aussicht!"

Heinrich schob ein paar altmodische Stühle, die um
einen kleinen ovalen Sophatisch standen, zum hundertsten

Male zurecht; „und nun noch die Eichenguirlanden um
die Thür draußen, gnädiges Fräulein! Dann kann er
kommen; dann ist Alles fertig, um und um. Ich hätte
doch nicht gedacht, daß ich das noch erleben sollte,“
schloß er und schüttelte freudig den grauen Kopf; „es
ist wunderbar auf der Welt, gnädiges Fräulein, zu
wunderbar.“ — —

Auf der Mühle ging scheinbar Alles im alten
Gleise weiter, nur die Hausfrau fehlte schon seit vielen
Wochen; sie war mit der kranken Bertha des Ober-
inspectors nach Italien gereist, aber bald würde sie
zurückkehren, hieß es, gesund und gekräftigt.

Die Muhme aber sorgte sich um ihren Liebling, sie sei
auch eine gar zu stille Braut, meinte sie. Halbe Tage
lang konnte das Mädchen sinnend und träumend vor
sich hinschauen; am liebsten saß sie allein in ihrem
Stübchen oben und ließ die Muhme sich plagen mit den ge-
wichtigen Leinwandballen, die sie zum Zuschneiden und
Nähen aus den alten Truhen hervorholte. „Es ist ihr Alles
gleichgültig,“ murmelte sie betrübt vor sich hin, wenn ihre
Augen über diesen wichtigen Schatz jeder Haushaltung
glitten, „sie hat kein Interesse für ihre Aussteuer; das
arme Kind, sie entbehrt so viel, sie weiß ja nicht
wie es ist, wenn Einen der Schatz so recht von Herzen

lieb hat.“ Allabendlich aber, seit jenem Sylvester, falteten sich die alten Hände zum Dankgebet, daß die Baronin fort sei.

Sie war um Vieles beruhigter, die alte Frau, nun sie dieses wußte, und die zärtliche innige Liebe, die dem jungen Mädchen von der Schwiegermutter und Nelly entgegengebracht wurde, die hätte sie beinah’ versöhnt mit dem Geschick, wenn nur der Arm — —

Und wieder senkte sich so ein Maiabend zur Erde, duftig und mondbeschienen, und wieder saß die alte Frau am Fenster ihrer kleinen Stube, die Hände ge= faltet, und sann. Sie dachte an Lieschens Mutter im fernen Italien, sie dachte an die stolze ruhelose Frau, die nun so weit, so weit — durch eigne Schuld; „die Welt schaltet und Gott waltet,“ flüsterte sie vor sich hin; Ihre Gedanken flogen zurück in die ferne Jugendzeit, zu ihrem Christian und ihrer Lisett, „wenn sie noch lebten, wenn sie wüßten, wie es hier aussah, wüßten, daß das Band, welches einst so jäh zerrissen worden, nun doch geknüpft würde!“ Und draußen rauschte wieder das Wasser in alter Melodie, die Schwarzwälder sagte dazwischen ihr einförmiges Ticktack und vom Hofe schallte der Gesang der Mädchen.

„Wo ist nur Lieschen?“ fragte sie sich. „Ob sie

heute schon wieder einen Brief erhielt? Ob er geschrieben hat, wann er kommt?" Sie stand auf und
trippelte aus der Stube; die Mondstrahlen huschten
über das gute alte Gesicht und die schneeweiße Haube.
„Lieschen!" rief sie in das Wohnzimmer — keine
Antwort; sie schritt zurück durch den dunklen Flur die
Treppe hinauf. „Sie wird doch nicht weinen?" dachte
sie — sie schaute in das trauliche Mädchenstübchen —
nirgend eine Spur von der Gesuchten. Kopfschüttelnd
zog sie sich zurück und lenkte unwillkürlich ihre Schritte
zu einer andern Thür, leise öffnete sie dieselbe; das
Mondlicht füllte den kleinen Raum mit weißem flim-
merndem Glanz, und in diesem silbernen Lichte, da
stand unbeweglich eine schlanke helle Mädchengestalt und
schaute aus dem Fenster. Wie gebannt blieb die alte
Frau stehen, und sah zu dem lieblichen wohlbekannten
Bilde hinüber, war es denn noch Jugendzeit? War es
denn wieder Mai, wie einst?"

„Er kommt," jubelte da eine süße Stimme, „er
kommt. Ich habe das Licht gesehen." Und leicht und
zierlich war es an der alten Frau vorübergehuscht und
dann wie ein holder Spuk verschwunden.

Und richtig, da drüben schimmerte ein Licht im
Thurmstübchen; sie stützte sich fest auf das Tischchen

am Fenster und starrte hinüber; ihr Jugendtraum war wieder erwacht; „allgütiger Gott!“ sagte sie leise und die Hände verschlangen sich, „träume ich denn, träume ich?“

Und dann trieb es sie hinunter. Mit zögernden Schritten ging sie aus dem Hause, der Garten lag im weißen Mondlicht, und berauschender Blüthenduft hauchte sie an; wie einst in ferner, ferner Jugendzeit wandelte sie weiter, die Nachtigallen schlugen so heimlich, und von jenseits des Weges klang in zitternden Tönen das einförmige Concert der Frösche herüber. Jetzt trat sie auf den Kiesplatz vor der Laube — wirklich, es flüsterte da drinnen: leise schlich sie hinzu und bog die Zweige zurück, — da saßen sie neben einander auf der Bank, sie hatte den Arm um seinen Nacken gelegt und ihr Gesicht an seiner Brust verborgen, und er küßte immer und immer wieder ihr braunes Haar und nannte sie mit den zärtlichsten Schmeichelnamen. Und jetzt hob sie ihr Gesicht, und in dem hellen Mondstrahl, der sie streifte, da sah die alte Frau ein paar große blaue Augen, die mit dem Ausdruck reinsten Glückes an seinem Antlitz hingen, das sich ihnen entgegen bog.

Behutsam ließ sie die Zweige fallen und trat zurück — sie hatte genug gesehen. Leise, leise schritt sie wieder den Weg entlang, und dann und wann wischte sie die Augen mit dem Schürzenzipfel. Unter den Linden=bäumen vor der Hausthür lag tiefes Dunkel; sie setzte sich auf die Sandsteinbank und schaute zum Garten hinüber mit eng gefalteten Händen, und die alten Lippen murmelten ein heißes Dankgebet: was sie kaum zu hoffen gewagt, es war kein Traum mehr, es war Wahrheit geworden!

Von jenseits des Wassers erklang eine frische Mädchen=stimme in all die Frühlingsmelodien hinein; ein helles Kleid schimmerte im Mondlicht, näher und näher kam der Gesang, und deutlich tönte jedes Wort in das Ohr der alten Frau:

> Die Lieb' kommt wie der Frühling leis,
> Eh' man gedacht der losen,
> Und zaubert an ein welkes Reis
> Die allerrothsten Rosen.
>
> Sie weckt die schönste Melodei
> Im Herzen, das noch eben
> An keine Ros', an keinen Mai
> Geglaubt mehr hat im Leben.

„Lieschen! Army!" rief sie dann laut in den stillen Garten hinüber, als sie unter den Lindenbäumen stand, „wo seid Ihr?"

Keine Antwort — nur die Nachtigallen sangen

weiter. „Laß' sie, Nelly," sagte eine alte Stimme neben ihr, und eine Hand zog sie nieder auf die Bank, „laß' sie den Mai und die Rosen genießen, es kamen gar so viele Stürme eh' sie erblühen konnten!"

Und das Mondlicht zitterte über den Wipfeln der Bäume, das Wasser rauschte und die Nachtigallen sangen, und, „Gott erhalte ihnen die Rosen und den Mai," flüsterte noch einmal der Mund der alten Frau, „die Rosen und den Mai!"

www.ingramcontent.com/pod-product-compliance
Lightning Source LLC
Chambersburg PA
CBHW020518110726
47899CB00004B/1151